平天策 3
半圣之战

无罪

著

平天策 3
半圣之战

无罪——著

CMS 湖南文艺出版社

图书在版编目（C I P）数据

平天策．3，半圣之战 / 无罪著．-- 长沙 ：湖南文艺出版社，2019.8
ISBN 978-7-5404-9200-7

Ⅰ．①平… Ⅱ．①无… Ⅲ．①长篇小说－中国－当代 Ⅳ．①I247.5

中国版本图书馆 CIP 数据核字（2019）第 076979 号

平天策．Ⅲ，半圣之战

作　　者　无　罪
出 版 人　曾赛丰
策划出版　欣欣向爱
责任编辑　唐　明　冯　博
封面设计　陈秋含
排版制作　娇　娇
出版发行　湖南文艺出版社
地　　址　长沙市雨花区东二环一段 508 号　邮编：410014
网　　址　http://www.hnwy.net
经　　销　新华书店
印　　刷　湖南天闻新华印务有限公司
版　　次　2019 年 8 月第 1 版
印　　次　2019 年 8 月第 1 次印刷
开　　本　710mm × 1000mm　1/16
印　　张　18
字　　数　402 千字
书　　号　ISBN 978-7-5404-9200-7
定　　价　32.00 元

若有印装质量问题，请直接与本社出版科联系调换，0731-85983028

目录

CONTENTS

目录

CONTENTS

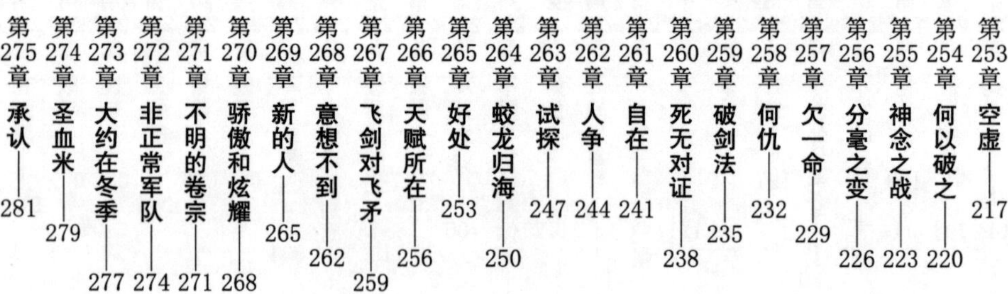

前情提要

平天第2眉山试炼

学院北迁，途经眉山，眉山是少有的灵气浓郁之地，各方势力明争暗斗。南天院的学生们必须要凭借自己的能力穿越眉山，从而实现自我突破。林意的昔日恋人已成为萧氏皇室公主，异性好友陈宝蕴则出身皇室之外第一贵族，林意坚守本心拒绝了萧黄两家的威逼利诱，进入眉山后立刻腹背受敌，与此同时，北魏公主元燕带领大军来到眉山，设局扑杀陈宝蕴，局势凶险万分，林意又将如何冲出重围？

第 182 章 投石机

元燕的眼睛眯了起来。

直至此时，她才看清这名青衫修行者的剑是一柄无锋的长剑。

这柄剑长约七尺，没有开刃，甚至连剑尖都是平的，浑身漆黑，就像是一根铁尺。

然而在震飞林意的一刹那，从这柄漆黑的剑身内里涌起丝丝金光，竟在剑身上结成龙形。

她看着这柄剑，却依旧没有出手。

因为对方一剑震飞林意，便直接收剑，整个人往后斜飘飞出十余丈，没留给她和容意乘隙出手的机会。

真龙剑，翔燕式。

这些都的确是唯有萧家那种皇族才能拥有的武器和剑式。

既然此时不可能对这名青衫修行者构成威胁，她的注意力便全部集中在了身后的林意身上。

听着身后的响动，感知着林意的一切动作，她转头又向容意说了一句，“别忘记你承诺要做林意的什么。”

“要做林意的什么？”

此时，容意的身体已经僵硬到了极点。

对方这一剑的速度和力量完全超出了他反应的极限，极度的惊惧让他的身体有些不受自己的控制，然而当元燕镇定和带着一丝不容抗拒命令的声音传入他的耳郭，他下意识地想到了这个问题的答案。

他一开始追随林意，便是说要做林意的近侍。

林意已经站起身来。

他双手手腕剧痛，险些握不住手中长剑，方才的重重坠地也震得他口鼻之中全是血腥气，只是他丝毫不做多想，心神极为坚毅，下一个动作便是提脚，放开一柄剑，将那柄刺入他脚中的飞剑硬生生拔出，然后直接将这柄已经折弯损毁的飞剑丢入身侧寒潭之中。

在纷杂的声音之中，身形刚刚落定的青衫修行者听着自己飞剑落水的声音，感知着这柄和自己相伴多年的飞剑就此随着暗流消失，从此和自己毫无联系，他的心中也生出独特之情。

他忍不住思索，他要以如何的方式收场，如何面对这样悍勇的林意假装战败。

他直觉自己会付出比一开始预想得多的代价。

飞剑离开自己脚掌的血肉，林意觉得自己那只脚已经彻底麻木了，即便腿上有力气，那只脚也难以支撑他身体的站立。

只是无论是这柄飞剑的真元力量，还是方才那一剑对撞时传入身体的力量，都清晰地提醒着他，对方也的确只是承天境的修行者。

既是承天境，在他看来就有战胜的可能。

他开始奔跑，一瘸一拐地开始奔跑，速度竟比之前双足完好时还要快上数分。

元燕始终没有回头看林意，但是她的感知一直集中在他的身上。在她看来，此时对手的唯一破绽，就是根本不将她和容意放在眼中。

“林意！”

此时一声厉叱在她薄薄的双唇中极有爆炸力地迸发而出，甚至压过了此时山石崩塌的声音，除了这声厉叱，她没有任何的言语，只是斜跨一步，正挡在了林意冲击的线路上，然后她弯下了腰，俯下身体。

这是一种难言的默契。

林意感到了她体内一股强大的力量正在生成，正在等着自己。

没有任何的犹豫，他一步向前，踏在了元燕的背上。

元燕的面容寒冷到了极点，她体内隐匿着的真元力量尽数爆发。

她弹了起来。

林意的身体从她身体的上方飞了出去，就像是一块被投石车投出的石头一样，朝着那名青衫修行者砸了过去。

容意的眼睛里全是林意腾空飞起的残影，他此时彻底反应过来了元燕所说的那句话的真正含义。

他投出了手中的剑。

剑柄虽然脱离了他的手，但是有一道肉眼可见的黄色光华连接着他的手和这柄剑。

黄光之中有丝丝缕缕的鲜血。

这一瞬超过极限的真元迸发，让他这条手臂的肌肤上都出现了许多道恐怖的伤痕，鲜血如涓涓细流，顺着他真元流淌的方位飘洒在空中。

他的其余八柄剑本身已经坠于一地的乱石和冰雪之中，已经沉寂如同死物。然而，当他这一剑投出的刹那间，那八柄剑也瞬间发光，丝丝缕缕细小而强劲的剑气，从剑身上激射出来。

青衫修行者在迎面而来的气浪中也微微地眯起了眼睛。

他看着凌空飞来的林意，手中握着的真龙剑微微震荡，然而令他没有想到的是，就在林意之前，陡然出现了一片明亮的剑光。

这一片剑光比林意来得更快，落向他面目之间。

青衫修行者挥剑。

一道绝快的剑光亮起，将袭来的剑光击散。

与此同时，他的身体如飞燕般往一侧飞掠出去。

元燕在此时抬起了头。

一声凄厉的破空声随着她的目光，追向青衫修行者。

青衫修行者目光微微一凛，再次挥剑。

“铮”的一声震响，袭来的飞针被他一剑磕飞。

“咚！”

林意落地。

他没能够追上这名青衫修行者的身影。

脚上传来更剧烈的痛楚，他的背上沁出一层冷汗。

但他没有气馁，也没有丝毫犹豫。

他见过元燕奇特的控飞针手段，知道元燕一定会再给自己制造一些机会。

他将双手中紧握的剑全部朝着感知中青衫修行者的去向投掷了过去。

双剑之后是红龙银鲨手镯。

当红龙银鲨手镯呼啸着飞出时，上方有一块山石也正巧落下砸在了林意的头上。

很疼。

有鲜血从林意的额头上落下。

林意接住了这块山石，也朝着青衫修行者砸了过去。

接着他就像是建康城里小孩子打闹扔石头一般，用最快的速度，不断将手边能够得到的一切物件，不断地朝着青衫修行者砸去。

容意的身影破风而至。

他到了林意的身边。

他就像是一名真正的近侍一样凝立在林意身侧，左手握着一柄刚刚捡起的剑。

此时他的眼睛里再次充满不可思议的神色。

他没有想到修行者之间有这种战法……然而全力投掷的林意，真的很可怕，就像是一台人形投石机，或者说，比真正的投石机还要可怕许多倍。

第183章 意外

一道道流焰在青衫修行者身周穿过。

这些都是林意投出的石块或者冰块穿过寒雾时带起的气流。

当这些流焰清晰地出现在容意的视线里时，那些流焰正对的山壁已经响起爆鸣。

就连青衫修行者的眼中都第一次出现了不可思议的情绪。

投石块，这在修行者的世界真是比小孩子“过家家”还要玩闹的东西，他也从未想到一名修行者只是投石块，就真正地让他感到威胁。

这些石块之中蕴含的力量很大，然而最为关键的是，林意投掷得很快，发力也很快，而且这些石块都准确地锁定他的身影。

他甚至可以肯定，林意投掷这些石块的发力速度，甚至比他都要快。

在连续的爆鸣声不断在周身炸响的同时，他已经感知出了真正的原因。

林意依靠的纯粹是肉身的力量。

寻常修行者要想投出这样的力量，必须依靠真元。

真元贯注于指掌之间，配合手臂投掷的动作发力，每一次真元冲击，就如同潮汐涌动在这投掷之人的手臂之中。

真元和身体的动作配合，方能完成这样的一次投掷。

这种配合需要时间。然而真元的调动，也需要时间。

然而林意根本不需真元，他只是纯粹地投掷，身体便自然发力。

他的肉身，怎么可能有如此恐怖的，甚至隐然已经凌驾于如意境的力量？

然而，此时最令他震惊的是林意的感知。

他隐然感知到林意的感知甚至不输给他，正是因为林意的感知分外地惊人，所以他才能如此精准地捕捉到他的每一个身位。

元燕沉默不语。

她认定林意是“南方三圣”之一的何修行的最后一位真传弟子。林意肉身力量和感知的一些异常，她自然归结于何修行的功法。

到现在为止，她知道自己依旧是这名青衫修行者的最大破绽。

因为就算她施展了飞针，对方都依旧未放多少注意力在她身上。

她的手指微动，手中又捏了一根飞针，静待时机，没有发出。

林意不断地连投，就连容意都从最初的不可置信之中回过神来，他不断地在心中提醒着自己，这真的不是玩闹。

他的剑动了起来。

剑也很快，剑法也很精巧。

落在他和林意身周的那些碎石被他用剑轻巧地挑在林意身前，顺着林意的动作，林意的手中若是空了，前方便往往无中生有般正好出现落石。

林意顿时觉得顺畅起来。

他双手不断地连抛，身体前方的空气里一阵急剧的哧哧声响。

青衫修行者眉头微挑，他心中的轻敌之意尽去。

虽然还不知林意为何会拥有如此诡异的肉身力量，但是在这两名少年如此配合之下，即便是他已经不可能纯粹靠浮光掠影般的飞掠来躲避。

他停了下来。

“当当，当当……”

一连串的震响声在他的身前响起。

那些袭向他的石块和坚冰被他的剑光全部击飞、震碎。

看着这名青衫修行者停下时的动作，林意知道他接下来必定要改变战法，又将近身来战。

但此时看着对方剑上爆开的石尘和冰屑，他关心的却不是此点，而是骤然想到了一直安静躺在他随身行囊角落的某件物事。

若是在之前对方纯粹闪避，那件东西当然也是无用，然而现在对方显然已经改变战法，这件东西便应该有用。

林意心念之间，知道以对方的速度，接下来接近自己身边也只不过是顷刻之间。

他再次发出一声暴喝，双手的动作竟是再次加快，在疯狂连投十数块碎石的刹那间，他的右手探入随身行囊，已经将他置于一角的那片淡青色陨晶捏在指尖。

这片淡青色陨晶只有指甲般大小，是那日他在南天院库房所得。

虽然只是这细小一块，但重量却是惊人，而且他当日就试过，这陨晶极为坚硬，破损山石如同铁器入泥般轻松。

“卫清涟！”

在这片陨晶入手的刹那，他大叫了一声。

元燕眉头一蹙。

这虽然是她假冒的名字，但是她的反应没有任何的迟滞，对于她而言，她等待的机会还没有到，只是她和林意此时已经有种莫名的默契，此时知道林意是召唤她出手。

她选择相信林意。

她手指中紧捏的飞针飞了出去。

一声凄厉的啸鸣连着一声清脆的金属撞击声响起。

青衫修行者准确无误地挡住了这根飞针。

就在这一刹那，他感到了莫名的危险。

前方又有一道急剧的啸鸣。

这声音来自林意的身前。

他不知林意丢出了什么，这件东西虽然不大，但很重。

与此同时，他感到身体的后方也骤然出现了一道异样的风声。

他毕竟非一般的修行者，在这刹那之间，感知到了那是一枚不知如何会来的飞针，并且精准地感知到了那根飞针会比林意投来之物慢上一线。

他挥剑，转身，一气呵成。

在他的想象之中，凭借这样的一剑，他将会先击飞林意投来之物，接着磕飞那根飞针。

“当！”

他的剑上发出震响。

他的人已经转了一圈，然而他的剑却是一轻。

一种不可置信的震骇情绪瞬间充斥他的身体。

他的剑竟然断了。

“噗！”

他的一截剑身和林意投来之物在他身侧旋转飞出，后方袭来的飞针击中了他的身体，深深地刺入他的右肋。

青衫修行者一声闷哼。

在这时他改变了主意，他决定不再冲向林意，而是趁机冲出这冰窟。

这种事情虽然出乎他的预料，但是是他所预料不到的完美结果。

然而令他再次没有想到的是，他的脚步才动，身体刚刚飞掠起来的刹那，一股阴暗而恐怖的气息，已经从他的伤口之中迅速扩散，沁入他的内腑。

他的呼吸顿时停住。

这是毒。

一种异常恐怖，甚至连他的真元力量都似乎无法控制的毒素。

“哧！”

他体内的真元疯狂地朝着伤口冲去，那根飞针被强大的气劲直接逼出体外，真元推动着气血，以惊人的速度从伤口中喷出。

他想将染毒的血全部从伤口中逼出。

然而，此时从他伤口之中如雾般喷涌出来的鲜血，全是黑色的。

第184章 心情

毫无用处。

阴暗恐怖的气息依旧在血肉之中蔓延，最令人心悸的是，这种毒素甚至迅速让他的真元衰竭。

更加准确地说，是将他的真元也变成对他不利的毒素。

青衫修行者的脑海里充满荒谬而不可思议的情绪，这世间只有三种毒药能够彻底瓦解承天境修行者的真元，只是那三种毒药全部存在于北魏的某个人手中。

在下一刹那，他终于明白那名看似最无害的少女绝不像看起来那么简单，她才是最危险的敌人。

这样的人，隐匿在这两名南朝少年身边所为何事？

他心中一片冰冷。

他想要出声提醒林意，然而他此时已经无法发出声音。

不只是发不出声音，他的眼睛也迅速失明。

他看不见眼前的一切事物，然而他的感知却牢牢地锁定了元燕的身体所在。

一声裂帛般的撕裂声从他的身体内发出。

他身上的青衫迅速膨胀，黑色的鲜血从青衫内往外炸开，他体内残存的力量在此刻被他尽数压榨出来，依旧形成了一股恐怖无匹的力量。

一道瑰丽的剑光逼退了所有的寒雾，击碎了坠落的冰雪和石块，带着他快死的气息，射向元燕的身体。

元燕的面色急剧发白。

这道剑光甚至超出了她感知的极限，感知都无法捕捉，便意味着真正的死亡来临，意味着她绝对挡不住这样的一剑。

容意也感知不清这一道剑光，然而有人能够清晰地感知。

当青衫修行者斩出这一道剑光的刹那，他就已经知道了这一剑的去处，也直觉元燕不可能抵挡得住这一剑。

他就在元燕的身前，就在元燕和这一道剑光之间。

“砰”的一声闷响。

元燕已经下意识地闭上了眼睛。

不管何种心情，她已经准备迎接死亡。

然而撞在她身上的不是剑光，而是林意的后背。

林意挡在了她的身前。

剑光落在林意的胸上，剑光里蕴含的可怕力道将林意往后击飞，狠狠地撞在她的身上。

“噗！”

一口鲜血从林意的口中喷出。

林意前所未有地感到虚弱。

他听到了自己胸口发出的一些细微骨裂声，他带着一种敬畏看着那名手中握着断剑的青衫修行者，难以想象，对方隔空的一道剑光，竟然能够迸发出这样恐怖的力量。

元燕的双脚在地上滑行。

她的双手下意识地环抱住了林意。

不知为何，这一刹那她突然很害怕林意就此死去。

然而此时心情最为复杂和难言的，却是那名真正迎接死亡的青衫修行者。

他的生命已经只剩最后数息时光。

他怎么都想不到，自己只想假装要杀林意，结果反而被杀死在这里。

他最后想要提醒林意这名少女的真正身份却做不到，就连最后斩杀这名少女的一剑都被林意挡住。

他最后想到的是他追随着的军师的心情。

若是军师知道了他的死讯，会是什么样的心情。

“这简直是……”

他忍不住想摇摇头，然而已经无法做出，他的身体轰然倒地。

林意松了一口气。

元燕只觉得她双手抱着的这个身体骤然变得沉重了起来。

她紧咬着嘴唇没有说话，顺着林意身体下坠之势，将林意的身体慢慢放下。

林意颓然地坐倒在地，靠在元燕身上。

此时无论是他还是元燕都并未想起任何有关男女有别的事情，弥漫在他和元燕心间的，全是劫后余生的庆幸。

即便这名青衫修行者已经死去，林意看着这名青衫修行者的眼神里还是充满了敬畏。

他可以肯定，若是再给这名青衫修行者一次机会，他们还是无法再次战胜这名青衫修行者。

容意也坐了下来。

他也慢慢无力地跌坐在地，一身的冷汗。

这是他最接近死亡的一次战斗，也是他最无力决定最后结果的一次战斗。

看着林意颓然而凄惨的模样，他感到自责和羞愧。

他是林意的近侍，然而这一战之中他却根本未尽到近侍的职责。

林意受伤如此之重，他却是完好无损。

林意轻轻地咳嗽着，他咳出了些血沫，感觉呼吸还是有些不畅，胸口的骨骼估计是断了几根，应该没有大碍。

只是这脚还能长好吗？

不要真的就此瘸了。

他有些担心地看向自己的脚。

直到此时，他才真正有勇气去看脚的伤势。

一片血肉模糊，甚至可以看到断骨的白茬。

真是惨不忍睹。

元燕挪了挪身子，她看着林意的那只脚，眉头深深地皱了起来。

真的伤得很重，但以她的手段，应该能够治好。

她见过很多更可怕的伤势，但没有一次让她如此揪心。

“不要动，痛也不要动，不然你的脚真的有可能废掉。”她看着林意，认真地说道。

林意点了点头，“能治好，不会瘸？”

元燕点了点头，“应该能，不会瘸。”

林意顿时来了精神，不去看伤口，用力地点头，“那打死我也不动。”

“此时居然还能嘴贫。”

元燕看着林意那只脚，心中又骂了声南朝小贼，然后伸手出去，很自然地取了林意的随身行囊，将内里的药物取了出来。

看着她和林意之间的对话和这些动作，想到之前战斗之中那种可怕的默契，不知为何，容意的心中生出些许羡慕。

在林意和元燕自身看来，两人自然不是那种心心相印、两情相悦的情侣，然而落在容意的眼中却截然不同。

在从南朝边缘的州郡离开，来到眉山的途中，他自然也幻想过自己有朝一日会遇到一名少女，无论是在阳光明媚的日子，还是在暴雨如注的时候，都能和她结伴而行。

但最重要的是，能够生死与共。

元燕开始清理林意的伤口。

她将林意的鞋切开，将血肉之中那些不属于林意身体的部分细致地剔去。

“这男人的脚还真是有点儿臭。”

她忍不住这样想着。

第 185 章 可疑

时间缓缓地流逝，她神情极为宁静且专注地处理着林意的伤口，连睫毛都停止跳动。

洞窟里有些冷。

容意轻声问了句，若是此时去搬动那些堵住出路的石块和坚冰会不会对她有所影响，得到的答案是一句简单的不会。

看着她处理伤口那娴熟而老练的手法，这名来自罗州石龙郡的天才少年心中更是对她生出极大的敬畏，对这个陌生的世界也生出极大的畏惧。

一名来自巴东郡的女学生，便能那样施展飞针将对手毒杀，而且在整个战阵之中她体现出来的冷静和指挥能力，是更让他敬佩的部分。

那整个南朝，到底隐匿着多少这样未知但可怕的同辈修行者。

挑战厉末笑便能成为建康第一天才的想法，显得多么浅薄和可笑。

当容意清理出一个足以让他们出去的通道，当外界的暖意涌入这个冰冷的山窟时，元燕慢慢地抬起了身子。

她对自己处理完成的伤口很满意。

她心想这恐怕是自己学成以来，处理得最完美的伤口。

林意身上所带的药物足够有效，只要在骨骼生长的这段时间内不再遭受严重的损伤，恐怕连伤疤都不会有多大。

“好了？”

治伤的过程有些无聊，而且林意太过疲惫，所以元燕所担心的他因为疼痛而乱动的情况并未出现，反而他都有些昏昏欲睡，此时看着元燕停手，他才从这种昏昏欲睡的状态中恢复过来。

元燕点了点头，“好了。”

看着她自信且满意的样子，林意心知自己的伤势应该不会有太大的问题，“不会瘸？”

“这么担心会瘸，生怕见你的心上人萧淑霏时难看？”不知为何，看着他有赖皮的模样，元燕就忍不住有些生气，“从未见过你这样的人，帮你治伤你反而差点儿睡着。”

“那是你手段高明。”林意笑了笑，道，“你真的很厉害。”

元燕不再言语，她看着容意清出的那条通道，感受着外来的暖意，却有些微微的自嘲。

人真是奇怪的动物，在春暖花开时，进入这样的洞窟只觉得极为寒冷，根本感受不到任何暖意。她在心中说服自己，说服自己和这个南朝小贼之间，便是这样的关系，只是因为自己平时身处无比森寒的北魏皇宫里。

她站了起来，走向那名青衫修行者的尸身。

容意已经将属于她和林意的所有东西收集回来，只是因为毒素太过恐怖，她的两枚飞针和这名青衫修行者的尸身，容意却是根本不敢触碰。

青衫修行者的尸身上已经覆盖着白霜，知晓这种毒药药性的元燕并不紧张，她没有去管那两枚飞针，只是将这名青衫修行者的随身之物检查了一遍。

这名青衫修行者的随身之物极为简单，甚至让林意等人意想不到。

除了他此时手中的断剑和身上的衣饰，他连随身行囊都没有，只是在衣袖里有一个布包，而布包里放着的竟是数块精致的糕点。

元燕在北魏原本就以谨慎和细微著称，这名青衫修行者所带的赤玉指环内里的“萧”字自然不可能逃过她的眼睛。

这应该是对方身份的佐证，然而不知为何，她却觉得刻意，接着心中便生出诸多疑点。

“怎么？”

林意注意到了她脸上的神色有些异样，忍不住出声问道。

“很可疑。”

只是用了一个呼吸的时间，元燕便做出了决定，在她看来，她是北魏长公主，自然存在欺骗这名南朝小贼的理由，然而在这眉山里，这南朝小贼是她的朋友，她却不容许那些南朝人将这个南朝小贼玩弄于股掌之间。

“这人行事似乎极为谨慎，连随身行囊都不带，然而所用的兵刃和这指环，却太过招摇，显得刻意。”

元燕将赤玉指环和那数块糕点全部丢给林意，“这几块糕点不像是普通山村野店所做，这人应是眉山外大城而来，但这随身糕点十分新鲜，看来进入眉山的时间最多也不过一两日。我只知那些大人物要杀人，并无太多耐心，若是你在拒绝他们的条件，投身铁策军时，便已经注定踏入死局，那他们那时就应该直接派此人过来杀你。”

“即便是对于萧家，这样的修行者调用也不是小孩子过家家的游戏。”元燕看了一眼那名青衫修行者的尸身，微讽道，“他们怎么知道你带着铁策军入眉山之后能不能好好地活着，难道他们这个时候派这名修行者过来，不怕让他白赶一趟？如果说是他正巧有事在此时进眉山，只是顺便，但谁知道你去了哪里，哪里来的顺便？”

林意的眉头深深地蹙了起来。

他出身将门，他知道所有的将领都不喜欢“可能”，若是让他所认识的那些将领来安排，最好的刺杀时机也应该是在他和铁策军接头时，而不是等到现在。

这名青衫修行者的兵刃和这个赤玉指环有些招摇，自然可以理解为这名青衫修行者太过自信，自认可以很快杀死他们，然后迅速离开而不被任何人撞见。

只是看刚才这名青衫修行者的出手，却是饶有兴致的试探居多，他也并不急着将他们杀死。

如此想来，此事便真是诸多可疑。

“这件事情我会查清楚。”

林意点了点头，他仔细地看着那名青衫修行者的面容，将特征全部记住。

他向来喜欢最简单省力的方式，不管这人是不是萧家派来的修行者，他都会采用同样一种方法。

他会设法写信告知萧淑霏。

他相信萧淑霏自然会去查。

他简单而磊落，所以容易被元燕看穿，容易心生默契。

此时他虽然只说这一句话，元燕看着他的眼睛，便已经明白了他想要处置的方式。

这的确很有效。

只是她心中有些莫名的不悦。

第 186 章 黑竹笠，青竹杖

她不再多言，走过去提起那名青衫修行者的尸身，然后丢入一侧的寒潭之中。

她一向不喜欢浪费时间，也不喜欢因为一些小事困扰自己。

至于一时的心情，那是最无关紧要的事情。

谁也不会因为不喜欢和难过，就会真的死掉。

看着她如此干净利落地处理敌人尸身的样子，比林意更加简单，没有见过多少外面世界阴暗面的容意的面色又是一阵发白。

“建康城里的那些大人物，真的如此肆无忌惮？”他忍不住问道。

“恐怕比你想象的还要肆无忌惮。”

看着青衫修行者的尸身在冰冷黏稠的泉水之中翻腾数次之后终于消失在暗流之中，林意将狼牙棍当成拐杖站了起来。

容意沉默不语，他在离开罗州时首先想着的便是出名，然而出名也只是想获得某些大人物的器重，能够更好地为国效力。

在他看来，每一名修行者的价值都是数百名寻常军士都无法替代，每一名修行者自然都是王朝的宝贵财富，怎能成为某些权贵的私器？

然而还未出眉山，眼前所见的这些事情，已经让他对这个世界的看法产生了怀疑。

“你的运气还算不错。”

元燕看了容意一眼，然后看着林意淡淡地说了这一句。

两人之间自有默契，林意知道她说的并不是他的伤势，而是能够得到容意这样一名近侍。

“你的战法太不像寻常意义的近侍。”

元燕看着心情有些沉重的容意，说道：“你有没有听说过一种近侍叫作影侍？”

容意和林意两人都并未觉得这个词新鲜。

事实上绝大多数权贵的身边都有这样的人存在。

这种侍卫就像是影子，寻常根本感觉不到他的存在，然而越是被忽视，在某些关键时刻便越是能够改变战局。

“你让我做林意的影侍？”

容意的声音微显干涩，若是真按照元燕的提议，他便首先要面对一件事情，今后永不抛头露面，这便意味着他很难再拥有想要的声名。

“需要吗？”林意忍不住笑了笑，自己现在只是铁策军一个低阶小将，又不是举足轻重的大人物。

元燕看了林意一眼，懒得回话。

在林意自己看来是不必要，然而在元燕看来，既是“南天三圣”之一的何修行的真传弟子，这同一辈的年轻修行者之中，还有什么人能比林意重要？

当然最好你这南朝小贼不要，省得将来万一你成了气候心烦。

她抬起头来，在心中冷笑着思索。

“所以哪怕回到铁策军，我也是先隐匿起来，并不正式加入铁策军？”容意沉默了会儿，出声说道。

林意微微一怔。

元燕点了点头。

“好。”容意也点了点头。

林意微微蹙眉，认真道：“真不一定要如此。”

“先前我出罗州时，考虑的一直是出名的问题，只是现在要考虑的恐怕是如何先活下来的问题。”容意苦笑了一下，道，“我有些无法想象，若真是萧家这样的存心要让你死，你怎么活下来？”

“我也觉得难。”

林意自己反而忍不住笑了笑，“但好像我所见的每个人，都没有活得轻松的。”

元燕彻底沉默下来。

她低埋着脑袋想，为什么这个南朝小贼说的话，总是这么容易击中人心呢？

若是这人在北魏多好？

可是若是在北魏，真正知晓了她的身份，她和他之间还能如此？

人世间皆是难。

“分赃，分赃。”林意清亮的声音又响了起来，“卫清涟，五只火壁虫，你说怎么分？”

这个南朝小贼，真不知难是何物，永远都这番光明吗？

元燕心肠冷硬了些，觉得不能让他占便宜，便冷冷地说道，“自然是切成三份平分。”

眉山之中的灵药不可能无穷无尽，眉山这片战场是北方王朝和南方王朝有史以来投入修行者最多的战场，只是无论是南梁还是北魏，从一开始的设计其实都不在灵药本身。

元燕意在陈宝菀，而南朝意在元燕。

当元燕开始她的逃亡时，北魏最强悍的一批修行者也失去了统领而开始隐匿逃亡，事实上眉山这一战已经难分胜负地接近尾声。

对于有些大人物而言，他们却从不在意元燕或者南天院的谋划是否能够成功。

甚至在有些人眼中，元燕这种在绝大多数北魏人心中已经是可怕存在的人，也只不过是小孩子而已。

一名身穿黑布衫的中年男子在眉山的山林中行走。

他来自北魏，身上的黑布衫看似普通，然而细看之间，寻常的粗布上，却用同样的黑线绣着异常精致的繁花。

往往能够增加神秘感和仪式感。

他的面目有一半被一顶黑色的竹笠遮掩，露在竹笠阴影之外的口鼻线条显得无比坚毅，带着一种难以用言语形容的力量感。

这种竹笠是南朝苦行僧竹笠的式样，只是竹笠的面上，也用某种丝线细细地绣着繁花。

他的手中拄着一根青竹杖，是北魏名山青山上的青玉竹。

他在眉山之中走得十分悠闲，如同在洛阳的花街中行走。

他感知的去处，是数里外的一片山坡。

此时这片山坡上青草如锦，青草中间杂开着黄色的野菊。

山坡上停着一只苍鹰，是罕见的异种，比起寻常的苍鹰要大出数倍。

这只苍鹰的一侧不远处，有一名面目俊俏的南朝少年，正在端详着一块石碑。

这块石碑应该是存在这荒山山坡之中很长的时间了，石碑面上全是干枯的青苔剥落的痕迹，石碑上也有一些看不清的字，已经残破不全。此时这名南朝少年看着这块石碑上的字，眉梢不停地颤动。

他只觉得这块石碑上的残损字迹里，别有一番锋锐的味道。

身穿黑布衫的男子穿过山林，走到这片山坡上，他安静地看着这名南朝少年，就连少年身侧的那头苍鹰都根本没有发现他的到来。

“很巧，这块碑我当年也见过。”直到这名黑衫男子发出声音。

第 187 章 魔宗

南朝少年看着那块石碑，眼睛里的神情原本已经渐渐迷醉，但在这声音响起的一刹那，他略显稚嫩的眉眼间骤然生出煞意。

他的感知朝着那人探去，接着缓缓转身。

然而他的感知落处却是什么都没有。

他明明都已经听见这人的声音，知道那人的方位，然而那人却就是如同不存在于这天地之中一样，似乎不是真实存在的事物。

只是他眼睛的所见，提醒他这人无比的真实且危险。

看着这名黑衫男子身上黑衫和头顶竹笠上布满的繁花，这名南朝少年的心骤然沉了下去。

他微红的双唇紧紧地抿了起来，瞬间变成一线，失去血色。

他想到了一个传说中的，按理绝对不会出现在这里，尤其用这种语气和自己说话的北魏修行者。

“你猜出了我是谁？”

黑衫中年男子微微一笑，他的声音很温和，很有磁性，然而即便是微笑，他的唇角线条也如同岩石般棱角分明。

不知为何，就连这名南朝少年都很想看到他的整个面目。

这名南朝少年的直觉，这名黑衫中年男子不管五官长得到底如何，一定极有魅力。

“你便是传说中的北魏魔宗大人？”他看着这名黑衫中年男子，慢慢地说道。

“何以确定？”

黑衫中年男子又是微微一笑。

这名南朝少年皱了皱眉头。

何以确定？

能够确定的条件很多，例如，传说中那名魔宗大人所修的真元功法独特到了极点，甚至可以让修行者的感知里空无一物，例如，传说中魔宗大人始终不以真面目示人，而且喜欢穿着满是繁花的黑布衣……似乎让他瞬间直觉断定的，还是这名修行者的气质本身。

这名修行者便是有一种神奇的魔性，让他自然觉得，若这人都不是那传说中的魔宗大人，便不可能再有别人是魔宗。

“因为直觉。”他沉默了片刻，说道。

“王平央，你不愧是南天院最出色的学生。”黑衫中年男子点了点头，算是默认，同时说道。

王平央抬起了头，他看着对方，他自然不会问对方怎么知晓他是王平央的幼稚问题，而是直接问道："你想做什么？"

"成年人的世界太功利，难道年轻人的世界也是一样？"

魔宗笑了笑，玩味道："天监三年的厉末笑，天监四年的倪云珊，天监五年的王平央……你难道不好奇我为什么说你是南天院最出色的学生？"

"我只是觉得，像你这样的人物如此出现在我的面前，当然不是纯粹地想杀死我这么简单。"王平央心情平静了一些，他的嘴唇有了些血色，道，"你的手下，多的是世间罕见的强者。"

"两者其实是同一个问题。"

魔宗收敛了笑意，认真起来的他更有一种令人感到心凛的气势，"我要挑选一个人，或者说杀一个人，但这个人必定是我觉得最优秀的年轻人。"

王平央沉默着。

自从魔宗到来后，就连他那只苍鹰都不敢挪动分毫，此时这一片山坡上的空气都如同被禁锢，分外地死寂。

"你可以先听听我的判断。"

魔宗先前在眉山之中的行走也不急，现在和王平央的这番谈话他依旧不急，他看着这名隐约猜到些什么的南朝少年，说道："在我看来，倪云珊并不输于你，但她毕竟是女子，按照历朝历代的所有修行者来看，女子在修行一途中往往比男子更吃亏，并不是因为男尊女卑的思想，而是因为她们有朝一日在动情之后，往往比男修更加奋不顾身，直至失去理智的判断。"

"或者可以说，男子往往比女子更容易薄情寡义。"魔宗的嘴角露出些淡淡的嘲弄神色，接着说道，"至于厉末笑，他太过骄傲，而且总喜欢在一些并无多少用的手段上浪费时间，至于武技，那是修到神念之上之后便泯然大众的东西。在这上面骄傲，根本毫无道理。"

王平央听着这些话语，心中并没有任何的惊喜，他深吸了一口气，道："只是到现在，我还是不明白你的意思。"

魔宗又微微一笑。

忽然他和王平央之间出现了一道风。

王平央明白对方似要出手，然而他连动作都来不及做，就连他身体里的真元才刚刚下意识剧烈流淌起来，便被一股磅礴的力量直接镇压了下去。

那根青竹杖直接到了他的额头，在他的额头上轻轻点了点。

一股磅礴的真元，直接逼退了他体内与之抗衡的真元，然后如奔腾的河流瞬间冲入他的经脉。

这一瞬间王平央觉得自己无比临近死亡。

他觉得自己的身体在下一刹那就会爆裂开来。

然而令他浑身战栗的却是没有，那股磅礴的真元在他的体内冲击，却是和他体内的真元相融，甚至有些经络和窍位在这真元的融合之中，壮大了数分。

他呼吸已然停顿。

他看着那根收回的青竹杖，看着依旧站立在原地的魔宗，如同看着真正的神魔。

他的修为在提升。

这完全不合修行界的道理。

任何人的真元都是融合了自己体内独有元气的本命物，真元和真元之间只有可能互相排斥，不可能相融。

“王朝有南北，修行没有南北。”魔宗平静地说道，“千年之中，南北王朝已经变幻了多少代，生于南朝就要为南朝尽忠，就要随着南朝的消亡而消亡，便是极其愚蠢。

“我要收你为弟子，你得我功法，就明白我这些年领悟的功法和世间那些平庸的手段有何等的不同，便会明白我为什么会说南朝终将灭亡。”

他缓缓地抬起头，目光似乎穿透了自身所戴的黑竹笠落向了王平央身后不远处的那块石碑。

一种无形的力量被他的念力所牵引，石碑上石粉噗噗洒落，出现了新的字迹。

王平央的身体僵硬无比，他确定对方只是一个动念自己便会被杀死，他确定这名传说中的魔宗，已经足以和当年的“南天三圣”并立。

“再见。”

只是对方却只是接着对他说了这样一句，便点了点头，然后缓步离开。

境界太过悬殊而产生的压力无法言语，王平央自认不是胆怯之人，然而此时甚至没有勇气去看此人的背影。他浑身冷汗淋漓，缓缓转身过去看那碑上的字迹，一口气看完，他心中震撼至大脑一片空白。

第 188 章 感伤

碑文上的字迹银钩铁画，每一个字都堪比建康城里那些书法大家的手笔，每一条刻痕里，又带着那种神惑之上的独特精神念力，甚至让他看起来时犹如身处风雨飘摇的大江大河的一叶孤舟之中。

然而，让他最为震撼的并不是传说中这名魔宗大人的修行境界，而是文字表述的内容本身。

这是一门真元修行的功法。

然而和过往无数年的修行者世界留下的所有功法都截然不同，有本质的区别。

哪怕是已经走大俱罗之路的林意此时若是看到这样的一门功法，也会震撼至无言。

因为这又是一条新的道路，而且修的并非肉身，依旧是真元。

不知过了多久，这片山坡上的那只苍鹰终于忍不住扇动了一下翅膀。

压抑着它的那种恐怖气息已经消散，它现在不知道它的主人发生了什么事情，为什么还僵立不动，这让它更加不安起来。

它翅膀拍动发出的声音惊醒了王平央。

他终于能够开始思考。

这块碑文的内容足以震惊整个修行者世界，所以每个字深印脑海，再看第二遍，就已经完全记下了。

他心中甚至都没有去思考自己是否真的要修行这篇功法，但是他已经下意识地挥剑去斩掉这块碑文上的字迹。

已经彰显出超凡的圣者境界的神秘北魏魔宗大人已经走出了很远，他的感知悄无声息地落向四面八方，又不断落回这片山坡上。

王平央在看到这块碑上文字的一切反应，都逃不脱他的感知。

他脸上的神色没有太大的变化，所有的一切在他看来都会按照他设定的方向发展。

世间哪里有那么多的巧合。

包括这块石碑，哪里有可能是他以前来眉山时看过，然而王平央也正巧到这里看到过。

王平央能够到这里，能够看到这块石碑，只是因为他的一些安排。

这块石碑，也只不过出于他门下某个弟子的手笔。

只是这样的“巧合”，他轻描淡写地说的一些话，加上这篇功法的内容本身，很快都会在这名南朝天才的身上产生至关重要的影响。

五只火璧虫先是一人一只，另外两只便被很“凄惨”地切成了三份。

“我们这样会不会显得很残忍？”

林意看着分到手中的火璧虫，忍不住想着这也算是灭门惨案了。

元燕给了他一个鄙夷的眼神让他自己去体会。

人花了许久的时间，从荒古时被巨兽任意欺凌，躲在石窟中群居生活的食物，到终于爬上食物链的顶端，难道还要纠结以其他族类为食？更何况修行者又是人之中的顶端存在，越是像她这样的人，越是清楚那些根本不用去险地但是却有足够灵药以供修行的人，和吞食那些采药客和地位低下的修行者的血肉又有什么区别。

每一株到那些权贵手中的灵药，其中又蕴含着多少人的争夺，牵扯多少人的性命？

不过林意也只是随口一说，纯属无话找话。

他不知这名北魏长公主的真正身份，也不知她心中所想，但是随着越来越熟悉对方，他越来越觉得对方有很大的心事。

尤其是在见过厉末笑之后。

他当然不知道真正的原因是未见陈宝菀而不是见到厉末笑，他不知道元燕已经彻底放弃在眉山之中的一切想法，唯有归意，但在他看来，似乎元燕变得越来越沉默

火璧虫很独特的地方在于，它不只是外表看上去就像是通体的红玉，即使切开之后，内里也是坚硬的一团，如同红色的玉石般闪亮，并不像寻常的硬壳虫一样，而是恶心的黄绿黏液乱流。

看着元燕只是抛来鄙夷眼神而不多话的样子，林意故意接着说道：“按我所见记载，这种火璧虫一般是磨粉入药，不磨粉直接吃，会不会影响药力，我们如此切开，它的药力会不会散失？”

元燕看了一眼林意，磨粉和整吞在药力上自然不可能有什么区别，区别只在于药力释放的快慢而已，而且按照她的所知，火璧虫在死的刹那，浑身血液冻结，便如晶石一般；若是连磨粉，加入其他药物炼制都不会影响它的药力，那此刻切开又有什么影响。

然而此时她却偏有些不乐意，故意道：“当然会影响药力。”

“那便只能现在吃了？听说北魏的很多边地倒是有吃虫的习俗，似乎有个部落还有百虫宴，也不知是什么样的味道。”林意一副悠然神往的样子，直接将手中所有的火璧虫往嘴里一丢，然后还嚼了两口。

这口味其实倒也不算难吃，很像煮烂了的牛筋，泡着一些微甜微辣的面酱的味道，但毕竟是虫，林意吞咽的时候还是不自觉地有些反胃。

“真是个野蛮子，战场上是如此，现在吃东西也是这样，还真吃。”

看着林意吃虫的样子，元燕忍不住想笑。

然而她笑不出来。

因为她太聪明了。

看着林意微蹙着眉头脸色微白的样子，她便明白这个南朝小贼是故意想逗她开心。

不必如此。

然而她也明白，此时这南朝小贼是真心将她当成真正的朋友。

不知为何，她有些想哭。

她已经很多年没有这样的感觉。

尤其是她母亲死后，她便已经再没有过这样的感觉了。

她转过头去，不看林意。

林意奇怪地看着她，他不明白到底这是怎么了。

只是元燕也不想再让林意为自己再多做些什么。

装纯真和装开心，本身也是她这些年最擅长的事情之一。

所以她很快微微地笑了起来，带着一种真正的憧憬一般，轻声地问拄着狼牙棍还背着沉重的鹿皮袋却还走得很快的林意，“建康城里有什么好吃的小店，有什么名菜？”

“那可多了，我最喜欢吃的是红糖桂花芋，秦园边上那家小店最佳，芋头都是自己种的，甜糯无比，入口即化。名菜里我最喜欢吃的是酒香鱼，那鱼用的是鲥鱼，蒸时需加些腌肉片，连鳞蒸，最肥美，做得最出名和最好的是杏花楼。”林意来了精神，说得食指大动。

这些东西，其实这些年他家道中落之后，也是未曾再特意去吃过。

他此时心中想着的是，若是元燕有机会到了建康，这些便真是要带着她去一一吃过。

太聪明有时候便真的不是好事，元燕听着他的这些话，看着他眼中的闪光，便轻易地看穿了他心中想着的是什么。

她心中更加阴郁，而脸上的笑容也更加灿烂。

“好啊。”她说道，“真希望能去尝一尝呢。”

第189章 修行谈

看着元燕灿烂的笑容，林意便觉得她真正地高兴了起来。

他决定等到出了眉山之后便设法给三清老人写封信，像她这样精通药理，而且极为擅长用毒疗伤的人，对于军方而言便有大用，理应不需要像他这种“莽夫”一样冲锋陷阵，游走在生死边缘。

在他看来，像元燕这样的少女最好便不用陷入这样残酷的杀戮中来。

相对于男子，这样的少女万一落入敌手，下场恐怕更加凄凉。

一股灼热的药力就在此时从他的腹内燃起，更奇妙的是，这股药力并未迅速和他身体的血肉相融，而是十分均匀如涓涓细流般顺着经络行走。

就像是一个冬日里饮了烈酒的人血脉贲张一般，他体内那些经络内的通道变得宽阔起来。经络变得宽阔，运行内里的气血就骤然如流淌入平静大河的水流一样，变得缓慢起来。

然而他此刻修行造成的身体运行机理却是不喜欢这种方式，一种酥麻发痒的感觉渐渐在他的骨骼内里生成，就如有汩汩的泉水在崖壁中渗出，汇聚成流，流入大河。

林意又感到了饥饿。

不顾元燕和容意惊异的眼神，他开始从背上的鹿皮袋中取出行军口粮，慢慢地吃了起来。

一种无法用言语形容的奇痒在他受伤的右脚内里生成。

他先前修炼时自然也受过伤，伤口结痂新肉生长时便是这样的感觉。

只是他此时感知不比以往，他甚至可以清晰地感觉到自己的血肉在生长。

当流淌在体内的气血流淌到那伤口处，他甚至可以清晰地感觉到无数细小的血肉和经络受损不通的情形，而那些血肉和经络，甚至给他一种可以按照他所希望的方式生长和贯通的感觉。

伤口复原的速度很快，不只是因为元燕的精妙手段和那些疗伤药物，更多的来自于他的身体本身。

林意有些感慨。

不同的道路便有不同的妙处，即便大俱罗的修炼法抛弃了真元的妙用，然而肉身强大带来的诸多好处却是修炼真元功法的修行者无法体会。

他知道此时自己的肉身和寻常修行者的肉身相比，也已经是宽阔河流和涓涓细流的差距。

一开始想修行事，思绪便无法停止，之前交手的罗烈侑和这名不知名的青衫修行者，都是可以清晰照出他诸多不足的镜子。

“在想什么？”

他突然的沉默反而让元燕不太习惯。

她微蹙着眉头看着林意，不自觉地想千万不要是那些有关火璧虫的记载有误，或是自己有哪些地方有疏忽，火璧虫的药力和林意之前服食的灵药有冲突，或是和她为林意敷的伤药相冲。

“我在想，若是今后遇到这样的对手，首先我接近对方便是问题。”林意道，“而且若是对方有些特殊的真元手段，恐怕我接近不到对方时，便要受创很重。”

原来只是在思索之后的修行问题，元燕心中略松了一口气，只是微蹙着眉头却没有松开。

以力破道这种说法亘古有之，然而从荒古时代进化至今，人皆以天地元气或是采天地精金对敌，所有对敌手段往往皆走轻灵为先的路子。

战胜不了也可以逃，而飞剑此类，则更是永远不想和对方贴身肉搏的手段。

“若是你的气力还可以继续增长，在我看来，至少有两种方法可以让你今后单独面对这样的对手。”元燕沉默地想了片刻，道，“一种是身穿重铠，反正你气力绵长，不像一般的修行者身穿重铠走动还需要消耗真元；另外一种方法便是守住周身天地，若是远攻，便靠一些独特兵器，反正以你的气力，哪怕只是投掷，你投掷出的东西，威力也不亚于飞剑，只是线路平直，缺少变化而已。”

“若是身穿重铠，岂不是反而成了容意的近侍？”

林意顿时觉得这种不可取，简直变成了铁龟，更是不可能接近强大修行者的身侧，完全被动挨打，虽然能够保命，但不符合他的性情。

守住周身天地而用投掷或是独特兵器远攻，这似乎和他更加相合。

“要守住周身天地，说到底还是要刀法剑法精湛，你的意思是《冷刀狂剑》？”他看着元燕，轻声说道。

元燕漠然地点了点头。

《冷刀狂剑》这样的典籍原本对于整个北魏而言都是国之重宝，上面记载的刀剑招数，应该精妙得难以想象，在她看来，林意只要能够领悟其中的精妙招数，哪怕是神出鬼没的飞剑近身，也可护住周身。

《冷刀狂剑》这样的典籍简直就是一座宝山，身怀这样的宝山不挖，在她看来简直便是和白痴无异。

更何况这样的典籍也是落在林意的手中，若是落在任何一名南朝修行者的手中，她恐怕都会不惜一切手段将之杀死，然后带回北魏。

“我身穿天辟宝衣，但脚部却是难防，等我伤好，我设法拿副重铠足具，这样便不惧脚底袭来的东西了。”林意想着那神出鬼没骤然从脚底袭来的飞剑，他还是觉得有些心寒，最为关键的是，脚底袭来之物，他的刀剑也难直接斩落，而身体一跃起，在空中更难变幻身位，十分被动。

“投掷之物也未必直来直去啊。”一直在听着的容意此时也出声。

林意的气力之大令他难以想象，而且之前林意投掷的威力也让他记忆犹新。

他看着林意，忍不住轻声说道："就我所知，不算奇门兵器，至少谁也有数种暗器丢出之后，飞行轨迹也未必是直线，有些飞行路线也诡异难防，甚至还能飞回手中。"

"我就要直来直去的，等出了眉山，我就让人设法打造一些短矛随身带着，只是比军中的投掷短矛要更锋利沉重一些。"然而林意接下来的一句话却让他目瞪口呆。

"这是为何？"容意不能理解。直来直去虽然很适合之前林意的战法，但是这也的确太蛮笨了一些。

"因为快。"林意答道。

然而林意的回答却再次让他怔住。

"高阶修行者的感知本来便强，越多花巧，他们便越有可以喘息的时间，直来直去虽然缺少变化，但可以做到最快。"

听着林意接下来的这句话，容意觉得原来很有道理。

林意想对付的始终是那些承天境的强大修行者，他想着的始终是用这样的投掷造成威胁，然后给他不断赢取近身的时间。

第 190 章 隐忧

元燕一开始便觉得林意说的话很有道理。

她的脑海之中甚至想象了一下那样的画面。

画面里的林意脚穿铁靴，腰侧挂着刀剑，身后背着一个巨大的行囊，内里除了此刻林意吃着的食粮，还挂着大量的短矛。

战斗起来的画风更加清奇。

这个像移动殿宇一样身上挂满许多重物的南朝年轻修行者奔跑起来却极为迅猛，他不断地朝前方狂奔，然后不断地投掷飞矛。

那些飞矛如同流星一般，令某名强大的修行者和身边的近侍不得不小心应付，然后他冲到身前，大砍大杀。

她心情本来阴郁，之前林意的没话找话也没能够让她心中明朗分毫，然而此刻想象到这样清奇的画面，她便忍不住咯咯地笑出了声来。

再想到若是那样的画面真的发生，而这画面中林意的对手又正好是北魏朝中对她本身有些阳奉阴违，甚至是令她很头疼的对头，她便笑得更加大声了些。

“有什么好笑的？”

林意顿时有些摸不着头脑。

“我便是在想着，今后你这样在战场上战斗，万一出了名，那是要喊你矛王，刀剑怪，还是铁靴子王？”元燕收敛了笑意，然而嘴角还是忍不住微微上翘。

容意的脑海之中顿时也出现了那些画面，他忍不住也笑出了声来。

“这……”

林意自己也想象了一下，觉得风格的确很独特，他讪讪一笑，道：“似乎铁靴子王听上去威武一些。”

“那我便封你一个铁靴子王。”元燕微微一笑，说道。

“那厉害了，谢赏！”林意哈哈一笑。

“不必客气。”

她抬头往上方的天空看去，看着悠悠的流云，心中却是轻声地说道，倒是真希望有那样一天。

只有她知道她自己。

这句话，她是带着真心。

哪怕是林意此时归顺了北魏，她恐怕真是会封他一个铁靴子王，真正的王侯。

其实若说画风清奇，现在的林意画风便是很清奇。

他的右脚尚且不能着地，拄着一根狼牙棍，背着一个足以装下两个人的鹿皮袋，袋子边缘还各挂着一柄剑。即便如此，他还是能够跟上元燕和容意的脚步。

而且元燕和容意也无法帮他背这些东西，因为即便是以他们的修为，在背负这样的重物时，依旧会消耗大量体力甚至真元。

在这样的情形之下想要边行军边参悟典籍，似乎有些困难。

所幸的是，三清老人给他的这一册《紫金典籍》之中记载的字句并非那么容易懂，他看上几句便要花很长的时间去领会，所以他只需在行进的途中，间隙地看其中几句字句，然后慢慢在心中体会。

只是他现在还并不知道……最为幸运的是，他身边还有一个北魏的修行者存在，而且这名北魏修行者，同样也是很多方面的天才，见识远超寻常人。

这册《冷刀狂剑》的典籍虽然结合南朝和北朝许多剑经和刀经所长，著作者也曾经在南方学习很长时间，然而其中的许多用词，或多或少应用了北地的一些习惯。

但最为关键的是，当时一些习惯的用词习惯，到现在却已经有了些改变。

即便是现在的北魏修行者，若不是生于北地，又看过很多以往的典籍，否则也很难理解其中一些字句的意思。

只是他身边恰好有元燕。

这些用词习惯，她很清楚。

但凡林意有理解不清的，只要开口问询，她很快便能将正确的意思告诉林意。

容意也当然不可能将她和北魏长公主联系在一起，这一路前行，听着她的一些讲解，他心中仅有的那丝骄傲也荡然无存，尽数化为敬佩和谦逊。

“这倒也是好办了。”

林意看了约莫一半，心中又是遗憾，又是感慨。

毕竟是修行者的典籍，这册典籍上虽然以刀法剑招为主，但也有一半是配合真元所用，那些招数，暂时对他没有任何用处。

但若是将那些完全剔除，对于他而言却是无形之中简单了许多。

等到全部看完，将需要真元配合的刀法剑法全部剔除，一共是剩余二十七招，十三招刀法、十四招剑法。

这些刀法和剑法都是十分精妙，其中有些招数甚至将刀背、刀柄的妙用都发挥到了极致，而其中有些招数的卸力和震击更是让林意觉得闻所未闻。

只是各人修行都有喜好，林意最重实用。

他自认现在最缺的便是防御飞剑之类的招数，接着便是将他的力量发挥到极致的进攻招数。

所以在这些刀剑招数之中，他毫无障碍，毫不犹豫地挑选了一招刀法、一招剑法。

刀法名为“横刀夺爱”，听着便是十分无耻和霸气的招数，这招刀法是所有招数之中力量最大的一招，十分适合他的大开大合战法。

剑法名为“明月生”，这招剑招听着完全不带烟火气，然而却是这些招数之中最能消弭飞剑力量和缠住飞剑的招式。

林意也不藏私，直接将这招刀法和剑法提出，和元燕、容意探讨其中的关窍所在。

他想的简单，元燕和容意都是和他一起经历生死的真正朋友，共同参悟自然正常，更何况元燕的见识和领悟能力似乎远在他之上，而容意原本便是练剑的，在剑术上自然比他经验多。

然而元燕看着他这种做派，心中对这个南朝小贼的评价便又高了数分。

一些武技甚至真元修行功法也不怕流传部下知道，任何武技和真元修行功法都是死物，关键还要看各人的际遇、所花的时间。

蠢材再怎么修炼都是蠢材，有些人对剑法无感，即便知晓厉害剑招，也不会多花时间修行，剑法也自然不会厉害。

只是分享、信任和封赏，却是一名将领必不可少的成功潜质。

在她看来，像林意这样的人，拥有成为强悍将领，甚至成为许多人崇拜和跟从的将领的潜质。

力量可以后天增长。

而性情和气质，便是天生。

她越来越坚信自己一开始的判断，她恐怕在造就和放走一名将来会对自己很有威胁的对手。

第191章 亚圣

她心有隐忧。

林意还有一点最让她忌惮，便是不计自身利益的言出必践。

比如现在，他想着的还是要先去替南天院那名药师寻银蚕草和齐心莲这两味药物。

这两味药物至少现在对林意而言根本没有用处，绝大多数到了此间的修行者，自然不可能特意去寻找这些，有那么多的时间，尤其又有宁家提供的灵药分布图在手，还不如多跑几处有可能出产灵药的地方去碰碰运气。

然而林意并不这么选择。

此时他们就正行向那银蚕草和齐心莲有可能生长的区域。

这似乎有些傻。

只是将心比心，你用何等的心对别人，别人才会用何等的心对你。

对待并不熟悉的师长都是如此，更勿用说自己的朋友，以及将来和自己并肩作战的同僚。

从林意一定要赶来通知陈宝菀，便可见一斑。

林意这样的人，才能收获真心。

只是和林意接触的时间越久，她也越是不愿意更改心中最初的决定。

不管她在心中何等冷硬地提醒自己这名南朝小贼注定是自己敌人的事实，她还是会在眉山之中放过他。

人之一生，总是要做些冒险，做自己喜欢的事情。

元燕深吸了一口气，又抬起头看着天空的流云。

她很爱看流云。

因为那些云高高在上，如此孤高，又可以无拘无束地看尽人间悲欢。

元燕在看云，林意在满脑子的刀法剑招，时不时地还要吃上几口干粮，在两人身前开道行走的容意却是满心紧张。

他同林意和元燕接触得越久，便越是觉得外面的世界可怕，越是觉得南朝能人异士辈出，或许随便哪一个学院冒出来的不知名学生都有可能比他强出许多。

此时的眉山似乎已经隐隐平静下来，难闻杀声，然而就和在那冰窟里都会杀出一个那般强大的修行者一样，他现在也很怕沿途的山林之中，或者某处山崖上，也陡然出现一名那样的强者，然后突然一剑飞来。

他担心的这些事情并未发生。

承天境的强者，哪怕在建康城里，要想撞见也并非那么简单。

满心的担忧到最后变成了纯粹的看风景。

越是人迹罕至的地方，便越保持着最原始的风貌，三人面前出现了几座几乎没有生长草木的石丘，石丘的顶端光滑齐平得如同刀切过一般，这几座石丘之间，便是石壁陡峭的峡谷。

石丘上几乎没有生长草木，但陡峭的崖壁上，却生长着很多独特的灌木，和一些独特的荚果。

林意拿石块砸落了几个荚果，内里的果实很像蚕豆，只是坚硬如铁，切开之后内里的果肉却也和平常豆类无异。

这些峡谷里连风声都没有，死气沉沉，穿过这片峡谷，便可以到达元燕所说的齐心莲生长的区域。

按照南朝行军地图所示，在更远一些的西方山林之中，有一个高山湖泊，在那片山林中雨水丰腴之时，湖泊之中的湖水会漫出，流淌到下方荒原，也便是这些石丘后方的平地之中，形成泽地。

只是大多数时候，因湖泊缺水，而形成的泽地也自然干枯，最后变成荒漠地带。

林意等人所穿行的这道峡谷约三四里长，当他们行至中段，突然三人不约而同抬起头来，望向西侧高处。

那里有山峰，正是地图上那片高山湖泊所在的地方。

在一片死寂之中，三人同时抬头，自然不是为了看云，而是都心有所感，觉得那里有人，而且那人在看着自己。

“你们……也是相同感觉？”

林意看着身旁两人的反应，震惊得有些无法言语。

一个人如此，便有可能是错觉，但不可能三个人都是如此错觉。

然而此时他们所在的位置和那座山峰之中还隔着一片五六里方圆的泽地，这么远的距离，即便身在高处的修行者能够看清楚身在峡谷阴影里的他们，而且能够让他们感觉到在被看，也一定是动用了某种他们根本无法理解的手段。

三人之中，最为震惊的是元燕。

她之前身边有神念境的修行者为伴，而且在北魏，她也见过神念之上的修行者。

所以她可以肯定，即便是已经被修行者世界称为“半圣”的神念境修行者，都不可能拥有这样的手段。

那这人是谁？

难道是现今南朝皇帝义结金兰的异性兄弟、南天院的副院长叶暮峪？那名已经达到入圣境的亚圣？

她的身体开始逐渐冰冷。

很显然这名修行者是特地在那山上打量着他们，若真是叶暮峪，专程在此处注意和打量他们，那只意味着一个可能，就是她的身份还是暴露了。

若真的是叶暮峪在这里等着她，那她绝对不可能回得到北魏。

很快，三人的这种感觉消失了。

就像是那人终于收回了目光和感知。

也就在这一刹那，他们前方峡谷外的荒漠里，流过了一道异样的风声。

一道细细的气流从荒漠当中切过，沿途所有的刺木纷纷被切开，只是切痕太细，许多刺木哪怕只有二分之一的手指粗细，在被切成两片之后，也依旧难以看出。

三人看着那座山，只是再没有任何异常。

难道并不是叶暮峪？

那这人是谁？

南朝和北魏，还有哪个神念之上的修行者来了眉山？

元燕紧抿着双唇，她的双手在衣袖之中微微颤抖。

山间的高山湖泊已经缩水得只有雨水丰腴时一半大小。

这是一片盐湖，盐卤来自山体之中，极浓的盐水之中不生任何的鱼虫，甚至连水草都没有一根，但是湖底析出的雪白盐花和倒映着蓝天的碧蓝湖水，显得分外的幽静和干净。

湖畔的确停留着一名修行者。

只是这名修行者既非她不知晓到来的魔宗大人，也并非南天院的叶暮峪，而是一名披散着长发、身穿南朝士大夫服饰的男子。

这名男子比叶暮峪看上去甚至还要年轻些。

他的五官很正气，身材颀长，只是一双眉毛有些淡。

第 192 章 幽兰

他的神情很安静，就像空谷里的幽兰。

不只是元燕，即便是在整个修行者世界，也很少有人知道他的存在。

修为已至亚圣境界的修行者，一举一动对这个世间皆有很重要的影响，他们的行走，往往带有很深远的目的。

只是谁也不知道，这名安静地停驻在盐湖畔的修行者经过眉山，并不是想要在眉山搅乱风雨，他只是想要顺道看一下某个人。

这人名叫林意，按境界而言和他差着天与地的距离，然而从辈分上而言，却是他的师弟。

这是得了他师尊最后真传的弟子。

像他这种修行者，无论是朋友还是真正的敌人都极为稀少，所以按着这层关系，林意可算是他的亲人。

所以他来特意看一眼自己的这名师弟。

只是看一眼而已。

失望或是欢喜，对于他而言只是看这一次。

若是这名师弟太过令人失望，或许将来反而会败坏他师尊的名头，那还不如就由他杀死。

他有些难以想象自己的师尊会挑选这样一名画风的少年作为自己的师弟，只是这名师弟……从现在看来，应该是令他欢喜的吧？

他有些欣慰。

在一瞬间，他想要留些东西给林意，只是当他的目光和感知脱离林意等人的身体，却是迅速改变了主意。

他并不是害怕这个世间知道自己的存在和行踪所在，只是觉得让林意不要知道自己的存在更好。

因为野草往往生长得更加茁壮和有力。

他想要离开了。

然后他的身影就从这片盐湖畔消失。

他的速度已经超过了绝大多数活物的感知，就如同凭空消失在空气里，只是平静的湖面上连水波都未荡漾一丝。

林意并没有觉得自己是“南天三圣”的弟子。

在他的潜意识里，只有那种真正的行了拜师礼，入门侍奉师尊，得到言传身教的弟子，才算是真正的真传弟子。

他当然知道，许多人的身份太过特殊，对于这些事情便有着不同的定义。

“南天三圣”当然是这样的特殊例子。

因为他们的身份太过高绝，功法也太过高绝。

对于寻常的修行者而言，身在不可及的云端的“南天三圣”，平时也绝不会将自己的功法典籍传给他人。

其实按如此来算，林意觉得他自己甚至是“南天三圣”中两名圣者的弟子。

因为他在齐天学院的藏书楼，也得到了那名圣者有关大俱罗修行法的指导。

也是因为那名圣者，他才得到何修行的无漏金身修行法。

那名圣者的研究和推断，加上何修行的功法，才让他很快地真正走上了大俱罗之路。

然而林意距离世间那些权贵的战场还太遥远，所以他并不像元燕一样知晓，其实在他离开南天院的当天，沈约和何修行便都已经离开了这个世间。

若是他自己也知晓，自己是那两名圣者在临死前都认真关注和教导过的最后一名修行者，而且那两名圣者在世间都只留下一两名真传弟子，他自己或许也会改变这种看法。

此时的林意还在震惊地看着他这名未曾谋面的师兄离开的方位。

亲身体会半圣的强大，让他身体里每一丝血肉都依旧在战栗难安，但是与元燕和容意不同的是，他直觉对方对自己没有什么恶意。

元燕竭力地让自己平静下来。

她看着那座终于又不再流淌出可怕气息的山峰，在心中劝慰自己，或许那名不知来历的半圣并不是南天院那名副院长，对方也只是恰好看了途经此处的他们三人一眼。

“走吧。”

她应该是最为担心自己安危的人，然而此时她却是第一个出声，第一个继续迈步前行。

若是这样的半圣要出手，那便是现在转头就逃，也绝对不可能逃出此人的手掌。

既然害怕无用，那便专心走自己路，做自己的事便好。

三人穿过峡谷，进入此时干涸的泽地。

泽地里的土地龟裂着，乱草和各种低矮的灌木一簇簇地生长着，就如战场上乱抛的头颅。

即便那名半圣留下的痕迹极不明显，但在真正踏入这片泽地的刹那，三人依旧敏锐地感知到了不同寻常的味道。

一些纤细的草叶似乎只是因为他们的脚步声便从中裂了开来，裂成两片的草叶倒向两边。

分开的草叶形成了一道笔直的线路，指向那片高山湖泊的所在。

如此清晰的痕迹，便是提醒着他们方才的感知绝对不是梦幻。

这是有人以一缕真元，或者是一缕剑气来增强他的感知？

元燕深深地吸了一口气，她在脑海之中搜寻着，也没有想到她所知的哪一位半圣拥有这样的手段，似乎即便是她所尊敬的那名魔宗大人，也并不会拥有如此的手段。

然而这名半圣给他们的震惊还远不止如此。

这片干涸的泽地里突然响起一些轻微的动静。

一些乱草和灌木突然折断，像被一些看不见的农夫在收割一样，齐根而断。

因为这片泽地在积水时如同被磨平的秧田，地势平坦到了极点，所以三人一眼便可以看到有六七丛这样的乱草和灌木折断。

然而这些折断的乱草和灌木中，却还有未断的药草。

那药草有碗口大小，微红的一朵，就像是莲花。

看着这些药草，三个人脸上的神情都变得异与寻常。

这是齐心莲，便是他们此行要寻觅的药草。

那人直接令这片泽地之中存在的齐心莲出现在他们的眼前，便只能说明是他让他们知道他的存在，算是打了一个照面之前，他已经默默地看了他们许久，甚至听到了他们之间的一些对话。

留下如此善意的人，便不会是林意的敌人。

只是这人到底是谁?

即便元燕也根本猜不出来。因为在她所知的情报里，何修行的那名弟子，也已经在南天院随着何修行一起战死。

“谢啦！”

林意也想不明白，他对着那处山峰大声地喊了一声算是致谢，接着却是轻声又嘀咕了一句，“只是偷听人说话，总是不好。”

容意的脸色又有些发白。

他很担心那名亚圣突然不悦，一个起念便施手段惩戒。

然而一切都没有发生。

一片安静。

第 193 章 刀剑欢

一切便是如此顺意。

三人采了这些齐心莲，然后心照不宣地决定走上那座山峰，到那片湖泊畔去看一看。

遭遇一名亚圣，对于他们而言，也是在眉山之中最大的奇遇。

盐湖里清晰地倒映出了他们三人的身影。

水面连一丝波纹都没有，没有任何遗留的痕迹。

“就在这里休憩一晚？”

元燕看着已然黑下来的天色，看着两人提议道。

其实黑夜对于已有一定境界的修行者而言永远不是问题，只是对于她而言，既然眉山战役已然结束，不需要再赶什么时间，她心中也自然慵懒。

至于林意所需的还有一种药草，那种药草若是真的有，那也不会长腿跑掉，早去晚去一些都没有问题。

林意没有异议。

他自己精力旺盛，哪怕脚上有伤也可以不必休息，但是在他看来，元燕和容意却需要休息。

更何况这片盐湖周围很干净，景色很秀美。

没有虫豸，也没有野兽活动的迹象。

在是否点燃营火这件事上，三人也没有什么争议。

此处远离那些盛产灵药的核心地带，又在地处高处的湖畔，营火燃得旺一些便不会有什么烟气，火光被山上的林木遮掩，山外也很难见到。

即便真有人在远处见到微弱的火光，也是因为修行者之间互有忌惮，也并不会特意赶来查看。

其实火对于修行者而言也未必需要，然而在黑夜里，火光会给人温暖的感觉，而且跳跃的火光会带来变化，不会让黑夜显得太过枯寂和无聊。

“你介不介意吃肉？”

随着篝火渐旺，容意问了元燕一个问题。

元燕微讽地笑笑，摇了摇头。

此处若有鲜肉，也必定来自荒原和山林之中的兽肉，这些兽类的血肉让寻常城内的少女当成食物恐怕的确有些抗拒，然而对于那些游牧的人而言，这些兽肉却已经是难得的美食。

她年幼时，看着母亲在牧场上灌水捕捉地鼠，然后晚上喝着肉汤，啃着地鼠腿的时候，便是分外的满足。

到了北魏皇宫里，各种美味佳肴她都尝过了，便没有一种可以比得上当年那加了简单的佐料和野菜煮出来的兽肉汤。

“这应该也是一个很有故事的女修。”

容意是个比林意还要质朴，对这个世界的看法还要简单的边区少年，也从元燕眼中复杂的神光之中看出了许多风霜的味道，他在心中如此想着，越发觉得自己之前的世界太过风平浪静，这恐怕也是自己越来越感觉和这些人有差距的地方。

他先行告辞去这山后的山林里去捕猎。

元燕将一些石块在湖水之中洗净，然后放入篝火之中，接着她开始切削一些树木，做一些容器。

当这些盛水的容器做好，她去山林间接些清水，放入烧红的石块，再加入一些野菜，便很容易煮出她记忆里的那种野菜羹。

林意闲来无事，就自然地在火堆旁加着干柴，又不自觉地将一柄剑握在手中。

练剑很需要心情，此处静谧，他在心中又已经将那招刀法和剑招反复揣摩，正有练剑的心情。

心中细想着那些关隘和剑路，他手中的这一柄剑自然地递了出去。

他前方的火堆里的火焰噗的一声，骤然随着他手中剑光的迸现而卷起几条乱舌，数十点火星和残焰在他的剑光之前飞散在空中。

虽然不是有意为之，但是他手中的剑下意识地追着那些火星和残焰递了出去。

他身体里的血肉奇妙地震颤起来，很称心如意，他手中挥洒的剑光追上了那些火星和残焰。

一道奇妙的剑光如同清风一般承接起了这些火星和残焰，这些火星和残焰跟着剑光而行，一时并不熄灭，在剑光的映衬下，甚至变得更加明亮起来。

元燕停了下来。

她看着林意这道剑光的亮起，看着沉浸在剑意之中有些无法自拔的林意，深深地皱起了眉头，道：“你以前学剑法也是这样快？”

林意收剑。

听着元燕的这句话，他依旧沉浸在方才奇妙的发力状态之中无法自拔。

自己也有些无法想象，竟然能够将脑海之中的剑招用得接近完美。

可以肯定的是，这种武技的领悟力，之前应该属于厉末笑那种天才，而并不属于他自己。

他看着元燕，一时没有回答，只是有些艰难地站了起来。

他转头看向平静的湖面，缓缓静下心来，然后再次出剑。

平静的湖面上骤然泛起一阵涟漪。

他手中的这柄剑走刀势，看似只是寻常的横斩，却带起一种令元燕都为之心悸的气势。

空气被刀风所激，甚至响起轰然的回响。

这一刹那，林意觉得自己浑身的毛发都舒张，似乎身体里每一根骨骼、每一丝血肉之中的力量，都被这一刀的刀势压榨了出来。

从他身体里压榨出来的力量，凝成了一股，汇入这一刀之中。

越是简单的招数，要带来超乎寻常的发力，其实便更加困难。

然而这一刀他虽然不能说完美，但毕竟已经算是掌握。

林意看着湖面上被刀风激起的水花，他自己震惊得沉默了许久。

“我之前虽然还可以，但一套疯魔杀拳，其中的一些拳招，我也是练了很多遍才掌握。但那些拳招，肯定无法和这些相比。”他长长呼出了一口气，然后才慢慢地说道。

元燕的眉头依旧没有松开，她知道林意所说的疯魔杀拳的拳招无法和这些相比，并不是指威力，而是指掌握的难度。

“所以应该是‘南天三圣’给你的功法的问题？”她想了想，看着林意说道。

“应该是。”

林意认真地点了点头，和真元无关的武技都属于肉身的协调和发力，他肉身的强大和改变，除了那些灵药，最根本的原因便是那两名圣者的教导和功法。

“‘南天三圣’毕竟是‘南天三圣’。”

元燕很自然地将这一切全部归结在那至高的三圣身上，不知为何，她在初时的紧张林意进步太快之后，却有些释怀，“我看你这一刀一剑，若是再练得熟一些，恐怕一般如意境和承天境不是太厉害的角色，应该也杀不了你了。”

第 194 章 食肉者

只是不被杀吗？

每个人只要有心，都可以做到设身处地地为对方去想，然而每个人所处和所长的环境不同，即便如此，也未必和别人想的一样。

在元燕看来，林意的处境可算是糟糕至极。

即便得到了三清老人这样的南朝清流青睐，但清流就是清流，这意味着即便三清老人的一些学生和弟子在朝中拥有一定的地位，他的那些学生和弟子在抗争时，也往往只可能采取光明的手段。

南朝的很多权贵其实很看不起这些清流，他们在私下往往用“爱哭的孩子”或是“求奶的孩子”在形容这些清流。

这些清流最依仗的便是上书陈述，获得皇帝的支持。

然而南朝很多的权贵，他们更依赖的是相互之间的依附，更多的是阴暗的手段。

陈家和萧家，都是权贵之中的权贵。

只是林意在哪家都似乎不讨好。

至于陈宝菀和萧淑霏，她们的处境，恐怕和她自己相差无几。

她是北魏长公主，在北魏当然拥有很大的权势，只是和真正的一家之主北魏皇帝和皇太后相比，她的很多意见都甚至可以忽略不计。

所以在她看来，林意能够在铁策军好好活着便不错。

她不想在眉山之中杀他，当然也不想一离开眉山之后便听到他的死讯。

只是她毕竟不是林意。

她并不知道走大俱罗之路的林意的野心。

即便林意和那些半圣、亚圣之间隔着天与地的距离，和那些真正一言一行都可以对整个王朝格局产生重要影响的人相比，他依旧渺小得如同这座山头下泽地里的野草，然而他想着的却是天下第一。

和当年的大俱罗一样，真正的纵横无敌。

当容意带着一头已经清理了皮毛和内脏的岩羊回到这盐湖畔时，元燕已经烧开了水和洗净了野菜等着，而林意却是已经将身上剩余的有关壮大骨骼和气血的灵药全部取了出来，放在身前。

他取了些沸水，用元燕新做的木碗调和了行军口粮，就着这些口粮，他开始吃这些灵药。

容意很无语。

他尝了一下林意的这种行军口粮，对于他而言，这和他们在家乡偶尔会吃的面糊没有多少区别。

只是那些街坊邻居吃这些面糊，要么就着酸菜，要么是弄点酱豆子或者小鱼干，现在这林意可好，吃这种面糊，却是用灵药当酸菜。

明月在夜空中升起，盐湖畔飘散着肉香，一丝丝药气在林意的腹中升腾而起，不断沁入林意的血肉之中。

林意闭目休憩，他没有有意地修炼，缓缓陷入沉睡。

一夜过去，当天空渐渐发亮，他很自然地醒来时，体内依旧有丝丝的药力在升腾。

旺盛的精力和生机，似乎在他醒来的一刹那，便从天地间重新灌入了他的体内。

他的感知已经相当惊人，即便不刻意内观，都可以清晰地感知到自己体内的一切变化。

和昨夜相比，他的身体骨骼和血肉就如同经过了新一轮的淬炼，他体内骨骼犹如最晶莹的白玉，在他的感知里熠熠生辉。

他的五脏也散发着五色光芒，气息极为旺盛。

他的血肉变得更为凝练，甚至在感知里也闪现出点点的光彩。

最令他惊喜的是，他受伤的脚内里断裂的血肉经脉已经几乎完全连接在一起，就连那些骨骼断裂处都有明显改观。

只是连服灵药，再加上接连受伤，此时他气血前所未有地旺盛，却是也感觉到体内有了许多尘埃一般，让他感知起来极不舒服。

天还未透亮，林意重新闭上眼睛，以无漏金身法修行。

此时他肉身修为大进，“南天三圣”之中何修行留给他的这篇功法中“旺气机”“分寒暑”“控皮肉”三部分已经顺畅如意，而且一开始便自然转入内息。

他呼吸骤顿，体内气血流动却骤然转疾，心脏剧烈跳动，只不过片刻，他身上肌肤便开始大量出汗，只是排出的都是腥臭的汗水，其中星星点点，似是瘀血，又像是药渣一般。

林意并没有刻意避讳，他心脏开始剧烈跳动时，元燕和容意便已经开始认真感知，当看到这样的汗珠从林意的肌肤上沁出，林意的身上腥臭难言，然而整个身体却是宛若新生一般，两人都是心中大震，忍不住互望了一眼，心中都只有同样的念头，这“南天三圣”的功法，果然太过惊人，无法想象。

事实便是如此，那药气何等细微，是药三分毒，一经服用便深入肉身，和气血结合，世间罕有能够将这种不利药气都淬炼出来的功法，即便是有，又如何能这样快，排得这样干净。

开始日出。

这片盐湖上开始有如银光流淌。

林意睁开眼睛，略微活动一下身体，浑身关节噼啪作响，宛如金石在撞击。

他嗅到身上的腥臭味道，不好意思地冲着元燕和容意笑了笑，很干脆地往旁边盐湖一跳。

这湖水盐分太高，冲洗在身上依旧有些黏糊糊的意味，并不算特别舒爽。

只是他的注意力很快脱离了自己身体肌肤的感受，他嗅到了肉香。

那是昨夜剩余的烤岩羊肉。

昨夜烤肉时的香味更加浓烈，只是不知为何，他现在嗅着这肉香，浑身的血肉却似微微地颤抖了起来。

很想吃。

他的身体在给他传递这样的信息。

“难道已经修到了那种地步，已经可以吃肉食了？”

林意心念动间，哗啦一声水响，他已经从湖水中跃出，单足着地，稳稳金鸡独立，然后他不顾那些烤肉上面腻着一层冷油，直接撕下一块便吃了起来。

他的样子依旧显得很野蛮，只是元燕和容意看着他的神色变化，就知道其中自有原因。

林意的修行对于他们就像是山中的迷雾一样看不透，而且越看似乎谜越多。

林意已经许久没有吃肉，此时虽然肉冷，但对于他而言味道真是很好。

当一块足有数斤的肉入腹，他感觉到有一股暖意从腹中升腾起来。

林意眉头微蹙，静心感知，这股夹杂着暖意的元气似乎和五谷之气没有太大分别，其中驳杂不堪的气息明显增多，但其中一些元气虽然驳杂，但感觉却又有五谷之气无法相比的力量感。

第195章 尸食者

此时世上无人再走大俱罗之道，所以也无人可以就他此时感受给予他任何正确的建议。

林意没有着急去处理这些元气，他就像是一个旁观者，仔细地去“看着”这些元气的变化。

这些元气里面，除了有部分几乎和五谷之气一模一样，其中有些元气有种分外黏稠浓厚的味道，似乎渗入血肉之中，又似乎能引起血肉的欢愉，而且还有一种令他感到是五谷之气无法相比的力量感的元气，究其根本，却似乎是让每一丝细小的血肉变得更活跃。

然而其中有一些驳杂的元气，却和那些驳杂不利的药力没有什么区别。

这些驳杂的元气，自然是要用无漏金身法淬炼出去。

而五谷之气和那两种令血肉变得更加拥有力量感和更有活力的元气之间，却似乎也有着一种奇妙的平衡。

这两种令血肉变得更有力量感和活力的元气，也更容易改变他体内血肉本身，似乎极容易在他身体里某些部位堆积起来。

“那便是已经可以到了肉食的境界，只是还要看身体所需，若是修为在提升，估计便能吃更多。”

林意觉得自己今后要判断自己走到了当年的大俱罗的哪一步，倒是也相当简单，就看自己一顿到底能够吃多少。

不过随着他的感知提升，现在无论是吃行军口粮还是吃这些肉食，体内元气升腾他是感知得更加清楚，但他也越来越感觉到这些元气对自己身体造成的改变，而且越来越细微。

这种修行和真元修行也没有什么差别，黄芽境到如意境便快，境界越往上，所需的灵气量变越大，就如巨象已经生长到身躯庞大，以往的一株灵药就能带来改变，但到了承天境，恐怕数十株灵药也未必能破境。

按他现在修行的境况，他应该也已经相当于初入承天境，而对于整个修行者世界而言，承天境再往神念境，突破所需的时间，就已经不是用数年来计算，而是以数十年来计算。

林意若有所思，元燕和容意却也不出声，生怕打扰他的修行。

此时在眉山另外一端的某处山中，南天院的另一名年轻才俊王平央，却也正迎来他修行中一个全新的重要阶段。

同样静谧的山林里，浓厚黏稠的鲜血在王平央身前的枯叶上漫延。

鲜血渐渐地蔓延到他的脚下，染红了他干净的靴底。

鲜血源自他身前一头庞大的野兽尸身。

这是一只罕见的独角犀。

这种犀牛的牛角可以入药，而且这种犀牛虽然皮糙肉厚，连弓箭都很难射穿它的坚厚皮肤，但是它性情还算温顺，所以无论是对于南朝还是北魏的猎户而言都比较容易猎杀，现在在南朝和北魏的绝大多数山林里，也已经很难寻觅踪迹。

这是一头母犀，腹部高高隆起，应该原本内里还孕育着很快即将降临的新生命。

王平央的眼中有淡淡的悔意。

是在杀死这头母犀之后才发觉这点。

这原本可以避免，只是他今日心已经乱了，所以他是在杀死这头母犀之后才发觉这点。

心乱只是来自魔宗的那篇功法。

那篇功法理解起来原本不难，而且他原本就和厉末笑一样，是以修行天赋著称的天才。

他花了一夜的时间想通了这篇功法的一切修行和使用手段，然后穿行在山林中，几乎是见到这头巨兽的刹那，他便下意识篇出手将之杀死。

他并不知道，此时在距离他并不遥远的另一处山脉之中，他天监六年的师弟林意也在默默地修行着一种没有其余人修炼的功法，他只知道，自己现在所领悟的来自魔宗的这种功法，之前也并未在修行者间出现过。

和吸纳天地灵气、吞食灵药截然不同的是，这门功法靠吸纳尸气修炼。

更精准而言地说，按照魔宗的这篇功法所示，当一名修行者死去之时，他体内的真元、一切内气都会自然瓦解，那些原本顽固的属于个人的元气在改变和散逸之中将会发生本质的改变，其中一部分将会分解成和天地灵气极为类似的，可以用于修行的灵气。

只是即便是黄芽境的修行者，都至少经过短则数年，长则十余年的吸纳天地灵气修行，他们死后散失出来的这部分有用的灵气虽然只是属于全部真元的极小一部分，但这部分和天地灵气相比，依旧浓烈得惊人。

这是雾气和溪水的差别。

按魔宗的这篇功法的真意，便是既然能直接喝水，为何要辛辛苦苦地每日去餐风食露？

看着眼前的这头巨兽，王平央的双唇紧紧地抿了起来，抿得毫无血色。

然而既然已经杀死了这头巨兽，他自然要试一试。

真元依旧是魔宗这篇功法的起始媒介，他深吸了一口气，体内的真元快速地流淌起来，渐渐发出奇异的嘶鸣。

真元和他体内的鲜血产生了一种奇妙的融合，甚至产生了噬血的现象，吞噬了他自身体内的一部分鲜血，当这部分真元按照独特的流动线路在经络中回转，最终流淌出他的指尖时，他的指尖不像是寻常真元修行者一样散发出淡黄色的光彩，而是散发出一种诡异的紫红色光泽。

他的手指落在这头巨兽的尸身上。

微薄析出的一些真元似乎加速了这头巨兽体内的元气的释放，同时这些真元均匀地混杂其中，便又令他更好地感知。

他眼中的悔意开始消失，尽数变成强烈的震惊，其中甚至夹杂着数分由衷的敬畏。

那名传说中的北魏魔宗大人，他的功法的确掀开了一个新的世界。

这是真正的宗师。

他感受到了那种蓬勃，可以被他吸纳、按照这门功法可以迅速形成他新的真元的灵气。

只是杀生瓦解元气，若是换个字眼，便是吸纳尸气修炼。

想要修为进境更快，吸纳更充沛、更精纯的灵气，便要杀人。

杀人而吸纳尸气修行……王平央看着眼前的这头巨兽的尸身，他的身体有些寒冷，微微轻颤起来。

第196章 应援

这头巨兽刚刚死去，连流淌在地上的鲜血都没有完全凝结，而这头巨兽的元气被他用这魔宗传授的手段释放，此时这头巨兽的表皮却变得灰白，甚至隐隐传出了尸臭味道。

这种气味令人感到恶心，然而方才吸纳到的那种精纯灵气的味道，却是令人迷醉。

王平央可以说服自己，功法并不分善恶，关键在于使用功法的人的善恶。他也可以说服自己，杀死敌人来增强自己的修为，这点无可厚非。

只是他心中一直有另一个声音在提醒着他，被迫杀人和主动去杀人有着截然不同的区别。

更何况这门功法是敌国的宗师传给自己，将来自己要在这史册上承担什么样的角色？

日出东方，和煦的光线均匀而热烈地洒落在眉山上。

林意等三人开始下山。

齐心莲已经到手，那名南天院的药师托林意寻的，还差一味银蚕草。

三人行向那银蚕草有可能生长之处。

林意很有信心。

他并非对自己有信心，而是对南天院那名药师和元燕有信心。

既然南天院那名药师特意托他在眉山寻找这两种药物，这便说明眉山一带应该的确出产这两种药物，而按照元燕所说，银蚕草吸纳月光而生，同时在月上中天时，必须雨露充盈。

这样的条件，眉山之中符合的山谷在行军地图上也只有一处。

寻找齐心莲的过程极为顺利，三人在心中自然都希望寻找银蚕草的过程也十分顺利。

然而并非事事都能尽如人意。

接近正午时分，一道焰箭毫无征兆地从他们行进前方的一片山林之中射了出来，接着又有狼烟升腾而起。

那是南朝军队求援的信号。

此时谁都不想节外生枝，然而看着那道升起的焰箭，元燕的眉梢微挑，不知为何，她心中便有种直觉，她知道林意一定会想要过去。

林意并没有丝毫犹豫，看着那处山林，他异常简单地说道：“我要过去。”

元燕微讽地笑笑。

她只是笑自己太过了解林意。

林意开始奔跑。

在此之前，无论是元燕还是容意，都没有想到过一只脚受伤的人，背着一个比人还重的沉重行囊，竟然还能跑得比一般人快。

然而这画面就是如此奇特。

林意一手拄着狼牙棍，他那受伤的脚也并不着地，但是这样就如单脚撑跳一样，他在山林之中竟有如履平地之感。

元燕和容意两人跟在林意身后，看片刻便忍不住想笑。

林意手中沉重的狼牙棍不停击地，声响极大，锤击在坚硬山石上，更是声势惊人。

山林中燃起的狼烟侧，聚集着数十名南朝军士。

只是这些军士显然泾渭分明，五名身上血迹斑斑的军士在一侧，而其余数十名身穿轻锁甲的轻铠军军士在另一侧。

两方军士已经有过一次激烈的争吵，一方此时依旧气愤难平，而另外一方则是神容漠然，似乎不想再和这五名军士多说什么。

就在此时，他们听到了沉重的撞击声如雨点般响起，觉得地面都微微震颤起来。

这是什么声音，难道是身披那种需要真元驱动的重铠的修行者？

所有这些南朝军士震惊地看向声音传来的方向，同时那数十名身穿轻铠的军士用最快的速度分散开来，尽可能地隐在一边的树林之中。

然而当这样的声音真正的临近时，他们看到的也是同元燕和容意所看到的一样的惊奇画面。

一手拄着狼牙棍，单足挑着的林意蛮横地撞入了他们的视线里。

林意并未像这些南朝军士一样警惕。

之前的种种迹象表明，南朝的修行者已经掌握了眉山的主动，北魏修行者针对陈宝菀的那个局已经失败，那些强大的北魏修行者都应该已经在撤离眉山的途中，不太可能会用假的求援信号来设埋伏。

而且他现在有元燕和容意为伴，随着实力的提升，已经拥有和强者一战的可能。

“铁策军林意，前来援手。”

在看见那五名身上血迹斑斑的南朝军士的刹那，林意便轻喝了一声。

“倒有些将门风范。”

他身后的元燕在心中微讽地自语。

“铁策军？”

听到这三个字，那五名身上血迹斑斑的南朝军士已经眼睛全部都亮了起来。

“你们有多少人？”

这五名南朝军士马上迎了上来，为首一名中年军士急切地问道。

“就我们三人。”林意此时也看到了那些在山林中如释重负的军士，也觉得气氛有些古怪。

“就三人？”

为首这名中年军士顿时面色难看起来。

“都是修行者。”林意也不想废话，直接道，“什么军情？”

“我们是西平郡镇戍军，此刻我们西平郡镇戍军主军正朝着天蜈岭一带行进，但按照我们所知，北魏一部已经在天蜈岭设伏，还有一支军队正从黑瘴林一带穿过来，若是不能阻截这支从黑瘴林过来的北魏军队，我西平郡镇戍军腹背受敌，后果不堪设想。”这名中年军士咬牙说道。

“黑瘴林。”林意迅速取出行军地图看了一眼，他顿时一愣。

那黑瘴林，便就在他们此时位置附近，应该不足三里。

“此时这支北魏军队动向？”林意马上看着这名中年军士问道。

“正在穿过黑瘴林，按照他们行军速度，将会取道这里。”中年军士在林意手中的行军地图上指点出了他所说的北魏军队的动向。

“你们怎么知道得如此清楚？”林意很自然地问了一句。

“我们的同僚此时应该已经在黑瘴林战死，在战斗开始之时，我们便突出来到此处求援，按照之前的军情，这里有中卫军大部。”这名中年军士的面色瞬间莫名的悲愤，“只是来了才知道，中卫军大部已经离开，但这剩余轻铠军却不想应援……”

“这是飞蛾扑火，如何叫作不想应援。”

这名中年军士的话还未说完，就被那林中返回的一名轻铠军将领寒声打断。

“你不妨告诉这铁策军三人，那支北魏军队有多少人，修行者几何？”

这名轻铠军将领三十余岁的年纪，面色黝黑，此时冷笑连连，“你但看你说了，他们是否和我们一般决定。”

林意眉头微挑，“多少人，有多少修行者？”

“近三百人，约四名修行者。”这名中年军士握紧双拳，浑身都有些颤抖，“只是未必要战胜，只要拖延些时间，便能免我西平郡镇戍军腹背受敌。”

“怎么拖？”

轻铠军将领冷笑道：“你自己说过，那三百人之中，还有五十余重铠军，身上甚至带着机栝重弩。”

“西平郡镇戍军……”

听着这样的字眼，林意突然想起一事，“刺史家千金宁凝你们认识？可知道她去向？”

这句问话在此时有些突兀，周围这些人，包括那中年军士在内，全部愣了愣。

但那中年军士旋即马上点头，道：“她现在便在西平郡镇戍军中。”

“跟上我。”

林意的声音响起。

随着他的声音响起的是他手中狼牙棍砸地的声音。

一时间除了元燕，其余所有人包括容意甚至都没有反应过来。

“你……”那名轻铠军将领顿时呆住。

“我管别人去不去，我反正要去。”林意的声音接着响了起来。

第 197 章 战幕

“又是你的红颜知己？”

元燕跟了上去，大皱眉头。

“是我的师姐，对我很不错，我手上的灵药分布图便是她给我。”林意道，“此刻不说她有难，便是其他南天院的师兄师姐有难，我也必定要尽力援手。”

“那你也不问那些修行者是何品阶，万一对方全部都是承天境以上的修行者，你这所谓的尽力援手，岂非自找死路。”元燕冷笑道，“更何况你这腿脚不便，到时候万一不敌，跑起来也跑不掉。”

“大丈夫行事，友军有难，亦当赴死不辞！”

林意掷地有声，却是有些心虚，悄悄问身后跟上来的那五名宁州兵，“你们所见那北魏军队修行者，按你们判断是何等修为？”

“我们并非修行者，不清楚到底是何等修为。”为首中年军士愣了愣，他也不知如何形容。

“那有没有飞剑？”林意用最直观的方法问道。

“并未见到飞剑。”为首的中年军士说道，“只是一人用弓，非寻常强弓，其余三人都用刀剑，只是刀剑上带起剑气，非寻常武者所能做到。”

“那应该没有承天境的修行者，最多只有如意境。”林意顿时松了一口气。

“我还以为你真的一点都不怕。”元燕鄙夷地笑笑，顿时忍不住嘲讽。

她是北魏长公主，心中自然抗拒跟着林意去和北魏军队为敌。此时牵扯到北魏军队，她的心情便不同。

“我这是知己知彼，问清敌情而已，不管如何，还是要去的。”林意大义凛然，却是又偷偷和元燕说了一句，“刚刚的话，我是故意说给那些轻铠军听的。”

“那些轻铠军里头最多就两名修行者，还都只是黄芽境，去了也不是送死。你觉得人家保全自身有什么不对，难道你的宁师姐的命是命，他们的命就不是命？”元燕冷笑一声。

“他们的态度有问题。”林意认真地看着元燕，说道，“在我看来，即便是明知不敌，去了也是送死，总也该做些什么，而不是一味地推辞，哪怕他们的确是想不到任何的办法，我现在说这番话，他们也应该知道什么是对的，什么是错的。知晓对错，才知该为何事羞耻。”

“在我看来，要让低阶的军士奋不顾身，唯有赐予他们疯狂的利益。”元燕淡漠地说道。

“我和你的看法不同。”林意想了想，又摇了摇头，总觉得这种争辩毫无意义。

元燕看出林意此时心中所想，也不再多说，她只是心中想着，林意的想法终究还是太过幼稚。

宁州西平郡便是宁州刺史的驻军所在。

这所谓的西平郡镇戍军，对于北魏军方而言，便是宁州军。

宁州军的战力只能算是非常普通，在元燕的所有计划里，并没有针对宁州军的这一环。

所以她此时也不知道，将要合击宁州军的，到底是什么北魏军队。

只是在她想来，也必定不是什么北魏的精锐军队，合击宁州军也并非有什么特殊的目的，而是北魏的某些将领想出来的手段，要将水搅浑。

将水搅浑的目的，自然是用来更多地分散南朝军方的注意力，好让她和那些更重要的北魏修行者和军队离开眉山，逃出南天院布置的杀局。

黑色瘴气笼罩的山林很快就在视线之中出现。

然而当浓郁的黑色笼罩在跟随在林意等人身后的五名宁州兵脸上时，这五名宁州军的面容反而显得无比惨白。

他们和林意等人的前方，沿着平坦的山坡，折断的树木和荒草形成了一条清晰的通道。

林意缓缓地弯下腰。

要一手拄着狼牙棍一边完成这样的动作，显得有些艰难。

他看着折断的树木中尚且在滴出汁液，便知道这支北魏军队应该刚刚从这里通过不久。

在这些树木和荒草的青涩气味中，他嗅到了一些血腥气。

这支北魏军队之中也有不少人负伤。

只是这些宁州兵的同僚，洒在那片黑瘴林中的鲜血，应该已经渐渐冷了。

林意抬起身来，他深吸了一口气，异常简单地说出两个字，“再追。”

听着这两个字之中坚忍而肃杀的意味，他身后的五名宁州兵全部一呆。

“我们追去天蜈岭。”

林意对着身侧的元燕和容意点了点头，接着对身后这五名宁州兵轻声道：“你们若是跟不上，便慢些过来。”

天蜈岭。

一场战斗已经揭开了序幕。

数百支羽箭划出凄厉的弧线，从山林中抛射而至，撕裂山中的薄雾，落向下方林地里的宁州军。

在林地中穿行的宁州军有千数，且在此之前，就已经有斥候发觉前方岭上有大量敌军活动的迹象，所以此时骤然面对这样的突袭，即便是在元燕看来战力很稀松寻常的地方镇戍军，也依旧保持了绝对的冷静。

随着一声军令，除了羽箭刺穿树叶发出的哧哧声和落地时的闷响，响起的都是扎入盾牌或是树干的沉闷响声。

这一轮羽箭的抛射，几乎没有对这支宁州军形成有效的杀伤。

宁州军以雁形列阵，中军之中，一名身穿青色獠牙铠的将领目光沉冷地看着北魏军队盘踞的天蜈岭，他的目力远超寻常的军士，所以清晰地看到，在这一轮箭射之后，有至少两百余名身穿黑色皮甲的北魏军沉默地出现，他们几乎在同一时间拔出了身后的长刀。

这些长刀整齐划一地出鞘的刹那，使得那片山林都显得格外的寒冷。

只是这些北魏军自然不在这名将领的眼中，他獠牙面罩下的嘴角顿时露出了一丝冷笑。

然而在下一刹那，这名南朝将领的瞳孔剧烈地收缩了起来。

一排青铜色的弩车在这些北魏军士的身后出现。

这些弩车看上去并不大，但是造型很独特，弩车两侧就像是生着两片翅膀。

“洛阳鸟翼弩车！”

这名将领迅速地伸手，做出一个军令的同时，心中也生出无比荒谬的感觉，这鸟翼弩车虽然可以拆解，然而整车依旧分量极重，再加上沉重的弩箭，将之运到这眉山之中，而且来对付宁州军，这简直是疯了。

第 198 章 另一端

“这什么军队，行军如此迅捷？”

林意手撑狼牙棍前行，手脚配合得越发熟练，竟真是将身后那五名原本都已经体力有所不支的宁州兵远远甩在身后不见人影。

然而他越追这支从黑瘴林中杀出的北魏军，便越是吃惊。

眉山之中应该不存在骑军，然而连追了数里，竟然依旧未追上。

这支北魏军的行军速度，远超他的想象。

听着林意这样的声音，元燕在心中却是自傲地笑了笑，心说这是你孤陋寡闻。

北魏有三分之一的军队是西北军。

在南方王朝的一贯思维之中，北方王朝都是些游牧的蛮子，游牧当然是骑马，然而北魏的西北部多是荒山地带，其中有些部落常年都依靠脚力翻山越岭。

便在前数十年，北魏西北还有两个部族首领称帝，当然最后是被北魏大军给平了。但其中有些部族一直归顺于北魏，那些部族出身的军士在山地之中都是如履平地，是天生的精锐步军。

“是魏昆的军队，还是胡福子的军队？”

元燕心中满意，决定回到北魏之后，必定要给丰厚嘉奖。

“什么声音？”

陡然之间，一阵阵如山崩般的声音从远处滚滚而来，令她都吃了一惊。

林意猛然停下，他听着这样不绝于耳的声音，这声音显然就是从天蜈岭传来，天蜈岭中，北魏军队和宁州军显然已经开始交战。而这声音仔细听来，是某种沉闷的撞击声，而这撞击声中，有种当当的声响，就像是巨锤在砸铁。

“重铠！”

元燕的感知比他要弱得多，然而这样的声音她比林意要听得多，所以她马上就判断出了这是什么声音。

“这支北魏军居然有如此多的重铠？”

林意也随即反应过来，有些不可置信。

那声音连绵不断，听上去至少有上百具重铠在厮杀。

按先前那五名宁州兵所说，此时途径天蜈岭的是宁州军主力，对于一方镇戍军主力而言，有数十具重铠并不算意外，但这北魏军竟然也有如此多的重铠，这样的军队之前在眉山之中穿行，怎么可能不被发觉，会有如此埋伏宁州军的机会？

元燕眼中震惊和惊异的光芒比他更盛。

按理而言，她是眉山之中最熟悉北魏各军的高阶将领，然而她方才判断的那两名将领管辖之下的军队，却是不可能拥有这么多的重铠。

其余她所知拥有如此多重铠的北魏军队，按理也不可能在这里出现。

那这是谁统领的军队？

如许多铁匠铺子倒塌般的轰鸣声不断地在山间回荡，在天蜈岭的另一端，王平央抬起了头，望向了天蜈岭的方向。

他醒觉有淡淡的血腥味传来。

当然并非之前他杀死的那头母犀。

在杀死那头母犀，按照北魏那名神秘的魔宗大人的功法汲取了死亡带来的精纯灵气之后，他的脑海之中一直有许多不同的念头在战斗。

以至于他在这带的山林之中有些浑浑噩噩的，漫无目的地行走了许久。

这是一种硬生生被人塞入一个全新的世界，然而却不知道用何种方式去面对的感觉。

直到此时，他才发觉附近有淡淡的血腥味传来。

他此时听到的重铠战斗时的声音比林意等人听到的还要清晰，因为严格说来，他此时就在天蜈岭一侧，几乎和天蜈岭并行的一道山岭之中。

此时那淡淡的血腥味，也是从天蜈岭的方位传来。

然而即便他此时心境不稳，但一瞬间的警觉，也可以让他断定并不是从那片战场上传来，而是来自和自己距离更近的地方。

不知为何，甚至连他自己都没有意识到，在用那神秘的魔宗大人的功法汲取了一次死亡带来的精纯灵气之后，他对鲜血的气息已经更加敏锐，而且此时他的嗅吸之中，对这种新鲜的血液，似乎带着一种由衷的贪婪。

这种贪婪甚至没有让他第一时间和林意等人一样去思索为什么会有那么多重铠在战斗，而是让他第一时间下意识由衷去发现那血腥气的来源。

他朝着山上高速疾掠而去，不出十数个呼吸，山崖上便已经传出些异样的响动，有一片风声在他的感知里清晰地响起。

他抿起双唇，发出了一声奇异的啸鸣。

飞翔在上空的那只青色苍鹰在高空中疾冲落下，顺着那只苍鹰落下的方位，他的身影骤疾，跃上一株树木，再落下的刹那，他的一只手已经握住鹰爪，和这青色苍鹰一起滑翔而落。

他的视线里，很快出现了一名北魏修行者的身影。

这名北魏修行者原本就藏匿在这片山崖上某个洞窟之中，此时感觉被他察觉，想要逃往另一侧的山后，然而这名北魏修行者受伤很重，还未翻过这座山岭高处，在接近山巅的位置，便已经颓然跌倒在地。

更令王平央料想不到的是，这名北魏修行者，是一名少女。

她是一名年纪看上去比他还略小一些的宫装侍女。

她长得并不能用很美丽来形容，但足以用小巧精致来形容。

对于很多年轻人而言，小巧精致、小家碧玉型的少女，反而更容易惹人怜爱。

这名少女的腹部受了一处不知是剑创还是刀伤，伤口应该很长，鲜血渗出了包扎的布料，应该是疗伤的原因，她身穿的端庄宫装在腰腹间也切开了，露出了内里大片雪白的肌肤。

她看着随着巨鹰落下的王平央，如同看见狼群的小白兔一样的惊恐和慌张。

王平央落在这名少女身前不远处。

即便这名少女看似全无威胁，然而无数血的经验教训让他明白，看似再无害的北魏修行者，都可以是最危险的刺客。

此时站在他的位置，也正巧可以看到天蜈岭发生的战斗。

战斗很激烈，至少有两千余人在厮杀，其中甚至有百具以上的重铠。

只是他此时绝大多数的注意力，依旧在面前这名北魏少女身上。

“你是什么人？”

他深吸了一口气，看着这名尽可能地扭转身去，不让他看到身上暴露的肌肤的少女，问道。

第199章 将死

少女没有回应。

一声清脆的利器出鞘声在他的耳中甚至盖过了对面山岭间的杀声。

王平央的呼吸骤顿。

这名少女的手中出现了一柄短剑。

这柄短剑就像是一柄还没有炼制完成的剑胎，就像是一片薄薄的黑色铁皮，然而黑色的剑身上，却是布着黑色的繁花。

随着少女视死如归的目光一齐落来的，还有一种令人心悸的气息。

王平央原本就是南朝修行最快的年轻修行者之一，他是天监五年的巡狩猎，在眉山之中也有奇遇，此时的修为也已经越过如意境中阶，然而这名少女此时散发出来的真元波动，却是让他感到比他还要强大。

这种气息，甚至让他感觉到这名少女手中的这柄短剑有振翅欲飞的味道。

只是在下一刹那，他清晰地感知到，少女体内真元的波动而产生的气息里，充满了艰涩的意味。

这种感觉，就像是一个人的胸肺之中，充满了许多小石头。

所以这名少女，之前应该是比他更强的修行者，应该已经到了如意境的巅峰，然而她的确受了很严重的伤势，除了腹部那一道重创，她体内的经络也应该断裂多处，否则在她体内流动的强大真元，不会流动得如此艰难，不会如此断续。

王平央的手落在了自己的剑柄上。

他的剑柄上嵌着很纯的天青色的翡翠，这是南朝的一柄名剑，此时藏匿在剑鞘之中，未抽出的剑身也是天青色的，这柄剑名为春晓。

像他这样的修行者心念所至，真元流转，手握住剑柄虽然还未拔剑，但剑意已生，自然也足以让这名少女感知出他的修为。

这名少女心中有决死意，然而被他这样的气势所逼，握住手中短剑的手微微颤抖，体内真元运行略微不稳，她的嘴唇便已经无法紧抿，瞬间漫出一口鲜血。

“我不一定要杀你。”

王平央依旧保持着绝对的警惕，他看着这名少女说道。

他这句话出自真心，虽然对北魏的人都没有好感，但是在他的一切想象之中，他都没有想到自己会遇到这样的一名对手。

对方是一名太过年轻的少女。

而且受伤太重，让他都觉得不忍再出手。

“不想杀我，那你会放我离开吗？”

这名少女惨淡地一笑，她看着王平央，带着一种很古怪的神气，“我不能落入你们北魏军方的手中。”

“你应该不是那名北魏长公主，你是她身边的侍女？”王平央的眉头挑了挑，他此时敏锐地感知到，这名少女的气息变得越来越不稳。

这唯有两种可能。

一种是这名少女正在酝酿出手，还有一种可能是，这名少女真元流淌之下，她体内伤势极重，此时更加恶化。

听着王平央的这句话，这名少女的身体猛然一颤。

她毕竟不是她侍奉的那名主人，像她这样的少女，不可能做到任何事情都无动于衷，包括面对自己的死亡。

“我不想死……”

这名少女开口说了这一句。

她口中的鲜血再度涌出。

她几乎要哭了出来。

王平央一愣，他有些束手无策。

“我快要死了。”

这名少女用一种乞求的目光看着王平央，其实她自己也十分清楚，即便这名南朝年轻修行者再怎么帮她，她体内的伤势也无法恢复，“我……不能告诉你任何事情，包括我是谁，但你若是真能见到北魏长公主，能不能替我告诉她，我并不是死在南朝修行者手中，而是死在都溢的手中。”

“都溢，他是什么人？”

王平央有些无法理解地看着这名少女，他心中越发确定这名少女应该便是那名北魏长公主的侍女，然而对方却说并非死在南朝修行者手中，难道北魏之中有什么人想对北魏长公主不利？

不知是不想告诉，还是已经无力告诉。

这名少女垂下了头。

她手中握着的短剑也无力地跌落在身前，她的双手剧痛般覆盖在自己腹部的伤口上。

她那处伤口在此时似乎彻底失去了控制，鲜血在包扎的衣料上不断地蔓延开来。

天蜈岭中的厮杀声显得更惨烈了一些，这名少女却在如此喧嚣震天的喊杀声中陷入昏迷，而且她的生机在急剧地消退，应该永远都不会醒来了。

王平央的手也离开了自己的剑柄。

他沉默地看着这名北魏少女，看着这名少女体内沁出的鲜血渐渐地将她置身在血泊里，他心情沉重地想着，若是自己并不察觉血腥味道而掠来查看，不惊扰这名少女疗伤，是否这名少女就能控制住体内的伤势，最终活下来？

与此同时，那些散发着热意的鲜血之中升腾的某种味道，却让他有种莫名的饥渴。

当王平央看着这名少女死去时，林意的视线里，终于出现了那支穿过黑瘴林赶往天蜈岭的北魏军队的踪迹。

他前方那片山冈顶端像是有一片黑色的庄稼正在收割，渐渐倒下。

那是数百名身穿黑色甲衣的北魏军士正在快速地越过那片山冈，而在那片山冈之后，正是在交战的天蜈岭战场。

几乎就是踏着这些北魏军士残留的热气，林意和元燕、容意冲上了那片山岗高处。

三人看着下方，几乎同时是眯起了眼睛。

天蜈岭因这条山岭如蜈蚣而得名，这条山岭并不高，两侧山坡都是缓平，使得山岭就如同一条蜈蚣趴在地上。此时靠近林意等人这头的一片山坡上，绝大多数树木已经倒伏，方圆十余里的山坡已经如同沸腾的粥锅，乱成了一团。

造成如此破坏的关键原因，还是重铠。

南朝和北魏的重铠都分两种，一种便是寻常武者和重骑所穿的重铠，除了铠甲坚厚，连修行者飞剑都未必刺得穿，别无异处；另一种便是修行者所穿的重铠，重铠内外皆有真元流通的符文，修行者可以用真元来驾驭重铠。

寻常武者和重骑所穿的重铠，哪怕是有些异类，重则也不过三百余斤，但有些修行者所穿的重铠，却是用独特精金炼制而成，就如南方前朝的神王铠、开天铠等铠甲，甚至重达千斤。

这些重铠在战场上大开大合，横冲直撞，对于寻常军士的杀伤和冲阵而言，甚至远超数名使用飞剑的修行者。

此时天蜈岭坡地的战场上，有大半是武者所穿的重铠，但其中也各有四五具是修行者所穿的重铠。

第 200 章 山的两边

南朝宁州军这边，青铜色的獠牙重铠有两具；白雀铠甲有三具，北魏军中，却是四具吞天狼重铠。

不同形制的重铠各有优劣，代表着南朝最高制铠手段的是建康应天坊制作的神狱山铠，而北魏最强的铠甲应是鲲鹏重铠。

建康应天坊的神狱山铠重八百三十斤，唯有承天境中阶以上的修行者才能穿戴驱动，八百三十斤的分量，再加上承天境的真元支持，冲杀速度快如奔马，可想而知在战场上真是如同移动的铁山。

但北魏最强的鲲鹏重铠却是更重，它身上装备十七件奇门武器，重逾千斤。

此时，战场上的獠牙重铠、白雀铠甲和吞天狼重铠，则是南朝和北魏军中的中坚铠甲。

獠牙重铠重五百四十余斤，白雀铠甲重四百三十斤，吞天狼重铠重六百五十余斤，按照重量来看，南朝的这两种重铠都大为吃亏，但南朝的这两种铠甲，尤其是白雀铠甲却胜在灵活，而且极省真元，两者是各有优劣。

南朝这五具真元重铠和北魏四具真元重铠此时兀自斗得难分难解，战况虽然看上去触目惊心，双方重铠手中巨大的重武器互相撞击的同时，甚至都用身体猛击对方，双方身上的铠甲外表也已经有许多凹陷和裂缝，手中的兵器也有折断，但是他们之间的战斗，对于这片战场上其余的军士却更是一场灾难。

寻常的重铠不会超过两百斤，即便是身穿寻常重铠的重铠军士，万一被这些真元重铠激斗间撞上，也是和被疾驰的马车撞上的行人没有什么区别。

至于那些只是身穿轻甲的寻常步军，只要和这些真元重铠挨上，就已经距死不远了。

就以此刻战场上的獠牙重铠为例，它青铜色的铠身上到处都是锋锐的刺刃，这些如同獠牙一般的尖锐刺刃哪怕只是无意识地和人挨上，恐怕这名被挨上的人身上顿时便会一排前后通透的血口。

“这种重铠力量惊人，倒是不可硬抗。”

林意幼年时也见过不少这种真元重铠演练，知道修行者的真元流淌在这些重铠内的符文之中，他们身在其中却不会觉得这重铠沉重，动作和速度并不会比平时减缓多少。如此一来，这对敌时的力量，便更大源自这些重铠本身的重量。

这样的重铠如果全速冲来，挥动武器硬砸，便是承天境巅峰的修行者用蛮力硬抗，恐怕都会被击飞出去。

这些真元重铠太过引人注目，使人目光一时抽离不开。

就在此时，北魏一具吞天狼重铠内的修行者似乎真元有所不继，一时行动略有僵硬，他的左膝处铠甲顿时遭受前方一具獠牙重铠重击，膝盖处铠甲爆裂开来。

这名北魏修行者无法站立得稳，单膝刚刚跪地，两具白雀重铠顿时疾掠而来。

这两具白雀重铠手中握着的全部都是白晃晃的战斧，两具白雀重铠手中的战斧对着这具吞天狼重铠一顿乱砸，其余三具吞天狼重铠一时也被南朝其余重铠牵制，只是数个呼吸之间，那具吞天狼重铠已经被砍翻在地，战甲多处裂口卷开，整具重铠变形，内里的修行者已经血肉模糊，在内里已经死去。

光看此处，似乎宁州军已经大为占优，但就在林意等人下方不远，那一只脚力惊人的北魏军队的确足有三百余人，而且这三百余人的北魏军队之中，有一人的身影显得无比高大。

更准确地说，是有一具重铠显得无比高大，甚至比战场上已经是庞然大物的吞天狼重铠还要高大。

那是一具赤红色的重铠。

容意呆呆地看着这些重铠之间的战斗，对于林意这样的将门子弟而言，寻常重铠常见，但真元重铠都极少看见，真元重铠之间的战斗，林意也从来没有见过，更不用说他这种刚刚从南朝的边地走出，还未见过世面的乡野少年。

他震撼而不可置信地想着，按记载，这种真元重铠每一具都是价值万金，平时即便在边军都配备极少，怎么可能在这里会有这么多的真元重铠？

至于他们一路追来的这支脚力极好的北魏军队，他们之中竟然也有真元重铠的存在？

尤其当他看清那具赤红色重铠身上如巨大鱼鳞般的片片铠甲时，他的脸色更是瞬间变得苍白无比。

那是赤羽重铠。

虽然世间公认北魏最强的是鲲鹏重铠，但是赤羽重铠在世间修行者之中，却有着最多的赞誉。

它是北魏皇宫制造处特制的铠甲。

它是世间最节省真元的重铠。

它是如意境的修行者才能使用的真元重铠，而且因为浑身鳞羽的独特设计，它不仅丝毫不会影响修行者的速度，甚至对修行者的速度有所增强。

除非那些身穿獠牙重铠或是白雀重铠的南朝修行者本身的真元修为超过这身穿赤羽重铠的北魏修行者一个品阶，否则恐怕下方所有这些獠牙重铠和白雀重铠加起来，都未必是这赤羽重铠的对手。

这样的一支北魏援军，绝对能够击溃宁州军。

他身旁的元燕同样满眼的不可置信。

因为至少在她的认知里，眼下这两只北魏军队都完全不属于她的部属。

她此时虽然已经亲眼见到这两支北魏军队，但她依旧看不出这两支北魏军队的来历。

尤其北魏所有赤羽重铠也不过一百三十七具，这一百三十七具到底分配在何军，她甚至都粗略记得。

只是那些军队之前并未调来眉山。

那这具赤羽重铠来自何处，这两支军队出于何人授意在此截杀宁州军？

林意深深地吸了一口气。

他将目光从那些高大的真元重铠身上抽离，他看着纷乱的战场，一时看不清那名对他委实不错的南天院师姐宁凝到底在何处，是否还在这战场上。

但他也看得清楚，当这批北魏援军到达，下方坡上的宁州军看到赶来的是如此数量庞大的北魏军队时，便已经慌了。

在和他隔着一座天蜈岭的那座山岭的山巅，王平央的手紧紧握住了剑柄，然后又不自觉地松开。

他紧握剑柄，一眼看出，若是没有变化，他视线里苦战的宁州军将全军覆没。

然而就在此时，他身前的那名北魏少女的呼吸和心跳声已经消失。

他不自觉地松开剑柄，心情复杂地看着这名死去的少女。

年轻生命的凋零，就如同被暴雨骤然撕碎的鲜嫩花朵。

他心中不忍。

他的确不想看到这样的少女就此死去。

在他的想象之中，这样的少女不应该卷到战争里来，而是应该在那些繁华的城里，过着幸福的一生。

然而比不忍更加强烈地在他身体里升腾起来的，还有一种难以用言语形容的欲望。

他感觉到少女渐渐冰冷下来的身体里和鲜血里，散发出一种分外迷人的强大气息。

他的身体剧烈地颤抖起来……

第 201 章 三人行

在王平央的潜意识里，这名北魏少女受他惊扰而导致伤势恶化而死，这便和他直接杀死没有什么区别。

对于一名常年在边军之中服役的南朝修行者而言，杀死这样一名身为修行者的北魏少女也不会在心中留下多少波澜，然而他并非那些心肠足够冷硬的军中修行者。

他只是一名从南天院而来的年轻学生。

他只觉得北魏和南朝征战，出自灵荒，出自两朝之间的争雄，两朝的修行者只不过是被迫而行，他和这名北魏少女之间，原本就没有什么仇怨。

越是如此想，越觉得，若是利用这刚刚死去的少女的身体修行，是十分残忍和对她十分亵渎的事情。

只是身体里的那种渴望，就如两个不同的人在他的身体里挣扎，让他发抖得厉害。

那种从心中生出的欲望，此时飘散到他口鼻之中的血腥味，有了种香甜的味道。

这名北魏少女至少是如意境巅峰的修行者。

按照那魔宗大人的功法所述，修行者的品阶越高，在死之后，遗留在体内的真元自然更加强大，而用此种功法能够汲取到的精纯灵气自然更多。

一名如意境巅峰的修行者，她身体内的真元散失，被他汲取的灵气，足以让他现在的修为提升至如意境巅峰，甚至直接突破到承天境。

即便是对于他这种天才，那相当于多少年的苦修？

而且他需要印证，需要更精纯更足够多数量的真元瓦解产生的灵气，来印证魔宗的这门功法是否真的那样强大和可怕，是否真的不会有任何不利的后果。

这名刚刚凋零的少女的遗体，在他的眼中，在他的生命里，却是无比鲜美的果实。

其实一切在他的手紧握剑柄又松开之时便已经注定。

身为南朝的修行者，身为有可能改变整个战局的人物，他下意识地握住剑柄之后，便已松开。

他身体依旧在剧烈颤抖着，便已经朝着这名少女跨出了一步。

一步之后便是数步。

他的手指落在了这名少女微温的肌肤上。

有一种令人心悸的声音在这名少女的体内响起。

空气里令人迷醉的味道如同瞬间充斥整个天地。

王平央将目光硬生生地从这名少女的身上移开，感知到了充沛和凝聚到异常可怕，世间任何灵药都无法与之相比的蓬勃灵气大量地升腾起来。

他贪婪地吸吮起来。

从少女身体里释放出来的灵气，疯狂地涌入他体内的经络之中。

这一刹那，他只觉得自己的身体就像是被灌满了气的羊皮筏子，在下一刹那就要彻底炸开。

只是极度的贪婪，他甚至暂时忘记了少女的存在，他闭上眼睛，就像是第一口吃奶的孩子，拼命地汲取着这种精纯的灵气。

阳光洒落在林意的身上。

林意看着坡上那些已经显得慌乱的宁州兵，对着身侧的元燕和容意说道，“先对付那三具吞天狼重铠。”

没有人有异议。

容意此时并没有去想怎么打，对于他而言，既然做林意的近侍，林意冲去哪里，他就得去哪里。

对于元燕而言，她若是身为南朝修行者，也一定会和林意做同样的决定。

以他们三人的实力，一时之间不可能对付得了那具赤羽重铠。

若是和那赤羽重铠缠斗，一时收拾不了不说，恐怕他们三人都会负伤。

就如修行者永远要依赖修行者对付，真元重铠也最好用真元重铠来牵制。

只要能够迅速解决那三具吞天狼重铠，那些南朝的真元重铠缠住赤羽重铠，那他们便有取胜的机会。

“你背我？”

林意见两人没有异议，便卸下了身上的鹿皮袋，只是将两柄长剑提在手中，然后对着容意轻声问了句。

“你帮我带狼牙棍过去？”

他又转头对着元燕说了一句，道：“我们不和这些援军冲杀，我们从侧翼直接接近吞天狼重铠。”

“你这一袋行军口粮背了多久？现在你那南天院红颜知己师姐的人都没见着，就舍得丢在这里轻装冲阵？”元燕心中自然冒出这样一句，只是看着林意肃杀的面容，她终究没有说什么，只是点了点头，伸手过去接住林意手中的狼牙棍。

她心中很清楚林意为什么一定要带着这样沉重的狼牙棍过去。

对付那些真元重铠和寻常重铠，这样沉重的武器才能取到最佳的效果。

“来！”

容意没有废话，一俯身，背起林意。

三个人就这样冲了下去。

对于天蜈岭的这片战场而言，这并未发出任何豪言壮语和呐喊冲下来的三个人显得太过微小，而且他们又是避开那支援军，在山坡上斜冲下来的，所以这片山坡即便向阳，都是荒草，在一开始也并没有多少人在意。

只是修行者催动真元发力的速度太快。

而且这三人之中有一人，还被人背着。

所以只是数十个呼吸的时间，绝大多数人便看到了他们的存在。

一名提着剑在数名南朝重铠军士的护卫下在阵中冲杀的少女脸上尽是鲜血和灰尘，她的眼眉处甚至有一道刀伤，所幸只是浅浅的割伤。

这名少女便是林意口中那名对他很好的南天院师姐宁凝。

她抬起头来，疲惫之中用力地眨了眨眼睛。她有些恍惚，觉得那背上的人有些眼熟。

在接下来的一刹那，她突然看清了这人的面部轮廓，突然想到了这人是谁。

“林意！”

她失声轻呼。

一声军令在混乱的战场中发出。

一道疾如风的身影身后跟着数道浑身散发着森冷光泽的身影迎向林意等人。

此时，这片战场上的北魏将领也已经察觉出林意等人的用意。

一名北魏修行者和侧翼的数名重铠军士，已经迎向了林意三人。

元燕的眉头再次紧紧蹙起。

这名快得就像是在草尖上飞掠而来的北魏修行者带着一个猩红的面具，身上穿的也只是普通的黄布袍，只是这名北魏修行者手中握着的不是刀，而是一柄笔直的且长约九尺的长剑。

她认得这种剑，这是北魏天水郡天一剑门的修行者所用的长剑。

天一剑门的修行者，大多为天水郡望族秦氏所用。

按她所知，秦氏门阀的大多数军队，此时已经被抽调至豫州。

“狼牙棍！”

就在此时，一声极其简单而粗暴的呵斥声在她身边响起。

没有任何迟疑，先前几场战斗培养出来的默契，让她不假思索地将手中提着的狼牙棍朝着身侧的林意递出。

“哧！哧！”

两声急促的破空声响起。

林意还未从容意的背上下来，就已经将手中的两柄剑直接朝着这名北魏修行者投掷了过去。

第 202 章 燃火

除了元燕和容意，没有人想到这冲来的三人会是这样的战法。

确切地说，没有人想到林意会是这样的战法。

迎面而来的北魏修行者没有想到这三人之中，率先出手的反而是那名被负在背上的伤者。

他也完全没有想到，这名手中提着两柄剑的伤者，竟会直接将手中的两柄剑投了出来。

而且这两柄剑的力量十分恐怖。

光是听着那瞬间响起的破空声，他就可以感觉到这两柄剑之中蕴含的力量。

只是这名北魏修行者及时做出了反应。

他体内的真元朝着身下涌去。

双腿之中仿佛有种机簧弹动，他的双膝甚至没有略微的弯曲，整个人就已经在原地突兀地往上掠起。

两柄投出的剑所化的惊鸿在他脚底掠过。

与此同时，在另一边，随着一声用真元喝出的刺耳军令声，那支从山坡上冲下的北魏援军之中，骤然响起密集的机栝震动声。

同时响起的还有数声爆鸣。

北魏那剩余的三具吞天狼重铠内的修行者原本真元已经所剩无几，但在这一刹那，那三名修行者都疯狂地催动体内的真元，将毫无保留地注入重铠的层层符文里。

这三具吞天狼重铠迸发出惊人的力量，直接用手中兵器和身体撞开了南朝的那几具重铠，夺路而出。

天空里多了很多红色线。

红色的线里，散发着一种浓厚的硝石味道。

那些红色的线落在那些真元重铠原本交战的区域，落在南朝那些真元重铠的铠甲上，然后轰的一声爆燃了起来！

只是一刹那，南朝那些獠牙重铠和白雀重铠所在的区域，化为一片赤红的火海。

凄厉的叫喊声从火海中不断传出。

南朝的重铠沉重的身躯锤击着地面，发出如雷的轰鸣声。他们朝着火海外冲出，但整具重铠已经变成了一团烈火，所有人都听出伴随着那些压抑的惨叫声传出的还有烧红的铠甲灼烧血肉的声音。

元燕的眼瞳再次剧烈地收缩起来。

这支北魏援军射出的是赤罗丸。

这是一种独特的燃磷和油石炼制而成的弹丸，然而这种弹丸却并非北魏的产物，而是党项王朝的出产。

即便是在党项，也是只有一支叫作夏巴族的部落才懂得炼制之法。

夏巴族在党项境内是最早的珊瑚商人和琉璃商人，他们会用珊瑚粉末和琉璃制成一种血红色的精美珠饰，同时在制作各种琉璃制品的过程中，他们也对火器的研制和运用越来越精通，他们在党项出产黑油的无人荒漠里，甚至发现了一种可燃冰和数种可燃晶石。

这种赤罗丸，便是用黑油之中出产的一种可燃晶石炼制而成。

自古以来，不同疆域之间的王朝便自然有摩擦，这种赤罗丸，原本也是党项赖以对付北魏一些重铠和修行者的武器，这种赤罗丸燃烧产生的火焰，便如热油般黏稠，重铠都难以摆脱。

只是这样的弹丸，怎么会出现在北魏的军中？

至少在她的认知里，党项王朝和北魏的关系，并未近到那一步，并未供奉或者贸易大量的赤罗丸给北魏。

随着那些身披真元重铠的南朝修行者压抑着的惨叫声响起的，还有如潮水般的惊呼声和恐惧的尖叫声。

火海蔓延的区域不过是整个天蜈岭战场的数十分之一，然而所有宁州兵都十分清楚，那些真元重铠都是他们宁州军最依赖的力量，而且其中两名更是他们这些宁州军的最高统帅。

这支北魏援军还未真正冲杀入战场，便已经解决了宁州军的最强力量，那等待他们的将是什么样的命运？

火焰冲天，惊呼声和尖叫声如潮。

冲天的光焰和这样的声音，将已经彻底陶醉在新鲜的精纯灵气里的王平央也唤醒。

王平央就如吮吸母乳的婴儿一样睁开眼睛。

他终于再次看清了眼前少女的遗体。

他的口鼻之中除了那些新鲜而诱惑的味道，还嗅到了刺鼻的腐烂气味。

他的呼吸顿时停顿。

只是在短短的时间内，他看到面前的这北魏少女的遗体已经面目全非。

她原本鲜嫩的肌肤上，浮满了令人作呕的尸斑，就连她原本光滑如剥壳鸡蛋的面容上也是，就像是长满了那种枯死的苔藓。

她的体内和肌肤表面，都在散发着那种腐烂的恶臭味道。

王平央的双手不自觉地握紧了些，连指甲刺进手心，溢出鲜血，都未察觉。

他的面色无比苍白。

他知道这一切完全是因为自己才会这样。

他感觉到自己体内的真元开始了疯狂的增长，甚至已经突破了那关键的关隘，但越是这种感觉，他越发觉得自己是吞噬了这名少女的生命和肉体，才会变成这样。

他有种恍惚的恐惧，觉得少女遗体上那些如灰败苔藓一样阴暗的尸斑正在朝着自己周身的天地蔓延，将他的整个身体覆盖。

他感到很寒冷。

他不敢看那名少女的遗体，抬眼望向那片火光。

当炽热的火焰燃起，渗入那些重铠符文里时，林意就已经知道那些南朝修行者结束了。

此时，那些真元重铠便成了困死那些修行者的牢笼，他们不可能在火焰的热力灼烧他们的肉体之前卸除重铠。

只是他的视线里，北魏的那三具吞天狼重铠依旧完好。

而且方才暴烈地退出那片区域，使得那三具吞天狼铠甲里的修行者也几乎耗尽剩余的真元，此时便是那三具吞天狼重铠最虚弱的时刻。

所以，对于他而言，目标未变。

他已经握住了狼牙棍，从容意的身上跳了下来。

他未管那名跃在空中已经在飘落的北魏修行者，而是直接朝着那片火海，朝着那三具吞天狼重铠所在冲了过去。

他的目标始终是那三具吞天狼重铠，便尽快冲到那三具吞天狼重铠的身前。

至于那名北魏修行者，既然是要拦他，自然会冲过来。

他一只手持着狼牙棍撑着冲跃，这根狼牙棍在他的手中反而变成了一条更有力的腿，让他的身体在空气里拖出道道残影。

那些火光太过耀眼，此时除了极少数的人，其余人根本无暇将目光投向他。

然而此时，那名北魏修行者还未真正过来，北魏那数名寻常的重铠军士，已经如一堵铁墙拦在了林意的身前。

没有任何的迟疑，林意冷静到了极点，借着冲势，他很直接地在跃起的刹那间，将手中的狼牙棍朝着这数名重铠军士挥去。

第203章 光明里

这数名重铠军士很自然地双膝微弯，用同样的方式回敬，将手中沉重的兵器朝着这名南朝的年轻修行者砸了过去。

这原本就是重铠军最擅长和最习惯的战斗方式。

在外面的战场上，即便在边军，也不可能有那么多的修行者参战，所以他们才是战场上绝对的主力。他们也已经习惯了用自身的重量和力量去碾压对手。

他们的目光从重铠的眼缝里透出，带着一种与生俱来的自信和藐视。

他们看着林意的目光，就像是老虎在看着绵羊。

然而当他们手中挥出的武器和林意手中的狼牙棍遭遇的刹那，他们眼睛里的神色彻底地变了。

感受着那股恐怖的力量顺着兵器传递到自己的手臂，他们只觉得对面扑过来的是一头猛虎，而自己则变成了绵羊。

“当！”

空气里响起一声无比暴烈的震鸣。

巨大的金属撞击声甚至令附近的军士耳膜嗡嗡作响，这种声音一时压过了战场上的惊呼声和尖叫声，同时吸引了这片战场上绝大多数人的视线。

当这些人的视线转到声音传来处，他们看到了一片火星在空中暴散。

且有一根狼牙棍在爆散的火星之中继续前行。

随着那根狼牙棍的前行，那些重铠军士手中的武器都在脱手飞出，他们沉重的身躯，也在以各种夸张的姿势往后坠倒。

狼牙棍继续前行，落在正对着林意的一名重铠军士身上。

这名重铠军士原本已经在往后飞跌出去，但是当狼牙棍落在他胸口的刹那，这名重铠军士整个身躯在空中猛烈一震，然后急剧加速。

这名重铠军士的面甲之中血雾狂喷，他的整个身体在一声恐怖的敲击声中，向后横飞出去，坠入身后不远处的火海。

“林意……”

战场上的宁凝的目光在林意出现之后，就始终没有脱离这名南天院天监六年师弟的身上，哪怕火光冲天而已之时，她依旧透着火光看到了林意无比决绝的冲杀。

她的心紧紧揪起，没有时间去感到恐惧。

当这声爆响传入她耳郭的刹那，她的整个心脏也如同被巨锤狠狠地砸击了一记。

战场上所有人都注意到了这名似乎右脚带伤无法双腿站立的年轻修行者的存在。

那名戴着面具，带着九尺笔直长剑的北魏修行者已经落了下来。

在所有人的视线里，这名从半空中飘落下来的北魏修行者就如同一只轻盈的蝴蝶。

他轻飘飘地落向林意的身后，手中的九尺长剑已经出鞘，然后这柄长剑化为一道如秋水般的笔直剑光，刺向林意的后颈。

林意手中的狼牙棍刚刚砸飞前方的重铠军士，他单足落地，重心有些不稳。

此时，这一剑的时机把握得极为精妙，即便不带暴力的真元输出，但此刻林意已经来不及转身用狼牙棍抵挡这一剑。

但林意还有手。

林意的感知之快，远超这名北魏修行者的想象。

当这柄九尺长剑的剑尖距离林意的后颈肌肤唯有数寸时，林意的左手已经无比稳定地落在了这柄剑上，抓住了这柄剑的剑身。

这名北魏修行者一声低沉的厉喝。

他用力地拧转剑身。

然而林意的手指并未像凋零的花瓣一样干脆地落下，他的剑也并未能够旋转着刺入林意的后颈。

他只觉得自己的剑卡在了一座大山里。

他的掌心和剑柄的摩擦处，反而产生了剧烈的刺痛。

林意手中的狼牙棍落地。

他已经控制住了身体的平衡，毫不犹豫地发力，扯剑。

极为简单的一扯，却令这名北魏修行者心生骇然。

他体内的真元下意识地疯狂涌出，随之产生的力量，却依旧不足以和剑上传来的力量抗衡。

他一声闷哼，手中的剑脱手而出。

这柄剑很长。

足以让林意当拐杖一样支撑身体。

此时他手中有两根拐杖。

这名北魏修行者的身体被他扯得微微前倾，所以没有任何犹豫，他撑着这两根“拐杖”，凌空一脚便踢了出去。

这名北魏修行者的心中产生荒谬和错愕的情绪。

他从林意的体内感受不到任何真元波动的气息，只是这名南朝的年轻修行者就连感知和反应速度，都似乎比他快。

根本来不及做出多余的动作，他双臂交叉，挡在自己的胸口，挡住林意的这一脚。

轰的一声。

他的手臂和胸口同时发出骨裂的声音，被这气劲的爆鸣声所掩盖。

这名北魏修行者的身体如同折翼的大鸟，颓然地往后飞出，口中鲜血狂喷。

林意的身体晃了一晃，但他还是强悍地稳住了身体。

此时，那数具南朝的真元重铠之中已经没有任何声音，气息全无，火焰却还像热油一样，从那些重铠的铠甲上滑落。

在火光的映衬里，林意深吸了一口气，他越过那数名已经被他击倒的重铠军士，继续朝着三具吞天狼重铠冲去。

他的右脚尚且不能踏地发力，在所有人的视线里，这名南朝年轻修行者冲跃的姿势依旧如此古怪，然而火光落在这名冲跃在火线边缘的年轻修行者身上，在所有人的眼瞳里，他的身影却显得无比高大。

王平央在对面的山上，在那些尸斑的阴暗笼罩里，他看到了火光的光明，看到了光明里的林意。

他此时尚且不知道这名手持狼牙棍的南朝年轻修行者是谁，只是觉得林意身上的光亮亮得他的眼睛刺痛，亮得心脏都在刺痛。

他觉得他原本应该在那里，而不应该在这里。

三名身穿吞天狼重铠的北魏修行者同一时间感到了危险。

只是他们依旧不觉得冲来的林意能够很快杀死他们。

对于他们而言，只要拖得一阵时间，那支北魏援军便足以解决所有的战斗，光是那名身穿赤羽重铠的大人，都足以将他们杀死，包括这名南朝年轻修行者在内的所有南朝修行者。

所以，这三具吞天狼重铠内的北魏修行者不约而同地做了同一个动作，就是嚼碎了含在舌下的一颗回气丸，吞服下去。

在他们看来，只要略微补充一些真元，以吞天狼战铠如此沉重坚厚，就可以站着不动让林意打，都或许可以撑到最后的胜利。

林意落在了他们的面前。

就在此时，那支北魏援军之中，一名将领嘴唇微张，就将发令。

第 204 章 杀铠

一声凄厉的破空声骤响。

一根飞针带着森寒的杀意，落向这名将领的咽喉。

这名将领瞳孔急剧地收缩，身体往后仰去，巧妙地避过了这一根飞针，但他即将出口的军令，却是被这一根飞针硬生生逼停。

北魏这支援军里，那名身穿赤羽重铠的修行者微转过头，他的目光落在了发出这根飞针的元燕身上，目光里一片漠然，神色没有丝毫的变化。

林意已经落在三具吞天狼重铠的身前。

看着这三具吞天狼重铠同时扬起的武器，林意深吸了一口气，然后他挥出了手中的狼牙棍，将狼牙棍当作刀用，将那一招刀势淋漓尽致地挥洒了出来。

一声令人心悸的撞击声响起。

这三具吞天狼重铠中的北魏修行者的眼中同时闪现不可置信的情绪。

他们手中砸出的沉重兵器，竟然被林意这一根狼牙棍全部挡开。

尤其最首当其冲的一具吞天狼重铠手中沉重的弯刀直接便被击飞！

一种不可置信的惊呼声在这片战场上响起。

林意的半边身体也被震得发麻，然而身体血液里燃起的新的力量，却让这种麻意迅速消失，让他站稳在地。

他左手握着那柄夺来的九尺长剑，将之像拐杖一样支撑着自己的身体，站姿依旧显得十分古怪。

然而他紧抿着双唇，再次将手中的狼牙棍挥了出去。

这三具吞天狼重铠在他此刻的眼中，有一个致命的弱点。

因为这三具吞天狼重铠之中的修行者感知和反应速度不如他，哪怕这身沉重的铠甲在真元的灌输之下，对他们的行动造成不一定的影响，但他们的出招对于林意而言却依旧太慢。

依旧是那一招刀招。

他挥出的狼牙棍在空中带出了恐怖的风声和刀意，落在那一具兵刃已经脱手的吞天狼重铠的胸甲上。

当的一声爆响。

空气里爆开一团耀眼的火星。

这具看起来比他的身体庞大许多的吞天狼重铠往后连踏三步却依旧控制不住自己的身形，

如山般往后轰然倒下。

林意受力后挫，他也无法站稳，坠倒在地。

然而，当另两具吞天狼战铠的兵器朝着他挥落时，他已经在地上翻滚，然后跃了起来。

两件沉重的兵器和他擦肩而过，落在了他身旁的泥土里。

又是当的一声爆响响起。

林意手中的狼牙棍砸在一具吞天狼重铠的腰间。

这具吞天狼战铠内的修行者发出一声惨呼，这具重铠直接站立不稳，横摔出去。

林意高高地跃了起来。

战场上的绝大多数人愕然地看着这名年轻修行者跃起的身影，他们难以想象，这名修行者明明一只脚受伤，手里还持着这么沉重的兵刃，为什么还能跳得这么高。

剩余那具吞天狼重铠手中的兵刃从林意的脚底掠过。

林意在这一刹那甚至放开了手中的那柄九尺长剑，他双手握着狼牙棍，当头砸下。

“当！”

第三声巨大的金属震鸣声在这具吞天狼重铠的头顶响起。

这具吞天狼重铠的头盔骤然往下沉了一寸，沉重的铠身晃了晃，然后这具吞天狼重铠重重地跪了下来。

林意落了下来。

他落在这具跪倒的吞天狼重铠的身前。

这具吞天狼重铠之中的修行者已经毫无声息，重铠微微摇晃，似乎就要往前倾倒。

在许多人震惊到了极点的眼光里，林意的左手松开了狼牙棍，然后甩了甩，伸了出去。

他的手掌在这具跪倒的吞天狼重铠上推了过去。

这具吞天狼重铠便稳住，稳定而沉寂地跪在了他的身前。

另两具倒下的吞天狼重铠还在挣扎扭动，然而始终无法站立。

宁州军的所有人，包括宁凝在内，没有人敢相信这是真的。

然而这样的画面，却无比的真实。

就在此时，一片凄厉的破空声响起。

数十支重弩射出的弩箭带着肉眼可见的涡流落向林意。

虽然对于寻常的军士和修行者而言，这种弩箭的齐射已经蕴含着足够的杀机，然而对于林意而言，这些弩箭依旧太慢。

当他的感知里出现这些弩箭之时，他就已经可以做出及时的反应，他甚至来得及闪避到跪倒在身前的吞天狼重铠的身后，将这具吞天狼重铠当成盾牌。

然而林意并未做这样的选择。

他只是转身，面对着这些如流星坠落的弩箭，转身的同时，拔起了斜插在地上的那柄九尺长剑。

此时的宁州军士气太过低落。

在他看来，他必须用更加暴力和鼓舞人心的手段来面对这些弩箭。

他仰头，面对着这些弩箭，然后挥剑。

一道如明月般的剑光生成。

一阵密集如雨的爆鸣，在他的身前响起。

会落在他身上，对他真正有威胁的弩箭，全部被他的剑光击飞。

那些原本就不会坠落在他身上的弩箭，从他的身侧和头顶飞过，噗噗噗地钉在他身后的地里。

许多人的目光凝固在林意手中长剑的剑身上。

林意的这柄剑稳定地收回，剑身依旧震荡，发出“嗡嗡”的声音。

一声显得有些气急败坏的怒喝声在那支北魏援军之中响起。

这声音出自那名先前想要发出军令而被元燕飞针逼停的将领之口。

这名将领之所以愤怒和不解，是因为按照他后继发出的军令，方才落下的，不只是这些弩箭，还应该有一些赤罗丸。

不管这名南朝年轻修行者何等古怪，他的身体也不可能抵挡得住赤罗丸烈火的灼烧，必定要给这三具吞天狼重铠陪葬。

只是当他的怒喝声响起，这名将领的目光扫过自己的身体两侧时，顿时就明白了原因。

那数名理应在此时射出赤罗丸的军士，都已经倒下。

他们的心脉处，都插着一柄细细的长剑。

容意手中也握着一柄这样的长剑。

他此时就站在距离这些北魏军士不到数十步的地方。

那名赤羽重铠之中的修行者看着林意的那道剑光，再看着此时握剑的容意，看着那名施展出了飞针之后，便一脸漠然地凝立在一侧的少女，他的眼睛里终于出现了凝重的意味。

第 205 章 屠宰场

对于此时的战局而言，无论是元燕的出手，还是容意的出手，都并未引起太多人的注意。

在绝大多数人的眼里，那三具如移动小山般的吞天狼重铠，才是此时战场上的决定性力量。

林意用极短的时间击倒这三具真元重铠，再直接挥剑阻挡箭雨，这样的画面，甚至让很多人都不自觉地往后退去，停止了厮杀。

很多人的心中都生出凛冽的寒意。

然而在林意的师姐宁凝的心中，此时却就像是有一团火油也猛烈地燃烧了起来。

“林师弟！”

她用力地朝着林意的所在挥了挥手，发出了呼喊。

“宁师姐！”

林意听觉何等的敏锐，他霍然转身，在纷乱的战场之中看到了宁凝的身影，他顿时喜出望外，也大叫出声，“宁师姐，你果然在这里。”

“果然在这里……果然在这里……”

这样的声音在宁凝的耳朵里不断地回响，震得她的心尖有些发麻。

只是这样短短的一句，却让她听明白了……林意先前应该就是知道她可能在这里，所以才如此火速来救援。

一声带着浓重北魏北地口音的军令声响起。

除了那支援军，这片战场上的北魏军队也终于做出了最激烈的反应。

宁州军此时还处在怀疑自己是否因为林意的出现而会柳暗花明的梦游状态之中，加之宁州军那两名统领已经战死，所以，根本没有对北魏的这道军令造成任何的阻碍和威胁。

一阵暴戾的喊杀声震动四野。

至少两百余名北魏军士冲过余焰未消的焦土，如潮水一般朝着林意涌了过来。

地面也震动起来。

容意深吸了一口气，他转头看了元燕一眼。

他此时有些犹豫。

他已经直觉那支北魏援军之中的赤羽重铠即将有动作，那他此时面对的选择，是过去支援林意，还是先设法阻拦这具赤羽重铠。

“你觉得对于他而言，是那些军士更容易对付，还是这具赤羽重铠更容易对付？”

看着他探询的目光，元燕轻声地冷冷反问了一句。

然后元燕接着轻声补充了一句，道："若是这些宁州军依旧如此模样，我们恐怕也要战死在这里，既然他都选择用那种方法去对待箭阵，这岂不是他更加需要的？"

容意对林意的了解并不如元燕这样深，他也并没有见过林意之前在战阵中的表现，所以他心中一时也无法回答元燕的那一个问题，然而元燕接下来的这句话，却至少已经让他明白了元燕的观点。

"哧哧哧"……

三声轻响，他背上剩余的三柄细剑也飞射而出，坠落在前方地上。

他紧握住手中的剑，看着那具身上已经开始闪耀光芒的赤羽重铠，一脸的战意。

许多人在此时都已经明白那名发出军令的北魏将领的用意。

林意是修行者。

修行者依靠真元战斗。

即便再强的修行者，真元耗尽之后，便和寻常的武者也没有太大的区别。

若是林意是寻常的如意境或者刚刚晋升承天境的修行者，他也必定畏惧这点。

两百余名悍不畏死的军士，也足以耗尽他的真元。

然而他并非寻常的真元修行者。

看着踏着焦土如潮水般涌来的这些北魏军士，林意先做了一个所有人都没有想到的动作。

他挥动狼牙棍，在身后跪倒的吞天狼铠甲上敲了敲。

他就如敲打木桩，让这具吞天狼铠甲显得更加稳固一些。

然后他在背靠着这具吞天狼铠甲站立的同时，将狼牙棍砸在受伤的脚侧，当成身体的依靠。

将手中长剑一挑，挑起了这些吞天狼铠甲坠落在地的一件武器。

一柄很重、很长的弯刀。

这种真元重铠所用的弯刀出自北魏的一些著名工坊，对于此时的林意而言，手感奇好，他十分满意。

他这种自顾自般的准备，落在战场上所有人眼中的画面显得十分诡异，只是在军令驱使下的这些北魏军士早已忘却恐惧为何物，这些北魏军士显然和宁州军有着截然不同的区别，更像是南朝剽悍的边军，这些军士不执行军令的下场也只有死。

四名身穿轻甲的北魏军士在林意完成这一切时，已经率先冲到他的面前。

这四名北魏军士之中，甚至有一名黄芽境的修行者，速度明显要比普通的武者快出一线。

只是在此时林意的感知里，这人和其余的三名北魏军士没有什么区别。

他背靠着吞天狼重铠，受伤的脚斜靠着狼牙棍站稳，抬手便是横刀一斩。

这四名北魏军士手中的兵刃明明都已经化为流光也落向林意的身体，然而在林意的这一道刀光面前，却全部黯然失色，甚至显得奇慢无比，且并没有落在林意的这一道刀光上。

林意一刀便横切过这四名北魏军士的身体，直接将这四人一斩两段。

滚烫的鲜血和破碎的血肉随着他的刀光在他的身前喷洒而出，洒落在他的身上。

一片骇然的惊叫声在远处响起。

这样的画面对于远处的那些北魏军士而言显得太过可怕，只是已经冲到面前的北魏军士淋着同僚的鲜血，眼瞳却是更加赤红。

后方的十余名北魏军士已经如同一个浪头拍了上来。

接着更后方的北魏军士冲来却一时无法接近战团，顿时四下散开，接着从四面八方朝着林意杀来。

林意挥刀。

依旧不变的是那道简单直接的暴戾刀式。

每一刀挥出，他前方的北魏军士的身体便从中截断。

他的身体两侧，包括身体的后方，也有北魏军士的兵刃袭来。

有些北魏军士跃起，从重铠的上方刺击下来，有些北魏军士甚至踩着同僚的身体，跳上重铠。

然而在霸烈的刀光闪现的同时，也有明月般的剑光不断地亮起。

明月般的剑光虽然和刀光相比显得轻淡而柔和，但却真的如同月光一般，无处不在。

虽然身处四面八方的威胁之中，但是这些递来的兵刃却不可能有飞剑那么快，而且对于林意而言，他手中的这柄剑足够长，他的身上还有天辟宝衣。

剑光落处，尽是噗噗的入肉声和鲜血喷涌的声音。

身在阵中还未死去的这些北魏军士尚未察觉，然而落在外面人的眼中，尤其是那些地势略高处，可以清晰地看清林意身周的人……在他们的眼里，林意已经将这场战斗变成了一场纯粹的屠杀。

他的身体周围，就像是一个屠宰场。

所有接近他身前的北魏军士，全部被一刀斩成两段，他身侧、身后的那些北魏军士，全部被一剑刺死。

这些北魏军士的尸身，以可怕的速度堆积起来。

最令人感到可怕的是，林意根本就没有真元衰竭的迹象。

他出刀和出剑的速度，甚至比一开始更快。

那两百余名北魏军士在迅速地减少。

这种画面，甚至让那名发令的北魏将领的嘴唇都失去了血色。

他甚至产生了一种错觉：自己所有的部下冲上去，也会被这人全部杀光……

第 206 章 赤焰

这些北魏军士前赴后继地踩着同僚的尸身，依旧奋不顾身地朝着林意冲杀过去。

然而没有丝毫用处，在亮起的刀光和剑光面前，他们的生命显得太过脆弱。

林意丝毫没有感到自己气力不继，他只是杀得有些心软。

随着他的每一次出剑，刀招和剑招更为娴熟，力量的控制也更为巧妙，带来的结果便是他出刀的力量更为猛烈，出剑的速度更为迅捷。

杀死这些北魏军士，对于他此时而言，就像是在建康城的家中，他那间破落小院之中切菜一般简单。

切菜当然用不了太多的力气，即便是切半天的菜，也不会疲惫到何种程度。

林意此时终于体会到了那些强大的修行者在战阵之中的感受。

他自己也曾很多次听到过这样的战例。当两支军队相遇，一支军队在很短的时间内，就被对方军中的一名强大修行者尽数杀光。

他不知道那些军中的强大修行者在完成这样的杀戮时是何等的感受，然而对于他而言，这种感觉并不美妙。

鲜血已经浸过了他的鞋面。

那些原本滚烫的鲜血迅速冷却，他的双脚站在这些黏稠而将凝的鲜血中，这种感受极不舒服。

即便他提醒自己这样做的意义，不去看那些北魏军士临死时的眼神。他知道这些是活生生的人，并不是菜园里的菜。

“你们北魏的修行者是妈生的，难道他们不是吗？你们只知道躲着，让他们来送死？”

林意抬起头来，他开始离开斜靠着的狼牙棍，拖着受伤的脚朝着前方的尸堆上行走，同时看着远处那些发令的将领所在的地方，发出了一声厉喝。

他直抒胸臆，这一声厉喝十分响亮，如同惊雷。

当他的背部脱离那具吞天狼铠甲的依靠，走上前方的尸堆数步，站在略高处这一刹那，他身体周围的那些北魏军士直觉有了绝佳的机会，震天般的一声喝杀，四面八方无数的兵器朝着他的身体刺了过去。

只是林意的面色没有任何的改变。

其实他很清楚自己往前走出这样数步就会面临这样的结果。

但这也是他想配合他喝出的那句话，留给所有人眼中的画面。

他挥刀，出剑。

刀光亮起。

他身前所有涌来的北魏军士全部被一刀两段，断裂的身体受刀力所激，或往后，或往两侧横飞出去。

剑光如一片月光泼洒在他的身周。

他身侧和后方的那些北魏军士依旧保持着进击的姿势，很多人手中的兵器甚至真正地刺在了林意的身上，然而这些人手中的兵器再无后力。

他们的咽喉、心脉等致命的部位，都在往外喷着鲜血。

这些北魏军士身影在空气里凝固了一个呼吸的时间，然后纷纷无力地往下滑落，坠倒。

林意站立不动。

只是他身旁这些北魏军士全部都倒了下去，一时间他身体周围很空，却显得他更高。

一声凄厉的军令声在此时响起。

残余的数十名北魏军士原本也已经僵立当场，听着让他们退却的军令声，这些北魏军士之中很多人甚至心神太过激荡，脚下发软而在往后撤退时立足不稳摔倒在血泊里。

那名发令的北魏将领面上毫无血色，他的目光不由自主地落向那支北魏援军的所在。

他知道自己也不可能是林意的对手，在那道刀光的面前，他恐怕也是和这些寻常军士一样的结局。

那三具吞天狼重铠之中的北魏将领，无论是修为还是官阶都在他之上。

此时在他看来，能够改变这里所有北魏军士命运的便只有那支援军里那名身穿赤羽重铠的大人。

只是他不明白，为什么那名大人还不动，他还在等什么？

即便是同一个人，站在不同高度的山上，看到的风景也是不同的。

所处的地位不同，对待一件事的态度自然也有不同。

在林意一开始以惊人的速度击倒那三具吞天狼重铠时，身披着赤羽重铠的这名北魏将领原本已经准备出手。

然而当那声军令发出，两百余名悍不畏死的北魏军士开始围攻林意时，他却改变了主意。

他开始发觉林意的不同。

对于他而言，这两百余名北魏军士的生死不算什么，至少对于这场战役而言，是可以承受的损失。

即便是此时，他已经确定林意根本不是在依靠真元战斗，他已经确定林意的力量和耐力都十分惊人的，他倒很想看看到底林意的气力到底绵长到何种程度。

到底要连续战斗多久，他的气力才会开始衰竭。

和罗烈侑一样，他已经对林意修行的功法产生了强烈的好奇和兴趣，所以即便他身后的随从之中，还有不少人手中拥有赤罗丸，但在他的默示之下，这些人都没有出手。

当远处那名脸上毫无血色的北魏将领投来求助和不解的目光时，这名身穿赤羽重铠的将领对着身旁两名修行者点了点头，然后他终于动了。

一道赤焰在这片战场上无比夺目地亮起。

当他体内喷涌出来的真元灌入这具真元重铠的符文之中，这尊原本无比沉重的重铠，似乎骤然变得毫无分量，变得如同在草叶上飘过的燃烧着的羽毛。

他此时对林意有无比的兴趣，心中只想着亲手试试林意，然后生擒这名修炼古怪功法的南朝年轻修行者，所以他甚至没有将容意和元燕放在眼中。

这倒并非绝对的狂妄。

除非是那种半圣以上的修行者，否则任何的修行者都很难摧毁他身上的这件赤羽重铠。

只是依靠这件赤羽重铠，他都可以无视敌军的攻击，然后直接出现在林意的面前。

然而就在此时，一直在死死盯着他的容意挥出了手中的剑。

他的其余八柄剑全部震动着，飞了起来，变成了八道流光，落在了赤羽重铠上。

有两柄剑甚至已经被这支北魏援军之中两名军士握在手中，当这些剑有异动飞出时，其中一名军士甚至下意识地伸手去抓脱手飞出的这柄剑。

然而他的手根本未触及剑身和剑柄，细长的剑身上流淌出来的剑气，就将他这只伸出的手割成了碎片。

一阵清脆的声音在这具赤羽重铠的甲身上响起。

这八柄飞来的剑斩在铠甲上，只留下极为轻淡的剑痕。

这名赤羽重铠之中的修行者根本就不在意，他在铠甲之中甚至没有感到这些剑上的力量的冲击，甚至没有什么独特的震荡力传达到铠甲内里。

他甚至都并未转头去看容意。

然而当他继续前行，他却骤然觉得身上的铠甲重了一些。

第 207 章 有意思

赤羽重铠内这名修行者眉头微挑，他将感知从林意那处收回，然后瞬间明白了这是为什么。

有一股独特的力量，从那浅浅的八道剑痕中不断流淌出来，侵入赤羽重铠的符文里。

能够持续扰乱和阻碍法阵运行的，便也只有法阵。

所以这名在他眼中根本不起眼、没有任何威胁的使用九柄剑的年轻修行者，其实也是一名很特殊的阵法师。

他转过头去，认真打量了容意一眼。

在他一眼之间，容意再次挥剑。

他体内的真元顺着他手中这柄剑的符文朝着天地间释放出去，瞬间带起了其余那八柄剑的回应。

八柄已经以各种姿势颓然坠落在地的细剑陡然一震，再次飞了起来，斩在这具赤羽重铠上。

“叮叮叮”……

又是一阵清脆的鸣声。

赤羽重铠的铠身上，又多了八道淡淡的剑痕。

剑痕不断吸取着容意流散在这方天地里的真元，然后从周围的空气里汲取更多的元气，冲入赤羽重铠的符文里。

这名身披赤羽重铠的修行者顿时觉得身上的重铠又重了数分。

只是他这次感知得更加清楚，这名年轻的南朝修行者有这样的手段，更多的是借助了这九柄剑本身的力量。

这九柄剑，本身就是一个十分强大的法阵。

“有意思。”

他铠甲内双唇微分，轻声自语了一句。

就在他的声音响起时，那八柄刚刚落地的剑又飞了起来。

只是这次，这名北魏修行者并不想这八柄剑再刻八道剑痕。

他伸出拳头，一拳砸了出去。

空气里产生了一团真实的火焰。

从铠甲的符文里急剧吸出的真元和空气剧烈地摩擦，再加上这赤羽重铠原本就独特的元气力量，直接在他的拳头上产生一团通红的火焰。

接着便是一声恐怖的爆炸声。

八道细剑被一拳轰飞，这些剑身之中独特的元气联系产生的力量根本无法和他这一拳抗衡。

容意一声闷哼，他手中的剑也无法握住，脱手飞出。

他不可置信地看着这具赤羽重铠，虽然手中的剑都已经脱手，但是一股强烈的冲击力却依旧沿着手臂冲击到他体内深处，依旧震伤了他的内腑。

口中喷出一蓬血雾。

林意此时已有闲暇，他很清晰地看到了这样的画面。

他感知到了这具赤羽重铠那一瞬间爆发的恐怖力量，不由得微微地皱了皱眉头，然后喝道："让他过来！"

他这句话是喊给容意听的。

不知为何，真正可以生死与共的人之间总会产生一种奇妙的默契，即便此时容意在这具赤羽重铠的一击之下便受重创，但是林意直觉容意不会就此放弃。

容意痛苦地轻咳了一声，再咳些涌到喉间的血沫，他的确有再出手的能力，但他选择听从林意的命令。

没有任何的犹豫，他的身体往后倒掠出去。

"你们在看什么？难道要等着他们的战斗结束之后再说？"

宁州军中，一声惊怒的声音响起。

伴随着这声音，一道剑光亮起，宁凝已经朝着前方的北魏军士冲杀了过去。

许多还兀自呆立不动的宁州军士如梦初醒，便发出一声呐喊，朝着眼前的北魏军士冲去。

赤焰如风在草尖流动。

赤羽铠甲内这名修行者微锁的眉头慢慢松开，他面上的神色却是不再像之前那般轻佻。

宁州军并不是北魏的精锐军队。

这样的地方军在士气已经低落到极点之后，更难重新拾起战意。

就这样一名年轻的南朝修行者能够做到这点，便已经足够值得他重视。

在距离林意不到三十步的距离时，他的脚步骤然加快。

赤羽重铠在空气里发出一声可怕的破空声，沉重的躯体就如离弦之箭一般射向林意身前。

与此同时，他一拳直冲，如同一柄长枪，直刺林意胸口。

赤羽重铠重五百余斤，以他此时的冲速，带来的力量原本已经十分可怕，更不用说再加上他的这一拳之势。

然而没有人想到，面对这样的一拳，林意依旧一刀斩出！

当的一声爆响！

林意手中的这柄巨型弯刀切过火焰，和拳面撞击的刹那，坚韧的刀上便顿时布满裂纹。

一块块碎砾从刀身上飞溅出来。

这柄巨型弯刀直接碎裂开来！

"咚！"

林意往后震飞出去，后背直接撞在那尊跪着的吞天狼重铠上。

已经无比稳定地扎在尸堆里的吞天狼重铠猛烈一晃，往后倒去。

林意一声闷哼，体内气血的震荡让他无比的难受，甚至有种想要呕吐的感觉，然而按照他的预想，他的手依旧握住了那根狼牙棍。

接下来的一刹那，他将这根狼牙棍提起，挥了出去。

赤羽重铠之中的这名修行者心中一震。

他还依旧保持着出拳的姿势，然而眼前这一根狼牙棍竟然已经化为一道流光，落在他的拳上。

依旧是那一刀！

这一刀的速度和力量，依旧超出了他的想象！

几乎是直觉，他体内的真元很自然地迸发出来，灌入赤羽重铠的符文之中。

“当！”

狼牙棍和他的拳头相逢！

如天神挥出的巨拳，硬生生地在空中止住。

这名修行者的瞳孔剧烈地收缩，他感觉到在符文之中的部分真元，竟然被硬生生震散。

他的拳面上传来的力量，让他内里的整条手臂都感到剧烈的疼痛。

所有注意着他和林意交战的人都看得更清楚，他这一拳被荡了开来，整具赤羽铠甲的重心都有些不稳，朝着一侧晃去。

林意的手掌之中也有鲜血飞洒。

这一记硬碰硬也让他无法握得住这柄狼牙棍。

只是他脑海之中也已经想好了后继，他单足发力，借势朝着后方跳了出去。

后方的地上，还掉落着另几具重铠的武器，在他看来，这些依旧可以对赤羽重铠造成威胁。

但就在这一刹那，他的脸上也出现了一丝惊愕的神色。

一道熟悉的身影此时已经悄然地出现在赤羽重铠的身后不远处。

那是元燕。

她在这里的战斗开始之后，只是射出过一支飞针，接着便很低调，很让人忽略她的存在。

她要做什么？

林意此时也想不明白。

赤羽重铠内的修行者也感知到了元燕的到来，他也想不明白对方能给他造成什么样的威胁。

然而就在此时，他感到有一种奇怪的力量随着这名少女的脚步声响起而传来。

他的心脏剧烈地一痛。

第208章 联手

他的心脏就如同被人狠狠地捏住，然后猛击了一拳。

赤羽重铠内这名修行者毕竟不是凡物，在下一个呼吸之间，伴随着一声厉喝，他体内的真元便急剧地流动起来，团团护住心脉。

他的真元力量十分强大，顷刻间驱散了袭入心脉间的阴暗力量，将自己的心跳重新拉到正确的轨迹上。

元燕很干脆地后退。

她不想给这名修行者杀死自己的机会，而且她已经给林意争取了时间。

林意落地。

他单膝跪地，稳住自己身形的同时，右手已经握住了一柄吞天狼战铠的巨型弯刀的刀柄，与此同时，他的左手极为干脆地将一颗龙血丹拍入了自己口中。

一道火线在他的咽喉中燃起。

接着他的体内有无数火线烧了起来。

龙血丹是南朝最暴烈的虎狼之药，然而他在之前有过服用的经验，所以他很清楚自己此刻最需要做的是什么。

当体内那些最新鲜的元气被药气引燃，更多新鲜的元气从内腑和骨髓深处被压榨出来的刹那间，他跳了起来。

同时有一片惊呼声响起。

所有人骇然地看到他的身上瞬间布满了恐怖的红线，在肌肤上高高隆起的血脉给人的感觉是内里流淌的不是鲜血，而是滚烫的岩浆。

赤羽重铠内的修行者眼瞳剧烈地收缩，就在林意跃起的这一刹那，他感受到了气流之中传来的灼热气息。

更令他有些心凛的是，林意明明是服用了某种极度刺激潜力的虎狼重药，然而当他看着这名跃空而来的年轻修行者，当他和林意的目光相接时，他发觉林意的目光似乎比自己还要冷静和专注。

霸烈的刀光横扫而来。

这名赤羽重铠内的修行者强行收敛心神，一拳狠狠砸出，迎向了这道刀光。

他原本最擅长便是用拳，而且赤羽重铠的铠甲足够坚厚，覆盖住指掌的铠甲甚至比身体绝大多数部位的铠甲还要坚韧，所以对于他而言，此时他的拳头，自然是他最强大的武器。

一声惊雷般的炸响声在他的拳头和刀上响起。

没有任何的意外，林意手中的巨型长刀瞬间瓦解，碎裂开来。

林意的右手掌心鲜血淋漓，手中半截断刀直接脱手飞出。

在药性和巨大力量的冲击之下，他眼前一片模糊，看不清前方任何东西。

然而他强大的感知牢牢地锁死了对方的一举一动。

他体内经络中的气劲鼓胀欲裂，更是清晰地提醒着他此时最需要的是什么。

他的口鼻之中都已经有鲜血流出，然而随着他的左拳挥出，一股同样暴戾的力量再次从他的身体里被压榨出来。

他的这一拳直接砸向这具赤羽重铠的面目之间。

赤羽重铠之中的修行者眉头深深地皱起。

此时他体内的真元也是动荡不堪，然而他并不觉得林意的这一击会对自己造成任何的威胁。

他的左手也抬了起来，翻手为掌，在这极为急促的时间里，硬生生地将自己左半边身体里的一些真元强行逼入左臂，用指掌间涌出。

他的手掌拦在自己的面目之前。

林意的拳头轰在了他的掌心。

拳头和掌心碰撞，产生的气劲直接让他手掌周围出现了数十缕肉眼可见的涡流和黄色游丝般的破碎真元束流。

接着在空气里爆响的，并不是血肉之躯和金铁轰击的沉闷响声，而是清脆的金属撞击声。

仅凭感知，赤羽重铠内的这名修行者便知道这是因为林意握住了一个有着奇特吸引力的手镯，真正和他掌心相撞的便是这个手镯的一部分。

他感到有些诧异的是，自己指掌间迸发出的真元流散得太快，似乎就像是被这个手镯骤然吞吃了一部分。

他重铠的掌心失去这部分真元的力量，在林意的这一击之下，顿时产生了微微的形变，坚韧的铠甲挤压着他掌心的血肉和内里的骨骼，顿时让他的掌心产生了剧烈的痛感。

让他感到庆幸的是，林意如同蛮兽一般的身体也往后震飞出去。

这给他赢得了一些时间，让他迅速地调集真元，将之重新涌入这只手掌。

强大而凝聚的真元往外鼓荡着，硬生生将往掌心凹陷的铠甲往外推了出去，不至继续压迫他的掌骨和血肉。

此时他也有些诧异，诧异于那名掌握诡异真元震荡之法的少女，为何不在此时乘机全力发动偷袭他。

在他看来，此时的林意已经毫无威胁。

那样的虎狼之药，只能激发出一瞬间的潜力，接下来对一名修行者的身体，便只有破坏。

然而一切和他所想的并不相同。

“砰”的一声。

林意狠狠坠地。

只是在坠地之前，随着这名修行者强大而凝聚的真元冲入他的体内，林意体内那些暴走的元气便被迅速冲淡，他体内的经脉和血脉顿时一松。

他身上如红线般的血脉隆起并迅速消失。

他并未如这名修行者所想的一样彻底虚弱，进而气血衰竭。

在吐出一口新鲜的逆血的同时，在他的体内已经滋生出新的力量。

只是他牢记着铁策军的经验，在吐出这口血的同时，瞬时颓然地垂下了头颅。

空气里响起宏大的破空声。

赤羽重铠破空而至，朝着他落了下来。

赤羽重铠内里这名修行者不想再节外生枝。他不想杀死林意，只想尽可能速度地将林意生擒，逼问出林意所修的功法。

他没有用拳，只是五指张开，朝着林意抓去。

就在此时，已经距离他后方很远的元燕突然动了。

元燕一声厉喝，急速地奔跑，她藏匿在体内深处的真元，也随着她的步点疯狂喷薄而出。

赤羽重铠内这名修行者一声闷哼。

那股阴暗的袭向他心脉的力量，竟是增强了一倍不止，让他清醒地意识到方才这名少女其实隐藏了部分实力的同时，也让他的心脉剧痛至近乎断裂。

他体内原本顺畅流动的真元竟如堵塞的河流般拥堵不通。

就在此时，林意猛然抬头。

林意的目光亮得惊人，如同闪电般刺入他的眼瞳。

第209章 逆转

林意已经预先感知到了元燕的一切动作。

事实上即便没有那么强大的感知，他和元燕之间也有着难言的默契，他甚至有种肯定的直觉，元燕一定会在此时出手。

因为他相信元燕会抓住这个最好的时机。

这名赤羽重铠内的修行者是承天境的修行者，而且方才冲入他身体内的真元，更是让他清晰地意识到对方已经在承天境的道路上已经走出了很远。

赤羽重铠的力量和坚固他也已经充分领教，所以此时是他和元燕能够胜出的唯一机会。

在他抬头的瞬间，一声令人耳膜撕裂般的厉喝从他的唇齿间迸发出来。

他的双足狠狠地踏在地上，包括他那只尚未痊愈的伤足！

一股轰然炸裂的尘浪在他身下涌现的同时，他迸发出所有的力量，一拳轰向这名身穿赤羽重铠的修行者。

只是此时连林意都没有想到，在这时抓住了这个机会的不止元燕一人。

当他的厉喝声响起的刹那，这具赤羽重铠身上那些轻淡得很难看清的剑痕突然亮了起来。

在元燕释放的阴暗力量狠狠刺击着重铠内修行者的心脉时，这些亮起的剑痕之中的凝聚的元气形成了一张网，然后瞬间收紧。

这样的两股力量，让赤羽重铠内的这名修行者甚至来不及阻挡和闪避林意的这一拳。

“当”的一声。

就如同一口巨钟被敲响。

林意的这一拳击在这具赤羽重铠的脸上，更准确地说，是迎面击中了这具赤羽重铠的鼻梁正中部位。

所有交战双方的人都是心中一颤。

几乎所有人都没有想到，林意还能站起来，还能轰出这天神般的一拳。

林意的手中依旧死死地抓着红龙手镯。

手镯砸在重铠的脸面上，这具赤羽重铠的鼻梁部位顿时凹陷了下去。

一声惊天动地的惨叫从这具赤羽重铠的面甲下响起。

这名修行者的鼻梁碎了，碎裂的血肉和溅射出的鲜血瞬间糊满了面甲内里，而凹陷的铠甲死死地压住了他已经碎裂的鼻梁，使他根本无法呼吸。

鼻梁是修行者最脆弱的部位之一，也汇聚着许多重要的窍位，由此产生的剧烈疼痛让这名修行者根本无法凝聚心神，也无法有效地催动体内的真元。

元燕在此时也抬起头来。

她冷漠地看了一眼这名身穿赤羽重铠的修行者的背影一眼，如同看着一名死人。

那股和她连接的阴暗力量，在此时突破了这名修行者脆弱的真元防御，真正侵入了这名修行者的心脉。

这名修行者心脉顿受重创。

林意深吸了一口气。

他也知道这名强大的修行者已经完了。

但他的动作没有丝毫的停顿，在那支北魏援军爆发的惊天动地的骇然惊呼声和尖叫声中，他的拳头不断扬起，带着呼啸的狂风，不断地砸在这具赤羽重铠的面甲上。

内里这名修行者不断地吐血。

面甲的极其细小的缝隙里，不断往外喷射着细小的血丝。

然而只是在刹那间，这面甲被砸得深深凹陷了下去，这名修行者的身体摇晃着，往后倒下，鲜血和破碎的血肉和碎骨从铠甲张开的裂口中如流浆般涌出。

“轰！”

赤羽重铠倒地！

林意收拳，停了下来。

元燕也停了下来。

还有手中握着一柄剑，大口喘息着，嘴角也不断流淌着血丝的容意也停了下来。

三人之间隔着数十步的距离，形成一个三角，三角的中心便是这具倒下的重铠。

三人的身体和这具即便已经倒下的重铠相比显得太过瘦弱和渺小，然而此时他们站立在阳光下和焦土之上的身影，却是让这片战场上大多数人都感到了极度的呼吸不畅。

有欢呼声在宁州军之中响起。

其实此时即便这具赤羽重铠倒下，但战场上北魏军士的总和依旧超过宁州军至少三百的数量，然而绝大多数宁州军士却已经觉得胜利到来。

宁凝刚刚杀死两名北魏军士，她喘着粗气看着距离她已经不算太远的林意的身影，惊喜得无法形容。

在几个呼吸之前，她看到林意倒地的时候，几乎忍不住哭了出来，她完全想不到，就在此时，一切就已经彻底逆转了。

“林师弟，真的好强！”

她的身体微微地战栗着，脑海之中此时回响着的，便只有这样的声音。

林意对着元燕和容意颔首为礼。

他觉得自己真的很幸运，有这样两名强大而值得信赖、心有默契的伙伴。

光是他一人，都没有让自己很强大的感觉，但是现在看着元燕和容意，他却产生了一种三人十分强大的感觉。

“还有谁敢来一战？”

他深吸了一口气，捡起了就近的一柄重铠长刀，然后指着战场上北魏军士最密集处，大喝了一声。

那支北魏援军之中至少还有两名修行者存在，然而当他的声音在这片山坡上回荡时，并没有任何一名北魏修行者再冲来。

看着这样的画面，先前阵中那名不断发令的北魏将领知道大势已去，他连发数声令，所有的北魏军士开始逃离这片战场。

有军令声在宁州军中响起。

宁州军也并未乘胜追击，因为此时所有剩余的宁州军将领心中都十分清楚，和这两支北魏军队相比，他们的优势只在于这三名此时已经停下来的年轻修行者。

“林师弟！”

宁凝原本就已经距离林意不远，此时第一时间冲到林意的身前，但她原本真元已经消耗得所剩无几，激战之下疲惫不堪，此时冲到林意身前，看着林意脸上微笑荡漾而起的刹那，她心神一松，身子便脱力，直接向前栽去。

林意反应极快，伸手一扶，便将她扶住。

宁凝一站稳，手臂被林意抓住，她顿时满脸通红。

林意假装什么事都没有发生，一脸正气，对着她行了一礼，然后才满足地哈哈一笑，道：“宁师姐好。”

“尽招蜂引蝶，也不怕再招惹祸事。”一旁的元燕扭过脸去，不看他和宁凝，心中却是冷笑一声。

第210章 因何故

“你的脚？”

宁凝的目光很自然地落在林意脚上，此时林意那只伤脚伤口崩裂，鲜血已经渗出。

“中了一飞剑，不过现在应该没有大碍。”林意笑了笑，说道。

他感知得出来，虽然这次强行发力崩裂多处，但他恢复能力惊人，并未造成严重的损伤。

“没大碍？”

虽然心中明知刚刚林意也是要抓住那昙花一现的机会击杀那名修行者，但听到林意如此说，想着自己替这南朝小贼处理这臭脚时的麻烦，元燕还是忍不住心烦，有些生气。

“中了飞剑？”

宁凝呆呆地看着林意，她的目光触及身前那具即便内里的修行者已经死去的赤羽重铠，心中都依旧不由得泛起寒意，她看着林意满不在乎的神色，心中不由得想他这些天到底遭遇了什么。

不过可以肯定的是，无论是修为还是气质上，林意和之前相比已经有了明显的对比。

元燕此时心中更加嫌恶，她微蹙着眉头，索性走到了那名一开始被杀死、戴着面具的北魏修行者身前。

她俯下身来，揭开了这名北魏修行者脸上戴着的面具。

这名北魏者的臂骨和胸骨尽碎，胸骨刺入他的心脉而亡，他的死状自然很凄惨，猩红的面具下全部都是已经黏稠的鲜血。

元燕一眼便记住了这名修行者的面目特征。

她对天水郡秦氏的修行者并不熟悉，所以此时她也无法断定这名修行者是否是来自天水郡的修行者，但她既然记住了这人的面目，只要回到北魏，便肯定能够查得出来，只是看有无必要。

她又翻了翻这名修行者的衣物，这名修行者的随身行囊里除了数颗赤罗丸之外，所带的东西也和寻常的北魏修行者携带之物没有差别，没有任何明显的标志之物。

当她起身，想要返回那具赤羽重铠身侧，检查那名赤羽重铠之中的修行者时，林意和宁凝却已经走了过来。

“你们这支宁州军到底携带着什么，为什么有这样两支北魏军要来阻截包夹你们？”

她想了想，轻声而直接地对着宁凝问了这一句。

若是寻常的搅浑水吸引南朝军方的注意而为了掩护她更好地逃脱，也不至于这样精细的一支军队伏击，一支军队赶来支援。

宁州军这样的地方军对于整个眉山战场也不具备任何战略意义，甚至以宁州军的实力，哪怕宁州军师赶往某处执行重要军令，也并不会引起北魏军方的重视。

她手下那些将领，不会如此愚蠢，而且这两支北魏军队，似乎都是在她掌控之外的军队。

除却这些原因，在她看来，还有一种可能就是这支宁州军之中有十分重要的东西存在。

若是能够知晓是什么东西，她便或许能够很直接地推断出，这两支北魏军队的身后是什么人。

她是很聪明、很擅长审时度势的人。

在她的眼中，宁凝的身份足够，却只是一名很幼稚的少女。

宁凝对林意天然的极度信任，那对她和容意也自然有着本能的信任，不会怀疑她的用意。

宁凝来时已经听林意做过些介绍，她对这巴东郡巫溪学院天监四年的女生也是心中十分敬仰，她心中只道竟然连巴东郡那样的学院，都能有这样优秀的女修，但还未开口寒暄便骤然听到对方的这样一句问话，她顿时便是一呆。

她顿时犹豫。

看着她犹豫的样子，元燕心中便知她知道事实，只是在犹豫要不要说出来。

“不想说也无妨，不必纠结。”她故意淡淡地看了宁凝一眼，轻声说道。

被她如此一激，宁凝这纯真少女果然上当，咬了咬牙看着周围无人接近，便轻声说道：“我们宁州军中有一人……”

“什么人？”这下倒是连林意都好奇起来。

“是黄药姑。”宁凝终于忍不住轻声说了出来。

林意一愣，他印象里没有听过这样的名号，正忍不住要接着发问，元燕却是眼睛不自觉微微一眯，声音微冷道：“竟然是黄秋棠！”

“‘药谷圣手’？”林意顿时大吃一惊，不可置信地轻呼出声。

宁凝看着他点了点头。

“她怎么会在眉山，会在宁州军中？”林意疑惑地问道。

“药谷圣手”黄秋棠是很出名的药师，即便和那些武力强大的修行者相比，自身修为和力量不强的药师并不多见于记载，但药谷圣手却很特殊。

“药谷圣手”黄秋棠是北魏岷州同和郡人，她出名并不是她能够治疗各种难治之症或是能够炼制特殊的丹药，而是她在培育一些灵药方面有特殊的手段。

天地灵药汇聚灵气精华所生，即便修行者的一些药典已经清晰地列出各种灵药喜欢生长的环境，但绝大多数的灵药都是自然生成，没有人能够培育种植。

但这“药谷圣手”黄秋棠却据说能够种植不少种天地灵药，知晓一些独特的形成天地灵药的手段。

只是她是北魏人，先前在北魏境内的一些山林里隐居种药，怎么可能和宁州军搭在一起？

“她早在一年前便已经逃至宁州隐居，这次进入眉山，她便主动提出进眉山找一些药材，她就隐匿在我宁州军中随军。”宁凝看着林意和元燕，面色有些难看，道，“现在我也想着，既然有这样两支北魏军特意来截杀，恐怕除了她也没有别的原因。”

“所以还是有人走漏了风声。”

林意大皱眉头，道：“想必她这样的人物随军应该也很隐秘。”

宁凝心中沉重地点了点头。

黄秋棠的身份特殊，知晓她随军的都是宁州的重要人物，这进入眉山的宁州军中也没有几个人知晓，但既然引来这样的截杀，只能说明其中必然有人走漏了消息。

“她惹了什么人，怎么会在北魏无法立足，要逃到宁州？”

就在这时，元燕的声音又响了起来，传入她的耳郭。

元燕在她这样的稚嫩少女面前没有刻意掩饰情绪，她的脸色同样难看。

黄秋棠这样的人物对于北魏而言自然也是重要的瑰宝。据她所知，皇宫明明都对黄秋棠有特殊照顾，这样的人物，怎么会在她不知的情形之下，在北魏无法立足？

“这我并不知道。”宁凝摇了摇头。

她是真的不知。

“她现在何处？”元燕深吸了一口气，恢复了平静，轻声问道。

第211章 冒险

林意有些奇怪，不明白元燕为何对此事特别在意，但是他旋即又释然，觉得可能是因为她原本也精通药理，而黄秋棠在药理方面有些特殊手段，所以才会如此。

宁凝起先还是有些犹豫，然而想着若是没有林意和她还有那名来自边地的少年的相助，这黄秋棠就会落入北魏人手中，那对林意等人隐瞒自然也没有什么意思。

所以她转过身去，目光落入一片狼藉的战场上。

顺着她的目光，林意和元燕轻易地发现了一名女子的身影。

那名女子身穿素色粗布衣，微微佝偻着背，混在几名女眷之中。

若非宁凝的目光长时间地停留在她的身上，即便是元燕都看不出她和另几名女眷的区别。

她看上去太过普通，就像是平时负责整理衣甲或是埋锅造饭时整理一下菜蔬的寻常妇人，这样的妇人，在很多地方军之中都会有。

她们做事很耐心，而且很能吃苦，关键的是，她们不会闹事，更容易管辖，而且在军中有宁凝这样身份的女子时，她们也能做一些男子无法做到的事情。

当林意等人随着宁凝朝着她走来，双方更为接近时，元燕清晰地看到了这名女子脸上的皱纹和手上的一些老茧和裂纹。

这更使得她看起来像寻常的农妇和杂役，根本无法和连她都十分看重的那人联系在一起。

战场上的宁州军已经在忙着救治伤员，忙着搬运遗体和清理损失，然而看到林意等人走来，所有沿途的军士甚至官阶理应在林意之上的将领，都纷纷对着林意和他身后的元燕以及容意躬身行礼。

没有人注意并觉察到，在天蜈岭对面的山坡上，还有一名来自建康南天院的年轻修行者。

王平央看到了这一切。

他看着那些纷纷敬佩地朝着林意行礼的军士和将领，越发觉得阳光里的林意更加耀眼，耀眼的有些刺眼。

他的心情无比复杂，有一股浓浓的悲哀萦绕在他的心间。

自己不是应该在那里吗？

为什么在那人奋勇杀敌之时，自己却在这里贪婪忘我地吸吮着这名少女尸身上逸出的灵气？

他看着林意，一个声音在心中不断地提醒着他，他不应该这样，不应该沦落成吞噬腐肉而无法自拔的腐兽。

一名身穿轻铠的中年将领迎了上来。

这名将领名为姜宴，是此时这宁州军中官阶最高的将领。

林意此时是铁策军小校，按照官阶，他和姜宴之间至少差着五个官阶，然而看着这名走来的年轻修行者，姜宴依旧和前方所有军士一样，躬身对着林意行了一礼。

在林意回礼时，元燕却是已经在宁凝的耳边轻声问道："现在这宁州军中，知道黄秋棠真正身份的，有哪几个？"

"除了我，一个都没有了。"

宁凝涩然的轻声回应，她心中悲恸至极，眼眶在此时都已经红了。除了她，原本这宁州军中还有两名将领知道，然而那两名将领都身穿真元重铠，都已经丧生在火海之中了，而其中一名将领，如同她的亲叔，自幼便对她极好。

元燕微微蹙眉，既然如此，在她想来，泄露消息的人便不在此时的军中。虽然难以借此查出到底北魏是何人在主事，何人要夺这黄秋棠，但至少也不会担心有人能够认出她的身份。

"她对整个南朝而言都应该极为重要，既然已经走漏了消息，那随着大军行走更不安全。"

元燕转头看着她的侧脸，带着不容置疑的口吻在她的耳边轻声说道。

宁凝微微一怔，她觉得元燕说的这句话很有道理，只是不知为何，她下意识地觉得必须问过林意之后再行决定。

"接下来你觉得应该如何？"

等到姜宴对着林意致谢，聊过数句之后离开，宁凝走到林意的身边，轻声问道。

"必须让我们直接带她走。"

不等林意回话，元燕便已出声，斩钉截铁地说道："否则极不安全，北魏恐怕还会有军队或者修行者前来截杀。"

林意眉头微蹙，想了想，看着宁凝问道："你们原先是要行军往何处？"

宁凝看着他，说道："行往乌蜂岭，先前我们也有斥候小队探查到消息，周遭有数量不少的北魏军队，我们担心意外，也取道赶往安全区域，乌蜂岭之中现在有我南天院一些教习镇守的营地，十分安全。"

"乌蜂岭？"

林意取出行军地图只是扫了一眼，"那最多只有数个时辰的路程。"

宁凝点了点头，她眼眶又是微红，谁能想到只是这样一段路途之中，竟会出这样的问题，竟然遭遇两支北魏军队袭击。

"那我们直接带她走。"林意看了一眼那名妇人的所在，并未犹豫。

"嗯，好。"

宁凝听着林意都如此说，她便也没有任何的犹豫，走向姜宴便简单说了几句，要带走那名看似寻常的妇人。

虽然并不明白为何宁凝要特意带走那一名妇人，然而他明白其中自有隐情，而且宁凝的身份也自然可以命令他如此做。

所以他和身侧的一名军士说了几句，那名军士便将那名妇人引来，由宁凝带走。

“黄芽境？”

看着这名连走路的姿态都低眉顺目，和寻常妇人没有差别的药谷圣手，感知着她体内若有若无的气息，元燕微微挑眉，轻声地问道：“脚力如何？”

这名妇人的神情依旧没有任何的改变，只是带着些北魏边地的口音，轻声道：“应该可以跟得上。”

元燕点了点头，此时容意已经将林意丢在这片战场上的东西全部取了回来，包括那个装着行军口粮的鹿皮袋。

也唯有当林意自己再次背起这鹿皮袋，感觉着这鹿皮袋的沉重，再感知不到林意身体内有任何真元气息波动之时，这名额头上有刀刻般的皱纹、脸色显得有些蜡黄的妇人才微微地抬起了头，眼睛里闪现出和她外表不符的一丝精光。

元燕已经转过身去。

她没有在动步，在她等着林意先走。

她看向了乌蜂岭的方位，她平时从不冒险，然而此时，她觉得有必要冒险一次。

第212章 镜子

沿着焦土的边缘，林意、宁凝和那名妇人走在最前，进入了未被破坏的山林。

元燕则跟在身后，她看着不断落在自己脚尖的树叶阴影，嗅到了很浓厚的阴谋味道。

这两支不知道出自何人之手的北魏军队让她直觉危险。

不仅是超出了她掌控的范围，而且似乎牵扯到党项的王族，这种未知带来的恐惧，是她决定冒险的原因之一。

另外，促使她决定冒险的原因，是按照林意此时的行程，他们将很快和南天院的那些教习遇见。

南天院的那些教习都是南朝最危险的人物，他们绝对不会像这些初出茅庐的修行者一样稚嫩，他们也并非军方的将领，恐怕对她的所学和真元产生更多的疑问。

所以她必须在遇见那几名南天院的教习之前离开，在离开之前，她想从黄秋棠的口中问出她离开北魏的原因……若是运气好，她便能借此推断出那两支北魏军队背后的主使者，以及背后牵扯的阴谋。

若是运气不好，她并不能从黄秋棠的口中得到足够的信息，她也会尽可能在离开时杀死这名妇人。

既然不能为北魏所用，自然也不能留给南朝。

更何况在她看来，调动那样的两支北魏军队前来抢夺黄秋棠，不管背后的主使者是谁，这人做这样的事情，也是十分的冒险。

既然能让这样的人物冒险，那黄秋棠这人肯定能牵扯出更多的隐秘。

如果直接将黄秋棠杀死，在她看来，便至少会解决不少麻烦，可以让那人的不少计划彻底落空。

出于战略目的，杀死这样的一名妇人对于她而言并没有多少心理负担。此时让她情绪变得古怪起来的，也并非她决定的冒险，而是前方随着光线的变化而不断变化，时而拉长时而变短的林意的背影。

离别是必然的事情。

她和这名南朝小贼之间不可能有更多的故事。

然而她没有想到会来得这么快。

按她原先所想，她不会有冒险，她会和他一起出眉山，然后在眉山之外才会离别。

只是人世间的事，谁说得清楚呢？

她忍不住微嘲地浅笑，觉得终究是自己想象得太过完美。

王平央一直未动。

即便他面前那名北魏少女的遗体的气味变得越来越难闻，他都没有动作。

他的脸色都没有太大的变化，就如同死人。

他一直看着那片战场上阳光里的林意，看着他的一举一动，看到他重新背起显得十分沉重的行囊……直到林意带着宁凝和那名妇人走进林间，他的面色才稍有所改变。

弹指之间，一个人就可以想很多事情。

王平央在战斗结束到林意离开这片战场的时间里，他想了很多事情。

此时他想明白了，为什么等到战斗结束，他还是一直看着林意的身影。

其实直到此时，他都不知道林意的姓名，不知道林意的身份。

然而他明白，林意就像是他的一面镜子。

在之前忘却下方战场而贪婪地吞噬这名少女的灵气时，他已经沉沦，而且此时回想那种感觉，他越发清醒地认识到，若是没有林意的出现，他会永远这样不断沉沦下去。

修行的许多关键阶段，也如同农夫的播种，需要恰巧的时节。

林意在他修行的关键时刻出现，便是一种难言的契机，在他看来便代表着拯救。

这名暴戾而强大的年轻修行者，不只是救了下方的宁州军，还救了他。

林意的战意和战场上的表现，那种光明，变成了照出他沉沦时丑陋的镜子。

王平央深深地吸了一口气。

他的眉头缓缓往上挑起，看着消失在密林之中的林意的身影，他无比坚定地认为今后的很多时刻，他依旧需要这样的一面镜子。

北魏那神秘的魔宗大人，的确是如同神魔一样的存在。

即便自己已经无比清醒地认识到，这种功法在提升他力量的同时，在蚕食着他的自我，但那种美妙的滋味，却依旧让他无法抗拒。

尤其是在已经尝到了这种滋味之后。

看着那些战场上的北魏军士和南朝军士的尸体，即便是此刻，已经痛定思痛的他，都依旧有着冲下去吸纳那些人元气的冲动。

今后当他杀死一名敌手之后，他应该不能抗拒这种美妙而邪恶，让他沉沦的滋味。

除非他的身前，始终有这样一面照出他不堪的镜子。

林意的身影已经脱离他的视线，然而他已经下定了决心，他会始终跟随在林意的身边。

他需要以林意为镜。

只是他明白，自己已然成为魔宗特地留下的一枚棋子，只要自己依旧是王平央，只要让人知道自己跟随在林意的身边，那即便魔宗不敲碎这面镜子，也绝对不会让他如此轻易地战胜，必定会有其他的手段。

所以他不能再是王平央。

那名曾经名满建康的天才，应该消失在世间。

他的目光落在那名已经布满恐怖尸斑的北魏少女的遗体之上，然后他伸出了手，抚向自己的脸庞。

他体内的真元顺着指甲流出，化为锋利之意，很轻易地在他脸上割裂出许多道恐怖的伤口。

鲜血在他的脸上滴落，然而他在丢下自己所配的剑和一切所带之物，甚至让那只苍鹰也不要跟随，让它飞走之时，他却是笑了起来。

因为他明白了那名神秘而强大的魔宗大人的所想，明白那人留下这功法便觉得他一定会按照那人所想走下去的自傲。

但是那名魔宗大人失算了。

他胜了。

而按他所知，北魏那名传说中的魔宗大人料事如神，战无不胜，从来没有人战胜过他。

他对着面前的这北魏少女的遗体躬身为礼，然后抬起头来，毫无畏惧地朝着前方掠了下去。

他掠向林意前行的方位。

林意在山林之中行走。

突然之间，他的感知里出现了一名修行者的气息。

这人只是一味飞掠而来，似乎并没有任何的杀意，因为在他的感知里，这人的真元输出极为平缓，即便明显也感知到了他的存在，真元的输出都没有任何的变化。

第213章 不同的看法

林意停了下来，等待着这人的出现。

这世上有很多种相逢，只是他以往任何一次相逢，都绝不会有这次记忆深刻。

满脸是血，如同带了一个狰狞面具的王平央出现在林意的面前。

王平央面上的伤口太过恐怖，即便是元燕也都深深地皱起了眉头，尤其是当她和王平央的目光相逢时，她的心中都油然而生一种震撼和危险的感觉。

王平央的目光太过平静，还带着一种难言的力量。

这种力量让她第一时间就觉得这人会是个很厉害的人物。

容意并没有林意那么强的感知，他看到满脸鲜血的王平央的刹那，便下意识地握住了一柄剑。

一声惊呼声在林间响起。

宁凝吓得直接叫出了声。

“你是南朝的修行者？”

林意看着王平央，看着此人明显是南朝的衣饰，他也觉得王平央的神情很古怪，只是他是下意识地觉得是这人恐怕受伤太重，而且伤的是脸面，恐怕是心里受了太大刺激，情绪有些反常，所以他尽可能语气温和地说道：“要不要先帮你处理伤口？”

在这么说着的时候，他看着王平央那些伤口，心中却是有些忐忑难安，觉得恐怕用再好的伤药，也会不可避免地留下伤疤。

“不需要。”

王平央平静地看着林意摇了摇头。

“不需要？”

林意眉头大皱，他更加认定这人在精神方面已经彻底出了问题。

“只是皮肉创伤又不会让我死。”

王平央认真地想了想用何种方式来让林意接受自己的决定，但他还是觉得依靠自己的直觉，不要麻烦。

“我今后要成为你的影子，我要跟着你，做你的暗侍。”他对着林意微微躬身，说道，“你不用管我的来历，不用问我的过往，你只需要知道，我会追随你。”

林意等人面面相觑。

就连之前受到惊吓最厉害，现在还不太敢看王平央血肉模糊的脸的宁凝都觉得是王平央受刺激太大，脑子都出了问题。

“我当然不是像你们所想的那样脑子出了问题。”

王平央看着面前这些人的神色，他很轻易地猜出了这些人心中在想什么，他甚至带着些骄傲微微一笑，伸出一根手指点了点自己的脑袋，然后摇了摇头说：“我先前便说过我不在意这些伤口，我也希望你们不用在意这点。”

元燕又不自觉地深深皱起了眉头，她第一个觉得这人并不是受了刺激，她只是觉得这人冷静的可怕。

“你突然出现，然后说要追随他，总该有理由吧。”

她看着王平央，问道：“否则你不觉得太过古怪？”

“我当然有理由，只是我不想说出来。”王平央不去看她，而是直直地看着林意，说道：“现在的问题是，你愿不愿意接受我做你的暗侍，但条件在于，你不要管我是谁，不要问我这些问题。”

“连暗侍都有人抢着做？”容意有些无语。

林意发愁地看着王平央，他越发觉得王平央的精神出了问题，他忍不住用请求的语气，尽可能温柔地说道：“要不我们先处理好了你的伤口再商量？”

“你放心，她的治伤手段极其厉害。我脚上中了飞剑，骨头都不知道碎裂成多少片，但是没过多久，我的脚都可以走了。”

林意生怕再度刺激王平央，连忙又点了点身旁的元燕，用一种哄骗的语气，接着说道：“你的伤口让她帮忙处理，应该连伤疤都不会留下。”

王平央看着林意，他有些头疼，有些想笑笑不出来。

他只是见了林意的一战。

那一战虽然持续的时间并不长，他也只是远远地看着林意的战斗，甚至连面目都看不太清楚，然而林意在那一战中发出的光，却足以扫掉已经缠绕在他身上的阴暗。

他确信这人的品格和那种光明足以值得自己学习，此外，他对林意没有什么了解。

但现在林意的神气，却让他看到了另一面。

他觉得林意有些孩子气，甚至有些可爱。

这是一种始终在担心着一名陌生人伤势的善良。

所以他虽然觉得林意有些难缠，但他很满意。

他很满意自己的决定。

“我很快就能突破到承天境。”他平静地看着林意，说道：“以我的修为和年龄，在将来的修行之中还有很大可能，所以其实我随便去某个将领面前提出要做他的近侍，那人应该都会极其欢迎。我愿意追随你，只是希望你不追究我的过往，难道这个交换条件很过分？”

“当然，你可能觉得我这样做很古怪，但你敢不敢赌一赌。”

王平央深深地看着林意，眼睛里一片肃然且说道：“赌我会死在你之前。”

“赌我会死在你之前……”

这样单独的一句话很难理解，有很多种可以猜测的方面，但是此时王平央的眼神，却让林意瞬间就明白了他的意思。

就如许多绝对忠诚的近侍一样。

在遭遇若是不可能战胜的对手，这种近侍也会用自己的命先填上去。

“我当然可以赌。”

林意的第一句话让王平央略松了一口气，但是接下来第二句话，却是又让他皱起了眉头，“但你能不能先让我们处理一下伤口？”

“真的不用。”

王平央无可奈何地看着林意。

“不追究你的过往，你是不想让人看出你本来的面目。”元燕的声音在此时微冷地响起，她已经观察了王平央许久，“或许连这些伤口都是你自己弄的。”

“你可以这么认为。”王平央转过头去，看了她一眼。他并不想过多地解释，以他此时的心境，他觉得每说一句话都很累。

“放心，我本来就对处理你的伤口没有任何的兴趣。”元燕冷笑了起来，她转过头去看林意，说道，“不过换了是我，我绝对不会接受这样的赌约，来相信你的忠诚，我实在想不出他无论是修为还是身份，有什么可以值得你追随的。哪怕是你之前做了什么十恶不赦的错事，想要找个靠山，也绝对轮不到他。”

元燕这些话的意思很明显。

事实上以她和林意之间的默契，根本不需要说这么多话，只是几个眼神，林意就已经明白她是什么意思。

她是提醒林意这人的用意绝对有问题。

林意和她有默契，能够轻易明白她的意思，但是在这件事上，他却有着不同看法。

他当然很聪明，也会根据许多细节来判断，但他很多时候也相信自己的直觉。

他看着王平央的眼睛，此时终于相信对方不是脑子出了问题，只是因为某种不想说的原因。

“我接受。”

他看着王平央，说道：“至于你一定要用这样的方式做我的近侍的原因，你今后什么时候想说的时候再告诉我也可以。”

第 214 章 萍水相逢的别离

元燕转过身去不看林意。

对于她而言，她该给的忠告都已经给了，至于他听不听，那是他的事情。

林意做的很多事和处事的方法，在她看来都太过冒险。

如果让她来写一句话评价，那就是“一名迟早夭折的孩子”。

但她已经决意很快要离开，所以就算此刻她的关系和林意好得就算是小妈和孩子，她今后远在北魏，也根本管不到这个胡闹的孩子的生死。

更何况她当然不是林意的小妈。

“一场萍水相逢的惺惺相惜而已。”

她在心中如此说，所以她甚至没有因为林意不顾自己的建议而做出这样的决定而生气。

她甚至决定在离开眉山之后，要尽可能地少关注或是刻意不去管这名南朝小贼的消息，因为她觉得按照林意这样稚嫩无脑而冲动的行事方式，说不定自己刻意关注的话，很快就会收到此人的死讯。

不知道还好，知道了应该会很影响心情。

“你叫什么名字？”

这时林意的声音却在她的耳郭中响起。

她不生气，却有些烦。

对方都明显不想让人知道过往，他却还在孜孜不倦地问这些。

不过她突然又有些高兴起来。

因为她想到，自己做完决定要做的事情之后，或许林意行事的风格和看人待物的方法，便会有些改变。

他应该不会再毫无保留地不顾危险为某人，应该也不会如此轻易就相信一个人。

只是不生气，不烦，有些高兴，随之一起出现的，却是淡淡的感伤。

或许今后，再见不到今日林意这样的人了吧。

“一定要有名字？”王平央看着林意反问道。

“就算不想提以前名字，相互之间也总该有称呼的名字。总不能叫，喂，那个人。”林意看着他，也有些无奈地说道，“我叫林意，真名，现在是铁策军小校，建康南天院天监六年生。”

这自报家门太过清楚，王平央觉得这真是一场最美妙的意外。

他的眼睛里充满了感慨。

他没有想到，在自己最危险的沉沦时刻，拯救了自己的，竟然是自己的一名师弟。

“喂，那个人……这样的称呼也不错。”

他笑了笑，说道：“只是有些烦琐，既然在天蜈岭相遇，就叫天蜈好了。”

“若怎么都不肯告诉名字，这称号倒是也算贴切。”

宁凝依旧有些不敢看他，只是在心中想到，这人故意不肯处理伤口，今后恐怕真的是满脸蜈蚣般的狰狞伤口。

在此时，王平央的目光却是悄然在她的身上停留了一刻。

其实他和宁凝是很熟的人。

因为他是天监五年生，宁凝也是天监五年生。

只是他先前在天监五年生中太过出众，所以便被提前数月抽调走单独安排修行而已。

他和宁凝只是数月不见，而他修为提升，身上气息已截然不同，他布满脸上的这些可怕伤口，他故意改变了些声音，宁凝便已经彻底认不出他来，这便说明他所付出的这些有价值。

既然连如此熟悉的人都会因为这些改变而彻底地认不出他来，那今后，那些更少见过他的人，当然更无法将他和名动一时的王平央联系在一起。

纵使见面也不识。

这理应是种悲哀。

然而此时的王平央，却只有一丝感伤，其余皆是骄傲。

“走吧。”

元燕感觉到了此时王平央的满意，她对王平央不放心，她不喜欢任何不可控的变数，她对王平央便没有什么好感，此时冷冷吐出一句的同时，她便在心中想着，你此时满意，很快我便会让你不满意。

“你的真元功法很独特。”

然而就在此时，让她没有想到的是，王平央的声音响了起来，而且是对她说。

她转过头去，只看到王平央认真地看着她，说道：“尤其是在隐匿真元气息波动方面。”

元燕很自然地不悦，微讽道：“不错。”

“这些手段，能否传授于我。”

王平央对她认真躬身行了一礼，“虽还未问你名字，但之前在战场上，观你和林意共战那赤羽重铠，你和林意自然是生死与共的好友，我做林意的暗侍，最好便需要这些隐匿真元气息波动的手段。”

元燕愣了愣。

她见过很多大胆和无耻的人，却也没有见过王平央这种。

“你想得倒美。”

她原本下意识就想这么说。

这属于北魏皇宫中绝不外传的秘密功法之一，即便是北魏的重臣都不可能得到，但就在下一个呼吸之间，她却改了主意。

“可以。”

她点了点头，看着王平央，说道：“只是这是我师门独传功法，我只是因为林意才传授给你，但你必须发重誓，绝不传给他人。”

王平央笑了笑。

在战胜了北魏魔宗大人那样的存在，连生死和容颜都不在意，他此时的心境自然不是现在的元燕所能想象。

“我答应你，若是我有违誓言，我便立即变成一具腐尸。”他点了点头，微笑着说道。

“如果你觉得这样随意相信他人是对的，那我便将我的功法传给他。”元燕在林意的耳边轻声说了一句，便走到王平央的身侧，开始逐句将那篇法门告知。

林意一脸无奈和懵懂。

他想着自己都还没有来得及说话，还没有来得及发表意见，结果你便已经直接上去传授法门了。

更何况自己怎么能算是随意相信别人？

这人的确除了不想透露自己的真正身份，任何时候都让他直觉很值得信任啊！

只是数句交流，元燕的眉头便皱得更深。

光是问答之间的这几句交流，她便已经确定王平央的不凡。

这样的人来到林意的身边，她觉得只有两种可能，不是因为陈家便是因为萧家。

“你爱死不死，迟早夭折是你的事情，但听到你死的消息我应该会不舒服，这是我的事情。”她在心中如此想着，她觉得自己这么做，只是因为要拯救林意，只是因为自己。

她和这招人烦的南朝小贼之间，原本是不想在眉山杀死他，放过他一命，但是此时她决定离别之时，却是不想他离了自己身边，便轻易地被人杀死，轻易地死去。

第 215 章 最后的时光

她在冷冷的如是想着之时，感受到了旁人的注视。

那名看似极其寻常的妇人，一直默不作声，甚至连满脸是狰狞伤口的王平央出现时，她表现得也丝毫不引人注意，她就如一个不相干的路边种菜的农妇，只是在安静而有礼地旁观着他们的对话和争执。

这时元燕才觉得自己有些心乱，未分清主次。

这名药谷圣手离开北魏的原因，以及是否能够再为自己和北魏所用，这才是自己最需要关注的重点，应该超过这南朝小贼的生死。

“晚辈卫清涟见过前辈。”她尽可能快地将功法对着王平央说完，然后到了这名老妇人身侧，认真地行了一礼。

这绝非做作，礼贤下士是她这种人最需要的品质，即便是在北魏，遇到足够值得重视的人，她也会如此。

“惭愧。”

黄秋棠看着元燕，回礼道：“若不是你们，恐怕此时已经横尸天蜈岭了。”

她这名无论在北魏还是南朝都很出名的药师，说话的声音和神态都甚至依旧和寻常的妇人没有什么区别，她此时说话甚至没有带北魏边地的独特口音，她给人的感觉，就像是自幼在南方生活的人。

“我知道有些唐突，但我必须对军情有所判断。”

元燕看着她，按照她的经验，越是像黄秋棠这种在任何时候都显得平淡无奇的人，心志其实便是比一般人更为坚忍，只是她没有太多时间，所以她也必须用最直接的方式尽可能地从她的口中问出些什么。

“据我所知，前辈您在北魏颇受优待，那为何又会到了宁州？为何到了宁州，藏匿在宁州军中，还会引来北魏军队的追杀，而且您在战场上也应该看得清楚，那些北魏军有赤罗丸，而那是党项皇族独特的手段。我必须知道在您身上发生了什么事情，因为这恐怕会连党项都牵扯进来。”

听着元燕的这些话，林意的面色也渐渐变得肃然。

没有人怀疑她问这些话有什么独特的目的，的确对于此时的南朝而言，党项的态度将会对整个战争的进程造成巨大的影响。

党项这种偏安一隅的王国，对于南方王朝和北方王朝而言都不算强大，而且因为天然的地势原因，因为那些连绵的雪山的阻隔，也让这种王国派支军队行进到南方王朝和北方王朝境内就要付出很大的代价。

然而党项也不能算太过弱小。

若是这样的王国真的因为某种原因参战，那会有很多不可知的因素，因为南方王朝的修行者以前很少见到党项的修行者，至于军队更是如此。南方王朝的边军都根本没有见过党项的正规军队是什么样的。

“我不知和党项有什么关系。”

黄秋棠沉默了会儿，然后说道：“在北魏我也并不知晓发生了什么，我只是发觉有人要杀我，我才设法逃到了宁州。”

“是谁要杀你？”元燕深深地皱起了眉头。

“不知道，想来是北魏某个大人物。”黄秋棠微笑道，“这人能调用什么样的军队你们也已经见到，像我们这样的人，发觉有人要杀自己，第一时间想的便是逃，谁还能够去追究到底是什么人的授意？”

这样的回话令人头疼，根本没有任何的线索。

元燕深吸了一口气，道：“那你察觉是谁要出手杀你？”

“不知道。”黄秋棠摇了摇头。

元燕深深地皱起了眉头，这一句让她觉得有问题。

若是什么都不知道，又怎会觉得是某个北魏权贵要杀她？

更何况以她的身份，即便有某个北魏权贵要杀她，她也可以设法将消息传递出去，不说别人，这样的事情，就连皇太后都会关注。

“不知道”，这样简单的三个字，便只能说明她有些事不想说，或者说不想对她说。

元燕垂下眼睑，不再多问。

她听到了前方不远处有水声，应该是一条山溪。

那是她冒险和这些人分别的地方，所以她更加沉默。

“你怎么了？”

林意和她越来越熟悉，此时便觉得她的情绪有些问题，忍不住轻声问道。

听着林意关切的声音，元燕抬头，正好看到林意转过脸来看着自己，一抹从上方林间落下阳光就温柔地落在林意那半边转过来的脸上，将林意这半边脸照得金黄。

元燕的心中莫名地有些温暖。

她想着，这大概是自己这一生和这南朝小贼相处的最后一段时光了。

今后应该永不会相见了。

那最后的时光里，她便应该对他好一些。

“没什么，只是有些累了。”于是她对着林意笑了笑，轻声说了一句，然后又柔声说道，“到了前方的溪旁，我再帮你看一下伤口，我怕你用力之后伤口崩裂，涉水之后会有问题。”

她在说这些话时，眼睛里只有林意和林意身后的世界。

她很想这样的画面能够停留在她的记忆中，她并没有发现，她身后的黄秋棠也在安静地看着她和林意，黄秋棠的面容依旧显得十分寻常，只是眼底却有些不同寻常的光芒。

元燕这样温婉的神态恐怕是在她幼年进宫之后的第一次，连那些皇宫里侍奉她的忠诚侍女都未见过，林意看了也是一愣，总觉得浑身哪里有些不对。

“好像没什么事。”他感觉着自己的伤口，下意识地讪讪说道。

“这并非你说了算的。”

元燕的目光离开了林意的面庞，她抬头看向林间上方的那缕光亮，道：“你这伤口既然是我处理的，我便必须为它负责，我就不能让你变成瘸子。”

林意抓了抓头发，心想若是你不嫌麻烦，我当然不嫌麻烦。

溪水声越来越清晰。

元燕看着脚下变得越来越湿润的荒草和泥土，心情越来越沉重。

“你不是他的暗侍吗？暗侍便不需要一直在我们的身边，应该隐于连可能来袭的敌人都并不察觉的地方。不让对方发现你的存在。”

她突然转过身去，看着王平央，说道：“你去这溪流的上游处，我需要确保这溪流水的纯净来帮他处理伤口。”

在王平央看来，她说的前半句话自然很有道理，但后半句话却没有多少道理，想必是因为她对自己的成见。

只是以他现在的心境，当然不可能和她争辩什么。

于是他只是淡淡地一笑，便点头应允，朝着前方那条溪流的上端行去。

山溪水很清澈，而且因为水流湍急，这一条有一丈来宽的溪流里连漂浮的杂物都没有，白炼般的激流，将溪道里的石头冲刷得圆润而光滑。

此处地势不高，溪流两岸都是很高大的乔木，叶子宽大而碧绿，将阳光几乎完全遮掩。

在元燕命令般的目光下，林意在溪水畔的一块大石上坐了下来，将双脚放向水面。

元燕直接走入了微凉的溪水之中，正对着林意，用一柄小刀很干脆地将林意那只脚上缠着的药布割开。

第216章 错谬

结痂的伤口崩裂开来，凝固的鲜血黏结在已经变色的药布上，夹杂着些微的汗臭味道，的确很不好闻。

元燕的眉头微微地皱了起来，只是她切割着这些药布和伤口上的血痂时，比起上次还要专注。

她用一根飞针挑起那些黏结的药布，只将自己体内的真元缓缓放出，从刀身上和针上释出极为锋利的气流，这些药布就被很轻柔地切碎成很多片，然后如死去的蝴蝶般落在溪水中，顺着水流被冲走。

她时不时地用些溪水冲洗林意的伤口，又细心地用真元化为的气流将那些混杂着浊血的残液冲走，再细细地抹上药粉。

看着元燕这样娴熟而精妙的手法，黄秋棠的眼睛更亮了些，这些亮光里更多了些谨慎的味道。

她停在林意的身后，并未像其余人一样接近溪水，或者直接在下方涉水过溪。

林意的伤口恢复的速度远远超出元燕的想象。

林意一开始说的便是对的，即便她不做任何的处理，林意的伤口也会很快地愈合，而内里那些经过她接补的经络和断骨，也已经全部续上，即便是先前的战斗，也似乎并未让他这只脚的伤势恶化。

这种恢复速度，根本无法用常理来形容，然而此时她的关注点已经不在这伤口之上。

她已经感觉到了黄秋棠对她的警惕，不知为何，从她问话的时刻开始，这名药谷圣手就似乎已经对她有所怀疑。既然如此，她此时的行动便不能给对方任何反击的机会。

她体内的真元继续沉稳而平静地流动着，她手上的动作也没有任何的迟滞。

她依旧在清理着林意脚上的伤口，然而此时，她体内的某处窍位之中，却是如有一团瘀血被挤破，随着一声连林意都根本无法察觉的轻微响声，一些细如尘埃的丹尘，顺着她的真元迅速地流淌入她的右手指尖，然后沁了出来。

她的指尖涌出些细细的紫黑色血珠，因为她的双手原本就在拆解着药布，手上原本就粘着林意混杂着药物的血，所以根本便无人注意到这样的变化。

只是当她的指尖落入水面，当这些紫黑色的血珠和溪水相逢，无比细小的血珠之中，便迅速释放出难以想象的药力。

一股无色无味、根本难以感知的药气，在以恐怖的速度往下游蔓延时，甚至霸道地逆流而上，瞬间冲袭到这溪流上方、刚刚跨入溪水的王平央身上。

元燕其实根本就不担心王平央在哪里有没有跨入溪水，她知道周遭这片山林之中的任何修行者，都无法避免被这种药力侵袭。

她只是身体一僵——演好最后在林意眼中的这场戏。

她身体的僵硬只是装出来的，然而此时，林意的身体也僵硬起来。

林意刚刚觉得有些不对，他就感觉到自己的身体血肉似乎已经不受控制，在接下来一刹那，他还没有来得及感知是哪里出了问题，便只看到元燕的身体僵住，然后他的意识便迅速模糊。

没有人能够来得及做出反应。

无论是上游的王平央，还是就在附近的容意、宁凝，包括林意和他身后的黄秋棠，全部就如同石化一般，保持着原有的姿势，僵住，然后失去意识。

元燕在溪水之中缓缓地站立起来，她深深地看了面前一脸惊愕的林意一眼，不敢再去看第二眼，然后她只是动了一步，便伸手提起了在林意身后的黄秋棠，顺着溪流往上走去。

冰冷的溪水冲刷着她的双足，让她的心也越加变得冷硬起来。

她走得越来越快，很快便看见了僵立着的王平央。

她便一直走到王平央身侧，在他身旁停了下来。

她手中依旧捏着的飞针伸出，在黄秋棠的颈间轻轻地刺了刺，中空的针身中沁出数股气流，流入黄秋棠的血脉之中。

黄秋棠的身体微微一动，她的神志渐渐清晰，但是一种灰暗的色泽，却慢慢地出现在她的肌肤表面。

一声轻微的叹息声在这溪中响起。

黄秋棠颓然地跌坐在溪水中，水花四溅，她神情复杂地看着眼前的元燕。

“你到现在还不知道我是谁吗？”

元燕已经收起了飞针，负着双手，平静而威严地看着她，和之前相比，她已经完全换了神态，就如同变成了一个截然不同的人。

“先前有所怀疑，到现在便确定了。”黄秋棠有些感慨和苦涩地一笑，“传说中长公主殿下是洛阳第一用毒、解毒高手，我先前还有些不信，但此时看来，却还少说了些，长公主疗伤的手段也很独到。只是一生只能用一次的脱石散，用在了这里和我身上，会不会太过奢侈。”

元燕的面色没有任何的变化，她的双唇的血色却淡了些，因为她的心情的确有些波动，因为她的双唇紧抿了些。

脱石散这个名字太过普通，然而却是北魏皇族第一秘药，唯有像此时的北魏皇帝、皇太后和她这样的真正皇族，才会在体内的某处窍位之中秘植这样的丹晶。

自有独特的解药可以让她自己不受这样的丹晶药力侵袭，只是脱石散的药力太过强大，药性太过古怪，即便是独特的解药，也只能让一个人的身体摆脱脱石散的药力一次侵袭，今后这种解药，便对脱石散没有任何用处。

这种脱石散，可以说是北魏皇族一生只能用一次的保命手段。

这在黄秋棠看来，元燕在此时就用了，便太过奢侈和冒险。

毕竟此处还在眉山，元燕还并未逃入北魏境内。

只是元燕的心情却迅速平静下来。

她想到了罗烈侑。

在罗烈侑那种独特的音震控住心脉和激荡真元的独特手段之下，她甚至连想用这种脱石散都没有应对的时间，若非有林意，她已经死了，而且还受辱。

这种脱石散虽然强大，但依旧需要一些真元推动的准备时间，只是平时舍不得用，再遇到那种时刻，却又未必来得及用。所以用在此时，对于她的冒险而言，似乎也不算太过可惜。

“我当时问你话，是哪里不对，让你怀疑我是北魏长公主？”元燕缓缓地皱起了眉头，看着她，声音微寒道，“即便南朝军中的军情会说我在眉山，但我和林意帮你们破北魏军队，你又怎么可能这样迅速地将我和北魏长公主这样的身份联系在一起，产生怀疑。”

“不，你错了。”黄秋棠温和地笑了笑，“我一开始并不是怀疑你是长公主殿下，我其实也并不知道有关军情，我只是怀疑你是魔宗的手下。”

元燕猛然一怔，她看向这名妇人的双目。

第 217 章 离开之后

“魔宗大人？”

元燕深深地吸了一口气，她看着这名妇人发亮的眼睛，心却微沉，“你的意思是……是魔宗大人要杀你，还有那两支北魏军队，是出自魔宗大人的授意？”

“那两支军队若非出自你手，便应该出自魔宗的手笔。”黄秋棠肌肤上灰暗的色泽更重了些，她的生机在被某种毒素缓缓地侵蚀，但是她的面色却反而更加温和。

因为在此时，即便是对面这个北魏长公主要杀她，但在她的眼里，元燕也只是一个很有意思的小姑娘。她很能明白此时的这个小姑娘的心情和心意。

“我发现端倪时，曾设法想让人联络皇宫里头，然而却毫无用处。在北魏能够拥有这样权势的还有数人，但其余的人和我没有任何瓜葛，所以只可能是魔宗。”她看着元燕，平和地说道。

元燕莫名有些冷，她没有丝毫犹豫，问道：“你和魔宗大人之间有何瓜葛，他为什么要杀你？”

“先前我接授命培育两种灵药。”黄秋棠微笑而带着一些感慨道，“不要问我如何知道……要解释也不会有足够的时间，但我就是通过一些人知道了，那两种灵药应该是魔宗需要，我花了不到七年的时间，让那两种灵药拥有了他所需的药性，然后很偶然的原因，我察觉到先前和我培育有关这两种灵药的人一个个都消失在这世上。

“虽然我打听到那些人若非战死，便是发生了某些意外，但你应该明白，不会有那么多巧合，那些接触过这件事的人逐一死去，只有一种可能，那便是魔宗不想让人知道他让我培育过那两种灵药。”黄秋棠看着面色越来越凝重的元燕，缓声道，“所以当我发觉这点，我便马上想方设法跑到了宁州。”

“那两种是什么灵药？”元燕下意识地不敢再看黄秋棠的眼睛，垂死的人的目光都太过复杂，黄秋棠的目光却太过平静，就如一个不见底的深潭，再加上她所说的这些话语，和元燕、和绝大多数北魏人认知里的魔宗大人有很大的区别，这让她感觉在不断陷入一个深冷的泥潭。

“乱灵草和明王羽。”黄秋棠平静地说道，“只是按照他的所需，那两种灵药的药性在经过培育之后，也有了很大的改变。”

元燕想了想，声音微冷地问道：“那两种灵药变化之后，到底是何等的药性？”

“药性很复杂，解释起来很麻烦，我很想和你说清楚，但是你知道我时间不够了。”黄秋棠感慨地看着她，道，“而且你的时间应该也不够了。”

这的确是事实。

元燕沉默了数秒，然后她抬起头来，对着这名妇人认真地行了一礼，说道：“我应该比你更加了解魔宗大人一些，若这件事真是他所为，那以他的手段，你还没有死，那并不只是因为你逃命的功夫了得，更大的原因应该在于你对他还有利用的价值。站在我的位置，这件事我会继续追查下去，但我不能冒险，我不能让你落在他的手中，所以我只有将你杀死。”

黄秋棠无力地笑了笑。

她很能设身处地理解元燕此时的想法，若是换了自己，她恐怕也会做同样的选择。

“你和我想象中的不太一样。”

黄秋棠看着转过头去，将自己的脸埋葬在树荫中的元燕，道：“在我想象中的北魏长公主，应该是更为冷血和无情，但我看你对林意的模样……若非你用了脱石散，我也绝对不敢相信你便是传闻中的诱惑了先帝的魔女之女。”

“谢谢！”

元燕轻声地说了一句。

“对不起！”然后她又轻声地说了这一句。

不知为何，她的鼻翼有些微酸，但她知道这不是此时自己该有的情绪。

她的面容冷漠起来，然后她迅速将黄秋棠身上所有的随身东西全部搜了出来，如此一来，即便黄秋棠这种药谷圣手有解毒的手段，在极短的时间里也不可能找到合适的解毒药物。

一名再好的厨师，没有食材，也不可能做出可口的佳肴。

“既然都已经逃到了宁州，按我今日见你的心智，像你这样的人，足以逃得更远，为什么还要到这里来？”在转身离开时，她问出了最后一个让她有些困扰的问题。

黄秋棠的修为应该很普通，然而她观察之敏锐，包括面对死亡时的这种雍容平静，都让她觉得若是放在朝堂之中，也是一名极为可怕的对手。

在她看来，除非有特殊原因，否则黄秋棠应该不会再跟随着宁州军进入眉山来冒险。

“眉山之中也有些我所需的东西，我也想推测一下，魔宗需要那些灵药到底是做何用途。”黄秋棠轻声地说道。

“终究是有些不甘心。”

元燕点了点头，她可以理解黄秋棠的这种情绪。

当和她一起共事过的人一个接一个地死在魔宗的手中，她哪怕不可能杀死魔宗为他们报仇，但还是想要追究出魔宗的真正目的，哪怕是公之于众，对于黄秋棠而言恐怕也可以告慰那些死去的人。

黄秋棠在她看来毫无疑问是一个善良的好人，而且放在任何时候都不能算是她的对手，亲手杀死这样的一个人，哪怕是被逼无奈，都让她心中不免有些难受。

至于魔宗大人……在她看来，以他的身份，哪怕让黄秋棠只为他一个人效力，她的皇兄和北魏皇太后也不会有任何不满，但他用阴暗的手段对付黄秋棠，若是私自调动这些军队和党项勾结都属实，那其中便一定有某种不可告人的阴谋存在。

魔宗大人是此刻北魏的擎天巨柱，是让绝大多数北魏修行者敬畏的存在，甚至很多人将他视若神明，想到有可能要和这样的一个人为敌，元燕心中的寒意便如同潮水一阵阵汹涌荡漾。

她再次深深地吸了一口气。

这个时候她感到自己很孤单。

她走向就在身侧的王平央，她伸出手来，想要将王平央提起带走。

她并不好杀，她也不想杀死王平央，对于她而言，只要将王平央带到远一些的地方，等到脱石散的药力过去，当林意等人醒来时，发现黄秋棠已经死去，而她和王平央都不在附近。

而她最终消失之后，林意便应该会对王平央产生疑虑。

她欣赏林意。

但正是因为如此，她才希望自己不要轻易听到这个南朝小贼的死讯，她宁愿林意变得阴险和世故一些，对所有人不要那么阳光和坦诚，更多防备一些。

她觉得自己离开之后，林意应该会有些改变。

第218章 不同寻常的身体

只是当她的手刚刚接触到王平央的衣衫时，她的感知里出现了让她震惊到极点的异动。

那异动来自于下游的水面，来自于此时应该完全失去意识的林意的身上。

脱石散之所以恐怖，是因为无解，即便是那种圣阶的修行者都不可能抵御脱石散的药力，然而此时在她的感知里，林意却已经有即将苏醒的征兆。

这种不合情理的提前苏醒，就如同他脚上的伤势的诡异愈合程度一样，此时无比清晰地提醒着元燕，这个南朝小贼的肉身和寻常人已经完全不同。

他的生机和复原能力，有关他肉身的一切机能，都和修行真元的修行者有着本质的区别。

这让她感到又是危险，又是有些欣慰。

“南天三圣”之一的何修行在临死之前教出的弟子，果然让人无法理解。

她轻轻地摇了摇头，放弃了带王平央走的想法，体内真元悄然地涌动间，她的身体便化为一道决然的风，消失在了这片山林之间。

几乎就在她身影消失在这片溪水之上的刹那，面色已经灰败到了极点的黄秋棠强打起一些精神，用力咬了咬牙。

随着咔嚓一声轻响，她的一颗牙齿裂了一片，一些药力从她碎裂的齿间流淌出来。

林意就在此时醒来。

时间其实很短。

但是他就像做了一个无比漫长的噩梦。

在噩梦里，他似乎被无数的巨大石柱镇住，完全失去了对自己身体的控制，有无数看不见的妖魔和气流，在围绕着自己的身体旋转。

这种感觉十分可怕。

当他醒来的刹那，他体内那些被压制住的气血瞬间恢复运行，体内因为这种太过恐惧的感受，反而瞬间激发出更惊人的潜力。

轰的一声，他只觉得自己的脑海之中猛然一响，重新恢复对自己身体的控制权的刹那，他只觉得自己的感知都敏锐了许多，而且体内那种连续战斗的略微疲惫之感都尽去。

他不知道发生了什么。

但这感知外放的一刹那，他便感知到少了一人。

元燕不在这里。

然后他感知到上游的溪面上有一名垂死的人，气息不断衰竭，正是那名看似普通的妇人，接着他感知到远处的山林里，有一抹残留的真元流动产生的缥缈气息。

他第一时间紧张起来，没有任何的迟疑，他不顾脚上的伤口，掠了起来，以最快的速度将依旧僵死中的容意和宁凝提出水面，然后朝着他感知里黄秋棠的所在飞掠而去。

黄秋棠听到了清晰的水声和脚步声。

她脸上那种灰败的颜色还在加剧，只是她却忍不住感慨地笑了起来。

她没有想到自己竟然会一次见到这么多与众不同的年轻人。

元燕以她自己鲜血中的脱石散解药让她可以不受脱石散的影响，但是同时也给她种了败气散这种剧毒，没有完全针对的解药，她齿间藏匿的这种解毒药也只能略微延缓一下这种剧毒的爆发，只是这名年轻人竟然连脱石散的药力都能提早解除，这便给了她活下去的可能。

“发生了什么事情？”

林意在看到黄秋棠的刹那，他的心就落了下去，身体也似乎变得骤然沉重起来。

对于之前的平静而言，此时的变化太过剧烈，让他一时甚至不敢去想其中的一些可能。

“现在没有时间解释了。”

黄秋棠看着林意，她的生命虽然垂危，然而看着这个满脸紧张和惊惶的年轻人，想着他之前在战场上的光芒，想着他令那传闻中的北魏长公主都变得柔软起来，她便不由得笑了起来，“你现在有两个选择，一个是看着我死去，还有一个是冒一些风险，帮我解毒。”

林意的眉头皱了皱，飞快道：“怎么帮你解毒？”

“渡血疗毒法。”

黄秋棠强行打起精神，抬起头看着他，道：“你的自愈能力十分强悍，唯有用你的血将我体内的毒血稀释，然后你将毒血引入你的血脉，依靠你本身的抵御能力，慢慢化解掉这些毒素，才能救得了我，但若是连你都抵御不了这些毒素，你我可能都会死。”

林意的面色没有太大改变，只是道：“有几成把握？”

“应该有六成。”

黄秋棠收敛了笑意，平静道：“毕竟你连脱石散的药力都能化解一些。”

“那你告诉我怎么做。”林意此时隐约猜出方才中的毒便是脱石散，他虽然对脱石散一无所知，但是此时感知着黄秋棠体内气机的衰竭，他也知道没有时间多问。

“将我的手心和你的手心都割开血口，握于一处，接下来你便什么都不用管。”黄秋棠看着林意，终于开始明白为什么连元燕那种人都对林意如此不同。

这名南朝年轻修行者的身上，自有一种让人心折的光明和温暖。

林意没有丝毫的犹豫。

他直接抽剑在自己的手心切出血口，然后在黄秋棠的掌心也切出了血口，然后将两人的伤口贴合，握住。

在他看来，能救自然要救，对于这名精通药理的药谷圣手而言，六成的把握应该是成功概率极大了，更何况他必须知道刚才发生了什么。

黄秋棠体内的真元缓缓地流动起来。

她体内的真元平稳而缓慢地将自己体内的鲜血渡入林意的血脉之中，与此同时，也将林意体内的鲜血抽引入自己的血脉之中。

她极为专注地感知着林意体内的细微变化，接着她很快震惊起来。

林意鲜血之中蓬勃的生机让她震惊，但更为震惊的是，她比之前和林意交手过的任何修行者都更加清晰地感知到了林意体内的元气对于真元的消解之力。

她清晰地感知到，她那些深入林意体内的真元，会迅速被林意体内的元气消解，如同吞噬。

所以这名年轻修行者的身体、所修的功法和所有修行者截然不同。

此刻对于她而言，便意味着需要更多真元的消耗才能维持这样的渡血疗毒，但同样她很幸运。

林意肉身的自愈和抵御能力，实在太过强大。

然而给她的震惊还不止于此。

当感知到那些毒素不断地分散于自己的体内，那种诡异而阴暗的药力不断地侵蚀着自己的血肉，而自己体内的气血又不断地在和这些药力抗争时，林意很自然地运用了无漏金身法。

他推动着体内的气血，捕捉着进入体内的这些毒素，将它们随着汗液，从自己体内排出。

第219章 她的名字

感知着那些毒素的消失，感知着林意体内传来的那种年轻而又旺盛到极点的活力，黄秋棠便明白自己从死亡的边缘硬生生被拉了回来。

只是她很快从林意的身上嗅到了那种熟悉的毒素味道，然后她眼中的感慨尽数化为震撼之意。

那些理应在林意血肉之中拉锯，消耗着林意体内气血的毒素，竟然被林意用某种可怕的手段，直接逼出了体外。

这和真元无关。

对于她这种药师而言，林意的肉身就像是已经进行了一次超凡的进阶。

这种进阶，使得他的整个肉身之间自有一种天然的法则，这种法则让他的肉身变得更为强大，让他很自然地去剔除外界而来的不利元气。

按照真元修为，她并不算强大的修行者，然而对于药理的研究，却让她对一名修行者真元之外的肉身有着更精准的判断。

此时的状况对于她而言十分清晰，那些真元强大的修行者，在她看来是不断从周身天地间汲取更强大的力量，这依旧是在从天地间不断借用更强大的工具，然而林意却是从自己的身体本身在不断地挖掘最本源的力量，并不断地将这种力量的潜力挖掘出来。

她和林意接触的时间太短，当然不知道林意走了大俱罗之路，而且算得上是“南天三圣”之中两位圣者的关门弟子。但按照她的所知，她可以肯定的是，整个南天院似乎也没有这样的修行功法。

溪水的流淌声中出现了一丝异音。

还处在深深震撼之中的黄秋棠不可置信地转过头去，她的心中再次涌起不可思议的情绪。

今日里发生的不可思议的事情实在太多。

脱石散的药力在整个修行界早有定论，除了北魏皇室特制的解药，任何修行者都不可能化解这种药力，因为脱石散的药力不只是针对血肉，同时还针对真元和感知。

能够提前化解一些脱石散的药力，只存在两种可能，一种便是像林意这种，他的肉身和寻常修行者相比，如同脱胎换骨，截然不同。还有一种可能，便是此人的真元异变，和整个修行者世界的真元都有着明显的区别。

这两种可能似乎完全不存在。

然而今日里，她却全部都见到了。

她看到王平央正在提前醒来。

王平央的体内明显有真元气息流淌，而且他的肉身生机明显不如林意强大，所以，王平央便应该是那种同样令人难以理解的后者。

她的心中有无数疑问，只是这些事关这两名年轻修行者的修行之谜，这必须在对方想要告知她的情形之下，才可以去探究。

她也知道此时的林意心中应有许多疑问，所以她缓缓地吸了一口气，让自己平静下来，然后轻声地对林意说道："是元燕。"

"元燕？"

林意愕然地看着这名妇人，有些不明白她的意思。

"元燕就是卫清涟，卫清涟就是元燕，元燕就是大名鼎鼎的北魏长公主，传说中那名勾引了北魏先帝的魔女之女，北魏最新的将星。"黄秋棠看着这名阳光而简单的年轻人，说道。

林意完全愣住，他只觉得自己在听某种和自己完全无关的故事，而且十分荒谬。

然而不可遏制，他的心中掀起了轩然大波。

"怎么可能。"

这四个字几乎是不假思索地脱口而出。

"我也没有想到，我原以为她是魔宗手下的修行者，却没有想到那传闻之中铁血和冷酷无情的北魏长公主，竟是如此模样。"黄秋棠看着林意，眼神无比的复杂，她此时其实真正最想说的是，"我也没有想到，那名传说中的北魏长公主，竟然会对你如此。"

这些人太过年轻，所以看不到很多压抑着的情绪，也看不到很多隐藏在心中深处的情感。

然而她看得见，她明白。

像元燕这样身份的人，会做出这样的选择，会在离开时有那样的心情，便只能说明林意在她的心目中，其实已然太过重要。

林意张开了口，想要说话。

然而看着她的眼神，一时却根本说不出话来。

他的脑海之中一片空白，甚至是前所未有的恍惚。

他还是不想相信，只是心中却有一个清晰的声音在提醒着他，这名妇人并不是开玩笑，而且过往的许多片段逐一浮上心头，也让他知道，若她真是北魏长公主，那一切便都很好解释。

她的那些学识，那些远超一般年轻修行者的手段。

"何以确定？"

他深深地吸了口气，看着那抹已经消失的气机所在，那应该是元燕离开的方位，然后不自觉地握了握拳，轻声问道。

"脱石散，据我所知，整个北魏包括她在内，只有三个人的体内埋有脱石散。"黄秋棠看着林意说道，她很能理解林意此时的心情。

林意再次沉默下来。

三个人……那自然便是北魏皇帝，北魏皇太后和这位传说中的北魏长公主。

他此时都不知自己到底是何等的心情，口中莫名地苦涩起来，然后不自觉地问了一句，"她走了？”

这不算是什么问题。

黄秋棠也知道林意心中自有答案，所以她只是温和地看着他，没有说话。

“发生了什么事情？”

王平央的声音响了起来。

这名建康的修行天才恢复清醒，然而回想方才那一瞬间便失去对自己身体和意识的控制，如同落入永恒死亡的感觉，他还是心悸难安。

“所以她已知道你无法回到北魏，担心你被我南朝所用，再加上我们马上要和南天院的教习会合，她生怕自己的真正身份败露，所以才在这里发难，想要将你毒杀，迅速离开。”黄秋棠并未来得及回答，因为此时林意的声音已经响了起来。

黄秋棠看着林意，眼睛里充满赞赏，这名年轻的修行者不只是强大而充满那种令人觉得光明的活力，他极为聪明。

她点了点头，说道：“她应该不是担心我被南朝所用，而是担心我再落在魔宗的手中。”

“魔宗？”

听到这个字眼，林意只是眉头一跳，然而正在走来的王平央的心中，却是瞬间掀起惊天骇浪。

林意又沉默了片刻。

他说服自己接受卫清涟便是元燕的事实，但同样，他心中并未憎恨这名隐瞒了自己身份的北魏长公主。

“是因为魔宗，你才逃到宁州？”他很快抓住了关键，问道。

黄秋棠忍不住笑了起来。

“我刚才解释过这些，现在这些我可以慢慢解释，只是我觉得最关键在于，你现在知道了她是元燕。北魏长公主就在这片山林之中逃亡，你想怎么办？”她缓缓地说着，然后收敛了笑容，看着林意，认真地问道。

第220章 此间没有笨人

王平央转身就走。

他转身转得异常坚决。

魔宗被北魏绝大多数修行者奉若神明，但这些年足迹都仅限于北魏，他恐怕是这些年来，极少数见过魔宗真身，并能确定魔宗已经真正踏入圣阶的修行者之一。

魔宗出现在眉山和他见面，传授他功法，已经彻底改变了他的命运，所以黄秋棠的事情既然是和魔宗有关，他应该比任何人都关心。

而黄秋棠此时说的很正确。现在眉山之中的所有战局，再重要的军情，都没有元燕重要。

再怎么急切的事情，都没有擒住或者杀死元燕重要。

以最快的速度传出军情，或者自己前去追杀元燕，这都取决于林意的选择。

只是王平央之前亲眼见到了林意和元燕等人的联手战斗。

他可以想象形成那样的默契之前，元燕和林意之间应该还有很多次这样的战斗，或者说更为凶险的战斗。

元燕既是手握着兵权，掌握着北魏细作情报网的北魏长公主，她同时也是林意在眉山之中生死与共的同僚。

所以这样的事情，最好让林意自己决定。

更何况对于一名南朝军中修行者而言，若是知道北魏长公主的去向而有意隐瞒便构成一罪，所以，此时对于并不迂腐的王平央而言，这样的事情，他最好的处理方法便是假装根本就没有听到黄秋棠和林意的对话。

“她有杀死我们所有人的机会，但是却没有这么做。”

林意并不是个纠结的人，他想着离开的元燕，在心中默默地想着，她终究还是将自己看成了朋友。

“既然她有杀死我的机会却留情了一次，我也会选择同样的方式。在出眉山之前，我还是会把她看成卫清涟。”他看着黄秋棠，微微挑眉地说道。

黄秋棠看着林意的眉眼，她知道林意心中的一些疑虑，忍不住微笑了起来，“我的命都是你给的，自然是你说什么，便是什么，我也不知道什么是脱石散，也不知道什么北魏长公主。”

“你们……”

王平央才走出几步，他根本没有想到林意如此干脆，没有想到就这么快就有了定论。他原本觉得这样的事情换了自己可能会纠结一阵。

这么快便结束，反而显得他的行为有些可笑。

只是林意的选择似乎并没有让他失望。

和某些看似必须遵循的教条和大义相比，他在看着那名北魏少女腐败的尸身时就已经明白，很多时候，人性更为重要。

“你的真元有问题，你的真元和普通的修行者不同。”黄秋棠看着转过身来的王平央，很认真地说了这一句，“这是你提早醒来的原因。”

“我的真元是有问题。”

王平央也没有想到黄秋棠会如此轻易地看出自己的问题，他也毫不犹豫地承认，但接下来还是沉默了片刻，道：“但我不想让其他任何人知道。”

黄秋棠平静地看着王平央，她此时脸上虽然还有灰气，但看上去和普通的农妇也已经没有任何的区别，但她拥有着无数名农妇加起来都未必有的智慧。

她看着王平央脸上那些恐怖的伤痕，有些同情道：“你是怕别人知道你的真元和寻常修行者不一样，便能推测出你的身份？”

王平央想了想，没有回答，只是反问道：“你和那传说中的北魏魔宗大人，到底有什么关系？”

“只是他想要杀我，但我不想被他杀。”黄秋棠此时体内余毒未消，而宁凝和容意至少还有盏茶时分才会醒来，所以有着足够的时间。她看着这两名年轻而奇特的南朝修行者，又耐心地将那些对元燕说过的话复述了一遍。

听着黄秋棠的这些话语，王平央的眉头深深地蹙了起来，说道：“所以按照常理推断，你帮魔宗培育出来的那两种灵药，应该和他的修行有关，或者和他需要炼制的某种强大秘药有关。”

林意点了点头，他也是如此看法。只是他和王平央一样未见过那传说中的魔宗大人，所以在潜意识里并没有觉得北魏的那名修行者有多么可怕。

黄秋棠也点了点头，看着王平央道：“我也是如此想，但更多是和他修行有关，因为凭借那两种灵药的药力，恐怕也炼不出什么绝世灵药，或者说像脱石散这种令人恐惧的特殊药物类似。”

此间这条溪上三名清醒着的人之中没有笨人。

林意看着王平央，他隐约觉得王平央对那北魏魔宗的兴趣显然比自己大。

这对于他来说，便有些奇怪。

那些太强大的存在，对于现在的他们而言还太过遥远，似乎并不值得花费心力去探究和关注。

“我现在最在意的是你对魔宗的态度。”王平央的声音在此时却又响了起来。他深深地看着黄秋棠，更让林意觉得奇怪的是他问了一个显得有些突兀的问题，“既然你隐在宁州军都已经被魔宗知晓，你今后准备怎么做？”

“其实他让我培育的是三种灵药，而不是两种。”黄秋棠从他的眼睛里看出了些什么，她平静道，“只是在我发觉不对，离开我那药谷之前，我将即将成熟的第三种灵药全部毁掉了，所以他并没有得到他所需的那第三种灵药。我随着宁州军之所以返回眉山，也是想要获得培育那我未成功的第三种灵药所需的东西。我想试着在他不知道的情况下，在南朝某处，将那第三种灵药培育出来。或许这第三种灵药的药性定型之后，我便能从中推测出他需要这三种灵药到底是要做什么。”

“所以你是想着报仇？”王平央的眉梢再次挑起，说道，“为了他想要杀你，和杀死了那些你身边的人。”

“我的力量太过弱小，我只是不想让他如此顺意。像他这样的人，若是忌惮自己的隐秘被人知晓，那对于我这样的人而言，最好的报复便是将他的隐秘为人所知。”黄秋棠微笑着说道。

“我在眉山之中见过魔宗。”王平央沉默了片刻，然后看着她和林意说道。

林意愣住，黄秋棠也愣住。

“他已经真正入圣，修为已和‘南天三圣’并齐。”王平央接着说道。

林意和黄秋棠依旧无言。

“脱石散应该对他用处不大，或许以他的修为，甚至可能毫无用处。”王平央看着面面相觑的两人，又说了一句。

第221章 一个篮子里的鸡蛋

林意和黄秋棠互望了一眼。

都是聪明人，所以从王平央的这句话里听出了不同寻常的意味，从对方的眼睛里看到了同样的理解。

“你和寻常修行者不同的真元，和魔宗有关？”林意越来越好奇王平央和魔宗之间发生了什么样的事情。

“更准确而言，是来自他的功法。”

王平央缓缓地呼出了一口气，他看着溪水上流淌过的落叶，说道：“他的功法极具诱惑，能够让人的修为飞快地成长，但也能让人沉沦其中。他的功法和世间所有的真元功法不同，按照他的功法修行，真元自有变化。”

“到底是什么样的功法？”林意看着王平央，神情凝重。

“一种可以吸纳刚刚被杀死的修行者身上散逸的元气，如同吞噬尸气而直接和自己真元融合的功法。”王平央看着林意，有些艰涩地说道，“我试过……这种功法，就如同可以直接吞吸对方的一部分修为变成自己的修为。”

林意完全怔住。

大俱罗修行法可以说是修炼肉身的极端，但对于此时修行者的世界而言，只能算是一条截然不同的修行之路，但王平央所说的这种魔宗功法，却是在真元功法之上的一种捷径，一种极为恐怖的捷径。

这种功法根本难以想象。

直到此时，真正圣阶的字眼，再加上这样的功法本身，让他的心中深处都不由得沁出浓厚的寒意。他才真正意识到，这样的一名修行者的可怕。

“他在什么情形下传授了你这门功法？”林意完全想不明白。

“就如同你在建康城里的街坊邻居，直接路过你家门口，随手推门进来问你吃了没一样。他就这样直接出现在我的面前，然后传了我这样一门功法。”王平央如此说着，他自己都忍不住觉得可笑，忍不住笑了起来。

然而事实却正是如此。

“魔宗的行事，本来就没有几个人想得明白。”黄秋棠看着这两名南朝的年轻修行者，心中有些感慨。

她是北魏的修行者，听到和接触到的和魔宗有关的事情自然更多，所以她比这些南朝的修行者更加清楚魔宗可怕到了何种程度。

“不管他如何想法，在我看来，我若是沉迷在他这样的功法之中，我便会变成一个嗜杀而贪婪的魔物，恐怕在不久的将来，我会变成一个到处猎杀修行者，只是为了提升修为而不知提升修为之后为何的魔物。”王平央苦涩地笑了起来，说：“哪怕他对我这样的魔物毫无想法，我这样的魔物存在于世间，不管对于南朝还是北魏，自然会有极大的破坏。”

“所以不管他是何种想法，你都不想被他所用，甚至不想被他找到。”黄秋棠看着王平央脸上的伤口，她有些震惊，心中生出怜惜，但更多的是敬佩。

“所以我们有着共同的敌人。”王平央知道她此时心中想的是什么，他并不在意地抬起头来，说道：“既然他已入圣，那他原本就是比北魏皇帝更强大的敌人，尤其是在北魏皇族的脱石散都对他无效的情况之下。”

“先前很多北魏人的认知应该是错误的，他们会觉得魔宗对皇帝无比的忠诚，然而他似乎却并不太在意。因为很显然元燕也不知道这些事情。”黄秋棠忍不住摇了摇头，看着林意，说道：“所以你和她之间，恐怕依旧会有一个共同的敌人。”

“你到底是谁？”林意没有去深想这些可能，他转过头去看着王平央，认真地问道。

“我不想让你们知道我是谁。”王平央淡淡地笑了笑，说：“因为只有连我自己都忘记了我是谁，我才能保证不被他找到。”

“就真的这么可怕？”林意忍不住说了这一句。

他并非质疑，也并非觉得王平央太过悲观，只是越来越觉得那传说中的魔宗大人，应该真的是超出他想象的那种可怕。

“不知道你是谁也好，我若是落在他手中，我可未必有信心能够在他问出他想要的事情之前就能死去。”黄秋棠看着王平央，道，“但总是有些好事不期而遇，既然你得到他的功法，将来或许我可以从你的真元借鉴，来推测他到底需要那些灵药是做什么，他想要保守的是什么样的秘密。”

“前提是我们都能不被他察觉地好好活着。”王平央说道，“我并不建议你进南天院。”

林意和黄秋棠都明白这句话的意思。

即便是强如南天院，对于一名圣阶的对手和意想不到的阴谋而言，也并不保险，更何况南天院是一个显赫的目标，就如再细小的靶心，也总有被强大的箭师一箭射中的可能。

“只是宁州军都知道了你随着林意过来。”王平央看着黄秋棠，说道，“他应该不会知道我在林意的身边，但是你接下来要往何处去？”

“我已经是一个死人，元燕会认为我已经死了，若是她回到北魏追查这件事情，恐怕她的一些行事，就会让魔宗觉得我已经死了。”黄秋棠转头看着林意，说，“只要你和那些南天院的教习见面时，也告知我已经死了，两相印证，也只有你们两个知道我还活着。”

“可行，既然如此，那便让宁凝和容意都不要知道。”林意十分决断。

“我会和你一样跟着林意。”黄秋棠看着王平央，微微一笑。

“需要把鸡蛋放一个篮子里？”王平央皱了皱眉头。

“有很多理由。”

黄秋棠看着这两名年轻修行者微笑道：“最危险之地反而是最安全之地，反其道行之，这是兵法上多有记载的道理，你是很独特的修行者，你的真元和魔宗有关，而林意也是很特别的修行者，但更关键在于，我比你们年纪大得多，在很多方面更有经验，魔宗这样的人物，即便心中有九分觉得我死了，也一定还会派人来照顾一下林意，看看从林意身上还能得到些什么确切的信息，我熟悉他的一些做事方法，所以我留在你们身边照看着，会更加安全。”

“也好。”

想到自己的处境，林意自嘲地笑道：“即便出了眉山，我恐怕也是随铁策军到边军，边军打仗的那些地方，比起建康和那些没有战事的州郡，反而更为简单。”

第222章 军师大人

看着还未醒来的宁凝和容意，林意觉得颇为头疼。

按着黄秋棠和王平央的想法，自然是越少人知道这些事情越好，然而即便随口说些什么让宁凝和容意不问什么，但宁州军见到了他带走了黄秋棠，到时候如何向南天院的教习和军方解释，也是个很大的麻烦。

黄秋棠微笑着看着他。

她当然可以给出一些建议，只是她的看法和元燕出奇地一致，像林意这样的人，注定会成为耀眼的将星。

和单独的修行者相比，身为一名将领则需要处理很多麻烦的事情。

林意很聪明，他必须适应今后的这些事情。

“我们会设法暗中跟着你，若是无法暗中跟着你，我们会选择在合适的时候和你接头，像你这样的人应该不难打听。”

她体内的毒消除得比她想象中的要快一些，在宁凝和容意即将醒来之前，她确定余毒已经不可能再对自己造成任何致命的威胁，她便和林意告辞离开。

随着她和王平央的身影消失在这条溪畔，林意只觉得身边骤然变得冷清起来。

“你怎么可能是北魏长公主？你怎么能是北魏长公主？”

他想着此时不知已在何处的元燕，微微苦笑起来。

冷清的很大一部分原因来自元燕的离开，他也已经有些习惯她的存在。

时间缓缓流逝，在他的难言感慨之中，宁凝和容意相继醒来。

“不要问我发生了什么事情。”

林意不太喜欢说谎，哪怕是善意的谎言。

他看着宁凝和容意，轻声说道：“我也很头疼，我也想你们帮着想想办法，如何告知南天院和军方。黄秋棠死了，卫清涟消失无踪。”

“黄秋棠死了？”

“什么意思？”

宁凝和容意震惊难言，他们依旧处在脱石散的药力带来的恐惧之中，又根本不明白林意到底要表达什么。

“不要问我到底发生了什么，若是你们相信我，有些事知道对你们没有任何好处。现在我能告诉你们的是我们这些人到了这里，然后黄秋棠死了，卫清涟失踪了。至于那个‘天蜈’，我们可以当他从来没有出现过。反正宁州军也没有人看到他。”林意看着宁凝和容意，认真地轻声道，“我想你们和我一起想个理由，让南天院和军方确定黄秋棠死在这里，确定卫清涟在这里也失踪了。”

山林间除了溪水声，一片安静。

两个人愣了许久，都知道自己方才中毒死去意识的那段时间里一定有许多事情发生，只是当他们的心情开始缓缓平静下来，他们也确信林意这么做一定有他的理由。

“那最重要的便是统一口径。”容意深吸了一口气，看着他说道。

林意点了点头。

“关键她的尸身在哪里？”容意看着周围的山林，眉头微蹙，说道，“而且这里并没有战斗的痕迹，最简单的方法自然是推给正巧遇上的北魏修行者，但若是南天院的教习过来查看，便会有问题。”

“的确是问题。”

林意也深深地皱起了眉头。

这眉山之中死去的修行者甚多，即便是有些修为很高的修行者死去之后，军方都未必会认真求证，只是黄秋堂对于北魏和南朝都是十分重要，一定有人来求证。

“一定要这么说的话，也不是没有解决的办法。”

宁凝柔弱的声音轻轻地响起，她咬着嘴唇，道：“所差的只是时间，若是我们现在就去和南天院的教习碰头，那些教习距离此处不远，或许便会有人来查看，但现在说黄秋棠已死，我们也不必急着将她护送去那处，甚至未必有去和南天院教习碰头的必要。我们若是刻意避开南天院和军方的人，离了此处远了，日后哪怕他们想求证，也早已痕迹全消。在这种山林之中，找不到一名修行者的尸首，也十分正常。”

“宁师姐，你果然聪明。”

林意眉头一松，顿时觉得豁然开朗。

先前只是想着马上要见南天院的教习们，现在若是有意避开，似乎便没有任何的问题。

“那我们去哪里？”容意问道。

林意看了一眼宁凝，他原本还忍不住想要寻找些灵药，毕竟他答应帮南天院那名药师尽力寻的两味药之中，还有一味银蚕草没有寻到，然而他却不想宁凝随着自己再返回眉山深处去冒险。

连“卫清涟”都是北魏长公主元燕。

连“天蜈”都遇到了传说中的北魏魔宗大人。

连宁州军里看似普通的一名妇人都是北魏的药谷圣手，都和魔宗大人的某件隐秘有关。

林意想着自己在眉山之中遭遇的每一名修行者，心中对这眉山和修行者的世界，不由得生出极大的敬畏。

没有一个简单的人。

每个修行者，都可能有特别强大的手段。

“我们出眉山，到安全的军部复命。”林意抬起了头，道，“这样便不会有什么问题。”

容意凝重地点了点头。

这便会给他们争取更多的时间，他们一路上会会想好到底和军部如何汇报军情。

当林意已然决定出眉山之时，数名修行者进入了他和元燕、容意得到火璧虫的冰窟。

“大人。”

这冰窟里已有数名修行者在等着，看着那名头发里尽是秋霜的文臣模样的修行者到来时，这数名修行者纷纷躬身行了一礼。

亲自来到这冰窟的文臣模样的修行者安静地看着冰窟里的种种痕迹，最终目光落在洞窟中央的那处寒潭，然后轻声道：“已经确定了？”

那数名修行者都沉重地点了点头。

这名文臣模样的修行者轻轻地叹息了一声，他摇了摇头。

虽然谁都没有想到林意竟然能够将他的这名属下杀死在此，只是这是他的计策和命令，他属下的死，便是他的问题。

“要不要杀了林意？”

一名修行者躬身上前，寒声问道。

这里所有人都明白死去的这名修行者和他们尊敬的军师大人之间的关系。

他们知道此时军师大人一定很痛心。

“不要。”

这名文臣模样的修行者摇了摇头，未说更多的话语。

既然林意能够杀死他的这名部将，那他就必须彻底换一种眼光来看林意。

这样的人，对他今后才更有用。

“替我传令出去，若是萧家压他，我们便全力提他。”他深吸了一口气，缓缓地对着身周这些忠诚的部下，轻声地说道。

第223章 军功

“萧家压他，我们便提他。”

这样的话语听来似乎有些赌气和儿戏。

然而有些话语，无知而无能的人说起来便是儿戏，但再儿戏的话语，放在他这样的人口中说出，便是牵动很多权贵的一盘棋局。

在南朝，唯有陈家可以和萧家一争长短。

陈家有一名很出名，令南朝所有权贵忌惮的军师陈尽如。

所以他便是陈尽如。

世事不可能尽如人意。

而作为一名调度着陈家许多资源的军师，他知道最应该放开的便是个人的情绪。

他理应对自己这名部将的死负责，只是这名部将的死，却不能影响他接下来对林意的情绪。

这样的分裂有时会让他觉得自己同时是不同的两个人，自然难得快乐。

所以他华发早生。

元燕自己也很想知道，那些身在如云端高位、俯瞰着众生的人，到底有多少真正快乐的时候。

在她所有的回忆里，就是跟着母亲在山坡上放羊时，似乎才有很多快乐。

当她开始明白自己的身份，开始设法获取北魏皇帝和皇太后的欢心时，便极少有快乐的时候。

从那时开始，直到现在，反而只有在眉山之中这一段，和那名南朝小贼相处的时候，反而有很多开心的时刻。

她先折往北，几乎是贴着宁凝所说的那些南天院教习的聚集之地行走，再折往西北，绕过一些有可能有大批南朝修行者穿行的区域。

连续行走了十余日之后，她穿过了一片荒原，甚至见到了远处从未见过的南朝大城的轮廓。

她知道那是南朝普慈郡的轮廓。

再往北，是广汉郡。

虽然要绕这样的一个圈子，距离北魏的边境还有许多路途，但到了这里，她已经有无数种方法可以安全地返回北魏。

就如她针对陈宝菀的谋划失败一样，南朝针对她的埋伏也已经彻底失败。

她转身回望了一眼眉山的边际，在心中默想着，那名南朝小贼若是不出意外，现在想必即便不出眉山，也应该到了眉山边缘的一些营地，也足够安全了。

她不知道现在林意如何看待自己。

但唯一可以肯定的是，他并不想她死，或者落在南朝军方手中。

这对于她而言，便已经足够温暖。

眉山边缘，属于怀仁郡境内有一条小江，名为青衣江。

青衣江和眉山脚下夹着一片草场。

这片草场之中的水草在此时依旧肥美，所以其中驻扎着许多营帐，有许多马场着落其中。

在先前的数十日，这片营地便已经成了南朝军部用以接纳眉山之中撤出的伤员和朝着眉山之中运送补给的重要营地之一。

只是近日随着眉山之中的军队逐一撤出，这里驻扎的人员已经不足之前的十分之一，略显得有些清冷。

既是临时的营地，便不会刻意去规整。

远看丰茂的草场之中，近看却到处都是一堆堆的马粪和埋锅造饭后留下大堆烧黑的石头和草木的灰烬。

清点伤亡和统计军功是战时和战后必须做的工作。

无论是北魏还是南朝，都十分清楚利益的分割和军功封赏是否公正，都是军队稳定与否的关键因素，所以此时的北魏和南朝，在平时攻城略地的大军交战之中，都是采取斩首割耳记功。此外，便有各阶将领逐级回报军情，各级将领阐述自己战斗经过的同时，也会特别指出在军中表现特别优异的部属，记录首功。

逐级整理汇报军功似乎烦琐，然而各阶将领的回报经过系统的整理和编汇，往往可以用来判断敌情和发现很多战时未注意的敌方动向，而且北魏有枢密院，南朝有兵部中书处，两朝从上至下的官员配给都是足够的，甚至许多边军将领私下都会说坐而食禄的兵部官员比真正上场打仗的官员还要多。

在这片营地的一顶白顶大帐里，数名中书处官员便正率着数十名地方抽调而来的司统官员处理着这些军功记录和汇编事项。

铁策军和地方上数支镇戍军的军功记录都归其中一名中书处官员汇整。

当数卷汇整完毕的军功记录放在这名五十余岁的黑面中书处官员面前时，这名官员的面色瞬间变得精彩起来。

“宝胜王……三清老人……宁州军……”

他的眉头深深地皱起，先是有些呼吸不畅，面色赤红起来，再细看其中内容，便不可遏制地生出怒火。

简直是胆大妄为！

这些铁策军简直是无法无天。

一名铁策军小校便是历经这么多战阵，都有重要军功记录在案便已经不可思议，更不用说都是首功！

“滕大人，你且看这份案卷。”

他一下子站了起来，提起那卷案卷便几步到了这营帐中的一名紫衫官员的面前，将那份案卷递了上去。

他中书处无法处置和惩戒谎报战功的各级官员，但军监处的官员便正是专门处理这些事情。

“这份案卷是谁所制？”

只看了一眼，这名面容枯槁看上去瘦得好像一阵风都能吹倒，却自有一种不怒自威气势的紫衫官员便顿时眼睛微微眯起。

有人报出案卷编号，顿时两名小吏上前，额头见汗。

“你们未觉得这军功有问题？”紫衫官员名为藤惊元，位列七班，是军监处参军。对于这些低阶官员而言，差了不知多少个官阶在里面，此时这一沉声发问，这两名小吏都是双腿一阵颤抖。

“我们也觉得太过惊人……”这两名小吏中其中一人看着那份案卷，鼓足勇气，颤声道，“但这所有军功，都不是来自铁策军的回报，譬如地仙翁那一役，不只有三清老人特意差人提的首功，有两名在场的九班将领也是同时提了首功过来……”

“什么！？”

藤惊元下意识地一拍桌子，站了起来。

这整个营帐里所有中书处的官员也都听清楚了，一时都是瞪着眼睛，有人甚至凑上前来看着卷宗，看得也都是浑身发汗。

这些战功恐怕真不会有问题，这都放在一名铁策军小校身上，这是什么样的军功？

一名小校都能记下这么多军功，这恐怕是改换新朝之后，开天辟地的头一遭。

第224章 升迁

洛水城是连接南朝益州和戎州的要塞，一条连接戎州、益州、东益州、潼州的官道就经过洛水城。

这洛水城旁边一条大河就是洛水，这在南朝和北魏没有开战之前，则是连接南朝西部和北魏的重要水道。

只是先前南朝西部一侧和党项接壤，另一侧和吐谷浑接壤，因为地势的原因，从前朝开始，偏安一隅的党项和吐谷浑便可以说一直是和南方王朝井水不犯河水。

所以与南朝北部和北魏接壤的众多边城要塞的屯兵极重相比，洛水城这种要塞之前的职能完全就不是屯兵，更多的只是起到检查过往商队和征查税收的功用。

党项和吐谷浑与南朝之间原本也并无多少贸易往来，洛水城之中之前只有些药商往来，所以即便是和一些有特别出产的边镇相比，都要显得冷清得多。

林意坐在洛水城南边的城墙上。

说是城墙，其实也不过是两人多高的土墙，只是用就近的黄土拌和了搅碎的禾木夯实，不过数人并排着走的宽度，连马车都行不得，估计前朝末年开始就已经无人修缮，此时这土墙边缘都已经到处崩落，长着蒿草。

他的身旁不远处，容意低垂着头摩挲着一柄细剑的剑柄，不知在想些什么事情。

靠近这段城墙有一片营区，这营区也只是先前一些大户人家的粮仓。同样，随着改朝换代，估计那些大户人家的家境也有了翻天覆地的变化，这些粮仓也早已变得破落。

但现在这些粮仓却是铁策军大军的主营地。

铁策军的待遇，由此可见一斑。

两人从眉山之中走出，辗转到这里也有了数日，宁凝早就被家中人接走，这几日，虽然铁策军中人也见了不少，但军功提报的过程两人是一概不知。

往来铁策军都各有军务在身，除了两人的修行者身份还能受到些另眼相看和寒暄，其余大多时候便是无人搭理和管束，这数日倒是清闲得好像完全被人遗弃在了这座城里，像是被人彻底遗忘了一般。

“该不会是萧家真出了这样卑鄙手段，让军方把我当阵亡人员处理了，然后便一直好吃好喝地放在这城里？”

林意不免生出这样的想法。

他觉得要是换了自己，说不定自己要对付某人的时候，还真会用这样的方法。

只是这样的想法很快被一个熟人的脚步声打断。

林意从城墙上看着从那片铁策军营区走出的一人，只是看了一眼，便认出那是眉山之中跟过自己的薛九。

“薛九，你怎么也变成个瘸子了？”

林意远远地看着这个铁策军的老油头，脚也有些一瘸一拐。

“倒不像大人必定是在战斗中英勇负伤，我是时运不济，眼见快出眉山，还在溪水之中踩了一枚流矢。”薛九哈哈一笑，对着林意行了一礼，却也不上城墙，只是对着林意招了招手，示意林意和容意下去说话。

“兄弟们如何？”林意下了城墙，轻声问了一句。

“托头儿的福气，我们无一人伤亡。”隔得近了，薛九和林意说话便不如方才寒暄时那么客套。

听着这铁策军“头儿”的称呼，又想着在眉山之中这些铁策军的义气和痞气，林意就不免有种当了马贼头目的感觉。

林意是觉得有些好笑，但薛九的眼中却是说不出的尊敬和感慨。

这些时日友军的情况也陆续传入耳中，除了他们这一支铁策军，其余那些友军，都是伤亡颇为惨重，而且来时的路上，他也听说了林意在眉山和他们分别之后的一些事情，对于他们而言，简直是无法想象。

“说正事。”

薛九脸色一肃，认真道：“我是接常大人令谕，现在带你过去兵部主事处述职。”

“兵部主事处述职？”

林意虽然不知道这洛水城中兵部主事处是在何处，但他出身将门，知道兵部主事处掌管的便是武将的升迁。

“要升官了？看来萧家倒是没有用那样的手段。”

他心中不由得咕嘟了一句。

“只是我不知道常大人特意将我派来是什么意思。我之前在资阳城，接了军令马不停蹄赶来的。”薛九解释了一句，又想到了什么似的，接着道，“常大人便是我们铁策军的天左将军常深俞。”

林意轻“哦”了一声，这军中称谓他倒也是清楚。

这铁策军的天左将军便相当于游击骑中的左将军，是整支军队的副统领了。按他所知，这铁策军一共有四名副统领。

“应该是要升你的官？”林意随口便说了一句。

薛九心中一动，先前他也是想过这种可能，但铁策军之中的升迁，最多也便是一纸盖章文书调令，之前即便是他上阶将领的升迁，也未有这一本正经地要去述职的。

“那兵部主事处在哪里去了就知道了。”林意最怕麻烦。

“就在城南普慈军的营区，按官制，这洛水城是普慈郡所辖。之前这里也没有兵部设地，只是眉山之中战事起了，才从普慈郡调了人过来，我来时打听了，兵部这令史官姓夏，单名一个‘震’字。”薛九却兀自有些不安，像他这样的老军是打仗的时候听天由命，知道越是害怕反而却是可能死，所以悍勇无比，但是官场之中的事，对于他而言却是比战场上更难琢磨，更为凶险。

城南营区。

兵部主事处的一间厅堂内。

“啪！”

一名满脸络腮胡、身穿青色锦衣官府的中年官员冷冷地一笑，用力将一份文书拍在案头。

“大人，你这是？”

看着他这副样子，他身边一名身穿玄色轻铠的年轻将领剑眉微皱，忍不住轻声问道。

“林意这事你也知道了，但你有没有想过他先前是怎么到铁策军的？”中年官员看了他一眼，声音微寒道。

“难道是主家的意思？”这名年轻将领顿时一怔。

“不知中书处和军监处如何办的事情，但这提迁文书已经下来，却是木已成舟，非我等能够使力。只是不借机敲打他一番，给他找些麻烦，却显得我们太过无能。”这名中年官员重重冷笑起来。

第 225 章 军营外的老军

“我怎么觉得好像不对，不像是升官，倒像是要捉拿我们问斩一样。”

林意跟着薛九到了城南军营，容意却是没有跟来，容意并未正式入册铁策军军籍，军中一些修行者随军携带近侍也是正常现象，只是这近侍却无法提领军饷而已。这城南军营里此时人也不多，列队巡逻的不过百数十人，薛九所说的兵部主事处门口也不过有十余名军士站立，只是兵部主事处门口的这些军士都是身穿重铠，眼珠子在重铠的缝隙中滴溜溜地转，冒着寒光。

这些军士看着他和薛九，目光如同嗜血的野狼一般冷厉。

林意是已经见过了大场面，连那种北魏只有一百几十具的真元重铠都交过手，这种寻常的重铠在他看来，也就是一狼牙棍的事情。他自然是随口开句玩笑，不怎么放在心上，但是薛九却不同，军中那种莫名其妙被斩了的将领不在少数，听得林意这句话，他的脸色顿时有些煞白，忍不住轻声道：“林大人莫开玩笑。”

“看你在眉山之中如悍匪一般，到了这里就换了个人一般。”

林意看了他一眼，“你不怕堕了铁策军的威风？”

薛九直摇头，“什么威风，我们铁策军何时有过威风，最多是军饷比镇戊军略高一分，比边军都不如。”

“来者何人，在这里多话，难道想要寻事？”

就在此时，这些重铠军士之中已有一人大喝出声。

这人声如擂鼓，震得林意和薛九的耳膜都有些微微作响。

“命宫境？”

林意微微一怔，倒是有些意外，这名重铠内的军士真元气息居然不弱，和黄芽境的真元气息都明显有些差别。

“难道修行者如此寻常了，连在这里值守的重铠军士都是如此修为的修行者？”他心中顿时忍不住嘀咕。

他当然不知道，这只是内里主事处那夏震有意要挫他威风，这些重铠军士都是这军营之中的高手。

朝堂之中都讲出身出处，各党派、各门阀之争自古有之，薛九是铁策军最寻常不过的老军，他当然不可能探听得到夏震的出身，但夏震实际出身于三威学堂，三威学堂是兵部设立在南豫州的重要学堂，兵部许多官员便都是三威学堂选拔出来，而三威学堂和此时南朝皇帝萧衍也颇有渊源，因为在前朝时，萧衍便曾做过三威学堂的总教习，后来历任三威学堂的院长便和萧家都有渊源，尤其是一些原本出身贫寒的学生会得到萧家的资助，这些人便习惯将萧家称为主家。

萧衍当时恐怕没有想到自己今后会有兵变做皇帝这一层，但他当年的这些经营，的确在后来帮了他不少的忙。

林意听父亲林望北说过，当年萧衍兵变时，几乎是长驱直入建康，除了和一些主要权贵已经达成共识，主要各地镇戍军的将领也已经提前换了萧衍的人。

而萧衍能够提前做到如此，除了前朝皇帝昏庸根本未察觉，最大的原因便是当时兵部许多官员都是出自三威学堂，一些调令一下，当时军监处都没来得及反应，那些忠诚于前朝皇帝的将领就已经被替换干净了，等到他们反应过来时，却已经晚了，萧衍的梁州军已经迅速控制建康一带。

林意还在嘀咕和奇怪这值守的军士之中都有命宫境的修行者，薛九却是心中直打鼓，从袖中取出一份文书递了上去，“铁策军林意、薛九前来述职。”

那出声的重铠军士也不应声，只是伸手将文书接了过去，只是粗粗地扫了一眼，目光却在林意和薛九的身上逡巡了许久。

林意只是觉得这人虚张声势，但薛九却是觉得这人目光落处，好像有毒蛇爬过一样，极不舒服。

当这名重铠军士点了点头，示意他们可以进去时，薛九的身上已是一身冷汗。

“有我在，不用担心什么。”林意不看薛九便感知得到他身上的一切变化，不知为何，再想到之前薛九所说的铁策军何时有威风可言的话语，他便不自觉地皱了皱眉头。

薛九微微一愣，只觉得林意这轻描淡写的一句话之中有说不出的意味，只是当他转头去看林意时，林意已经走在他身前，进了前方厅堂。

身穿青锦官服的夏震端坐正中，他前方的乌木大案上放着各色兵符和相应文书，一支朱砂笔的笔尖分外的血红。

他身旁下首座椅上坐着的便是那名身穿玄色轻铠的年轻将领。

这名年轻将领叫作灵仰惑，是督事参军，隶属军监处，但他的出身却是和夏震几乎相同，他是三威学堂的学生，而且同受萧家恩惠，萧衍起兵时，他还是西北边军的一个小校，官阶和眉山之中的林意相差无几，但改换新朝之后，他在边军便连连升迁，在天监四年便调入军监处。

这样的升迁速度对于他而言自然是心知肚明，离不开三威学堂这一脉的提拔。

此时一看林意走进来，这人便是眉头一皱，目光如电般冷冷地落在林意身上。

林意直觉这气氛有些问题，只是他平时不和薛九在一起，倒并未觉得自己是铁策军的人，但此时和薛九在一起，他却越来越觉得自己对自己的身份有些忽视。

“铁策军林意、薛九。”

他看了空旷厅堂中的两人一眼，直接报出这样一句，一个字都不多说。

“你就是铁策军小校林意？”

夏震眼皮微抬，看了林意一眼，不冷不淡地说道。

“是。”

林意眼皮都不动，面无表情地和他对视了一眼。

夏震顿时皱了皱眉头。

军中形形色色的人他不知道见过多少，但林意这一眼，却是让他心中咯噔一下，让他莫名地有些心慌。

这怎么可能？

他不知自己怎会生出这样的感觉，一时想不明白，没有马上出声。

也就在此时，外面的军营门口，却是又来了一名军士。

这名军士身穿已经多处破损的旧皮甲，三十余岁的年纪，兴许是许久没有修剪自己的头发的缘故，一缕缕头发显得分外杂乱，和野草没有什么区别。

这名军士进入军营之后，也朝着兵部主事处而来，但是看清兵部主事处外站着的那些重铠军士，他便是一愣，接着他停了下来，便感知到兵部主事处中已经有人。

“你现今只是一名小校，我是主事处七班官员，你见我都不行礼，你上阶军官是谁，似乎未曾教会你礼数？”夏震缓缓抬头，他脸色微沉地看着林意说道。

“是，见过大人。至于上阶将领，我从眉山出来，还未见过，我现今都不知我上阶将领是谁。”林意对着他微躬身行了一礼。

夏震的眉头深深皱起。

不知为何，他心中那种不舒服的感觉越来越厉害。

这名年轻人表现得太过沉静，如此种种让人觉得无懈可击，他想挑个由头都似乎很难。

“好气度！就是不知修为到底如何，当不当得起铁策军中的大将？”

就在此时，夏震下首的灵仰惑却是霍然起身，说了这一句，接着直接一个弓步，一掌便拍向林意胸口。

轰的一声，这厅堂内里好像骤然响了一个闷雷。

第 226 章 不同的世界

“轰隆！”

这手掌在空气里穿行，真元澎湃，距离林意还有数尺，林意就感觉到神魂巨震，像是有一个浪头轰在了自己的脑海里。

“这又是什么独特的真元运用法门？”

林意眼前有些金星直冒，只是感知里，这名年轻将领最多也只不过如意境中期的真元力量，这种真元震荡音波扰神的手段虽然独特，然而力量对于他而言却是不足。

更何况这名年轻将领虽然出手干脆，但毕竟不是战场上搏杀，杀意不足，对于他而言，出手速度也太慢。

林意有足够的时间。

他挺直了身体，握拳，然后对准袭来的掌心，一拳。

闷雷滚滚的声音戛然而止，拳头和掌心撞击时的声音并不响亮，因为有着真元的缓冲，就像是有人用力地拍了一下马鞍。

林意依旧挺直了身体一动不动。

他看着这名贸然出手的年轻将领，嘴角一丝嘲弄的意味这才不自觉地荡漾开来。

然而灵仰惑的面色却是剧变。

一声痛呼的低喝声响起。

一股令他觉得难以抗衡的大力，让他的身体往后跌跌撞撞连退数步。

一股撕裂般的痛感从他的掌心朝着血肉内里延伸，接着有轻微的骨裂声响起。

他感觉到自己的手掌掌骨在林意的这一拳之下，已经骨裂多处。

林意缓缓地收回拳头。

他并不是很喜欢故意嘲弄别人的人，只是看着灵仰惑这种见了鬼的表情，他还是忍不住有些喜悦。

毕竟这是一名如意境的修行者。

在进入眉山之前，他面对如意境的修行者只有乖乖洗干净脖子等着被砍的分，但是现在这名身穿轻铠的年轻将领，他的这只手掌，明天会肿成熊掌吧？

即便他在眉山之中见过太多强大的修行者，即便到现在为止，他面对一柄剑法老到的飞剑恐怕依旧是被杀死的可能性居多，但是这种自己渐渐变得强大起来的感觉真好。

薛九面色苍白地看着林意缓缓收回的拳头。

即便他不是修行者，但是他也感觉得出来，和在眉山中的那两次战斗相比，和他们分别之后到现在的林意，明显已经强大了太多。

看着那个无比稳定收回的拳头，他分明感觉到了林意强大的自信。

这让他心中的不安和紧张，都不自觉地迅速消弭。

这厅堂里变得突然安静。

夏震不可置信地看着挺直身体的林意，他虽然明知这名南天院天监六年生在眉山之中作战无比勇猛，但在他的想象之中，这人的修为也不可能超过他身边的灵仰惑很多。

“如何？”

林意微微地笑了笑。

他自幼和边军之中的名将接触，所受的熏陶便是无论是打仗还是打架，或者小到与人争气，都要将节奏掌控于自己手中，不要落入对方的调度。

建康兵部的很多任职久了的官员，在边军将领的口中本来就是“建康老油子”，这些人比他那些长袖善舞的同窗要更加油滑，这夏震自然也是如此。

在他看来，既然今天这夏震绝对不可能受命斩了他，而夏震和这名年轻将领，包括外面那些重铠军士加起来也不是他的对手，那这里自然是要他牵着对方的鼻子走。

他只是简单地说了这两个字，但是他的微笑和眼中的意味，却是让面色渐渐恢复的灵仰惑莫名地一滞。

他看着林意，一时没有应声。

这兵部主事处的厅堂之外，那名身穿旧皮甲的军士停在一株柳树的树荫下，他原本似乎有些无聊，但兵部主事处厅堂内一切的声音，却没有逃过他的耳朵。

他听着这些声音，很轻易地感知出了这内里发生的事情。

他的眼中顿时出现了一丝异色。

强大，终究是有震慑力的。

尤其当林意体现出了承天境的力量，然而却连一丝真元气息的波动都未往外绽放。

夏震深深地吸了一口气，他知道自己想让这名年轻人难堪，想逼迫这名年轻人做出一些对萧家有利的事情是不可能的。

只是他不觉得林意这样的年轻人会春风得意很久。

因为在他看来，林意太过锋芒毕露。

“很好。”

他缓缓颔首，对着林意说了这两个字。

既然对方不想虚伪和客套，那他再搬弄那些官场上的手段也没有丝毫意义，“很好”这两个字可以有多重含义，他只想林意去体会。

林意也对着他微微颔首，然后又对着灵感仰微微颔首，道：“抱歉。”

“你在眉山之中军功显赫，只是新入伍尚未熟悉军伍，所以暂升为铁策军右旗将军。剩余军功先记录在案，等再立军功再酌情提拔。”

夏震恢复了平静，只是按照正常程序，将手边的一片兵符和任命文书朝着林意推了推，接着再看林意身旁的薛九，“薛九，你在眉山之中表现也是优异，提任校尉。”

“什么？”

这样的两句话落在薛九的耳中，却是比方才灵感仰的一掌还要惊人。

他只觉得脑门儿嗡嗡作响。

右旗将军便是铁策军副统领。

铁策军统领之下，原本便是只有四名副统领，林意先前只是小校，一下子提升到了副统领，那先前的右旗将军牧恩去了何处？

这何止是破格提升。

他从军这么多年，从来未有听说过，一名将领能够直接从统领数十人的小校直接提升至统领万人的右旗将军的。

铁策军虽然是吃力不讨好的苦力军，但右旗将军却是正儿八经的位列八班，是真正可统一万之数的将领。

“还愣着做什么，还不接了兵符，谢过大人？”

直到林意的声音响起，薛九才从呆滞的状态中回过神来，慌忙上前行了一礼，取了兵符和任命状。

外面那名身穿旧皮甲的军士一直在入神地听着。

这些话一个字都不落地落入他的耳中。

“铁策军右旗将军？”

当听清这样的字眼时，这名似乎才刚刚摆脱了无聊的军士也骤然变得真正地惊讶起来。

他搓了搓手，伸出两根手指捻了捻眉心，然后朝着前方不远处那门口望去。

林意和薛九的身影，很快出现在了他的视野之中。

特别的人之间自有感应。

林意的感知里出现了一丝异样的气息，他微微一怔，注意到了树荫下的这名军士。

这是一名修行者。

虽然此时这名军士身上一丝真元波动的气息都没有，但是他感觉得出这名军士体内的气血流淌得比一般的武者要慢得多，而且他感觉得出有一种雄浑的力量隐匿在这名军士的体内。

这名军士看上去不过是三十余岁的年纪，但是面上风霜的意味很浓。

这种风霜的意味源自于看见了太多的生死，见惯了许多的永久别离，是源自于心中深深的疲惫和厌倦。

这样风霜的意味，林意并不陌生，在那些征战了很久的边军老将的身上，便都是这样的意味。

这名军士看着打量着自己的林意，想着方才这名年轻人在内里的做派，不由得微微一笑，接着轻声道：“恭喜！”

林意此时已经收好了兵符和任命状，看着这名军士善意的微笑，他心中更加清楚，这名军士不只是修行者，而且应该还是修为不俗的修行者，想必站在这里，便已经听清楚了内里的声音。

“在下林意，建康南天院天监六年生，现在……是铁策军右旗将军。”

林意对着这些征战多年的军士有着天然的好感，他也微微一笑，对着这人颔首为礼，道：“未请教？”

“魏观星。”

这名军士对着林意也是颔首为礼，道：“明威军北固都护。”

“明威北固军？”

林意和薛九都是愣了愣。

在前朝有四大边军，名为四征（征东、征西、征南、征北），这四征之中，因为北方王朝威胁最大，所以征北军在前朝算是真正意义上的主力边军。

现在南朝为防边军高阶将领兵权太重，却是将之前的四征全部取消，所有边军分成了勇武、壮威、宣威、明威、定远五部，而之前征东和征南则已经归入地方镇戍军。

但其中明威和定远两部，则是真正北方边军之中能打和经常打的老边军。

先前林意父亲林望北统御的军队，就被打散分在了这两部，还有一些分入了宣威军。

虽然眉山之中恐怕是南北王朝对立以来，修行者最密集的战场，但林意心中也十分清楚，真正决定现今两朝生死的战斗都在西北部的边境。

那些最富有战斗经验的北方边军，自然是不可能千里迢迢抽调到眉山一带。

而眼下这里是兵部主事处，若非升迁便是罢免官员，又怎么会有一名北方边军的将领出现在这里？

都护这个官阶在军中说大也不大，说小也不小，位列四班，按军衔可以统领千人军队，但在边军之中，却是护骑将领，一般都是率领百余精骑，保护阵中一些关键之处，例如主将所在，例如军中关键修行者或者重要辎重所在。

“先前授命至戎州帮忙练兵，才会到了这边。”

这名叫作魏观星的军士看出了林意和薛九的惊疑，有些不好意思地一笑，道：“来这里，却是犯了些事。”

“犯了些事？”

林意看着他，“那到这里便不是提迁了？”

旋即林意想到了什么，又脱口而出，“该不会正好被罚来铁策军？”

“没有这么巧。”

魏观星哑然失笑。

看着这名四班官员没有什么架子，而且现在自己说什么也是个校尉，薛九便也忍不住轻声问道：“犯了什么事，麻烦不麻烦？”

“这倒真是有些麻烦。”

魏观星正想开口详说，“你们当这是什么地方，在这里闲聊？”就在这时，林意和薛九身后那名为首的重铠军士一声厉喝。

林意和魏观星又都是哑然失笑。

这之前素不相识，现在倒的确是将这兵部主事处门口当成了茶铺，在这里聊开了。

“那我先办事，说不定今后还有见面的时候。”

魏观星对着林意行了一礼，却是又笑了笑，道：“不过你方才说的……难得一见如故，这铁策军，似乎倒也是个不错的去处。”

“铁策军可是人人避之不及，可别自误了前途。”薛九半开玩笑半当真地说了一句。

魏观星脾气极好，哈哈一笑，致谢般对着薛九也作揖一礼，接着也不多言，告辞朝着前方厅堂走去。

薛九出了这城南军营，兀自觉得做梦一般，心脏还是擂鼓般跳个不停，时不时地伸手抹汗。

“薛校尉，不就是升了几阶，按我所知，铁策军别说是校尉，就算是我这样的副统领，也免不了上阵冲杀。好像也没有什么区别，为何如此紧张？”林意看着他的模样，忍不住调侃。

“林大人！”林意是调侃，但薛九却是陡然面容一肃，认真道，“今后也不能按在眉山之中一样叫你头了，你这官阶已然极重，若按以往恐失了威严。大人您是修行者，又出自建康将门，在你看来这官阶升个几阶恐怕没有区别，但在我们而言，区别便是大了。首先军饷便有很大不同。”

“大人。”看着微微一怔的林意，薛九恭谨而庄重地说道，“寻常军士和修行者都是截然不同的存在，恕我冒犯，对于我们这些寻常军士而言，最重要的便有两点，一是军饷，二是颜面。不过有时为了军饷，便是折损些颜面，也无妨。”

林意的眉头微微蹙起。

薛九的神色，便也让他不由得认真起来。

他开始醒觉，自己即便是在建康家道中落，但身边认识的人，那些所接触的世界，都似乎和薛九这些人截然不同。

“您将我们真正当成自家兄弟，我便也实话直说。”薛九看着面色凝重起来的林意，轻声道：“大人您个人为战和带兵打仗截然不同，打仗最重军心要稳，若是不明底下人的想法，恐怕……”

薛九知道林意聪明，说到此处，便不再往下说。

林意点了点头，心中却是默念，“军饷，颜面……”

第227章 怪人

有些道理是书本上都根本不会记的简单道理。

之前不能接触的世界，哪怕设身处地去想，却依旧可能是谬误。

林意和薛九都是有些一瘸一拐地沿着来时的路走着，林意就又不自觉地想到了萧淑霏和陈宝菀。

在之前旧朝的齐天学院，自己和萧淑霏、陈宝菀自然是属于同一世界的人。

那对于身边发生的事情，对于这个世界的看法，观点自然大多相同。

现在他已经从鸟语花香的庭院跌落到了这种边地马粪都无人管的边城，那对于身边发生的事情，对于这个世界的观感，是否也会潜移默化地有很大不同？

那相比之前的自己和萧淑霏这些人，身份还要更高一些的北魏长公主殿下元燕呢？

在闲下来的这些时日，他真的花了些时间好好打听了一些元燕的事情。

不知为何，即便元燕对于整个南朝而言都是可怕而值得尊敬的敌人，但听到她是北魏先皇的私生女，听说她在入北魏皇宫之前，她的母亲便已去世时，林意却莫名觉得，她和被抛在建康的自己似乎并无太大区别。

他便开始能在心中回答自己的许多不解。

他不知道元燕和他一起在眉山之中行走的时候，一直在心中对他的称谓是南朝小贼。

但在他现在的心目之中，即便十分清楚了元燕的真正身份，但是那个“卫清涟”留给他最深的印象，也只是一个倔强而忧郁的北魏少女。

她活得自然也是并不轻松。

所以两人才有很多相似之处，在战斗之中才便会形成那样的默契。

“老薛啊……”

“林大人！”

“你最在意的是什么，譬如说你最渴望得到的是什么？”

“百亩良田，良厦数间，游手好闲。”

“这些年的军饷积了还差多少？”

“都给了家用，良田倒是有了几亩，军饷是所剩无几。”

“家用？”

“怎么，林大人你不是出身将门，该不会觉得我们这些军士都是孤家寡人？”

“……”

林意倒是又愣了愣，在他的潜意识里，铁策军和那些边军也没有什么区别，这些说不定哪一日便死的军士平时战斗太过危险，似乎不应该有家小，但薛九这么一说，似乎当年自己父亲的那些部下，大多到了年纪的，也都有家室。

说到底，这些军士不管在战场上如何悍不畏死，但都是活生生的人，都有各自的七情六欲，只是先前在自己的潜意识里，在自己先前所处的位置，这些军队和军士，似乎都只是一些数字。

“说说这次你升了校尉，除了军饷，还有哪些好处？”

“好处当然还有不少，譬如，行军可以去领好马，顺便领一副好甲，还有见着别军的将领，官阶不比你高的，都甚至可以不用行礼。”

“同僚之间，行礼打个招呼也没什么吧？”

“嘿，林大人你是未在军中真正待过，即便都是南朝自己的军队，都想打赢北蛮子，但平时互相见面，可未必是那么和气的。大多数可不像方才那北固军的老边那么和善，有时为了抢些军资，优先挑些军械，恐怕都能打起来。至于战阵之中结仇的那也不少，有时我们铁策军支援要是慢了一些，有些同僚军队可能便认为我们是怕死伤故意慢去，他们将很多死去的兄弟的账，就记到了我们的头上，到时在一些事上遇到了，那便不是给不给好脸色的问题了，有时候抽刀子砍都很正常。对了，最重要便是战功。大人！军中的战功可是没那么好领的，争战功打起来的可不少，我们铁策军靠山最少，争战功往往最吃亏，所以铁策军之中的将领升迁最慢，对于大多数将领而言，能保住军饷就不错。对了，这次领军功倒是有些诡异，居然如此顺利。”

“说不定因为我有女人缘……哦，不，有人缘。”

“林大人，您现在是铁策军的右旗将军，需注意言行。”

林意微微地一笑。

他已经清醒认知身为独自来去的修行者和率领重兵的将领之间有什么区别。

只是听着薛九有关军仪和威势的这些话，他却有些不以为然。

至于军中有些规矩，他也不以为然。

因为他之前和薛九这些人处于不同世界，他太熟悉一些军中真正的强者。

对于那些真正的强者而言，威势永远都不是刻意地营造出来的，而是打出来的。

至于有些既定的规矩，许多军中的强者原本也不怎么遵守。

铁策军很特殊。

在他看来，铁策军除了军饷和所用军械不如边军的一些精锐军队，其实和边军的精锐军队也没有太大差别。

那只要足够强，便也不用一定遵守这些规矩。

“魏观星，北固军都护，削两阶……调至兵部驾部？”

兵部主事处，夏震心情恶劣，他看着走进来的这名军士便觉得不顺眼，但看着对方的调令文书，他却是陡然怔住。

“谪贬缘由是，殴打戎州镇戍军将领？”

夏震的眼睛不由得瞪大，瞳孔越是微缩。

今日方才见过一名诡异的年轻修行者，这便又来了一个怪人？

按着这魏观星的官阶是四班，但他殴打的那名戎州镇戍军将领却是六班，官阶比他高出两阶，但关键在于，他看到了这份调令文书之前有足足五行调令，分别盖着各级兵部主事处的大印和各级兵部主事的主笔签记！

这魏观星的官阶，先前最高时是明威天安将军，天安将军便是天安军的统帅，官阶和北固军的最高将领一模一样！

那此人最高官至十班！和建康城中兵部侍郎的官位相比也只低一阶。

这何止是怪人。

他额头上黄豆大小的汗珠滚滚落下。

在这兵部主事处这么多年，他也是第一次见到如此高位的人谪贬，而且是这样一路谪贬，从十班到两班。

他深吸了一口气，强打着精神迅速扫了一眼。

这调令文书上有关这魏观星的记录可以说不只是劣迹斑斑，简直是罪大恶极。

其中出现最多的，便是殴打上阶官员，甚至还有殴打军监处官员。

看这调令文书，给人的第一印象，是这人太过桀骜，根本难以驾驭，而且应该性情残暴，一言不合就会动手打杀。

夏震虽然长袖善舞，但面对这样的老边军却是根本不敢有任何想法。

他下意识地提起了朱笔就要签印。

“大人，且慢。”

但就在此时，一直显得很慈眉善目的魏观星却突然对他行了一礼，出声说道。

夏震一颤，手中的朱笔都差些脱手掉落。

第 228 章 昔日煞星

魏观星忍不住微微地一笑。

积寒成冰。

他在调令文书上虽然劣迹斑斑，有非同寻常之恶名，但是兵部的官员他见得多了，像夏震这样的人失了方寸，不只是因为他的原因，更多的在于先前那名年轻的铁策军将领让他乱了心神。

他的盈盈笑意落在此时夏震的眼中，便显得更加诡异。

“什么事情？”

夏震定了定心神，问道。

“按我朝军法，兵部主事处有面议环节，若是获罪者有心悔过，可戴罪立功者，当值官员可以酌情处理。”魏观星干笑两声，“想向大人求个情。”

“好说。”

夏震顿时松了口气。

魏观星此时的样貌，在他眼中和那些边军老痞没有什么区别。

“按照军法，除非你主动申述戴罪立功，只是当地镇戍军却不在此列，需调至前线边军。”

“方才在外面，我不是见了两个铁策军的？”

“铁策军？”

夏震愣了愣。

原来此人来时在外和林意、薛九客套，便是想讨好……借此多保一级俸禄？

“铁策军倒是和边军类同，你要是主动申请调入铁策军，倒是在我职权范围之内。”

夏震心中惊喜难言，面上却是不动声色。

在他看来，如此狠人，无论加入那一支军队，统帅恐怕都会头疼。

先前想杀一下林意的威风不成，这样一个人要是踢去林意的铁策军，岂不是美事一桩。

“只是不要怪我没提醒你，铁策军可是……”

“多谢大人成全！”

魏观星根本未听他说完，马上就躬身行了一礼，大声说道。

“那我便静候魏将军佳音，以期在我主事处早日见到魏将军的提迁文书。”夏震心情大好，笑容可掬，他哪里还会犹豫，当下就官印一敲，接着朱笔点圈，改签了文书，将魏观星降一阶，调入铁策军林意麾下，戴罪立功。

“多谢大人！”

魏观星也笑眯眯地接了文书。

明明是和先前一样笑着，但是当魏观星接过文书时，不知为何，夏震陡然觉得这人似乎和先前有了很大分别。

似乎总有些地方不对。

“来人。”

当魏观星走出这间厅堂，他呆坐了数个呼吸的时间，兀自有些心神不宁，忍不住唤来了一名小吏。“方才这魏观星来自明威北固军，我记得此地孙将军曾在明威一带率军，你去问问他，可认得此人？”

这乌衣小吏不敢怠慢，将他交代的字句都记在心中，马上出门。

夏震所说的孙将军便是此处的户部税官孙书文，这孙书文之前在边军也是一员猛将，后来并没有犯什么事情，也和新朝旧朝更替无关，但官阶却是降了一级，调任到了宁州管盐务，后来不知是否和宁州那些官员相处不佳，又调来此处，挂了个相对清闲却又有足够油水的肥差。

这种路数，其实反倒是朝中有人，许多边军武将解甲之后求之不得的归宿。

不到半盏茶的时间，马蹄声疾如擂鼓般在门外响起。

一名五十余岁的矮胖官员早就看不出当年边军的模样，只是骑马狂奔的姿态依旧有些寻常军士无法相比的身姿。

这名矮胖官员正是孙书文。

他急急地将马勒停，将缰绳直接往一名重铠军士手中一丢，便一个箭步掠进了内里，看着夏震的第一眼，便脸色有些发白地出声，“魏煞星竟然到了这里？”

夏震和这孙书文的关系平时便亲近，此时在孙书文面前他却不惺惺作态，看着孙书文这火烧眉毛的样子，他便觉得有些不对，倒吸了一口冷气，“魏煞星……你怎生如此着急？”

“你真没听过此人名号？”

孙书文大皱眉头，道：“那你总该听说过济阴郡骆马湖一役？”

夏震呆了呆，旋即脸色煞白，“那个溺死了三千降军的边军将领，该不会就是此人？”

孙书文哭笑不得，“不是他还有谁。”

“……”夏震一时失语。

他无法将传说中的那名煞星和方才死皮赖脸向他求情保一级官阶的老军联系在一起。

天监初年，有一群在北魏边境归来的南朝老军不知为何做了马贼，后来辗转于淮州、豫州一带劫掠，聚了不少流民，声势越来越大。

后来这批马贼在济阴郡被边军击溃，有三千余人选择投降。

按照惯例，这些投降的大多会被罚去做苦力，甚至有些也会被边军挑选收编。

但不知为何，当年那名统军的边军将领直接将这三千余人全部捆绑了重石，投进了湖里溺毙。

天监初年的南朝原本便以维稳为主，而且当年那名边军将领也是未请示上阶将领便直接做了这样的决定，这样的杀戮在当年的朝野看来当然有些过于残忍。

那名统军的将领，自然也被夺了平寇的首功，遭受了严厉的责罚。

只是那名将领，便是今日的魏观星？

“这……这魏观星，到底是一个何等样的人？”夏震深吸了一口气，他看着孙书文，越来越觉得不对。

“这人是一个很特别的将领。”

孙书文苦笑了一声，道：“他在当年的北方边军之中，是公认的修为又高，又很会用些出其不意的手段来打仗的厉害将领，但他最出名的一点却是护犊和六亲不认，还有不太听从兵部调令。”

夏震瞠目结舌地看着他，如听天书。

一名将领不太听兵部调令，这是什么意思？

“听说魏煞星将自己的部下都看成亲生儿子一般，根本不让别军欺负，他的六亲不认也是说在他的眼里，只要不是和他协同作战的，哪怕同是我朝军队，在他眼里也和敌人差不多，平时相处根本不会留情。”孙书文依旧是苦笑，他也想不到这样的一个边军名将，居然会一路流落到此，而且从当年领军十万的大将，变成了今日连四班都保不住的老军。

他顿了顿，看着夏震接着说道，“他时常刻意对军令置若罔闻，只是因为他战功的确显赫，被边军那些大将看重，而且大多数时候功大于过，否则他有十个脑袋，恐怕也被砍光了。”

“为什么要对军令置若罔闻？”夏震无法理解，在他的想象之中，越是那些对部下约束有方的将领，便自然是军令如山。

“传闻有好几个原因，有时据说他是认为兵部出军令的人太过昏庸，有些军令简直令人去送死，还有时据说是他太过护犊，不想平白让自己部下填上去送死，他转而会采取别的战法。”

“按自己的想法打仗……这岂不是拥兵自重？”夏震愕然。

“但他领兵的确折损极少，而且战功显赫。”孙书文忍不住摇了摇头，“而且这人除了打仗，从不营私结党，所以他还活着。”

夏震听了这些话，心中却更加惘然。

这到底算是个什么人？

“他修为如何？”

“现在不知，但当年溺死那批马贼时，应该已经入了承天境。”孙书文叹息了一声，“将才难得，只是未想到沦落至此。”

夏震看着显然是有些敬佩和同情魏观星的孙书文，莫名地背上出了一层冷汗。

“他原本被调至兵部管些车马，但方才向我求情，说想戴罪立功，去了铁策军。你觉得他是什么用意？”

他看着孙书文，觉得自己似乎做错了某件重要的事情，声音有些发颤。

第 229 章 类似的人

孙书文难以解释。

他看着夏震摇了摇头。

每个人的内心世界和想要的东西都不同。

就如同他追求的是小富即安，而有些人追求的是建康城里那一张遥不可及的位置一样，像他这样已经从边军退下多年的肥胖油腻的税官当然无法理解魏观星这样的人追求的是什么。

在他看来，魏观星做的很多事情似乎都毫无意义，一名将领若是明知会犯错，明知上峰不喜欢，无用武之地，那只要脑袋不出问题，唯一所想的应该就是解甲归田。

但魏观星反而去了铁策军，这便根本不是他所能想象的事情。

两人相对无言。

夏震背上冷汗渐干，只是心中凉意却难消。

魏观星自然是很有问题的一个人。

这样的人桀骜不驯，甚至不听上峰的军令，按理而言这样的人归于林意麾下应该会对林意造成很大的困扰，然而之前所见，他总是觉得林意的身上也有那种味道。

这样的两个人相遇，便不知道会产生何种变化，光是林意体现出来的力量和魏观星这人的修为而言，便让他产生无数不祥的预感。

“人哪，最终还是无法摆脱自己的私心。”

魏观星行走在洛水城里，他对这个城也不熟，所以连续问了几个人，才问到铁策军确切的驻军位置。

“天气不错。”

他抬头看了一眼天空，看着远处屋檐上干净的蒿草，他的心情也不错，忍不住嘿嘿一笑。

若说孙书文是那种发福肥腻的男子，那他便是那种不太干净、始终懒得打理自己的男子。

只是对于他而言，衣着打扮，哪怕洗不洗头、整理不整理头发，都只是为了自己舒服，若是自己觉得舒服，又何必在意别人看着如何？

做事，也是如此。

但求心安，但求舒服。

他其实可以凭借修为追踪林意和薛九留下的痕迹，但是那样太过麻烦，而且对于他而言，在过往的人生里，大多数时候都在战斗，都在风霜和血雨中行走，作为正常人的时间极少。

这种如同正常人的问路和行走，正是他所缺少的。

“林大人，按理您应该统军一万，只是我们铁策军现在总共只有三万之数，其中还有不少是上不得战场的。”在前几日林意经常待着的那条城墙下方，原本的粮仓里隔出的一间议事厅里，一名铁策军老将看着林意的那片兵符，也是一阵的唏嘘。

这名老将叫作韩征北。

这样的名字一听便出自军户，事实也是如此，在这名老将尚在襁褓之中时，他的父亲便一直在军中打仗。

只是无论是从父辈口中叙述还是自己亲眼所见，这名老将都没有见识过这样的破格提拔。

军功足够，也必须看资历。

林意毕竟只是一名刚入军伍的修行者，而且建康的南天院和别的学院学堂也不相同，南天院教的都是修行者，行军打仗之事根本就极少涉猎。

所以林意如此，自然是极为惊人的破格提拔。

韩征北在铁策军是官阶六班的将领，主管所有的军饷粮草调度和一切的军务保障，这对于铁策军而言不算是前线将领，但这样的将领和朝堂中人打交道最多，所以和薛九不同，他很清楚这样的破格提拔背后一定是有朝堂中某位权贵的特殊授意。

他在此之前也从薛九等人的口中听说过林意战斗的勇猛，他对林意当然没有特殊的看法，更何况林意还是名将林望北之后，只是将这么多铁策军交在这样一名年轻人手中，他却也和夏震一样，心中充满不祥的征兆。

“算上林大人您在内，我们铁策军共有四位副统领，当然他们各有旧部，铁策军也不是纯粹按各官阶平分，所以最终全部归于林大人统辖之下的铁策军，一共是三千余人，稍后我会交详细名册到大人手中。希望大人不要以为是我故意作梗……”

“当然不会。”

林意觉得自己再听下去恐怕会睡着。

他应该是整个南朝最不注重官阶的将领之一，对于他而言，领兵多少根本没有关系。

他追求的是大俱罗之路，是修行者世界的成圣无敌之道，这样的追求和绝大多数人追求的一张朝中的位置有着本质的区别。

有时候真正的不在意，便显得分外的心胸豁达。

韩征北看着他年轻的面庞，看着他眼中的神色，心中有些赞许，却依旧忍不住轻叹息了一声。

这当然是名极为优秀的年轻将领，但是能够按照正常途径再磨砺几年那就好了。

“林大人，那一些杂事我会和薛九说了，让他帮你处理，只是有件事我还是要提醒一下大人。”他也看出林意是真的不在意，而且觉得他有些啰唆，所以能省则省，有些事情和薛九这样明白的老军说还更为简单。

林意看了他一眼，说道：“什么事情？”

“我们铁策军统领孟将军和其余几位副统领都不在，所以林大人您现在是这城中铁策军的最高将领了。”韩征北看到林意发愣的同时，自己也有点苦了脸，“而且按我所知道的，在兵部有新军令下达之前，他们还都不会回师。”

等他特意补充的这句说完，林意才回过神来，“常将军，意思是说，这里很长一段时间都要由我做主？”

韩征北苦笑一下，“按理如此。”

林意刚想回话，却感知到了一种有些熟悉的气息。

他霍然转身。

魏观星便在此时走到了这间粮仓外。

“是那名北固军的老军。”

林意感知出了这来的人是谁，他很惊讶地轻声说了一句，然后走出这粮仓，看着候在外面的魏观星，有些惊奇地道：“你怎么来了这里？”

“我也想不到这么快会再见。”

魏观星递上了手中的文书，道：“现在我从兵部无聊的看管车马的人，变成了铁策军的人。”

“你进了铁策军？”

林意和薛九自然是面面相觑，韩征北眼尖，看了一眼那份文书上的名字，顿时就变了脸色，说道：“魏观星？”

魏观星微微一笑，对着他行了一礼，道：“未请教……”

“不用请教，我哪里敢让魏将军请教。”韩征北连连摇手，“您要来铁策军，我哪怕会让您生气，也是绝对不同意。”

第230章 先后顺序

“为什么？”

林意和魏观星几乎同时出声。

只是不同的是，一人的声音里充满惊讶，另一人却是淡然而戏谑。

林意很惊讶地看着韩征北。

在他看来，这个铁策军的“管家”当然是很和气的。

的确韩征北是属于军队中少见的那种性情温和的人，他先前和林意的对话，也让他觉得韩征北更像那种街巷中可以聊聊家常的邻居。

这样的人却第一时间强烈地反对，他便很奇怪。

“您是大名鼎鼎的煞星啊，而且您这样的大人物……铁策军是座破庙，可挡不住风雨。”韩征北说了这一句，他觉得魏观星肯定能明白意思，但又怕林意不理解，接着道，“先前你在边军，有昔日那些同僚相助，上面明威、定远的大将待你又不错，你就算惹了什么大麻烦，总有帮衬你的人，我们铁策军怎么样你又不是不知道，到时你惹了祸事，会能帮你扛得住？”

“煞星？惹祸？”

林意听出了些端倪，他好奇地看着魏观星，怎么都觉得这人很和善可亲，这样的人难道比自己还能招人恨？

“看你这话说的。”

魏观星拍了拍韩征北的肩膀。

韩征北的脸都白了，他下意识地想躲，但是在他来得及做出反应之前，魏观星的手掌已经落在了他的肩上。

“不要紧张。”

魏观星看着他的老白脸，笑道：“就像皇宫里再表面光鲜，都需要有人端屎端尿，有人赶粪车。铁策军在南朝可是独这样一支，没了铁策军，那些脏活、苦活谁干？所以铁策军只要能干活，谁会真把铁策军怎样了？所以铁策军根本不需要别人帮忙扛。”

林意和薛九都觉得这些话很有道理。

其实韩征北也觉得这些话有道理，但他不管，还是将脑袋摇得如同拨浪鼓似的，“不管怎么样，我还是不同意你加入铁策军，这文书是夏震签的？我等会就去找他……”

“韩将军，你这么说便没有意思了，我们之前都没有见过，你这万般阻挠，真不给口饭吃？”

“你们之前都没有见过？”

林意这下又是一愣。看着这两人对话，他还以为魏观星和韩征北是老熟人。但这既然没有见过，为何韩征北说话时，就像特别熟悉一般？

“林大人，你就没有听过魏煞星溺毙三千人？”韩征北看着林意兀自摸不着头脑的事情，他忍不住凑到林意耳畔，轻声道，“魏观星最早可是十班将领，现在他才三班，你可明白他如何了？”

“骆马湖溺死三千降军？”林意微微一怔，他当年也有所耳闻。

魏观星挑了挑眉，以他的修为自然听得清韩征北说了什么，只是他却并未解释什么。

“看起来不像。”

林意眉头微蹙，他看着魏观星，“你不像那种以杀为乐之人。”

“谢谢。”

魏观星道：“但那真是我。”

“先不管之前的事情，现在加入铁策军总有你的想法。”林意认真地问道：“是什么原因？”

“放不下。”魏观星面上戏谑的神色也完全消失，这一瞬间他不像个落魄而不修边幅的老边军，有种难言的锋芒，“有些兄弟的仇没报。”

“要想领军，也不一定要加入铁策军，以你的修为，哪怕去别的大军中做个供奉都绰绰有余。”此时韩征北忍不住插嘴嘟囔了一句。

他原本是一个很忠厚的人。

但越是忠厚，就越会为铁策军之中的每一个人打算。

他自己可以吃亏，可以不去和朝堂中人争气，可以做缩头乌龟，但是他绝不能容忍有人给铁策军带来危险。

在他看来，林意太过年轻，恐怕会意气用事，若是再有魏观星这样的一个人归入林意麾下，那无异于雪上加霜。

“老实人的话往往有道理。”

魏观星又拍了拍韩征北的肩膀。拍肩膀是他的习惯，但只是在他看的顺眼的人和朋友之间，他才会做如此动作，他觉得韩征北应该会明白。

“天下军队很多，将领也很多，但敢放肆的人不多。”他的神色有些傲然起来，且说，“要找合胃口，又有可能成大事的，便更加少。”

韩征北一阵无语，胸闷难言。

这意思是林意都能满足他的条件？

那自己最担心的事情，岂不是要发生？

“我听说你带军打仗是很放肆，而且自己部下折损很少？”此时林意的声音却响了起来。

魏观星点了点头，平和道：“这是事实，战场上的胜负，在战斗开始时大多已有定数，安排得当，自然不会有太多伤亡。”

“我同意你加入铁策军。”

林意看着韩征北，道：“韩将军你想办法帮他归入我军中，将这事做死了，哪怕兵部想反悔，也会让他们做不到。”

韩征北听着他说出“我同意”三个字就只觉得全身的血液只往脑门儿上涌，再听着他后面说的这些话，更是差点直接晕过去。

“这是军令。”

林意看出了韩征北还要再说的意思，平静而坚定地轻声道：“韩将军，你方才说过，此时我是这城里铁策军的最高将领，既然如此，那我说的这些话，自然就是军令。”

“胡……胡闹！”

韩征北气得嘴唇都哆嗦起来，他忍不住骂出了一句。

然而军令就是军令。

林意就白了他一眼。

这眼中的意味很简单，“韩将军，你别犟了，你不帮我想办法做，我马上找别人做了，反正你不同意也没有办法。”

“干得漂亮！”

魏观星拍了拍林意的肩膀，然后忍不住竖了竖大拇指，接着又冲着韩征北一笑，说：“韩将军我可不是故意气你，你真是个好人。”

很多时候，被人说好人往往便是受了欺负。

就如经典的那句，“你真是个好人，只是我不能和你在一起”一样。

韩征北又看了林意一眼。

林意冲着他点了点头。

他无可奈何。

此时便只能木已成舟。

“还是要谢谢你。”

魏观星和林意朝着林意经常晒太阳的那段城墙走去之时，很是认真地又说了一句，“原本以为要浪费很多口舌。”

“不用客气。”

林意转头看了他一眼，“当年你溺毙那三千已经投降的马贼是为什么？你又不是蠢货，肯定知道溺毙那三千投降的马贼会遭弹劾。”

魏观星愕然地转头看着林意，“在同意之前不问，你现在却问？”

林意认真道：“先后的顺序，我觉得会表达不同的意思。”

第231章 沉湖

魏观星想了想，说道：“有道理。”

他抬头往城墙上看了看，说：“上面那个年轻人在等你？他是什么人？”

容意在城墙上，此时魏观星抬头只能看见上方的天空和这一段城墙剥落的表面，林意开始确信这名煞星的修为的确很高，感知很强。

“他叫容意，是我的近侍，同时是个阵师。”林意很认真地说道，“在我回答你的问题之前，你能不能先回答我的问题？还有，你到底什么修为？”

“上面的风光会更好一些，谈话心情也会更好一些。”

魏观星看了他一眼，说道：“上去再说。”

“你心里还是有些逃避。”

“什么？”

魏观星愕然地看着走在前面，往城墙上走的林意。

“风光和心情的前后顺序不对，心情好，所见的风光就好，心情不好，再好的风光也不好。”林意没有回头，说道，“很多书上都说过，面对心中不想提及的旧事，总会不自觉地拖延。”

“都是些什么破书，南天院教人看这些书？”

魏观星深吸了一口气，在心中嘀咕了这一句。

然而看着林意的背影，他还是觉得林意的话有些道理，同时觉得这个年轻人，的确和一般的人有些不同。

初见便觉得意气相投，再见没有失望，便应该可以好好地聊一聊。

“魏煞星，哦不，魏观星，这是容意。”

林意简单地让两人见过，然后便在墙上铺着的草席上坐了下来。

魏观星又仔细地端详了一眼容意。

品行应该没有问题，眼神很正，很干净。

至于修为，那便足以让他皱眉。

如此年轻，竟然已经进了承天境！

他皱着眉头，然后开始回答林意一个最简单、最容易回答的问题，“我的修为已经到了神念境。”

林意有些吃惊，但他心中其实第一时间想起的是“果然如此”四个字。想着当年传说中那个一怒溺毙三千马贼的将领，在天监初年便已经有强大的武力，到此时似乎的确是神念境才合理。

而且他之前感觉这人身上的气质特殊，其实也是猜测他已经到了神念境。

但容意不同。

“见过前辈！”他顿时大惊失色，对着魏观星躬身行了一礼。

他无法想象，林意只是出去了不到半个时辰，结果便带回来一个半圣！

神念境的修行者，听上去和承天境只相差一步之遥，然而这内里所差的真元差距，便是差着寻常修行者数十年的苦修时间。

魏观星却是很平淡地摇了摇头，示意容意不必多礼，“若无意外，此生也就神念境为止，和前人相差太大，不算稀奇。”

“您还如此年轻。”容意下意识地说道。

修行者的面容都会比实际年龄看上去年轻许多，比如这魏观星看上去三十几岁的年纪，但实际年龄恐怕已经超过四十，只是这在修行者的世界里，一名这样年纪的神念境修行者，当然还算很年轻。

“你们应该在眉山之中得了不少好处，但眉山是眉山，别把眉山当天下。”魏观星此时微仰首看着天穹，这才有了些前辈的风范，“那是最后几块灵气富裕之地，其余地方，到明年初夏，应该所有的灵药就全部枯死，到时即便两朝的库存灵药还能用上不少年，但大多都会被炼制成提灵药物，当成军需品配发，只是给予修行者战场上补充真元所用，想要用此提升修为，恐怕你至少是要相当于王亲国戚的权贵，正常的修行者，便是不可能了。”

林意和容意都心头巨震。

林意深深地皱起了眉头，说：“这么快？”

他没有质疑的成分，便是在今年春里，他就已经亲眼见到了建康城里灵药的枯死。而且神念境的修行者，对于天地灵气的变化判断，便应该不太会错误。

“若不是迫在眉睫，两朝也不可能在这种时候就打起来。”魏观星微嘲地笑笑。

林意沉默了片刻。

他觉得之前自己的确没有想到这一层，更准确而言，他没有意识到随着灵荒的加剧，很多原本在修行者世界看似惯例的东西，会随之改变。

“所以那些赋闲的，或者说流落在民间，不参与这种两朝征战的修行者，接下来所能做的便是等待着真元的耗尽，然后变得和寻常武者也没太大区别？”他想了想，说道。

“王朝不养闲人。”魏观星微讽道，“以前这句话是说到做不到，但现在总算可以做到不养闲的修行者。”

顿了顿之后，他接着说道：“不过比寻常武者总是要强一些。即便是那种修行者，也不会浪费自己的真元，他们平时应该舍不得出手，还有他们当然也可以天天奋力地汲取一些稀薄到了可怜程度的灵气。灵荒也只是灵气稀薄至极，不是绝对没有，想要修行更进一步不可能，当喝口参汤，延年益寿还是勉强可以做到。”

“这些我先前还没有想到。”林意皱着眉头，说道，“那你想要加入铁策军的原因之一，应该也是铁策军既然属于这种专干苦力的军队，至少会有些灵药配给？”

“这也是原因之一，若不能进境，至少不能堕境。”魏观星点了点头，认真地看着他说，“但我之前对韩征北那个老实人说的话是真的，我在兵部主事处外感知到发生了什么，至少你的表现，让我觉得你不是那种愿意低头的人，否则像你这样出身南天院的，也不可能被丢进铁策军。”

“我很招人恨，得罪了萧家，估计陈家看着我也不舒服。”林意忍不住叹了口气。

听着这句话，看着林意故意叹气的样子，魏观星忍不住笑了起来。

愿意跪着的人太多，但修行者的世界里，总是要有些只肯站着的人。

所幸这个年轻人，似乎真是这样的人。

他笑着，眼睛里却是渐渐充满感慨。

“当年溺死那些人的事情其实不太复杂。”

他沉默了片刻，渐渐收敛笑意，慢慢地说道：“其实所有的马贼都一样，一旦成为马贼，无论你先前是多善良的一个人，往往便会成为醉生梦死且忘记自己本性的那种人。因为马贼往往居无定所，今日在这边点个篝火宿营，明日有可能在几百里之外宿营。这些人也没有家可言。马贼自然是求财，只是他们抢了钱财，除了买醉，买更好的马、更好的兵器，也没有太大去处，带着家眷自然是累赘，他们也不可能在大城里的烟花柳巷去挥金如土，长此以往，这些人的心理和生理都会有很大的问题。所以他们在劫掠到一些女子之后，那些女子的下场往往很悲惨。因为这些女子不会被长时间地带在马队里，她们只会被当成很短暂的泄欲工具，然后被杀死。更悲惨的是，和这样的大群马贼相比，能够劫掠到的女子数量实在太少。所以你应该可以想象，若是数十名女子落入近万的马贼手中，会发生什么样可怕的事情。”

林意和容意都慢慢变了脸色。

即便不往深处去想，那样的事情都的确很可怕，太过残忍。

“其实那批被俘获的马贼一共有四千人左右，只是我后来排清楚了，直接放了八百多人。那八百多人在那种环境之下还没有做出太过令人发指的事情，我便觉得让这些人做苦役而死也不公平，这些人做马贼，在我看来也只是迫于生计或者生死的压迫。至于那三千多人，我正义感本身也未必有那么强烈，在我看来，让他们苦役而死和直接溺死他们，也没有太大的差别。但不幸的是，我军中有个弟兄，他有个未婚妻和妹妹，正好在那次被这批马贼劫掠的那数十名女子之中。”魏观星深深地吸了一口气，他的脸色也变得难看起来，“更不幸的是，他也知道上峰来了命令，要将这批人押解交予地方统一处理，他便觉得我也不可能抗令杀死那些投降的马贼，所以他用了很干脆的方法结束了自己的痛苦，他直接震断了自己的心脉。后来我看着他的尸身，当然明白他心中想的是什么，然后我听见心中的声音。在我看来，那三千多名马贼的命加起来都不如我这个和我一起出生入死的兄弟，所以我将那三千多人全部沉湖。”

第 232 章 简单的想法

林意和容意的面色都很难看，尤其是容意。

他出身于王朝最不可能出产修行者的边城，在那里，修行者就和传说中的仙人相差无几，而那些权贵之间的斗争也几乎不曾听闻。

至于战争，也往往在波及这样的边城前就已经结束。

他很难想象会有那样黑暗的事情发生。

林意可以想象，只是他总觉得那样的事情距离自己很远，在他以往的潜意识里，那是大人的世界里才会发生的事情。但在此时听着魏观星这样的讲述，他才反应过来，自己已经不是建康城里那个可以将这些当成故事来听的少年，而是一个大人了，已经真正地进入了这样的世界。

他开始醒觉，血腥、残酷和黑暗，恐怕是将来自己时刻都要面对的。

“我不知道如果我当年面对那样的事情会怎样处理，毕竟不是真正的身临其境，光凭想象也不可能知道我的心情如何。所以我不能说你做得对或者做得错。”

林意沉默了片刻，说道：“但我很佩服你，很少会有那样做的勇气。”

“有人在意对错，我不在意对错。”

魏观星笑了笑，随着他这不在乎的一笑，他身上那种阴霾便尽去，“对错那是别人判断的事情，既然听得见自己心中的声音，又何必去听别人的声音。”

“只是有些时候不忍一下，真的会死得很难看。”林意摇了摇头。

魏观星看了一眼林意，似笑非笑，说道：“我看你也不是能忍的人，敢说我？”

林意托着下巴认真地想了想，他发觉自己好像找不到什么反驳的理由。

“我没你想象的那么容易死，至少我比你更强悍。”

魏观星用一副你还是没有想明白的神情看着林意，道：“当我溺死那三千马贼之后，我在边军之中的调性就已经定死了，有些大人护住我，我欠他们情，有时候就会去做一些他们想做但又不能去做的事情。他们后来能容忍我做一些事情，能够保住我最多是丢个官阶，但与此同时，有些军中所有人都不愿意去承担责任的事情，我去承担却最好不过，反正举朝上下，哪怕是皇帝都知道我是一个性格有些缺陷的将领。就像铁策军需要做大多数军队不愿意做的苦力一样，军中的一些大人物，也需要我这样的人帮他们解决一些不顺心的事情。”

“他们同样欠我的情。”

魏观星顿了顿，看着有些惊讶和明白过来的林意，接着说道：“我加入铁策军，在我看来和你之间是互有好处，你应该也需要帮你承担罪责的人，与此同时，铁策军也应该可以让我得不少战功。否则位置太低，哪怕有修为，恐怕在很多人看来也是可有可无。”

“听上去好像真有点儿好处。”林意真的认真地考虑了一下，说，“只是连官阶和生死都不在乎的人，拼命要留在有可能让你往上爬的军队里，到底是什么心愿未了？”

“我往上爬是不可能了。我只希望我留在你军中，能让你往上爬，至少能够在战场上有和闵知秋一战的机会。”魏观星看了林意一眼，道，“此盼殷切，不要让我失望。”

“闵知秋？”林意觉得这人特别耳熟，很快他便想到了这人是谁。“北魏血骑军闵知秋？”

魏观星点了点头：“除了他还有谁？”

林意和容意面面相觑。

“你这目标似乎有些长远。”林意实话实说。闵知秋是北魏名将之一，血骑军是北魏最强大的骑军，在荒原之中有“血魔骑”的称号。

作为北魏最强大的骑军，血骑军的数量也有十万之众。

北魏原本就以骑军著称，作为骑军之中的精锐军队，血骑军之中不只有许多修行者的存在，还有许多针对战阵和强大的修行者的特殊武器。

铁策军的骁勇善战林意已经见过了，但和这样的军队相比，铁策军只是小打小闹。

“恐怕至少五支铁策军加起来，才有可能击败血骑军？”林意说了这一句，但又觉得不够，五支铁策军也只不过十几万，按照他的知，这种精锐的军队，恐怕拥有着足以击败倍数敌军的实力。

“至少你还在和我认真探讨这种可能。”魏观星笑了起来，“除了边军那些最厉害的人物，我若是和别的将领说起这样的事情，别的将领恐怕会觉得我就是个白痴。”

“你和闵知秋，是有旧账要算？”林意没有觉得他是白痴，既然对方是北魏将领，既然两朝在交战，那再怎么样的名将，都有被击败的可能。

“更何况连北魏长公主我都见过了，她还帮我治脚伤。”他忍不住在心中又有些得意地说了这一句。

“很大的旧账。”

魏观星微微自嘲道，“我最早能成为十班的将领，军功便是和血骑军的战斗之中得来的，只是付出的代价是，我最好的朋友有一半死在了他的手中。尔后有一次，我中了他一次埋伏，又死了不少人。”

其实打仗胜负很正常，一名再好的将领不可能一直打胜仗。

但是林意偏偏很能理解这种情绪。

因为他想着，若是他和许多最好的朋友一起战斗，结果那些朋友被一名敌军将领杀死。

那这种复仇的心情，便已经超过了胜负本身。

“你要明白，其实没有人喜欢打仗，所以每个军士都有自己的想法和目的，都有打仗的理由。不要说为了效忠皇帝，战场距离皇帝太远，有些人纯粹为了军饷，有些人因为自己的家园被敌军毁了，有些人因为自己的亲人被敌军杀了，有些人是有仇要报，有些人是要坐上权贵的位置。”魏观星看了林意一眼，问道，“你是为什么？”

林意听着魏观星前面的那些话，觉得正好是自己和薛九对话相通的一些道理，听到魏观星的最后一句，他却是微微一怔。

“一开始并没有认真想过，因为没有人问我。进入南天院修行，又进眉山……应该是不甘心在建康碌碌无为，什么都不做，现在想来，自己又有什么为什么，毕竟对于这样的乱世而言，我也只不过一叶浮萍，暂且随波逐流而已。”

林意很老实地说出自己心中的想法，“我现在想得最为简单，既是修行者，那一切所为自然是先为了修行，变得强大。”

“强大之后便一切好说，就如‘南天三圣’，谁敢不在意他们的看法？”魏观星真挚地笑了起来，“不瞻前顾后，很简单，我喜欢。”

第 233 章 简单为佳

“说了这么久，至少看起来你也不是一个守规矩的人。”

魏观星对这种现况很满意，他看着林意接着说道，“只是有没有想过更进一步。”

“我应该不是个很守规矩的人，但是我的做法和你应该会有些不同，如果当年那个骆马湖畔的将领是我，我就算也是一定要杀死那三千马贼，也不会当着那么多人的面直接沉湖，说不定我会让他们在运送途中死掉，让部下扮成马贼将他们杀光，或者让他们中点毒死掉？”林意认真地想了想那种可能，然后说，“你所说的更进一步是什么？”

“那你的意思是说我莽撞，看来你的确要比我更加阴险和狡猾一些。但是你总有些连一息的时间都不想等的时候。”魏观星哂然一笑，不再纠结两个人之间的处事风格会有何种不同。

他接着收敛了笑意，认真道：“我所说的更进一步，是说铁策军似乎天生就是做些吃力不讨好的活的军队，你率军，统帅得再好，铁策军也只不过就是干这些吃力不讨好的活干得更好一些，但你有没有想过彻底改变铁策军？”

林意皱了皱眉头，或许真是同一类人，他丝毫都没有觉得魏观星这种想法跳跃太大。

谁规定修行者就一定要用真元？

谁规定他这样的人就一定要遵循萧家的意思？

那么，谁又规定铁策军就只能按照这样的路数存在？

“怎么做？”

他只是转过头去，看向魏观星。

“首先要有态度，然后要足够强大。”魏观星看着林意，像林意这样的年轻人，自然已经优秀得足以让他赞叹，然而在领军的许多经验方面，还是犹如一张白纸。

他微微地顿了顿，然后看着林意说道：“对于绝大多数人而言，一名将领的军阶只是意味着官衔和享受的供奉及特殊优待，但不同等阶的军阶，实际上有更为重要的东西。”

林意异常简单道：“比如？”

“比如你现在铁策军右旗将军的官阶，最重要的不是你能从铁策军要到多少军士归在你麾下，而是在于你有征兵权。按照你此时的官阶，只要你有足够能力，你可以统军万人。”魏观星笑了笑，“我虽然猜不出是什么人的意思，对你这样破格提拔，但至少这人总不会怀着什么好意。让你这样没有什么经验的将领在战场上出现些问题太过容易，只是在我看来，这人同样是下了一步臭棋，因为提拔得太高，你将来要承担的罪责可能更加严重，但对于你而言，起步高，你手中便握着越多可以翻本的赌资。

“征兵，扩军，然后按照我们的想法来改变铁策军。”林意很快地理清了魏观星所说的思路，只是他微皱的眉头并未就此松开，“但就算按我所知，哪怕是最初的军饷和粮草都成问题。”

早在他年幼时，听到那些来建康的边军将领会谈最多的，也是军饷和粮草的问题。

马要吃草，人要吃饭。

饿着肚子，情绪都会出问题。

那些边军将领来建康都是带着上峰的旨意过来催要军饷。

即便如前朝皇帝一样昏庸，也不会有人敢明目张胆地吞掉发给军队的军饷，然而克扣多少，拖延多少时日，却是问题。

对于兵部而言，调拨的军饷也始终吃紧，拖延一些时日也是正常的事情，然而他们等有些边军却等不及，有些时候粮草一日不到，那些军士就是饿一天肚子。

更何况有时还会出现极端状况，比如粮草大营被敌军偷袭，有些运粮运饷的车队被劫掠。

所以很多边军都常年在建康驻扎有人，便是为了讨好和结交兵部官员，长年催饷。

征兵的问题林意也略微知道一些。

新增人数登记之后上报，再批军饷下来，这其中便需要很长时日。

若是世家望族，倒是毫无问题，自己贴钱养的军队就如私军。

但林意可是没有这样的闲钱。

魏观星看着也没有这样的闲钱。

这还只是吃饭的问题。

再接下来，军马、粮草、军备……真的是绝大的麻烦。

“只要你敢翻本，我便会帮你慢慢解决这些事情。”魏观星看了他一眼，平静地说道。

“看来你这些年也很不幸。”林意松开了眉头，看着如此认真的魏观星，却是忍不住笑得如同狡猾的小狐狸。

魏观星却是一怔，说道：“什么意思？”

“猛龙过江，却是困于浅滩，声名太恶，明明还有些翻云覆雨的手段，然而却找不到可以让你借军翻本的志同道合者。”林意得意地笑道，“从十班将领降到三班将领，结果都找不到？”

“这么说的确是不幸。”

魏观星叹了口气，“如你所言，有家伙的人很多，带种的却没有几个，也就是你这样太过年轻的修行者，才会不问清缘由之时，就直接将我收入军中。”

林意微微一笑，道：“那现在怎么做？”

“不聊了，直接做？”魏观星有些意外。

“聊那么多做什么，不要节省些时间修行？”林意挑了挑眉，“简单为佳。”

魏观星又笑了笑，他的笑容里充满了感慨。

“纸、笔、书房。”他站了起来，很简单地说道。

容意看着走下城楼的魏观星，又看着不知在想些什么的林意。

不知为何，只是这样的谈话，他就越来越觉得这个世界变得很复杂。

“如果真按他所说，我们这支铁策军会变得很强大，那你想要用这支铁策军做什么？将来会怎么样？”容意沉默了许久，忍不住轻声问了一句。

林意摇了摇头，回答得更加干脆地说道：“不知道。”

“不知道？”容意愕住。

“我不习惯去想今后很久的事情和某种可能，我习惯只想眼前的事。”林意说道，“这或许就是很多人说的鼠目寸光。”

“其实我觉得他和你的想法都很危险。”容意沉默了片刻，深吸了一口气，忍不住摇了摇头，接着轻声道：“但是更危险的是，即便觉得有问题，还是要跟着你去做。”

第 234 章 勤勉的年轻修行者

兵部的这次破格提拔在任何人看来都会有很大的问题。

抛开没有统军经验的年轻将领一般不会直接委以重位这点，一般在军队将领的配备上面，兵部也会按照实际考量，调来一些能够互补的将领。

比如一名性情冲动的将领，便往往会调派一名行事特别稳健小心的军师，有些将领智谋有余而修为不足，便会调来一名修为足够的副将为辅。

然而林意的这次提迁，同时提迁为他副将的，却是薛九。

薛九在铁策军之中的军龄足够，但是从严格意义上讲，他根本不算是什么将领，只能算是一名冲锋陷阵的老军，所以也谈不上什么军中的经验。

所幸韩征北的确是那种忠厚善良的老将，在调拨军士给林意之时，便特意调派了几名对于军中事务极有经验的老将过去。

这几名老将当然也是他的心腹。

在帮着薛九处理一堆乱糟糟的事情时，便很快将林意和他最忌惮的魏观星所做的事情回报过来。

“只是要了纸、笔、书房？”

听着魏观星要的东西，韩征北额头上的皱纹又多了几根，他有些难以理解，这名传说中难以合群的魏煞星在归入林意麾下之后，居然不要名刀名剑，竟是只要书房写起了东西来？

当月上枝头时，魏观星写完了第三十六封信笺。

像他这样的修行者和武将，的确不太擅长写东西，他的字迹很难看，如同蚯蚓爬过留下的痕迹，里面甚至还有些别字。

不过能表述得清楚他的意思便可以了。

他如同一阵清风一样悄然离开了铁策军的军营，然后到了城中一间杂货铺前，敲开了这间铺子的门，支付了一些银两，将这些信笺全部交给了铺子里的一个面相凶狠的麻子。

在返回军营的时候，魏观星有些这些年没有过的片刻恍惚，他发觉自己其实原本对将这些东西押在林意身上也并没有什么信心，但似乎反而是林意的态度和那种莫名的气度，给了他信心。

在返回军中的书房中时，他放开了神识，感觉到了日间谈话的那段城墙上有一道很快但显得笨拙的气息。

那应该是那名来自罗州石龙郡的少年在初练飞剑。

像他这样的修行者，对于飞剑的造诣自然比容意高出不知道多少倍，在他看来，若是他加以指点，自然会让容意的修行进境变得更快一些。

只是他很快感知到了那段城墙上多出的数股让他都觉得玄奥的气息。

他瞬间愕然，醒悟到便是这名石龙郡的年轻修行者使用的飞剑之术，都非同寻常，都不是他所能指点的。

月光如雪。

城墙上的蒿草纷纷碎裂。

林意和容意两人都在练剑。

和寻常的修行者不同，容意有九柄剑。

此时无论是哪一柄飞在空中，都显得很笨拙，都像是那种被困在房屋里已经很久的蜻蜓，摇摇晃晃，似乎随时都会失控坠落。

只是和世间绝大多数飞剑相比，容意的这些剑所带的力量不只在于飞剑的速度和锋锐本身。

即便是显得笨拙却带起了空气里和其余几柄剑剑身上元气的共鸣。

林意的身周时不时地亮起一些缥缈的光亮。

有时如同一段月光的凝聚，有时如同剑上泛起的一层游光。

但这些光亮里都带着锋锐的意味，可以轻易地在血肉上割出伤口。

此时这些剑光游丝却已经比许多飞剑的剑路还要诡异，甚至连他自己都不可能预知出现在哪里。

因为这些剑光游丝严格意义上而言，来自他现在无法掌控的剑阵之术的剑光宣泄，是他失控的法阵产生的东西。

飞剑的可怕，永远在于速度和诡异，而不在于纯粹的蛮力。

所以此时林意面对着这些剑光游丝，和面对修行者的飞剑几乎没有太大差别。

只是不管这些剑光游丝如何诡异，林意却只是一剑破之。

每次有剑光游丝在他身周出现，他便是很简单地一剑过去，也能准确无误地斩中这些剑光。

魏观星感知着两人之间的这种“战斗”，心中震惊的情绪越来越强烈。

虽然每次都是简单的一剑，有时是剑招，有时却明显是刀势。

不同位置出现的剑光，他都用最合理、能最快斩杀到这个位置的剑招或者刀法来解决。

每一剑招和刀法都极为精妙，都包含着他无法感知清楚的精妙变化和后招。

甚至在他过往很多年的战斗里，他都没有见过如此精妙和强大的刀法剑招。

他隐约推断出了这是什么刀法剑招。

但这并不是令他震惊的原因。

刀法剑招只来自修行者世界的典籍，只要天赋足够高，只要有人传授典籍便可以掌握。

真正令他震惊的是林意的感知以及身体恐怖的柔韧性和爆发力。

在他感知里的有些剑招和刀法，换了一个人，根本不可能用那样的方法以及那样的角度施展出来。光是身体的扭转，有些部位的血肉拉伸……若是换了个人用同样的剑招和刀法，恐怕和林意一样用他的筋肉就直接已经拉伤或者崩断了。

很显然，这两个年轻人的修行都很勤勉。

而且林意似乎很忌惮飞剑，所以直接采用这种方式来磨砺自己。

魏观星不知道什么原因导致林意似乎并无真元的存在，也无法使用飞剑，但很显然，此时林意对付那些飞剑造诣不深的修行者，恐怕并无太大的问题。

这样的一对年轻人，在修行者的世界里，已不算弱小。

魏观星在月光和星光里对林意重新考量，但即便是像他这样的修行者，所能看到的也只是林意表现出来的表象。

停留在这座小城的这段时间里，唯有林意自己知道，自己改变最大的其实并不是力量，也不是越来越熟练的冷刀狂剑，而在于他身体的恢复能力。

他身上伤口现在的愈合速度很快，非常快。

第235章 慧尾与观星

他脚上的伤其实并未痊愈，但是现在肌肤表面的血痂脱落之后，现在只是伤口的肤色显得有些不同，甚至连疤痕都看不出。

内里的骨骼还未彻底长好，虽然都已经接合，行走已经无碍，但不能肆无忌惮地发力。

伤口愈合如此完美，自然和元燕精湛的疗伤手法有关，但新添伤口的恢复速度自然和元燕无关。

在前些时日的修行之中，林意和容意之间的这种试炼并没有身穿天辟宝衣。

天辟宝衣保护得太过周全，便产生不了应有的压迫感和真正危险感。

对于修行者而言，越是接近真正的战斗和死亡的威胁，才越能激发出潜力。

这样的战斗让林意进步很快，只是有时的失手，也会让他的身上带上伤口。

只是那种入肉不深的伤口，往往只是过了一夜，在清晨洗漱时，林意就会发现已经结痂脱落，只有浅浅的一道痕迹。

林意知道自己所走的大俱罗之路，除了自己摸索，没有第二个人能够答案，所以他甚至很丧心病狂地试着给自己来了一剑。

这一剑比容意给他带来的伤口自然要深一些。

他很快发现，即便是这样的伤口，流出的血很少。

他的鲜血似乎和寻常的修行者截然不同。

当他身上出现伤口时，他的鲜血反而变成了止血的良药。

只是这样的愈合能力虽然令他很惊喜，但伤口流血少，伤口好得快，却不意味着他喜欢被人砍。

当然最好是自己不要受伤，让敌人受伤，让敌人流血。

当月上中天的时候，林意结束了和容意的修行。

容意返回营区休憩，然而林意却只是在城墙上略作休息，便直接翻下了城墙，进入了外面的田野。

魏观星很好奇，他跟了上去，以他的感知，在城墙上端他便发觉林意竟然是在做一件极为无聊的事情。

林意几乎花了整整半夜的时间在练习投掷。

修行者的投掷也有很多独特的技巧。

不同的手法和不同的真元运用，也能让很多简单的兵器在飞出的时候，有许多诡异的飞行线路。

若是特殊的手法和真元运用再配合特殊的奇兵，有些时候甚至能够接近飞剑的效果。

然而林意的投掷却并无特殊技巧。

他就是在纯粹地在投掷，就是在练习发力和准确度。

他用来练习的东西，也只是军中的几根玄铁弩箭，这些弩箭应该来自于某辆重型弩车。

然后林意便是不断地朝着一个土坡投掷。

那个土坡上长着一些黄色的野菊，那些野菊便很可怜地成了林意投掷的目标。

在魏观星的感知里，林意已经投得很准，每一次投出，便有一株在夜风中摇摆的野菊被击碎。

只是这样的不断重复实在无聊，无聊到连魏观星这样的修行者都犯困。

所以在确定林意这样的练习并无新的花样之后，魏观星便返回营区睡下。

拂晓时分，已经洗漱干净的林意开始吃东西。

他一路带着的行军口粮还有半袋。他早上吃得很简单，便是用行军口粮煮的糊糊。

魏观星的身影出现在渐亮的天光里。

他并没有太过留意林意的吃食和食量，只是在林意的对面坐了下来。

“吃过了？”林意问了他一句。

“吃过了，铁策军的伙食，果然比地方镇戍军的都差，更不用说和边军相比。”魏观星道，“明天起会改。”

林意顿时怔住，“明天就会改？”

魏观星点了点头，“我已经和薛九说了。”

“薛九就同意了？”林意惊讶道，“按理说，不是应该你听他的？吃得好，花得就多，不怕军饷不够？”

“看来他对你相当敬服，见你要用我，我说什么，他就直接听了。至于官阶……似乎我和他这么说，他也没有觉得我没大没小。至于钱，先用着，很快应该会有一些来。你新官上任，要有改变，这便最能让他们察觉。最蠢的将领则是作威作福，没事多练些兵，那便反而令下面人一肚子怨气。”魏观星回应了几句，然后忍不住道，“你就那么害怕飞剑？”

他这句问得有些突兀。

但是林意却忍不住笑了起来，因为魏观星并未刻意掩饰自己的行踪，所以昨夜的感知里，林意也感知到了他的存在。

他知道这名觉得无聊而去睡觉的修行者是猜出了他靠投掷的手段远攻，还是因为特别忌惮那些不用近身战斗的使用飞剑的修行者。

“我被飞剑在脚底刺了一剑，自然就害怕。”

林意想着自己竟然将一名神念境的修行者无聊到去睡觉，便笑得有些合不拢嘴。

数息之后，他才忍住了笑，问道：“你昨天在书房写了那么久，又是做了什么？”

“求情，要东西，召集点人手，威逼利诱换点好处过来。”魏观星看着林意此时的神色，就知道林意恐怕已经猜了出来。

不约而同，两人转过头去，都看向城中一条通往铁策军营区的道上。

晨光里，有一辆马车不紧不慢地行在道上，朝着铁策军营区而来。

那辆马车很普通，只是赶马的车夫似乎有些不普通。

“这么快？”林意忍不住对着魏观星说了一句。

魏观星深深地皱起了眉头，道：“好像和我无关。”

林意微微眯起眼睛，他看清了马车上车夫身上的衣饰，轻哦了一声，道：“那应该是因为我。”

魏观星微微一怔。

当这辆马车真正接近这片营区时，他的面容渐渐肃然。

马车车夫是一名修行者，但是修为对于他而言并不算高。

只是马车之中的一名修行者，却让他感到了些威胁。

“南天院？”

他转头看着林意，轻声问了一句。

林意此时也感知到了马车之中那名修行者，只是感知到那股熟悉的气息，他确实有些惊喜和意外。

吴姑织安静地坐在马车里。

当然她真正的名字应该是席慧尾。

她也第一时间感知到了魏观星的存在，眼中闪过一丝异样的神色。

第 236 章 那夜的变

魏观星的眉梢微微挑起。

他并不知道马车里坐的是谁，但和军中的许多人一样，他对南天院并无太多的好感。

南天院在南朝修行者的世界里往往意味着高高在上，尤其对于他们这些不算如意的修行者而言，很多时候南天院在他们的心目中便代表着至高权贵的意志，比如皇宫里的皇帝。

其实绝大多数南朝人都承认现在的萧衍比起前朝的那些皇帝已经强出太多，然而权贵就是权贵，和他们这些人之间，天生就有着一种无法言明的隔阂。

所处的世界不同，便很难真正亲近。

就如当天未进南天院的林意和同窗会上那些同窗一样。

在马车停在城墙下之前，他便转身离开，缓缓地沿着城墙走向这座城的另一端。

林意也没有停在城墙上。

他迎向这辆马车，待车停稳，内里的吴姑织从车厢中走出时，他便认真对着这名南天院的女教习行了一礼。

“随我来。”

吴姑织和在南天院一般不苟言笑，她对着林意颔首为礼，然后便越过这段城墙，穿过了林意夜间练习投掷的田野，一直来到洛水河边。

到了这条风浪颇大的河边，吴姑织依旧没有停下脚步，她直接踏上了漂浮在水上的一片浮木，逆浪而行，看上去十分的自然。

看着这样的画面，林意的心中生出极大的敬意，他知道这不只意味着境界，还意味着对真元妙到毫巅的控制。

只是他没有办法跟上。

所以他停了下来，无奈地看着如传说中凌波仙子一样的吴姑织，道：“吴教习，好歹我在眉山之中没有死，你现在是想这样直接将我淹死吗？”

这不算是一句好笑的笑话，吴姑织原也不爱笑，她听到林意的这句话，只是不发一言地转过身来，然后走回了岸上。

“你知道我这样做是想让你明白什么吗？”吴姑织走过他的身边，在岸边选了一块干净地儿停了下来，然后问道。

“你不是真的要过河？”

林意有些发愣，他想着自己在南天院虽然很受这名女教习照顾，但实在没有上过她的什么课，所以对她的授课风格的确有些不太了解，难道这便是她的授课风格？

“难道你的意思是要对我说，人生不能两次踏进同一条河流？”

林意狐疑地看着她，“还是说，你要让我无论遇到什么困境都逆流而上？”

“你想得太多。”吴姑织很简单地回了他四个字，然后道，“我这么做，只是提醒你，虽然你的力量已然不俗，但你和修行真元的修行者之间，依旧有着很大的差别。我虽然不知道那两名圣者到底传授给了你什么样的功法，导致你不依靠真元战斗，但是失却真元，有些在别的同等级的修行者看来很简单的事情，你却根本无法做到，所以你和同样强大的修行者相比，无论是战斗还是做其他事情，都会受限制。”

林意觉得自己想得太歪，忍不住想发笑，但他又觉得这是件很严肃的事情，便强行忍住。

“这些我有想过。”

他认真地看着这名南天院的女教习，知道对方的确是关心自己，于是他老老实实地答道：“虽然修为有些提升，但我不会骄傲。”

吴姑织并未马上回话，她看着林意，也确定对方的确不是口头上的谦虚。

此时林意却是又轻声跟了一句，“否则我也不会托人带回齐心莲的同时，再顺便要些短矛了。”

吴姑织并不是装出来的不苟言笑，她的性情天生比较淡漠，只是听到林意的这句话，她却是都忍不住有些好气和好笑，她忍不住摇了摇头，看了林意一眼，“哪里有别人托你寻药，你寻到了一半，差人带回去的同时，却还顺口要向人要好处的？”

“举手之劳，举手之劳。”

林意顿时有些不好意思，一阵尴尬笑，“我想他可能便要谢我，以他的身份，若是真想谢我，想必让南天院帮我制些投掷的短矛应该只是小事，而且这不是因为南天院制器肯定是南朝第一吗？方才吴教习你也提醒过我，我没有真元妙用，便很受限制，所以我也是无奈，才想要借助这些东西以补不足。”

“同样是开口讨好处，一样开口一次，为何不要些更好的东西。”吴姑织淡淡地回了一句。

林意还是有些不好意思，抓了抓头，道：“怕显得太过分，合适便好。”

吴姑织沉默了片刻，然后点了点头，道：“你以后也要记住和今日这般不要贪心不足就好。”

林意用力点头。

他想要说，那是当然，我从不太贪心，但是面对吴姑织这样不苟言笑的教习，他也觉得说这些话似乎显得有些无聊，于是他又只是不好意思地笑笑。

只是吴姑织的面容却是骤然变得肃冷了些。

“何修行和沈约都已经死了。”

她用极低的声音说了一句，同时她的真元也让周围的空气里产生了各种异样的声音……她来到距离城墙这么远的河畔，便是因为不想让那城中任何的修行者听到此时的对话。

“今后那两名圣者，不可能再帮得了你什么忙。”

林意彻底呆住。

吴姑织的声音极低，却震得他的脑门儿嗡嗡作响。

何修行……沈约……原来他在齐天学院的藏书楼里，恰好遇到的那名对大俱罗也有想法的老人，便是“南天三圣”中最强的沈约？

只是他根本无法理解的是，在过往数十年里，整个修行者世界里公认的南方最强大的三名圣者中的两位，怎么可能就这样死了？

“因为有不同的政见，对于这个世界有不同的想法，所以沈约在寿元将尽时来南天院杀死了何修行，他也同样死在这一战之中。”

吴姑织并没有什么隐瞒，她肃冷地看着林意，轻声道：“南天院存在的目的之一，原本就是囚禁何修行。之后的迁院，也是要为这两名圣者的最后战斗让出地方。”

“原来是那样。”林意想到离开南天院那夜的元气异动，恍然若失。

他和沈约其实只是在齐天学院藏书楼见过，至于和何修行，则是根本没有见过，但他很清楚这两人对自己造成了什么样的改变。

所以，此时听到这两人都已不在世上，而且是互相之间战死，他就连自己此时的心情都有些无法理解。

第 237 章 旧部

“我并不知道何修行和沈约和你是什么关系，或者两人之中哪一人和你的关系更亲近，但不管如何，他们两人都已经不在这个世上了。”吴姑织看着沉默下来的林意说道。

林意慢慢地抬起了头，他知道吴姑织的意思，道：“我也从未将他们看成靠山。”

“那便最好，只是有些事情你未必明白。”

吴姑织看着他，说道：“任何太高的东西都会让人产生距离感，任何太过强大的事物，都会变成这个世上所有人最忌惮的存在，无论是对于以前传说中的巨龙，还是世上那些修为超凡的圣者，都会自然引起几乎所有人的敌意。”

“何修行和沈约未必在意这些，他们也强大到不需要在意这些，他们只想按照意愿来改变这个世界，所以他们不需要太过在意建康城里那些权贵，乃至皇宫里的人的看法。”

“但是除了他们，其余人无法不在意。”

“南天院受皇命所建，其中许多人自然遵循的是皇帝的意愿，即便是我，也并不知道皇帝对那两人的看法到底如何。我更不可能知晓，若是他知道你有可能是那两名圣者的传人，他对你的态度会如何？”

“他的态度和那些权贵的态度会很危险。比起你反对萧家的意思更危险。”

看着眉头皱得越来越深的林意，吴姑织接着缓缓地说道：“所以不只是不将他们看成靠山，而是最好不要向人提起这些事情。”

林意沉默了会儿，道：“只是在南天院那般接触，南天院其余人会不知道？”

“在南天院，知道这件事的便只有我和引你来见我的那名男教习及院长。连副院长都并不知晓。”吴姑织说完这句，也沉默了片刻，道，“那名引你来见我的男教习，在眉山之中也已经战死，所以南天院知道你和齐修行、沈约有关的，便只有我和院长。”

连那名教习都已经……

林意呆了呆，他心中生出些愧疚。

他很清楚南天院那些教习进入眉山，真正的目标便是元燕，然而从某种意义上讲，元燕便是他亲自放过的。

“院长是真正的旁观者，他对何修行和沈约都没有特别的看法，所以可以当他不知道。”吴姑织不知道林意此时心中真正的心情，但她看得见林意眼睛里的感伤，“所以不要再让别人知道。”

“可是不只是你我知道，还有元燕也知道了。”

林意的心中响起这样的声音，他深吸了一口气，长长呼出，然后认真地问吴姑织，说道：“你是特意告诉我，哪怕我是南天院的学生，但南天院的绝大多数师长其实也并非我想象的可以依靠，但是你呢，为什么要帮我？为什么你和他们不同？”

“你是我的学生。”

吴姑织没有什么情绪般说道：“而且我很想看看，他们最后教出的学生，最终会不会变得很强大。”

“那您要多帮我一些。”

林意对着她认真地行了一礼，他此时并没有开玩笑，也没有心情开玩笑，“说实话，我很失望，不是对您，而是对您所说的那些南天院的师长。其实有些人说得不错，我终究还是太过幼稚了一些，出身南天院，所见的南天院几个师长都很好，我便觉得南天院大多数师长都是如此。”

吴姑织的情绪没有丝毫波动，只是平淡地说道：“或许在他们不知道你和何修行有关的情形之下，他们对你的态度也不会有所改变，不过你所谓的幼稚也不是单一的，至少你求东西的那名药师的确很好，而且你方才身边那名将领也可以相信。”

“可以相信？”林意愣了愣，不知道吴姑织为什么这么一说。

“他应该是魏观星？”吴姑织反问道。

林意点了点头。

“既然是他，便可以相信。”吴姑织看着他说道。

她没有接着说下去。

林意便看出她并不想解释为什么。

“你要的东西都在那辆马车里。”

吴姑织觉得最重要的事情已经告一段落，她不再刻意压低声音，开始转身走向城墙所在，“那名赶车的车夫也值得你信任，他并不是南天院的人，也并不是我的人，他是你父亲的人。”

“我父亲的人？”林意身体一震，呼吸都微顿。

“百足之虫尚且死而不僵，更不要说你父亲这样曾经手握重兵的大将军。那名车夫的修为也不像你和魏观星看起来的那样简单。”吴姑织说道，“不要小看你父亲，你现在在铁策军已成右旗将军，你父亲当年的一些旧部，应该还会有人来，只是你不要觉得太过幸运。那些隐居的修行者的重新出山，原本会引起许多人的忌惮，尤其他们在一些人眼中，又是旧朝臣子，而且你应该明白，若是你在建康默默无闻地活着，这些人也并不会出来。他们出来，只是因为你父亲的原因，因为他们不想你父亲的儿子死于非命，只是想护你周全，和想建功立业无关。他们这些人虽然对皇帝的处置不满意，但若不是你，他们自然可以平安地活着，不用出来冒险，所以是你将他们重新拖下了水。”

“您这百足之虫死而不僵这比喻也实在是……”林意抬起了头，笑了起来说，“拖下水便拖下水，反正我也在水中，一起走着便是。”

吴姑织眉头微挑。

她忍不住转过头看了林意一眼。

在她看来，自己方才那些话出口，林意必然要心情沉重。

然而听着林意的回答，看着此时的林意，她还是不得不承认，除了修为，她的这名学生，和建康那些年轻的修行者，还是有着很大的不同。

就连她都觉得，此时清晨里的林意的身上，有一种莫名的光辉。

她没有再上马车，这马车连同马车里面的东西，都是留给林意的。

她甚至也没有特意告别。

看着她离开军营的背影，林意面容渐肃。

他对着已经立在马车旁的车夫，认真地躬身行了一礼，道：“叔叔好！”

这名车夫身材不高，手脚粗大，五十余岁年纪的模样，一头乱发很硬，如同铁丝一般，而且满脸络腮胡子，在他的印象里，也从未见过。只是既然是他父亲的旧部，是这样的年纪，那自然便是他的长辈。

这名车夫先是有些愕然，马上便也是肃然，躬身回礼，轻声道：“余曾谙，为将军执马。”

第 238 章 花样

车厢里的光线有些暗淡，然而进了车厢的刹那，林意却是神色微变，对着车厢外低喝了一声，“容意！”

“什么事情？”容意的声音很快在马车外响起。

林意道：“进来说话。”

这辆马车从外面看起来是辆很普通的马车。

这马车，车厢也不会太大。

两个年轻人在这车厢里，便略微显得有些拥挤。

车厢外的光线从车帘透进来，落在车厢的内壁上，车厢内壁上便不断悄然地散发出一层暗红色的光泽。

车厢壁很光滑，表面贴着一层很薄但很坚硬的金属，光泽就是从这种金属的表面散发出来的。

这种金属应该很强韧，林意甚至试着敲了敲，给他的感觉便是再用些力，也应该不会留下痕印。

光滑的金属表面没有任何的纹理，甚至也没有寻常金铁那种冰凉的感觉。

只是那一层暗红色的光泽之中却是隐隐凝结着一些更为鲜亮的红线，给人一种很玄妙、很奇怪的感受。

所以这绝对不是一辆普通的马车。

这辆马车里有吴姑织从南天院带来，留给林意的东西。

车厢内里也很简单，座位便是一个大大的铁箱，上面垫着软垫，她带来的东西应该都在这个铁箱里。

先前林意进这马车时，是怀着一颗如同探宝般的心，只是在看到这些光泽中凝结的红线，又感受到其中自然凝聚的一些元气气息时，他便第一时间喊了容意。

不只是因为容意精通法阵，还因为这些红线之中的元气气息让他觉得有些熟悉，和容意的那九柄剑上有些气息相同。

容意的面容在看清这些红线的瞬间，便变得很古怪。

他静默地看着那些红线，眼睛里渐渐充满感伤和感动。

“这是老师的手笔。”

他的手触摸着光滑的金属表面，感觉着指尖传来的不同于其他金属的丝丝暖意，慢慢地说道：“老师和我说过，他帮一些贵人做过几辆特别的马车，这辆马车内里的法阵便是红鸾。”

林意点了点头没有说话，他很明白容意此时的心情。

他的老师九宫真人已经不在人世，这辆马车是老师遗留下来的杰作，对于容意而言自然有着不同寻常的意义。

“这辆马车最先应该是用来保护某位贵人的女眷所用，红鸾法阵能够迅速灼烧掉飞剑的元气，破坏修行者和飞剑的联系。”容意看着那些红线，眼睛微涩，“强大的剑师最擅长隐匿自己的飞剑，马车这种大型的器物有时反而变成飞剑借以隐匿的所在，坐在马车里的人反而很容易被飞剑神不知鬼不觉地杀死，但这辆马车能够防止飞剑的刺入，所以后来也很快被借调到军中，用来运送一些重要的人物。”

林意微微地皱起了眉头。

他陡然想明白了吴姑织送来这辆马车包含着多种意思。

一种是这辆马车对于尚且无法和飞剑抗衡的修行者自然有很大用处，行军途中在这辆马车之中哪怕闭觉感知地修行，都会变得很安全，不用担心被某些潜伏在暗中的修行者用飞剑刺杀。

但恐怕更为重要的一部分意思是吴姑织在警示林意，南天院恐怕比他想象的还要强大，就如南天院应该已经知道跟在他身边的容意的来历和师承。

容意在出了眉山之后甚至并未在铁策军之中登记入册，他除了修行，也未做过别的事情，然而在这样短的时间里，南天院却已经知道了容意的来历。

而今日里吴姑织对他说的那些话语，也让他心中变得十分清楚，南天院也并非他想象的那般美好，从某种意义上而言，南天院代表的便是皇帝的意志。

而皇帝对于“南天三圣”的态度，便是他对于天下所有强大修行者的态度。

他希望自己的王朝变得强大，彻底击败北魏，然而同时又忌惮天下间一切强大的事物。

“从今天开始，我们对南天院也必须一视同仁。”

林意忍不住摇了摇头，轻声对着有些不能理解的容意说道：“它有可能像今天这样帮助我们，也有可能成为我们的敌人。”

容意有九柄剑。

林意打开了这车厢里软垫下的铁箱，里面有九根短矛。

他很惊喜。

再次明白南天院比他想象的还要强大。

那名从刺史起家的皇帝，现今拥有的力量，比他想象的要强得太多。

从他出了眉山将齐心莲移交给南天院并提出些他的请求到现在，最多也不过十余日的时间，这其中自然还有运送到此的时间。

那如此算来，南天院利用某处工坊帮他制成这九根短矛，也不过花了两三日的时间。

然而这九根短矛，都不是寻常的短矛。

更确切地说，这九根短矛在形制上一眼看去便是都截然不同。

有些短矛的杆上布满好看的花纹，有的短矛杆上的花纹是淬炼锻打自然生成，但有的花纹却是镶嵌或者细细地篆刻而成。

这些短矛的杆身上，却是有着更奇特的设计，其中一根短矛的杆身上，似乎覆盖着细小的黑色羽毛。

林意第一时间将这根短矛拿了起来。

这根短矛对他而言分量不算沉重，大概有三十斤左右，入手很舒服，那种黑色羽毛给他一种柔软而弹手的感觉。

只是那种韧性和凉意，却是提醒着他，这些并不是真正的羽毛，而是用某种精妙的手段，嵌入这根短矛的某种极薄的精金。

他之所以第一时间拿起这根短矛，并不只是因为制式的诡异，这些羽毛显得很奇怪，而是因为这根短矛的矛尖上镶嵌着一片指甲大小的淡青色陨晶。

这颗陨晶便是他和齐心莲一起交给那名南天院药师的。

他有时候的确显得有些无赖。

因为他传信时说，若是真能帮他制作短矛，便设法将这颗陨晶镶嵌在其中一根的顶端，若是不能，便将这片陨晶捎回来给他，他好继续当暗器用。

不过林意当时想着，帮他做些短矛对于那名南天院药师而言是举手之劳，毕竟南天院有的是各种独特的炼器材料，哪怕用其中最为普通的，隶属南天院的工坊做出来的，都绝对要比一般的强出许多。

只是他真的没有想到，这些短矛会这样精致，这么多花样。

第 239 章 惊雷

连他提出的镶嵌这片洞穿力惊人的陨晶的小要求都能满足，南天院那名药师请动的匠师们自然不可能无聊到做出些华而不实的样子货。

这九柄短矛在对敌上面，自然会有不同的威力表现。

只是既然都已经制成放在面前，以林意的个性就不会再浪费时间去细看这些短矛的花纹和制式来推断到底各自有什么不同。

他对炼器和法阵也没有任何的兴趣。

要明白到底各自有什么不同，到时出去试试便知。

所以他只是将九根短矛都取了出来，放在身边。

铁箱子里还有两样东西。

一双鞋，一瓶丹药。

鞋很舒适柔软，不知是用何种兽皮所制，是淡淡的青色，很透气。

鞋子自然是用来穿的，林意直接便试了试，发现弹性也不错，很合脚。

他略微犹豫了一下，随便取了旁边一根短矛试着在脚趾间扎了扎。

很坚韧。

没有留下一点印记。

“果然如此。”

这不出林意所料。

有天辟宝衣，再加一双这样的鞋子，林意身上的薄弱处便已经只剩下了头部。

只是一名修行者若是连暴露在外面的脸面都护不住，那只能说明和对方差距实在太大，估计再穿更好一些的，护住脸面的轻甲都没有用了。

在容意看来林意应该很满意。

只是林意却不太满意。

“我还以为会是柄刀。”

林意看着脚上的这双鞋，然后对着他抱怨了一声，“也不知道这双鞋是新的还是谁穿过的，会不会有脚气。”

容意没说话，很无奈地看着林意，他也觉得林意有时候真会招人烦。

只是这些时日他和林意战斗修行，却又有些理解林意此时的些许失望。

林意现在手上有两柄好剑，但是剑走刀势，却自然有些不尽如人意。

南朝修行者用刀本身不多，但凡有好的材料，也都用于制剑，所以要是在北魏或者还有可能很快找到一柄好刀，但是在南朝，短时间里要寻觅一柄适合林意的好刀却很难。

“这是灵露丸？”

林意打开最后那瓶白玉丹瓶看了一眼。

内里的丹药只有绿豆般大小，有数十颗，靠近面部时便芬芳香气扑鼻，而且香气变化，犹如百花在面前盛开。

这特征很明显。

这其实就是南朝建都郡一带特产的灵露蜜炼制成的回元丹。

这种灵露蜜是一种岩蜂的蜂蜜，那种岩蜂专采一些灵药的花蜜，酿成的灵露蜜便有很强的迅速回元效果。

这种灵露丸是整个修行者世界里最强的回元丹药之一，这样一颗绿豆大小的灵露丸，便是普通回元丹数十倍的效果。

在此灵荒时代，这种灵露丸的价值会变得越来越惊人。

只是林意体内真元空空如也，这灵露丸对他而言，却没有直接用途。

“有总比没有强。”

林意甚至没有将这瓶丹药随身带着，他只是依旧放回了铁箱。

既然吴姑织都对他说过，这辆马车的车夫余曾谙的修为不像看起来那么简单，那这马车里的铁箱，便应该是这座城里最安全的铁策军库房。

他十分洒脱，提着九柄短矛就出了马车，直接就要去试试威力，但跟在他身后出了马车的容意却是又一阵无语。

这灵露丸对于修行者而言是何等的宝物，但林意却好像分外不屑，还一脸嫌弃。

林意夜晚修行的荒地在日间也是异常安静。

他修行得本来勤勉，而且得益于强大的感知，他投矛已经练得十分精准，即便是百步开外在风中摇曳的野花，他也可以按照心意想击中哪个部位便是哪个部位。

再精致的兵器都是用来用的。

他很随意地将九柄短矛都斜插在自己身前的地上，然后深吸了一口气，首先便握住了那柄镶嵌着陨晶、浑身如同布满羽毛的短矛。

随着他的手扬起，他身侧的容意瞬间感觉到他身体里的血肉如同弓弦一般紧绷又弹放，顷刻间迸发出一种令他心悸的可怕力量。

这柄短矛脱离了林意的手掌，以他的眼睛都看不太清的速度骤然破空，带出一道模糊的影迹。

只是令他和林意面色微变，很震惊的是，几乎没有任何的声音。

这柄短矛以惊人的速度在空中飞行，却像是无数羽毛的堆积，没有破空声。

只在击中百步之外的一株枯木时，才“噗”的一声响。

短矛穿过那株枯木，留下一个孔洞，然后坠落地上。

“我虽然不太懂炼器，但是制出这柄短矛的匠师，真的很厉害。”容意深吸了一口气，声音微颤。

有着那片独特的陨晶，这支短矛的洞穿力自然毋庸置疑。

在没有破空声的同时，这支已经可以用“阴险”来形容的短矛，似乎凭空少了许多阻力，这速度比他想象的都要快。

此时林意根本未用全力，但是这样的一击，若是他毫无提防，恐怕都来不及应付。

林意点了点头。

这时他才真正开始惊喜。

只是这样一根短矛，就足以值得他厚着脸皮去开口请求。

更何况此时他身前还插着八柄不同的短矛。

既然要试，便都要试清楚。

这支飞行无声但洞穿力十足的短矛，应该便可以出其不意地偷袭和破甲。

林意如此想着，伸手握住了一柄黑色的短矛。

方才来时他已经注意了，这柄黑色的短矛看似最普通，但是在九柄短矛之中却是最重。

这根短矛看上去并不是最粗、最长，却足有八九十斤的分量。

它的矛上是篆刻的纹理，看上去很不规则，有些刻痕很深，有些很浅，没有什么美感，而且内里也并无元气气息流淌，应该不是什么符文。

“很重，飞得应该不会太快，我用全力试一试。”

林意握住这根短矛，从地上拔起的时候，便对着容意说了这一句。

容意下意识地便往旁边让了让。

林意瞬间发力。

这柄短矛并无什么美感可言，但是他投掷的动作和身体的发力，在此时容意的感知里，却是如同行云流水般顺畅，充满了美感。

空气里“嗡”的一声闷响，如同高空之中有什么庞大的东西飞过。

接着便是轰隆一声巨响，犹如春雷落地。

两人的眼睛都不自觉地瞪大，脸色变得有些苍白。

林意作为目标的那株也足有成人腰围粗细的枯树，直接消失了。

当这根短矛化为黑色流光击中这株枯树的一刹那，这株枯树便从短矛击中处开始，往外炸了开来，无数不规则的碎裂木片朝着四面八方炸开，溅射而出。

第240章 杀器

两人面面相觑。

“不是法阵。”容意回过神来，他看着那些如暴雨般坠落在地噗噗有声的木片，有些艰涩地吞咽了一口口水。

但说完这句话的时候，他又觉得自己在说废话。

林意修为特殊，没有半分真元，这柄短矛本身没有任何元气波动可言，自然不可能是法阵的威力。

一道黑影越过城墙，以惊人的速度在半空中穿行，带着一阵狂风落在林意和容意的身旁不远处。

这是魏观星。

这名平日里看来和落魄的老军没有区别的神念境修行者，第一次在林意和容意面前显出了属于他这个境界的实力。

魏观星来得很急。

方才那动静实在有些惊人，但是看着那些溅落遍地的木片和那两柄斜插在地里的短矛，他便已经明白方才那声响是因何原因。

“是南天院那名教习给你带来的兵器？”

他看着那两柄短矛和林意身前剩余的短矛，眉头微皱。

先前他的确有些看不起林意那种直来直去的投掷手段，在他看来，对于强大的修行者而言，这种手段根本不可能形成真正的威胁。

但是看着这些短矛，他发觉自己先前的想法有些片面。

即便是同样直直的一剑，一柄普通的剑和一名绝世名剑的一剑，当然会有绝大的差别。

林意点了点头。

魏观星看出了他此时眼中残留的不解。

“应该是篆刻的刻痕加剧了音爆的作用。”他眯着眼睛仔细地看了片刻那根只留下一小截“尾巴”露在泥土之外的短矛，对着林意道，“在你这支短矛击中那株枯木时，撞击声和流经这支短矛刻痕间的紊乱气流互为作用，所以才会有这样的威力，这和军中修行者的‘裂犀箭’的原理应该类似，只是军中的裂犀箭只能使用一次，金属箭杆都会炸裂。”

“那意思是说，若是这短矛击中的是铠甲，撞击的声音越大，威力可能还会更大一些？”容意有些听明白了，脸色又不自觉地白了些。

魏观星深吸了一口气，点了点头。

现在需要担心的，只是这支短矛本身的材质是否足够坚韧，在击中重铠时，自身能不能承受那样的爆震，会不会产生损毁。

只是既然这支短矛出自南天院，这或许便是最不需要担心的地方。

那些代表着南方王朝最强的制器实力的匠师，不可能花费这样的心思造出如此威力的东西，但又只能让林意用过一两次便损毁。

他现在都有些惊心于这支短矛在战场上会变成什么样的恐怖杀器。

林意握住了第三根矛。

这是一根色泽和形制都很奇特的矛。

这根矛的表面很粗糙，很像山中某根老藤的一段，它表面的纹理就像是粗细不一的裂缝，它的颜色是紫黑色的，当林意的手握住它，将它从地上拔起时，那些裂纹般的纹理之中，却开始悄然地弥散出一些纯正的红色光焰。

一声清鸣在空气里响起。

这根矛的破空声很清脆，就像是某些独特的飞剑，然而在脱离林意的手的刹那，随着这破空声的响起，这根矛裂纹般的纹理之中，便开始流淌出炽烈黏稠的红色火光。

汹涌的火光包裹住了这根矛，在空中拖出一道长长的焰尾。

“轰”的一声。

这次林意眼中的目标是一株半死不活的树木，当这根短矛击中这株树木的刹那，火焰溅射，这株树木便通体燃烧了起来。

“厉害。”

感知着空气里那灼热的温度，嗅着焰尾传来的焦臭气息，林意自己都没有开玩笑的心情，忍不住发出了一声由衷的赞叹。

城墙上探出了许多头颅。

当那声惊雷般响动惊到魏观星时，铁策军军营里所有的军士也被惊动了，他们的速度自然不可能和魏观星相比，但他们之中的大多数人却还是恰好远远地看见了林意的这第三根矛的投掷。

这些铁策军军士的手中还大多抓着今日的早餐，虽然这名年轻的右旗将军在上任之后的第二日，他们的膳食就已经得到了很大的改变，但是他们之中绝大多数人还是觉得让这样的一名年轻人来决定他们的命运，实在是太过草率和危险。

这些从城墙上探出身子的铁策军军士看着荒野上那三道身影，很轻易地猜出方才击出那一道陨星般火焰的便是林意。

黑暗里，没有什么比火光更温暖。

而在军中没有什么比力量更有安全感。

看着那株通体在爆燃的树木，这些军士看着林意的身影，心中的想法很自然地有些不同。

好的兵器自然是要用来用的。

越好的兵器，用得就要更多。

对于林意而言，真正需要保守的秘密就是他的大俱罗功法和那两名圣者之间的关系。

所以他没有在意这些铁策军军士的围观。

他的手握在了第四根短矛上。

容意突然有些同情这片野地里的树木。

这片野地里的树木原本就不算多，而且可能是洛水河河水泛滥时曾经淹没过这里的缘故，所以那些零星长着的树木就算活着也是半死不活。

因为这不是和修行者之间的战斗，所以林意的这种出手没有任何的掩饰，他便很清楚，这次林意的目光便又锁定了一株半死不活的柳树。

第四根短矛被林意投了出去。

这是一根银色的短矛。

短矛的纹理很独特，就像是很多细长的银色筷子拧在一起。

一声凄厉的破空声响起，接着便是许多凄厉的破空声。

一片惊呼声在城墙上响起。

容意用同情的目光看着的那株老柳树瞬间面临支离破碎的命运。

许多紊乱的银光飞舞在它所处的那一方空间。

这株老柳树的身上发出清晰而干脆的切断声，接着变成无数的碎木，如一蓬砂石轰然倒塌。

这根银色的短矛在飞出数十步的距离之后便散了开来，变成许多细长的银色细索，以至于看着这根银色的短矛产生这样的变化时，林意想到了铁策军对付修行者所用的抛网。

只是铁策军的抛网更多的作用在于束缚，而这根散开的短矛抛散开来的银色细索的边缘却都很锋利。

林意深深地皱起了眉头。

他可以想象，若是这样的一根短矛落在敌军的阵中，可能那一片区域内的敌军，都会被绞成碎块。

对于杀人，修行者的世界永远有着惊人的想象力。

无论是北方王朝还是南方王朝的强大匠师，他们制造出来的东西看上去都是精致的宝物，只是往往都是最残酷的杀戮武器。

林意握住了第五根矛。

城墙上瞬间一片安静……

第241章 双狐会

这根矛是九根矛里看上去最普通的一根。

它的制式不古怪，表面也没有什么花纹和刻痕，它的色泽也不古怪，就是很寻常的青铜色。

若是丢在军中的寻常兵器之中，恐怕也并不会太过引人注意。

当林意投出这根矛时，破空声也很寻常，飞行的轨迹似乎也没有异常，这根矛的本身也没有变化，没有喷涌烈火，没有爆发雷音。

然而这根矛却反而比第四根矛投出时引发了更响亮的惊呼声。

城墙上吃惊的声音，如潮水一般涌起。

所有人都看到这根矛在空中飞行，化成的青铜色流光距离林意选定的一株树木明明还有数丈的距离，然而那株同样半死不活的老柳树上却是已经“噗”的一声闷响，出现了一个孔洞。

接着所有人看到一幅诡异的画面，青铜色的短矛出现在了这株柳树后方的地上，而青铜色的流光却依旧在飞行，穿过那个孔洞，然后汇聚在这根已经落地的短矛上，融为一体。

对于寻常的军士而言，这是难以理解的事情。

“材质很独特，折光也有问题。”

魏观星深深地皱着眉头，这一根矛甚至也欺骗了他的感知，他是当这根矛的真身击中树木时才反应过来，原来飞在空中的只是这根矛折光形成的光影，而真正的矛身却早已飞行在前。

欺骗眼睛对于北方王朝和南方王朝的匠师而言都不难，但能够欺骗修行者的感知，尤其是连他这种神念境的修行者的感知都能欺骗，这却是非常了不起的事情。

这种运用在飞剑上都很少。

修行者的世界里，飞剑的光影和飞剑真身不符，迷惑视线的飞剑有很多，但是材质特殊，再加上能够欺骗强大修行者感知的飞剑，却不超过一手之数。

这样的材质和制器手段用在了一根用来投掷的短矛上，这只能让魏观星觉得奢侈到了极点。

林意此时很羞愧。

他觉得自己原先心中请求的只是一片树林，但南天院那名药师，却给了他一座巨山。

早知这名药师竟然给了他这样的东西，那他便不应该就此离开眉山，应该再将另一种灵药也设法寻到，一起交给那名药师的。

他很羞愧地握住了第六根短矛。

只是这种羞愧的情绪马上被惊讶所冲淡。

这根短矛很独特。

他从地上拔出来的时候，就觉得这根短矛好像能够分成两截。

他仔细地看了看，发现这根短矛的中段的确有着一条很明显的接缝。

他的双手握住了这根矛，沿着那条接缝旋了旋。

明显可以旋动，但似乎并不存在旋痕，这根矛的上下部分，似乎只是和他手上的手镯一样，有着自然的吸力，吸合在一起。

“有意思。”

林意的眼睛亮了起来。

他心中一动，试着握住下段，朝着前方用力地甩动了一下。

“铮”的一声轻响。

这根短矛的前半段破空飞了出去，随着破空声，这根矛的内里响起了“嗞嗞”的声音。

一根玄铁色的细索从矛身之中被抽离出来，连接着那半段飞出的矛身和林意手中这半段。

当那矛尖坠地之时，林意感到自己的身体好像被人用力往前推了一把，这根玄铁色的细索瞬间收紧，将他往前拉去。

只是随着林意下意识地用力站稳，前方那半段矛尖刺入的泥地翻腾起来，那半段矛尖被林意这一扯，往后抛飞了过来。

这半段短矛飞回的速度也十分惊人，只是林意此时修为大进，却毫不慌张，他一动都不动，只是将手中的半段短矛如剑般刺出。

“当”的一声震鸣，他准确无误地接住了飞回的半段，又变成了一根完整的短矛。

“抛索和军中的臂弩抛索差不多。”

这下连容意都看明白了。

军中大多数人都不是修行者，他们自然不可能像修行者一样有飞掠破空的能力，只是借助一些独特的抛射绳索的牵引，他们之中的一些武者，也能够很轻松地翻越高墙，甚至以很快的速度攀越陡峭的山崖。

“这恐怕是加了吴教习的意思。”

林意看着这根短矛，陡然明白这九根短矛恐怕不只是因为那名药师的帮忙和授意，刚刚吴姑织和他谈话时，刻意到水面上走了走，提醒他和其余的修行者之间还是有着很多天然的劣势，比如不可能借助真元飞掠、不可能如履平地地走过水面。

他现在力量虽然惊人，可以冲跳得很高，但是不可能和强大的修行者一样，借助真元在空中变幻自己的身位。

但是用这根短矛，却是可以解决不少这样的问题。

那名药师肯定不知道他和寻常的修行者不同，那这根短矛便应该是吴姑织的特殊考虑。

“真的连半分悬念都不留？就如小孩子得了一堆糖，就不能留着过夜，一定要在睡前全部吃完才甘心？”

林意将这根短矛重新插在身前，当他又朝着第七根短矛伸出手去之时，城墙上却是响起一个充满鄙夷的声音，“林狐狸，这好像不像你的作风。”

这声音很年轻，很熟悉。

而且之前林意认识的所有人里，只有一个人会用林狐狸这样的称呼来喊他。

林意霍然转身，惊喜至极地叫出了声，“齐狐狸！”

许多在城墙上探出半截身子看大戏一般看得入神的铁策军军士也霍然转身。

一些铁策军军士如潮水般分开。

一名年轻男子和一名少女走上前，在城墙上露出身影。

“萧素心，你也来了？”

看清那名少女身影的刹那，林意再次惊喜地叫出声来。

“帮我收好这些矛。”

林意喜不自胜，对着容意说了这一句，便朝着城墙一阵狂奔。

魏观星忍不住摇了摇头。

终究是年轻人，喜怒太形于色。

林意奔跑的样子也让城墙上再次响起一片如潮水般的惊呼声。

如同一头真正的蛮兽，一个纵跃便是十余丈的距离，不只是步声砸地如同惊雷，身后一团团烟尘爆开，刹那形成了一条冲天的尘龙。

这种不高的城墙在林意的眼中也如同无误，他到了城墙之前也只是一跳，和往常一样便直接蹦到了城墙上方。

第242章 天运

城墙上响起一声轰鸣。

和林意的力量相比，洛水城的城墙显得并不结实，许多墙粉随着尘土簌簌而落。

哪怕明知道林意是出于惊喜，然而这扑面而来的强悍霸道气势还是令城墙上的齐珠玑忍不住皱起了眉头。

他抬起衣袖遮了遮口鼻，有些不悦般说道："林狐狸，难道你不知道我朝损毁城墙是重罪？"

"齐狐狸，你想和我争辩一番？"林意似笑非笑，挑衅般看着齐珠玑。

齐珠玑顿时想起此人的招人恨，顿时重重地哼了一声，也不搭话。

"萧素心，你们怎么来了？"

林意也不理他，也不管周围的那些铁策军军士，笑眯眯地看着萧素心。

"散了，都散了，将军在这里谈事，你们凑什么热闹。"

有数声呵斥声在人群中响起，这批已经看足了热闹的铁策军军士顿时齐齐冲着林意行了一礼，如潮水般退下城墙。

"我们也调入了铁策军。"

萧素心得意地笑着说："刚刚在韩征北那里办完……"

"什么？"萧素心还没有说完，林意便已经愣住。

他听出了萧素心说的是我们，而不是我。

"齐狐狸你也调入了铁策军？"他顿时有些不可置信地看着齐珠玑叫了起来。

"去哪里不是去，反正都要随军。"齐珠玑白了林意一眼，不屑地说。

林意忍不住摇了摇头，"齐狐狸你应该改名叫作齐鸭子。"

齐珠玑愣了愣，道："什么意思？"

"多读些书，鸭子嘴硬。"林意笑眯眯地说道。

"你！"齐珠玑气得牙痒。

"我明白了。"但林意此时突然恍然大悟的样子，"那应该是你家中消息灵通，知道我身上有些从眉山之中带出来的灵药，所以尽快把你调入铁策军，好来分一杯羹。"

齐珠玑有种忍不住要揍林意的冲动，但是之前在城墙上看林意的出手，他却觉得这种想法恐怕不会得逞。

他重重地冷哼了一声，道："你知不知道此次是何缘故，兵部才会网开一面，特殊提拔？"

"什么叫作网开一面？"林意觉得齐珠玑用词很有问题，忍不住又想让齐珠玑多读读书。

齐珠玑冷笑道："罪臣之后不重用是惯例，更何况你是林望北的儿子，若按正常来，你最多提个三阶便是不得了的事情。直接将你提成铁策军右旗将军，难道不算是网开一面？"

林意大皱眉头："我父亲是林望北又有何特殊？"

齐珠玑像看着白痴一样看着林意，"前朝可数的大将，在军中自有不同的人脉，而且众多旧部，将你提得太高，便有隐患。"

"只是因为这点？"林意嘀咕道，"未免太小家子气。"

齐珠玑听着林意这些话便生气，所幸也一股脑儿地将要说的全倒了出来，"也不知道是不是你这次在眉山之中拼了命要救你的红颜知己感动了陈家，反正此次是陈家出力，所以才有这样的特殊提拔，而对于我家中而言，虽然不知道你和陈家的关系到底到了哪一步，但关系总非一般，所以便也将我和萧素心调到了铁策军。"

"你们齐家也太现实了吧？"林意很是夸张地看着齐珠玑，"这不是见风使舵，趋炎附势，想攀附陈家？"

"我家又不像你家，即便是这样做，也只是向陈家多表示些好意。"

齐珠玑此次却是未生气，理所当然地说道："权贵之间的利益互换和站队，本来就是如此。现在的南朝岂不是很简单，要么是多靠向陈宝菀家，要么多向萧淑霏家，两者取其一。不过林意你倒是奇葩，你和萧淑霏两情相悦，但萧家似乎恨不得你马上见不到明天的日出，你和陈宝菀又是好友，陈家却护着你，我看你索性彻底换个想法，做陈家的乘龙快婿，岂不美哉。"

"我可是不像你们这些权贵一样现实。"林意想到萧淑霏说自己幼稚，心中微甜，笑得便甜了些。

齐珠玑觉得林意此时的笑容很有问题，浑身鸡皮疙瘩。

"你们两个都到了如意境？"

林意的眼睛却是渐渐亮了起来，他感知惊人，此时很轻易地感知到了齐珠玑和萧素心体内的真元波动。

萧素心点了点头。

齐珠玑却是深吸了一口气，一时沉默不语。在来时的路上，他其实也是有种要让林意大吃一惊的兴奋情绪。

然而一路上，随着不断有家中传来的信息，他的这种兴奋却是很快化为乌有。

"按照现在军方和各处修行地统计，此次南朝的年轻修行者在眉山之中破境的一共有七十三人，其中有二十一人突破到了如意境，有七人到了承天境，其中修为最高的一人，已经接近承天境巅峰，即将破入神念境。"

他沉默了片刻，缓缓呼出吸入胸腹间的那口气，然后对着林意轻声说："除了这些已知的，恐怕还有一些破境的并未记录在案。"

"竟然有人突破到了承天境巅峰，即将突破神念境？"林意顿时瞪大了眼睛，有些不可置信。

有人突破到承天境他根本就不意外，若是他是修真元功法，便是因为他嗅觉特别灵敏这一点，他收集到的所有灵药要是全部自己用，说不定也能让他至少到如意境巅峰。

但是刚入承天境和承天境巅峰是截然不同的。

这内里恐怕至少相差百倍的灵气量。

那至少还得找到数百株灵药，其中还必须有些特殊灵药，否则光是药气的不利后果和境界不稳导致的问题，便会让这名修行者堕入万劫不复的境地。

“你看的书多，应该知道前朝有一名叫作衽鹰的修行者，那名修行者只是一名普通的采药客出身，正巧发现了一名修行者坐化的洞窟，而那洞窟里除了修行典籍，还正好有一炉那名修行者留下的丹药。后来这衽鹰修为突飞猛进，成了前朝最快进阶半圣的修行者之一，这完全就是运气使然。”齐珠玑看了一眼林意，说道，“那名接近承天境巅峰的也完全出于运气，那人叫黄安暮，是我朝泸州东江学院的学生。”

微微一顿之后，齐珠玑带着些天生的嘲讽，道：“东江学院那些教习，连一些修行典籍的术语都搞不懂，教出来的学生又能强到哪里去，但黄安暮却偏生撞了天运，直接就发现了一片紫灵芝林，而且还都是生长年限极长产生了异变的药王。他在眉山就是什么都没有做，只是炼化了那些药王，便到了承天境巅峰，虽然境界有些不稳，但是他的运气便是极好，根本没有遭遇北魏的修行者，未发生战斗。现在已经被边军壮威将军要了过去，稳定修为只是时间的问题。”

林意啧啧惊叹。

紫灵芝在修行者的世界也叫紫玉芝，是一等一灵气精纯没有多少杂质的灵药，似乎眉山采药经之中都没有记载眉山一带有这种灵药出产，这人能够直接找到一片，而且都是药王，那这运气实在太过逆天。

不过惊叹归惊叹，这是别人的运气，他倒是也没有什么羡慕嫉妒。

“我们南天院的倪师姐，也到了承天境中阶。”齐珠玑看着林意，又补了一句。

“她也到了承天境中阶？”林意这下倒是一愣。

齐珠玑一时不想说话。

其实人的情绪有时候便真是奇怪，那些不相干的人，运气哪怕再好，也似乎的确只是别人的事情，但是自己熟识的人甚至是自己的同窗，突然之间若是突飞猛进，将自己远远地甩在身后，这种滋味便有些不好受。

此时的他不想说话，其实倒也不是因为倪云珊，而是另有其人。

见他不悦，萧素心却是忍不住开口，轻声对着林意说道：“我们天监六年生中，也有一人到了承天境中阶。”

“是谁？”林意一愣。

萧素心道：“是方乐山。”

“方乐山？”

林意大皱眉头。

方乐山是谢随春的好友，在南天院第一次用膳时便刻意针对过林意，虽然后来谢随春刻意讨好林意，方乐山对林意的态度也是截然不同，但对于这人，林意的心中也是不太喜欢。

“也不知道他是走了什么狗屎运，我家中给我的信息之中也没有详情，但他的确是我们天监六年生中，在眉山之中得益最大的一个。”齐珠玑声音微冷道，“现在他跟了我们南天院一名姓白的教习，那名姓白的教习据说对飞剑之术有很独到的见解。那他再不济飞剑也会比一般人厉害一些。”

“那你现在到铁策军恐怕有些吃亏，你现在到了如意境，铁策军可是没有什么名师教你。”林意想了想，他觉得可以私下问问魏观星。神念境的修行者，再差也差不到哪里去。

“我是有些吃亏，你却是占了大便宜。”只是他没有想到的是，齐珠玑冷哼了一声，白了他一眼，“我家中会派一名供奉过来教我和萧素心修行。”

林意顿时反应过来，“你意思是说，我这铁策军，都直接有了一名军中供奉？”

第243章 厚颜无耻

齐珠玑看了林意一眼，觉得林意完全就是得了便宜还卖乖，他有些不想搭理林意。

“你们家这供奉是什么修为？”

林意一本正经地轻声问道：“应该不需要我铁策军出资供养？”

齐珠玑看着如同铁公鸡一样的林意，顿时又是气不打一处来，“那若是要铁策军出资，你是不是还要退了回去？”

“那就不一定。”林意道，“谁知道你家这供奉有没有特殊要求。”

齐珠玑实在是无语，不过他倒也不能说林意这句话没有道理，除却权贵家的子弟，民间的修行者想要在修行上有些追求，一般便只有三种选择，一种便是进入军队，成为军中将领或是供奉，一种是做依附于富商或者权贵的供奉，第三种是成为知名学府的教习。

这三种选择都能让修行者接触更广阔的修行者世界，而能够让建康城里的权贵看重的供奉，应该已经在修行者的世界里占据重要的位置。

这些修行者不会像普通的修行者一样容易满足。

除了基本的修行所需，他们往往会有一些独特的需求。

建康城里的一些权贵的供奉的确有着不同的特殊口味。

有些供奉喜欢华宅，有些供奉喜欢美姬，有些供奉需要一些特殊的修行典籍。

以林意此时的能力，哪怕是其中口味最普通的，他也的确无法满足。

“这不需要你费心。”

齐珠玑不想在这个问题上和林意多做纠缠，他很不情愿地说了这一句。

“早说不就好了。”林意鄙视地看了齐珠玑一眼，“害得我白担心。”

齐珠玑差点儿气晕过去，对于齐家而言，此次示好已经到了极致，齐家在旧朝是皇族，皇族的供奉可想而知，这样数千人建制的铁策军有这样的一名修行者坐镇，实力堪称提升至少一倍，结果林意却挑三拣四，露出爱要不要的样子。

林意对着他却是又挤了挤眼睛，“到底什么修为？”

“自然是神念境。”齐珠玑心中告诫自己不要和这人置气，咬牙轻声道。

林意摇了摇头：“原来也是神念境啊，我还以为到了入圣境。”

神念境还不满足？

齐珠玑转过头去，觉得林意是故意气他，彻底不和林意言语了。

林意想到某件事情，凑上前赔着笑脸，“齐狐狸，能不能再问问你家里，能否弄些厉害的重铠来，倒是不需要真元重铠，寻常的重铠，足够独到防御力足够便可以。”

“没有！”

齐珠玑真是惊愕难言地转头看着林意，“林意，我从来未见过如此厚颜无耻直接要好处的，人家若是想要好处，也至少要想些委婉的说法，你这样厚颜无耻直接开口，会要得到？”

“会啊！”

林意伸手就点了点帮他收拾了短矛过来的容意，“那些短矛就是这样要到的啊，南天院如此大气。”

“你这意思是说我小气？”

齐珠玑是气极反笑，“没有！什么叫作足够独到的重铠，特殊的重铠当然都是真元重铠，只有那种真元重铠，才值得名匠师费心、费时、费材，寻常的重铠会有什么好东西！一件寻常的东西，难道也值得我特地去信向家中开口？”

“真的没有？那算了，我随便说说而已。”林意释然地摆了摆手，“不必当真。”

“什么叫随便说说？”齐珠玑真是恨得牙痒。

萧素心生怕自己笑出声来，连忙伸手捂嘴，扭过头去。

她和齐珠玑随军在眉山之中行走，对齐珠玑是已经了解甚多，在她的眼中，齐珠玑当然是建康所有权贵子弟之中的佼佼者。

他聪慧如狐，遇事想得周全，又极为冷静。简单而言，比她熟悉的那些同窗更加成熟，更像是天生的权贵。

只是在林意的面前，这齐珠玑似乎只剩下无奈。

当年萧淑霏对林意的评价是有两点，一点是幼稚，一点是痞赖。

评价的幼稚自然是说林意太喜欢随心所欲，意气用事，做事不瞻前顾后，当然这幼稚一点。在她看来，自然也有萧淑霏和林意之间甜蜜的打情骂俏成分在内。

不过这“痞赖”二字，说得却似乎相当精准。

当年萧淑霏如此高傲难以接近的女子，对林意都很无可奈何。

“你也可以换个想法。”

便在此时，魏观星的声音却是淡淡地响起，他见林意在齐珠玑和萧素心面前也并不掩饰一些修为上的问题，他便知道齐珠玑和萧素心是林意的真正好友，对林意十分熟悉，所以他也不避讳什么，轻声道：“若是你所修功法在真元上有所限制，你无法动用真元，也不一定要直接将真元重铠排除在外。按我所知，有些真元重铠本身的材质极为特殊，不贯注真元，只是缺乏一些独特的真元妙用，但其余功用却比一般的重铠要强大太多。”

林意顿时一怔。

他发觉的确是自己的思路出现了一些问题。

魏观星看他的神色，便知道他已经明白，便不再多说。

有些重铠在真元贯注之后，的确会产生一些特殊威力。例如林意等人交过手的赤羽重铠，但绝大多数重铠在真元贯注之后，也只不过是让修行者行动变得轻便，不限制修行者自身的动作。

“那白雀重铠便差不多？”

林意想了想，觉得以自己现在的力量，负重四五百斤的重铠应该差不多，再重恐怕自己无法承受：一是动作太缓，不够灵便，二是恐怕气力无法持久。

魏观星笑了笑，正要开口，齐珠玑却是已经一声冷笑道：“林狐狸此时怎么不精明了，以你所需，难道不是最好要零陵郡出产的腾蛇重铠？”

“腾蛇重铠？”

林意骤然觉得这个名字熟悉，他仔细地想了想，想到自己似乎在一些典籍上也看过这种重铠的介绍。

这种真元重铠十分独特，重铠内许多部位用零陵郡特产的一种寒铁制成，那种寒铁弹性极佳，所以那种真元重铠虽然重达近七百斤，但是本身内里有弹性机栝制成，动作起来却是显得和三四百斤的重铠一样轻便，走路便有腾飞之势。

“只是我记得这腾蛇重铠好像也只产了几具，能寻得？”他有些疑惑地看向齐珠玑。

齐珠玑的目光却是落在了魏观星身上。

他此时还不知道魏观星的独特身份，只是下意识地觉得这人不简单，而且很显然，魏观星那面露微笑的样子，似乎也和他的想法不谋而合。

第244章 写给她的信

魏观星平静地迎着齐珠玑的目光，然后收敛了微笑，道：“腾蛇重铠据我所知现今也只不过剩余七具，既然你先开口提及，想必你有办法。”

齐珠玑的眉头微蹙，他的感知并不如林意强大，只是此时越是想要深入探究魏观星的修为，他便越是觉得自己在陷入某个深不可测的泥潭，这种感觉让他甚至有些不安起来。

他没有第一时间回应魏观星的问题，而是颔首为礼，认真道：“您是？”

年轻人便应该有年轻人的心性，之前林意和齐珠玑的表现并未让魏观星觉得轻佻，而此时齐珠玑的庄重更是让他不得不承认，昔日的皇族子弟的确有些独特的气质是寻常人家出生的年轻人无法企及。

“末将魏观星。”魏观星躬身回礼。

齐珠玑深深地皱起了眉头，他第一时间直觉这人的名字肯定听过，只是一时却想不起在何处听过。

“也叫魏煞星，昔日骆马湖的沉马贼者。”林意补充道。

齐珠玑的面色微寒，眉头皱得更深了些。

林意一直在看他的脸色变化。

他很想看到齐珠玑大吃一惊的样子，但是让林意失望的是，齐珠玑却表现得十分沉静。

“原来是昔日的魏大将军。”齐珠玑深吸了一口气，对着魏观星又躬身行礼，道，“未想到您也在铁策军，晚辈唐突。”

“你这是什么意思？”

林意有些不可置信地看着齐珠玑，“你怎么一点儿都不震惊？”

在林意看来，既然知道，齐珠玑怎么可以不震惊。

“换了是我，见了你这样的将领，加入铁策军也不失为一个很好的选择，有什么好吃惊的。”齐珠玑微讽地看着林意，道，“更何况魏将军在某些方面的行事作风，倒是和你相差无几，想必投缘。”

“你很清楚当年有关他的事？”林意有些不死心，说道，“你不好奇当年他为何将那些马贼沉湖？”

“知道。”齐珠玑异常简单地回道。

林意皱着眉头，“那你对他有所了解，不如索性也向家中提议，将他收为供奉。”

“对人示好是一回事，直接收入家中是另一回事，略微不慎便引火烧身。”齐珠玑微嘲道，

“我南梁和北魏不得志的将领和强者太多，难道都能要得过来？”

“换了我便是都要想办法要一要。”

林意转头看着魏观星，“反正我也足够招人恨，你且帮我仔细想想，有哪些不得志的、招人恨的，能帮我招入铁策军便帮我招入铁策军。”

“你这人……”齐珠玑眉头大皱，但此次却并未生气，他直觉林意这人的脑子和处事方式都和寻常人有很大不同，但此时这种提议，对于他而言，却似乎并不算是胡闹，反而让他觉得有些另辟蹊径。

“这倒是有些意思。”

魏观星也是微微一怔。这种想法一般将领不会有，缺的并不只是那种胆气和勇气，还有气度。或许这和林意自幼见惯林望北行事有关。

也只有林望北那种手握兵权的一方统帅，才有那种大手一挥，都入我麾下的气概。

一般的将领即便好不容易爬到林意这样的位置，想着的恐怕也是如何坐稳这位置、如何多积累些战功，哪里敢做这样的事情。

“现在是陈家出力护着你，你也不怕你太过胡闹，陈家都觉得你此人做事太过？”齐珠玑看了林意一眼，道，“你本身又是罪臣之后，若是大肆招揽麻烦，别说许多人群起攻之，恐怕皇宫里头都会对你有顾虑。”

“此一时彼一时。”

林意认真地想了想，道：“若是无灵荒，无和北魏之间的战事，我如此做的确可能太过，但我南朝和北魏之间，恐怕注定分出生死，外敌压迫之下，一支强军越是强大，即便上有忌惮，恐怕还是想用得多，要有生变，恐怕也在灭了北魏或者北魏不支之后。”

“以此时北魏的强横，要想让北魏明显不支，恐怕没那么简单。”林意淡淡地笑了笑，他此时便又忍不住想到了元燕。

“狐狸就是狐狸。”齐珠玑轻声冷笑了一声。

听着这两名年轻人的对话，魏观星看着他们的目光便更加有些不同。

有些军中的年轻将领很擅长打仗，不只是自己修为不俗，统帅的军队战力也很不错，只是这些年轻将领最缺的，便往往是那种权贵特有的审时度势，知道那些能做那些不能做的能力。

但很显然，林意和齐珠玑虽然年轻，却都是天生有着这样的敏锐嗅觉。

“既然你是认真的，那我便设法去做。”魏观星点了点头，“只是其中有些事情以我之力恐怕难办，若是涉及兵部调动，恐怕需要齐珠玑出力。”

齐珠玑对魏观星有些尊敬，他微微颔首表示可以，但转头看着林意，却是又不快地冷哼了一声，道：“林狐狸，你想要的那种腾蛇重甲我想要到手一具恐怕也要费尽周折，但按我想到的最好办法，你反正不怕惹恼萧家，你索性修书一封给萧淑霏，问她要一具腾蛇重铠，我知道她手上正好有，我只需负责保证你的书信能够安然传递到她手中便是。”

“她的手上有？”

林意意外惊喜，“那我等下便去写信，只是……齐狐狸，你帮我传信，可不准好奇偷看。”

齐珠玑冷着脸，“你觉得我和你一般厚颜无耻？”

林意认真点头，“我看差不多。”

“你！”

齐珠玑忍不住发怒，“那你不要让我帮你传信，自己想办法。”

林意想了想似乎萧家的确不会容忍让自己的信笺传递到萧淑霏手中，似乎也的确没有第二个人能保证做到此事。他便顿时一脸无奈。

“你以为我有什么兴趣，除了要重铠，左右不过些肉麻情话。”齐珠玑看着他的样子，心中大快，“我反而怕看了恶心。”

林意眼睛一亮，“那你不如发个誓？”

齐珠玑一怔，脸色顿时有些黑，“你这是求我办事的态度？”

林意轻声道：“大不了我今后绝对不说让你多读些书。”

齐珠玑深吸了一口气，面色有些缓和，轻声道：“成交。”

第 245 章 我们和你

和林意、齐珠玑对话之中提及的一样，此时的北魏的确很强盛。

它强盛到令所有的南朝人都没有觉得必定会赢得这场战争的信心。

晨曦里的洛阳城沐浴着淡淡的金辉，这个在很多足不出户却是靠想象将思绪拉得无限远的南朝文人的笔墨下有些不堪的北蛮之城，真正的气象却似乎比建康还要雄壮辉煌得多。

洛阳之前并不是北方王朝的王城，它的位置其实很靠近南境，在北魏迁都至此之前，它一直是座很包容的大城。

它包容着南北的差异，包容着很多南方流亡而来的人，让很多从北方到南方学习归来的人可以在这座城里大展拳脚。

所以这座城很多建筑的样式，其实都和南方王朝大城的建筑有些相像。

只是有些方面，这座北方的王城还是保留了固有的习惯。

比如说一些权贵的宅院，包括皇城的殿宇，都很庞大。

太大其实会显得很空。

太过空旷，便是有足够的财富往内填塞东西，都会很容易画蛇添足，若非失去品位如暴发户一般堆积，便是不像人住的房屋，失去了平时生活起居该有的味道。

然而太大、太空旷有时也有好处。比如，会让人觉得庄严。

北魏皇太后的寝宫便很大。

即便元燕已非当年那个跪在这里等待未知命运的小女孩子，即便她已经无数次地来过这里，但她站立在这座外面很富丽堂皇的大殿外时，这座大殿给她的感觉还是如同一个巨大的怪物。

她的影子在这座大殿影子的沐浴下，依旧渺小得如同一只黑色的，不起眼的蚂蚁。

面对南天院蓄意针对她的围杀，终于从眉山逃出生天的北魏长公主元燕，在回到洛阳之后的第一个清晨，便来到了这里。

“召长公主殿下觐见！”

一道威严的声音，从大殿深处响起，阵阵的回音在空旷的大殿中回荡，撞击着坚厚的墙壁，又变成无数细碎如针般的声音，刺入她的耳膜。

元燕谢恩，低眉顺目走入大殿。

即便是皇太后身边的那些人的声音，对于此时的她而言，依旧还是显得威严。

大殿深处有一道珠帘，珠帘之后的凤榻上便正坐着那名威严的老妇人。

深重的珠帘可以加深这种仪式感和威严感，让人觉得更加神秘，更为重要的是可以让人无法看到她脸上的真正情绪变化，让人无法看到岁月在她脸上留下的痕迹。

衰老有时候也会让人觉得她在失去原本的力量。

“母后。”

元燕到了这道珠帘前方，盈盈行了一礼。

她在过往的许多年里，已经摸透对方的性情，对方实在不喜欢多话。

所以在她到来之前，她想要陈述的事情，便已有文书呈了进来，此时召她进来，便说明这名老妇人已经将她昨夜写的文书看完了。

那名先前曾发出声音的宫人和其余的宫女也都已经悄然退出这间大殿。

在珠帘之后的宝榻上，那名老妇人也很反常地垂着头，显然是在思索一些令她都觉得有些难办的事情。

“不是你的问题，在你回来之前，便已经查清楚了，南天院里有一个重要人物，是我们北魏的一名叛逆。”在一片死寂中沉默了十数秒之后，珠帘后那名老妇人开口，说了第一句话。

元燕垂头不语。

这句话便是回应她在眉山之中的失败。

未能成功将陈宝蒄带回来，而且导致许多北魏强大的修行者战死，这自然是她的失败。

然而老妇人的这一句话，便将这件事定性为不是她的计策和统御失误。

“魔宗大人的事情，虽然我们不会查，但是你得查。”

老妇人接着说出第二句话。

她这句话说得很慢，之间甚至有停顿，显然她在说这些话的时候，有一点犹豫给自己留有改口的时间。

只是既然她这句话已经说完，那便是最终的结果。

元燕依旧垂首。

她面上的神情没有任何的改变，只是她藏在袖中的双手，却已经紧紧地握紧。

这句话的意思对于一般人而言很难懂。

但内里的这名老妇人知道她一定会懂。

“我们不会查。”便是她和北魏皇帝。

这句话便明确地告诉了她，从许多年前开始，北魏对于魔宗的使用便已经是一柄双刃剑。

对于魔宗越是依赖，也越是造就了魔宗的强大。

直至今日，北魏和南朝的征战，更是离不开魔宗和魔宗座下的那些人。

所以即便是这名老妇人，在称呼时也依旧尊称为魔宗大人。

对于魔宗此人，她不可能完全信任，事实上她不可能完全相信任何人。

只是哪怕对魔宗的强大越来越担忧，她和她的儿子也依旧不敢去触怒魔宗。

但是她又不放心魔宗，又不想让魔宗无限壮大。

到了此时，恐怕在她看来，魔宗都已经有了危及她儿子江山的能力。

只是她只敢让她出手查。

因为她不属于“我们”之列。

她只代表着北魏长公主的意思，并不代表着皇室。

所以即便她触怒了魔宗，出了问题，她都是可以舍弃的对象，都可以用来平息魔宗的怒火。

这或许对于这名老妇人而言是很正常的事情。

她只是一名牧羊女的女儿。

得到承认，归入皇庭，她当然要报恩，要承担起保护这个皇庭的责任。

“我一定会查明。”

元燕的声音在这个大殿里响起。

她会让这名老妇人明白她所想。

只是在她说出这句话的时候，衣袖之中握紧的一只手始终没有松开。

她这只手里面有一块儿灰色的石头。

若是这名老妇人将她也视为“我们”，哪怕和魔宗为敌也会让她付出惨重的代价，她也会将这块灰色石头当成她在眉山之中失败的替代品而交给这名老妇人，告知她这便是传说中的晋珠。

只是现在，她改变了主意。

“小心些。”

珠帘后的声音很温和。

元燕点了点头，在退出这间大殿时，心中变得更加冷硬了些。

第246章 心上人

“是谁的意思？”

“是二先生的意思。”

“那便是家里其余人的意思。”

伴随着一声“咯吱”声，一间静室的房门由内往外推开。

明媚的阳光从院中洒进室内，照亮了萧淑霏的面容。

秀丽的侍女看着萧淑霏脸上的寒霜，知道萧淑霏已经很生气，然而对于萧淑霏的了解，让她明白对方即便是盛怒之下也不会做出任何冲动和有失分寸的事情，所以她只是轻声地问了一句，“那我们现在该怎么做？”

“把萧泽汨要来陪我修行。”萧淑霏看着庭院里斑驳的树影，一双好看的秀眉微微挑起。

“这……小姐，你平时也看他不顺眼，为何？”这名自幼随着萧淑霏一起长大的侍女异常不解。既然是二先生带着家中的意思去找了小姐的心上人林意，并将林意丢入了铁策军置于险地，那为何反而要将二先生的儿子要来一起修行？

在她看来，小姐自然不会做责罚萧泽汨来泄愤的事情，那太幼稚。

“我很生气，所以我要让他们知道我很生气。”

萧淑霏声音很平静地说道：“萧泽汨当然也知道我不喜欢他，他被留在我身边修行，当然很不舒服，二先生他们让我很不舒服，我便让他的儿子和他都不舒服。”

“可是二先生未必会肯。”

“他一定会肯，我等会儿交给你个单子……我会把他接下来修行所要看的典籍和所要求助的教习全部调到我这里。若非二先生不想让他儿子学家中那些独门手段，学些寻常学院的野路子，否则会将萧泽汨赶到这里来。”

侍女听着萧淑霏的这些话，不由得笑了起来。

在她跟着小姐的这么多年里，她从未见过小姐用过任何激烈的手段来对付任何人，然而小姐却依旧是萧家绝大多数人最为畏惧的对象。

大先生的性情比较温和，所以萧家绝大多数人甚至畏惧小姐比大先生更甚。

“那大先生那边？”

侍女很快收敛了笑意，看着萧淑霏问道。

大先生便是萧淑霏的父亲，临川王萧宏，对于外人而言，都会称萧宏为王爷，但家中人都按照萧宏的喜好，称萧宏为大先生，萧锦为二先生。

现在的萧宏已然是手握兵权最重的南朝权贵之一，只是家中人都十分清楚，萧宏并不喜欢打打杀杀，他平时也最喜欢和南朝的文人名士交往，喜字画的程度远超过喜欢那些名刀名剑。

性情温和自然是萧宏的优点，但在萧淑霏的侍女看来，大先生如此的性情缺点便是太过谨慎，没有丝毫的冒险精神。

他不容萧淑霏和林意交往，恐怕最大的原因不是门不当户不对，而是因为林意是罪臣之后。

南梁皇帝对于前朝那些重臣都很忌惮，那萧宏便不可能冒着皇帝不喜欢的危险，接纳林意。

在大先生和小姐之间，这名侍女当然是站在小姐一边。

萧淑霏沉默不已。

她当然比自己这名侍女更了解自己的父亲。

除了谨小慎微和无比忠诚于皇帝，萧宏在很多时候其实比任何人都固执。

有时候的固执叫作风骨。

有时候的固执叫作迂腐。

她越是反对，自己固执的父亲反而会采用更激烈的手段。

更何况一哭二闹三上吊，这些只是寻常家女孩子过家家的做法，对于萧家而言，也不能出现女儿和父亲为敌的局面。这会给别人带来可乘之机。

她的理智告诉她，她现在最需要的是积累更多的力量，以及借着她父亲的恩准，来给林意带来更多的帮助。

“在他面前，什么都不能做。”

萧淑霏看着自己的这名侍女，道：“他不喜欢我和林意有来往，至少我要表示顺从，不能让他知道。”

侍女忍不住皱起了眉头。

这道理她懂。

就如小时候吃糖，越是吵着要吃，哭闹不止，父母反而生气，反而担心她的牙口出问题，反而会将糖果藏得很好，或者家中根本不留。

但心中想吃，父母不给，若是装着不喜欢吃、不在意，父母反而随便丢在家中某处，某天自己偷偷取了糖罐，却是想吃多少就吃多少，哪怕事后被发现，也恐怕不会怎么样。

只是要做到却有些难。

不用家中的手段，天各一方，又如何和林意暗中来往。

她自己可不如小姐一样对林意放心，在她看来，陈家的那位小姐便很危险。

若是自己小姐默默地为林意做了一堆的事情，一片真心，到头来反而让陈家那位小姐捡了便宜，那她岂不是要气得吐血？

“便找陈宝菀帮忙。”

萧淑霏抬起头来，咬了咬嘴唇，轻声地说了这一句，她的心中却是在暗暗自嘲。在齐天学院时，她和陈宝菀也并没有深交。到了此时，陈家和萧家俨然已是南朝互为遏制的两大门阀，皇宫里的皇帝是有意为之，而自己身处这样的位置，按理而言和陈宝菀之间将来更不会是很友好的关系，只是似乎除了陈宝菀，没有人做得成这样的事情。

侍女的嘴巴张得足以塞下一个鸡蛋。

她想得太远了一些，“小姐，你这真是厉害，简直是一石二鸟，又可以让陈宝菀可以帮你传信，又让她知道你和林意心心相印，郎情妾意的书信往来，又好让她死了心。”

“想得太多。”萧淑霏看了她一眼，道，“陈宝菀何等人物，你以为她是你这小孩子家家想法？”

“再厉害的人物也会心有所属啊！”

侍女忍不住撇了撇嘴，“小姐，你还不是看上了这个林意。”

萧淑霏很罕见地微微一笑，道：“你还是会错了意，我的意思是，若是她真的也对林意心有所属了，那岂会因为我让她传信，她便罢手？她何在意这些。”

侍女微怔。

她觉得似乎真是自己错了。

在此之前，萧淑霏也极少和她提及过陈宝菀。

但是今日这短短数句对话，她却是听得出萧淑霏对陈宝菀评价极高。

萧淑霏从不骄傲，但也绝对不会自谦。

由此看来，陈宝菀便也是那种很厉害的人物了。

萧淑霏看着歪着头在自己想事情的侍女，她当然明白自己这名侍女此时在想着什么。

陈宝菀当然是那种很厉害的人物。

只是她却并不担心今后和陈宝菀作为对手，因为她觉得自己，当然也是很厉害的。

她担心的只是林意。

林意当然也很厉害，她不怀疑这点，但有时候，林意却会不按常理，做出一些很危险的事情。

第 247 章 适可而止

清晨里，萧淑霏和小侍女谈论的陈宝菀正在一座山崖上的古刹里看书。

这片山崖下方是茂密的银杏林，崖壁上却都是犹如幼儿臂般粗细的青藤，在青藤的缝隙里，黑色的山石上雕刻着各种大大小小的佛像。

这座山崖有百丈高，却没有任何道路和台阶可上，只有修行者可以顺畅地上下其间。

这是南拓寺，虽然很小，却是南方很古老的修行地。

这里的历代僧人都擅长独特的观想之术，从这套最基本的观想之术上，历代僧人发展出了数门神通法门。

南朝此时的皇帝萧衍，严格而言便是师承此处，对萧衍的修行影响最深的，便是从这座古刹里走出的苦行僧人龙门大师。

此处离眉山并不远，所以在离开眉山之后，她承蒙圣恩来此短暂修行，可以借阅这古刹中那些僧人各自领悟的法门。这南拓寺虽然小，而且很少的僧人都大多云游在外，但寺规却是极严，迄今为止，她是第一个获准在寺中修行的女子。

只是她得了皇帝御赐在此修行，别人却是不许，所以她的饮食起居，包括照顾她饮食起居的侍女，也都在山崖下方。

她和萧淑霏在性格上有很大差异，比如在齐天学院时，萧淑霏便性情清冷，不太愿意与人接近，即便当时那些同窗也都是朝中重臣之后，家中各有权势，但在萧淑霏的眼中，恐怕大多数人都是金玉其外败絮其中。

陈宝菀的性情却是外向一些，她乐于看热闹，也乐于去凑热闹，她很大气，从不矫情，在很多人看来性情更像是男生。

只是她很清楚取舍，所以大多数同窗对于她而言也是泛泛之交，真正的朋友也只有林意等数人。

她和萧淑霏的看不惯便避开不同，她很多时候还和石憧一样喜欢生事，只是她的生事不像石憧一样看不惯便骂便打，而是某个同窗做了些恶事，她便会在某个合适的时机让所有人发觉和知道。

所以当年林意和石憧虽然是齐天学院二虎，但在当时那批同窗的心中，恐怕畏惧她更多一些。

事实上以她自立的性情，若非有些杂事的确要人帮忙，便是任何侍女都不需要。

当日头渐升，古刹后一些栖息的飞鸟纷纷飞出山林时，按例到了她下山用早餐和听取一些最新军情的时间。

她很干脆地点踏着青藤，从山崖上飞掠而下。

只是今日等着她的那名侍女看着她的样子，却是和平时有些不太相同。

“怎么？”

所以在林间坐下，开始喝温热正好的羹汤时，她微微挑眉，看着这名神色有些“诡异”的侍女问道。

“林意给你写了封信……因为家中不放心，所以在交到这里之前，便已经拆开看过。只是内里却没有写什么字迹，只有画了个东西。家中看了更不放心，要问问他这封信到底是什么意思。”侍女神色依旧有些古怪地说道。

“画的什么？”

陈宝菀神色没有什么改变，林意应该是眉山之中风头最劲的年轻修行者之一，而且林意的身份特殊，传来他的信笺，家中拆启查看对她而言也没有什么意外。

像她这样的人，自己不会将自己看成寻常的小儿女，家中也不会将她看成寻常的小儿女。

“一只乌龟。”

侍女忍不住想笑，但是又想憋住，忍得很辛苦的样子。

陈宝菀微微一笑，看着这名侍女却也忍不住道：“只是一只乌龟，你这副样子做什么？”

“他真是没有什么书画天赋。”

这名侍女终于忍不住笑了出来，“画得可真难看，他们端详出来是乌龟，但我看着总觉得像驼背老狗。”

陈宝菀也不着急，喝完了手中这碗羹汤，这才伸出手来。

这名侍女便将林意的信纸递了上去。

“画得的确有些难看。”

陈宝菀只是看了一眼，便也忍不住抿嘴笑了起来，“不过有些神韵。”

侍女有些无语，心想自己怎么看不出什么神韵?

那一张黄草信纸上，就像是小孩子涂鸦一样，画了个圈圈抹了两笔便是乌龟壳，一个乌龟脑袋和四条腿都是伸得老长，恐怕建康城里的小孩子画的乌龟，也比这更像一些。

“这到底是什么意思？”她忍不住问道。

陈宝菀认真看了看，并未有什么犹豫，道：“他这意思只是求我帮他，让他和铁策军在洛水城中多留一些时日，好让他有些准备。你将他这意思告诉家中，让他统领的铁策军多在洛水城待一阵并不是难事。”

“只是三四千的铁策军，自然不算什么。”这名侍女点了点头，看着那张信纸，眉头却是皱得越发厉害，“这你到底是如何看出来的？”

“他画的又不是缩头乌龟，头和四只脚都伸得那么长，自然是要大展拳脚，四只脚不是要撑地走路，而龟壳还砸地有坑赖着不走的样子。”

陈宝菀微微地一笑。

在齐天学院时，林意和数名好友便时常用这样的画来传递消息，而每次猜这画的内容，也都是她猜得最准。

至于林意，画的画很丑，画的有神韵，但是猜她的画，却是时常十之八九猜错。

她此时心情很好。

她和萧淑霏不同，她总觉得林意就是那些不按常理的做法，才让林意显得和别人都不相同。

越是如此，她便越是觉得林意的身上有那些同窗都不具备的光彩，他这样的人，往往会做成很多惊人的事情。

譬如他在眉山之中的这些战功，便很惊人。

所以她并不太担心林意的安危，她现在只是好奇，将这样一支打杂般的铁策军交到林意的手中，林意又会玩出什么花样。

哪怕他做事胡闹，也往往胡闹得很精彩。

而且最让她欣赏林意的一点，是林意很懂得适可而止，他不贪心。

林意此时要她和陈家帮忙，也只是让陈家帮一些唾手可及、不痛不痒的忙。

这样她家中人也不会拒绝，而林意也总能成事。

第248章 林扒皮

“林将军，这样下去恐怕会有问题。”

“什么问题？”

“嘴都吃刁了，到时候战时吃得不好，恐怕军心会有问题。”

韩征北看着一脸诧异的林意，硬生生地憋住了后面一句话，他这几日有些上火，嘴角都燎起了一圈小水泡。上阶将领永远都不需要下阶将领来教导怎么办事，更何况他平时太过忠厚温和。只是看着这些时日林意统领这铁策军的做派，他却还是忍不住。

铁策军原本就不是某些权贵门阀的私军，无论在军饷的配给和军备上，都无法和那些军队相比，按照铁策军的一贯风格，平时是尽可能省吃俭用，到了战时反而供给更足。

现在有魏观星在侧，他倒并非怀疑林意的练兵和统军能力，只是在他看来，铁策军和魏观星统领过的那些边军之中的精锐军队也有很大不同。

以魏观星固有的思维来处置铁策军，便恐怕会有很大问题。

“无妨，吃得好便有更多让他们花气力的地方。”林意看着欲言又止的这名铁策军老将，微笑道，“魏将军已经在营区转了两日，接下来会因材施教。至于粮饷，你不用担心，应该最近就有大量补给。”

“哪里来白掉的粮饷？”

韩征北鼓着一肚子气，觉得林意就是胡闹，就是随便用些理由搪塞自己，让自己不要插手，只是他心中才刚刚生出如此想法，却听到不远处营门前已经一阵喧哗。

“什么事情？”

他身边一名小校还未来得及奔去打探，却是已经有几名铁策军军士疾风般跑了过来。

“是宁州刺史派来的人。”

几名铁策军军士都是一脸的惊喜莫名。

“宁州军？”韩征北微微一愣。还未来得及细问，这几名铁策军军士已经忍不住接着道：“带来了五百具轻铠，都是宁州最好的刺蛇铠，此外，还带来了三具吞天狼重铠。”

“什么？”韩征北一时没反应过来。

几名铁策军军士已经满脸敬畏地看着林意，“说是全部赠给林将军的。”

韩征北脑袋有些蒙，宁州的刺蛇铠都是用特殊皮革包裹的鳞甲，不但分量不重，防御力不错，而且哪怕是黑夜疾行都没有什么声音，的确很适合铁策军。只是这宁州刺蛇铠每一具都造价不菲，宁州军大部自己都舍不得用。据他所知，宁州刺史家也只有一只近卫有配给，怎么会送这么惊人的数目给林意？

林意拍了拍这名忠厚的铁策军“老管家”的肩膀，笑着有些得意，又有些不好意思。

这同样是他厚着脸皮要来的。

魏观星的身影随着一道风声落在他的身后。

“又是你的人？”

魏观星看着林意，面色有些古怪。

林意点了点头。

“我还以为应该是我的人送来的……”魏观星看着此时已经通过营门，朝着铁策军库房前行的宁州军，忍不住摇了摇头，“你到底写了多少封信？”

“不多，就几封，有些是让人带的口信。”林意此时远远看到了齐珠玑和萧素心的身影，知道他们两人也被惊动了，他笑的样子便更加不好意思。

“你倒是想得不错。”

魏观星骤然也忍不住笑了起来，说道：“你在眉山之中救了宁州军不少人，听说又救了宁州刺史家千金，开口要些东西，的确成功率很高，但是我没有想到你如此狮子大张口，对方也会同意。”

“这些数目可不是我开的，我只是和宁师姐分开时，问她能不能给铁策军弄些甲衣或者别的军械，我哪里知道有这么多。”林意轻声说道。

但是齐珠玑耳朵尖，远远地都听到了。

走到林意身侧不远处的齐珠玑一脸的鄙夷，“林狐狸，你不知道有这么多？恐怕心里早就有数。我想你应该不是光救了宁凝，还让她家中人将她接走了，恐怕就像你给我和萧素心留了些灵药一样，你也给了宁师姐不少灵药？”

林意一阵干咳，“宁师姐人好，我赠些灵药也是正常。”

齐珠玑直冷笑，“你原本就已经救了宁州刺史最疼爱的千金，还给了些千金难得的修行灵药，而且我听闻你救的那支宁州军之中有些将领的军阶不低，宁州刺史有意，他们又出力，这些甲衣还不是你意料之中？对于宁州刺史而言，花费巨资制造的甲衣，也不可能比他女儿和他女儿的修为重要，更何况那么多人在耳边吹风。”

林意直眨眼睛。

他这些时日有求于齐珠玑，连让齐珠玑多读书这种话都不能说，所以他索性装聋，装没听到。

“而且还不能叫林狐狸，叫林扒皮？”

齐珠玑看着他这副样子，更是忍不住嘲讽，道：“任何你认识的人，恐怕都会被你扒下几层皮。”

林意讪讪一笑，依旧不回嘴，只是握拳在心口敲了敲。

齐珠玑这倒是一愣，狐疑地看着林意，总觉得林意这手势有什么深意，“林狐狸，你什么意思？”

“一日铁策军，终生为兄弟，你到了战场上，就自然会明白。”林意正色道，“一切都是为了铁策军。”

齐珠玑又是一口血差点吐出来，竟然说这种道理？

“我和宁师姐说时，我可没想到我会在铁策军做这什么右旗将军。”此时林意又说了一句，“先前只是想铁策军身上连好用的甲衣都不具，可没想到是归我用。”

这句话一说，齐珠玑一怔，而旁边不远处的韩征北也是听得清楚，一时看着林意的目光是又完全不同。

周围这些人里，唯有萧素心听着不觉得意外。

在她过往的认知里面，林意原本便是那种不只是为自己考虑的人。

在齐天学院时，很多时候林意闹事，也只是因为爱管闲事，打抱不平。

“今晨我接到家中消息，天启军也在送一些东西过来，明天应该会到，还有这边的宁州黄家，也准备了许多粮饷，正在送往这里，应该再过两个时辰就会送到铁策军。”

齐珠玑深吸了一口气，也不再和林意斗气，他转头看着魏观星说道：“是你的人？”

魏观星顿时有些无奈，摇了摇头。

“又是你？”

齐珠玑看着林意，心中生出些异样的情绪，在他看来，问宁凝要东西，便显得有些占师姐家的便宜，但是林意竟然能做到连那些人都送来东西，便完全不同。

“天启是宣威将军部下，此时北边已经战事紧张，还能给你特意送东西来，我的确想不太明白。至于宁州黄太仆卿……你和他又有什么关系？”

让齐珠玑最难理解的便是宁州这黄家。

他隐约猜出天启军送来东西可能是因为林意父亲林望北的缘故，但宁州黄家随着新朝而起来的门阀和林望北这些“旧权贵”原本就一路数，怎么可能送大批钱粮来？

第249章 歪理

林意见着宁州军运送大量轻铠而至，他的心情原本也很愉悦，和齐珠玑原本的对话也和在南天院时一样轻松随意，只是听到宁州黄家的字眼，他的面色却是很罕见地阴沉了下来。

他沉默了片刻，道："我这人最擅长记人好，但也最擅长记仇。"

这句话听上去和齐珠玑的说话风格类似，只是因为他此时的脸色谁都看出了他的认真。

齐珠玑眉头微蹙，看了他一眼没有说话。

"天启将军范白鹭和我父亲其实在旧朝多有来往，但到了新朝，他不只和我父亲撇清关系，甚至有些落井下石之嫌，我父亲之前获罪，虽然不能说是因为他的关系，只是他的一些言论，也自然会影响皇帝对我父亲的观感。"

林意微抬头看着天边的流云，冷笑着说道："只是他和我父亲之前来往，我要找些证据，也自然找得出来，我在建康之时，我找他翻账也没有意义，说不定惹恼了他，随便派人来便将我变成了建康城里的无名浮尸，但现在不同，想要杀我没那么容易。我提及旧事问他要些无关痒痛的东西，哪怕算是威胁，只要我足够客气，他应该也会息事宁人。至于宁州黄家，我昔日齐天学院的一名同窗嫁入他们黄家却郁郁而死，这笔账我也要算在他们头上。"

齐珠玑的眉头皱得更深了些。

这完全出乎了他的预料。

无论是天启军还是宁州黄家，林意竟然靠的并非旧情，而是一些威胁的手段，只是无论天启军范白鹭还是宁州黄太仆卿都并非好威胁的人物，不管林意用何种方式威胁，能够达到目的，也的确是本事。

这点就算换了他来，恐怕都要大费周章。

"一时是痛快了，得了好处，但你就不管以后？"

齐珠玑看着林意，道："树敌太多，终有大祸。在朝中行事，原本便不是比谁手段更阴险，而是懂得平衡，各有利益。北方战事激烈，我们接下来必定会被调去，天启军是地头蛇，你便不担心？至于宁州黄家，至少也是和朝中那些在皇帝面前讲得上话的人互相结党，这些人可比战场上那些人的手段更多。"

"他们忌惮我什么？难道我这区区官阶和数千兵马？"林意微微一笑，"在他们看来，和没有差不多。他们忌惮的只是我光脚不怕穿鞋的疯意，我越是在他们看起来不要命和疯狂，他们才会惧怕一些。像我这样的小人物，哪能看得那么远，管好眼前。"

顿了顿之后，林意看着齐珠玑道："若是我修为再高一些，他们也许会畏惧一些。权贵靠的是平衡和相互给利益，像我这样的人物，靠的便是自己。”

“歪理。”

齐珠玑沉着脸吐出了两个字。

歪理便是不走正道的道理，但终究还是有些道理。

他自己都开始觉得自己的确要换些思路来思考问题，在他过往的人生里，他习惯循序渐进和以他的道理来做事，只是林意似乎却全然不在意这些规矩。

不稳妥是关键。

但若是冒险成功，自然会收到他的方法无法得到的利益。

不管如何，今日的这些谈话，让他明白林意的确是那种危险人物，的确比之前自己所想象的还要厉害一些。

“那你今后是会对天启军范白鹭和宁州黄家就此罢休，还是继续记仇？”齐珠玑不再纠结于林意的道理，只是又忍不住轻声问了这一句。

“那取决于他们的态度，只是我觉得他们也会觉得我的存在让他们很不舒服。”林意微嘲道。

“你这人还是有些奇怪。”

齐珠玑道：“譬如宁州黄家，其实和你并无太大仇怨，只是你那同窗的关系，你偏生想让他们不舒服。”

“很简单。”林意看着齐珠玑，道，“若你把我当成朋友，有人害了你，我也会很记仇。”

齐珠玑微讽地笑笑，不再和他多言。

不管林意性情如何，有这样的一个朋友，似乎并不是坏事。

“你的人呢？”

他转头看向魏观星，有些挑衅般笑道。

魏观星起先当然是有些自傲的，他写了那么多信笺出去，想着接下来便会一批批地回报。

方才宁州军到来时，也是魏观星用“你的人”和“我的人”这种说法。

这种事情，恐怕对于魏观星而言，就已经如比赛一般。

所以，他索性再火上浇油一把，激一下这名煞星。

只是魏观星也不像他想得那么简单。

听着他这句话，魏观星只是哑然失笑。

“不至于全部石沉大海。”

魏观星看着这些后生可畏的年轻人，忍不住笑了起来，说：“不过林意，我没有想到你会用这样大胆的手段，既然主帅敢这样大胆，那我自然也敢再用些大胆的手段。”

齐珠玑不回应他这句话，只是淡漠道：“至少也要三千具精良轻铠才够用，这铁策军才算得有些模样，可是现在也不过五百具。”

魏观星又哑然失笑，就在呼吸瞬间，他却收敛了笑容，认真地看着齐珠玑和林意，轻声道：“这军械现在想去哪里找我倒是觉得有些麻烦，只是有架囚车，你们敢不敢劫？”

林意微微一怔，他还未来得及开口，齐珠玑却是已经眉头皱起，说:“你难道想劫朝廷重犯，归为己用？魏将军这似乎不只是大胆而已。”

“若是朝廷重犯，我自然不敢。”魏观星淡淡笑道，“但只是某位王爷或是某个门阀的私仇，擒住的人，那又如何？”

齐珠玑冷笑一声，转头看了林意一眼，“他连边军大将和萧家都敢得罪，再得罪些人又算什么。”

林意凑上前来，如同刚刚偷了只母鸡的狐狸，“虽然不怕得罪，但也未必要得罪……我们可以暗中行事，不让别人发现是我们偷偷做的……”

齐珠玑顿时气结。

“什么囚车，押的是谁？”

林意得意地笑了笑，轻声问魏观星。

第 250 章 供奉与马帮首领

洛水城铁策军营区之外有一些林地。

其中一片林地原先是某个大户人家的私地，没有人去放牧，也没有军士会牵马过去吃草，所以这片林地显得很幽静，最为重要的是很干净。

军营的周围一定会有马，即便是训练最为精良的战马，却也改变不了行走之间而留下马粪的习惯。

视野之中到处出现马粪，这对于某些有洁癖的人而言便难以忍受。

这片林地里有一片池塘，虽然没有人打理，野草丛生，但自然而野蛮的生长，却显得别有韵味。

一辆马车便停在这池塘畔。

这辆马车里有洁癖的男子看上去五十余岁的年纪，头发有些花白，但是面上的肌肤却是如同美玉一般，看不到有任何的皱纹。

他便是齐珠玑口中所说的那名供奉。

其实即便是齐珠玑，也只是尊称他为陈大先生，只知道他应该许多年前便入了神念境，至于其他却是一概不知。

许多强大的修行者隐于尘世都会有特殊的理由，有些过往他们自己不愿提及，便没有人会刻意去追究。

齐珠玑自从记事时开始，这名供奉便已经在齐家。

而那时的齐家和现在的萧家一样是皇族。

能够成为皇族的供奉，本身就是一件很不简单的事情。

在此时这名陈大先生的眼中，齐珠玑还只能算是一个孩子。

他很清楚让他来跟着齐珠玑，除了保证齐珠玑的安全，更为重要的一点是不让齐珠玑随着那个林望北的儿子做出些冲动的错事。

今日里，便觉得有些大事要发生。

因为他感觉到军营里那名神念境的修行者离开了。

他对那名叫作魏观星的边军将领的了解也只是局限于溺死三千马贼的那些故事，但纯粹于修行者的世界而言，这名边军将领绝对也是很可怕的存在。

这名边军的体内明明积蓄了数量惊人的真元，在他来到这个军营，第一次感知到魏观星的存在时，他便觉得这些年魏观星一定很少和人交手。

他体内的真元充沛得就像是池塘里的水满得将要溢出来。

正常的修行者很难做到平时丝毫气息不显，神念境的修行者大多只要有合适的法门，都可以收敛气息，但难的是时刻如此。

这只能意味着这名边军将领拥有着常人难以企及的耐心和毅力。

许多强大的对敌手段，往往就需要这样的耐心和毅力才能修成。

他很好奇这名同境的修行者的真正实力，也很好奇平时他在修行着什么，所以停留在这军营外的很多时候，他都会像对待真正的敌人一样，利用些自己独特的法门来感知这名难以捉摸的边军将领。

只是在过去的一个时辰里，他都无法感知到魏观星的任何一丝气息。

所以他便确定魏观星已经离开了军营。

他的确有些洁癖，甚至不愿意多看一眼道路上的那些色泽不一的马粪，所以林间清风骤起，伴随着一声刺耳的破空声，他的身体化为一道肉眼都很难看清的光影掠入军营内。

先前林意等人已经刻意关照过这名供奉的存在，这片树林周围也已经被铁策军列为禁地，然而骤然有人以这样的速度出入营区，等到营区里的铁策军军士都反应过来之时，很多人的眼睛里却已经多了平时截然没有的意味。

铁策军的确经常和修行者战斗，大量的伤亡也让铁策军这些活着的军士拥有了更多对付修行者的手段和经验，但是铁策军毕竟不是边军的精锐军队，他们平时遭遇的军队规模也不会太大，那些数百上千人之间的战斗，也不会像眉山之中的军队一样，修行者的数量很惊人。

之前他们绝大多数人遭遇到的敌军修行者都是如意境为止，当这样神念境的修行者突然降临在他们的面前，光是显现出这样的速度，便让他们明白在战场上遭遇这样的修行者，可能不管他们用什么方法都无法战胜。

北方边境上的战事军情已经接连不断地传到这里，所以这些铁策军军士都很清楚，去北方边境只是迟早的事情，而因为林意的特殊性，恐怕他们将要面对的对手等级比以往遭遇的对手等级要高出很多。

陈大先生没有兴趣去理会这些寻常军士的想法，他的目光落在了对面的一段城墙上。

他看到了齐珠玑的身影。

在下一刹那，他的身影再度化为流光，到了齐珠玑的身侧。

齐珠玑习以为常，对他颔首为礼。

“你还在，他们都走了？”陈大先生看着他，微微皱眉。

齐珠玑微微一笑，点了点头。

陈大先生问道：“他们去了哪里？”

齐珠玑看了他一眼，道：“这我也不知道。”

在陈大先生看来，这当然是很拙劣的谎言，或者说是不掩饰的善意谎言。

但对于他而言，有些事情齐珠玑自己能够把握分寸，自己不参与其中，那今后有事他也只需要说根本不知道这些事情，便已经足够。

所以他不再多言。

“你说的那人，是个私盐贩子，也相当于半个马贼？”

一叶扁舟，正顺着洛水河逆流而上，速度犹如离弦之箭，林意和萧素心、容意坐在船中，魏观星站在船头操舟，听着林意的这句话，魏观星点了点头，道：“马帮干的本身都是刀口上舔血的营生，黑吃黑也很正常。”

“那这人怎么不算朝廷重犯，连南广王都特意派人捉拿……”萧素心平时很淑女，极少说话，但听得这些对话，她却是都忍不住皱起了眉头。

她对魏观星敬佩是不假，但接触时日尚短，她也担心魏观星利用林意。

“不定罪便自然不算朝廷重犯。”魏观星哑然失笑，“南广王是想收此人为己用，根本就不想定此人之罪。”

“南广王特意拿他是想做什么，他为何不想帮南广王做事？”林意看着魏观星问道。

他之前的关注点完全不在这算不算劫朝廷重犯，而是在这人的身份上，听到对方是私盐贩子的首领，他便心中大动，之前他便一直想要得到昔日大俱罗的修行口粮，他也特意请求一些人的帮忙，但时至今日，却也没有什么信儿。

现在这人虽然只是南朝西北境的私盐贩子，但是这些马帮往往足迹踏得极远，按照他的所知，有些马帮甚至是从南朝中部一些产茶产丝的郡县出发，但足迹却是穿越吐谷浑、北魏的最北。

越是那种人迹罕至，无法通商的区域，便往往能够给他们带来一些特殊的交易和非凡的获利。

第251章 南広王

“其实这倒是很简单。”

魏观星忍不住笑了笑，说：“没有你们想的那般复杂，南広王和你所说的这私盐贩子是师兄弟的关系，而且很伤南広王自尊的是，他明明是师兄，但他师尊却将几篇最得意的法门传给了他的师弟。”

“这是门内真传之争？”

林意愣了愣，他想了很多通商利益的问题，却唯独没有想到这纯粹是修行者世界的事情，“那看来南広王为人很有问题。”

从天下有王朝时开始，任何登基的帝王都会分封一些王侯，只是最初的王朝的帝王只是将自已用不掉和无法管辖的土地分给直系血亲，后来的王朝则发现这样对于天下的掌控其实不够稳固，所以后来的帝王除了分封一些土地给皇族子弟，还会将一些特别忠诚、特别有用的人分封为王侯。

此外，有一些功劳太大的人，自然也有成为王侯的可能。

南朝所有的王侯里，萧淑霏的父亲、临川王萧宏自然是毫无疑问最有权势的，他是萧衍的亲兄弟，而且在萧衍起兵夺得天下的过程里，他虽然并不时刻冲锋陷阵领立军功，但在招揽和劝说当时前朝权臣站在萧衍一边的功劳上，却是无人能及。

而其余所有的王侯里，南広郡的南広王，实在是很乏善可陈，很不引人注意的一位。

按林意的所知，南広王萧谨喻的封王只是因为萧衍起兵时，大半的粮草都是他南広郡提供的。

林意看的书很杂，他记得有一篇笔记之中有人戏谑道，前面七八年，南広郡一带风调雨顺，萧谨喻本身就是管粮仓的官员，他原本正为粮仓里堆积了很多年即将发霉的存粮担忧，当时的朝堂也足够昏庸，一些地方遭灾粮不够吃，饿殍遍地，像南広郡这种地方的粮官却是在发愁存粮万一消耗不掉霉变会丢官，哪怕是翻仓出来替换，也没有足够人手。

萧衍一起兵，梁州军缺粮，有大队人马过来求粮，这对萧谨喻简直就是雪中送炭。

如此正好，即将发霉的存粮消耗一空，梁州军也一跃变成了新朝中军，萧衍成了皇帝，这萧谨喻原本虽然就姓萧，但他的萧姓其实和萧衍一族连远亲都称不上，但他一被封王，天下人却反而以为他原本就是皇族。

吾有万石霉米，可换王侯呼？

当时那些狂生散人的笔记之中虽然是调侃的成分居多，但由此可见，南広王的封王相对于其余人而言，实在太过稀松平常，运气为主。

此外，林意对这南広王没有任何的了解。

“当然有些问题。”

魏观星微嘲道：“他和你说的这私盐贩子沈鲲都拜在巴郡名剑师刘雀儿名下，原本他和沈鲲修为进境都差不多，有次奉师命去除山寇，他却私吞了一株灵药。其实那名山寇身上的灵药原本也是刘雀儿让山寇得到，这次除寇本身便是刘雀儿安排的一次试炼，便是要看两人会不会都听从师意，将那山寇身上的行囊里的东西原原本本地带到他的面前。”

林意和萧素心忍不住互望了一眼。

这种师门测试在一些修行地，尤其是一些民间散修之中是很正常的行为。

品行自然比天赋更为重要，尤其几名弟子若是天赋相当时，便更要从中挑出品行合格的才赐予真传。

否则万一出了逆徒，那逆徒修为将来又比师门中人都高，师门手段又尽得，那对于这师门而言，便是没有人能治得了，想要清理师门，恐怕反而师门被这逆徒清理了。

只是这种细枝末节的事情，又非是那种声震南朝和北魏的名门内争，只是一些民间散修的故事，这魏观星又怎么会如此清楚？

“南広王我没有见过，沈鲲我也不熟，以往我在边军时，从他手中得过一些东西但未曾谋面。”

魏观星当然看得出此时林意等人的疑惑，他平静地说道：“我和刘雀儿很熟，早年我在边军还未成为十班将领时，我便和刘雀儿结识，相处过一段时间。”

微微顿了顿之后，他眉头微挑，面容平静，但语气里却有了些寒意，“事实上我认为刘雀儿后来的死，也可能和南広王有关。”

林意顿时大皱眉头，“怎么？”

“刘雀儿死于天监三年。”魏观星淡淡地说道，“刘雀儿本来就是一名懒散人，根本不想求取什么功名，天监三年时他也只是隐居在合川一个小镇，只是偏偏有名无名修行者经过和他比剑，他败在那人手中，剑伤太重便死了。”

“有证据？”林意好打抱不平的心顿时又起了。在修行者的世界里，无论是任何朝代，弑师都是人神共愤的行为，除非那名修行者的师尊本身是十恶不赦之徒。

“我查过，没有证据。”魏观星道，“所以只能说怀疑是他。”

“你又是如何得知沈鲲被他所擒的事？”容意此时插嘴问道。

“倒也很简单，他马帮里的人传了信给我。”魏观星道，“或许也算是病急乱投医，知道我和沈鲲有些旧情，只是沈鲲如何又落在他手里，具体情形我却是不知。”

“沈鲲现在什么修为？”林意认真地问。

“不知道。”魏观星也很认真地回答，“应该不会比我差太多，刘雀儿若是不死，修为应该比我高，沈鲲当年修为就和我差很多，现在不知道，毕竟这私盐贩子的获利手段比我多。”

“那他如果和你一样是神念境，南広王的人能够擒住他，岂非也是要神念？”萧素心大皱眉头，有种上了贼船的感觉。

“对付一名神念境，最多也只可能动用两名神念境。南広王不算什么特别厉害的权贵，有一两名神念境的高手已经不易。”魏观星道，“按我看来，若沈鲲真的能到神念境，最有可能的也是南広王座下的一名神念境供奉带些承天境的修行者而已。”

“连对手修为都不知道，太过冒险。”萧素心深吸了一口气，说道。

“所以我说最多便是两名神念境，有我牵制，再加上林意和你们的手段，两名神念……或许也有战胜的可能。”魏观星依旧一片平静，很认真地看着她说道，“若是在军中待的时间久了，你就会明白，任何战事都不可能彻底料敌先机，不可能对敌军完全了解，大多数战事，打起来之前，根本不可能知道对方阵中隐匿着什么样的修行者。任何将领能做的，便是最大限度地估算，还有加上一些冒险。”

第 252 章 想不开

“轰隆”一声巨响，一场雷雨毫无征兆地瓢泼而落。

齐珠玑看着一群猝不及防的铁策军军士大呼小叫地冲在雨帘里收拾着一些军械和无法淋雨的器物，急促的脚步很快将营区踩踏得泥水四溅。

昏暗的天色，匆匆的身影和时而划破天际的闪电和地上溅起的泥泞混在一处，异常纷乱。

齐珠玑仿佛完全置身事外，他看着在雨帘之中奔忙的这些泥腿军士，想着自己竟然会跟着林意一起胡闹。这样的军队和他想象中自己所需的精锐强军相差甚远。

他甚至看到有几个铁策军军士忙着往怀中塞几串红彤彤的辣椒而忙得大呼小叫，只是生怕这些刚刚晒干的辣椒淋雨坏了。

现在可好，这支军队的主帅除了厚颜无耻和敲诈勒索，还去做了劫道土匪。

不管那囚车里的囚徒到底是朝廷重犯还是某个王爷的私仇，劫道就是劫道。

劫道若是成了，那岂不是下次还要劫狱，还要劫一些恶商的私库？

按这魏观星和林意的做派，这些简直就是水到渠成的事情。

但这劫道若是不成，万一魏观星和林意被那名王侯座下的高手杀了，那这恐怕是要流传千古，被极为笑谈的事情：南朝一名可统万人的将军，在上任伊始，便去劫道，然后……然后便没有然后了。

“什么鬼天气！”

泥泞的官道上，十余辆马车前后相衔，在暴雨里徐徐而行。当头的一辆马车里，两名锦衣男子并排坐着，这辆马车车厢前方没有车帘，视野一览无遗。其中一名男子面色阴沉，手中慢慢摩挲着一根白玉笛，这突如其来的暴雨让他觉得有些不快。

“天有不测风云，但雷声响动之前，便有预兆，早先风中已经带着水汽，这场大雨却是必然要来的。”另一名锦衣男子和他年纪差不多，也是三十余岁的面相，只是此时面露微笑，却显得文雅淡定得多。

而且说话之间，他慢慢抬首，眼光之中有异芒流动，他身前的风雨被一种从他身上自然流淌而出的奇异气息缓缓往外推出，竟是形成一层薄薄的水帘。

那如珠的暴雨坠到这层晶莹的水帘上，却是不能透入，只是如荷叶上的水滴一样，极为顺滑地往下流淌。

“同禄的供奉，却是如此差异。前方有人劫道。”

也就在此时，一道轻微的声音传入这列车队每一个人的耳郭，这声音虽然轻淡，但是在雨声之中却是显得极其清晰。

那名手弄着白玉笛的锦衣男子面色骤然一白，他呼吸微顿，竭力感知，终于也发现了前方雨帘之中的异样，他这才体会出车队中那人话语中的意思，面色变得更加苍白，手指也不自觉地微微颤动起来。

他身旁那名面露微笑的文雅男子却是依旧面色不改，只是眼中好奇的神色更浓。

“居然还有人来救你？”

车队中发出那一声轻微声音的，是一名身穿赤红道袍的道人。

南朝皇帝萧衍自幼跟随苦行僧修行，深受佛门的影响，在成为梁州刺史时，便大兴佛寺，后来成了南朝皇帝，更是独尊佛门，过往短短的七年间，光是在建康城便建了一百三十余座佛寺。

皇帝如此，臣子自然效仿，所以各地佛门兴盛，道观却是在几年之中便萧条不堪，现在整个南朝，都很少见到有人光明正大穿着道袍行走，更何况之前的道门也大多尊崇清静无为，也几乎没有道人穿道袍会穿如此浓烈的颜色。

这名道人看上去有五十余岁年纪，而且身材瘦小，然而穿着这样色泽浓艳的道袍。他说话之间，却是自有一种镇定及威严的气势，并未觉得这样的色泽会和他相冲。

和他同车厢坐的一名男子有些委顿，身穿着驼色布袍，头发如同乱草，似乎几月风霜没有洗过，而且连呼吸都有些不畅。呼吸之间，经常会骤然停顿，就如同气管里会时常蹦出石子，将他气管自行堵住一般。

这人身上一些物件看上去也和寻常马帮中人无异。他面容也很清秀，但是抬眼间却偏生一种粗豪而桀骜不驯的气息。

“这我可不知道，但既然能来堵路救我，自然是有把握的好朋友。”

听着这名道人清冷的声音，他却是哈哈一笑，说话也是粗豪，“恐怕你这穿红衣服的老兔儿爷的屁股蛋要被打得开花。”

“和马帮那些粗鄙人待得久了，便一定要说话都随着如此？你好歹也是刘雀儿的弟子，不怕污了你师门名头？”这道人也不生气，只是淡淡地扫了他一眼。

这马帮中人打扮的便是魏观星所说的沈鲲，迎着这道人的目光，他却是也收敛了笑意，认真道：“你之前赢了我，却是仗着人多，胜之不武，我当然有些看不起，只是现在有人截道，生死却是难料，我倒是想问一句，萧谨喻那硕鼠花了这么大力气却不杀我，要将我带去见他，到底是什么用意？”

红衣道人涵养极好，情绪也没有什么波动，只是修行者世界的战斗，生死也的确只在一线。此时虽然风雨中不知是何人到来，连他的感知都不太清楚，这便隐隐让他有些不祥的预感。

“这我倒是不知。”

此时车队已经彻底停了下来，雨声敲击着车厢顶“啪啪”作响，这名红衣道人平静地摇了摇头，“或许因为心中不散的执念？多少年前师门的事情，你自己都想不明白，我又如何能猜得出来。”

“执念值几个钱？”沈鲲“嗤笑”一声，“他此时可是南広王，难道还在意之前我师门的一些修行之法？师父都死了，更何况也不是什么名门大派，难道他还执念谁是真传？又没有什么师妹真传不真传嫁给了我，难道他还想不开？”

他这最后一句师妹自然是笑话，只是红衣道人却没有觉得好笑。

“你师父和你都不过是散修，你在马帮待得久了自然也是马帮头子的想法，算的只是这一趟能给你捞多少好处，让你修为提升几何。而你想的都是和农妇想的柴米油盐一般的实在，但你又并非王侯，你又怎么知道他什么都不缺了之后的想法？”红衣道人垂下眼睑，淡淡说道。

沈鲲倒是一怔，“你这老道说话有些道理，吃饱了闲得，恐怕真会做这些无聊之事。”

第253章 空虚

沈鲲觉得红衣道人的话有些道理，而此时这名红衣道人却觉得沈鲲这句粗鄙不堪的话也有些道理。

无论是沈鲲这样的人，还是他自己，在修行者的世界里，对于魏观星和一些天赋更好一些的修行者而言，他们的天赋也就是如此而已，只是这世间绝大多数的修行者连感悟到天地灵气的存在都很困难，在凝结黄芽之前，便已经耗费了许多年的时光。

沈鲲和他这样的人物，比起绝大多数的修行者而言，当然不可同日而语。

修行特别顺畅的人便能得到更多的关注，沈鲲如此，红衣道人也是如此。

沈鲲被巴郡名剑师刘雀儿收为真传弟子，而红衣道人在凝结黄芽之后，便成为天心观的弟子。

天心观也是南朝最古老的修行地之一，不只有各代宗师流传下来的详细修行笔记可以解惑，对于他这种修行天赋很优秀的弟子，当然还有许多特殊的优待。

所以他到如意境和承天境，甚至没有感觉到修行有什么困难。

比那些在眉山之中一飞冲天的年轻修行者甚至还要简单。

那些年轻修行者还要冒着危险去和北魏的修行者战斗，去夺取灵药，但他只需要老老实实修行，以很快的速度领悟那些修行手段，令观中的师长们极为满意，接着便可以获赠让他的真元修为很快成长的各种灵药。

事实上大多数权贵子弟和他这种各修行地的天才的成长道路都差不多。

在那些天资平庸的修行者艰难前行，需要某些特别际遇才能节省许多时间之时，他们便已经走了最快的捷径。只是简单地服药、炼化，只需要解决一些真元和感知不相契合，以及如何完美运用这些真元来战斗的手段。

有些人用数年走完了大多数修行者数十年才能走完的道路，有些人甚至更快，只用数月而已。

只是到了承天境之上，到了神念境，修行给他的感觉便截然不同。

尤其是到了神念境，他体内无论是神识还是灵气汇聚形成的真元，都已经强大磅礴得如同海洋，而身外天地间的天地灵气，在感知里稀薄得可怜，长年累月的修行，吸纳进体内的天地灵气，以及身体、神识的感知提升，便真的犹如毛毛细雨落在海面，甚至都感觉不到海面的水位有任何的提升。

这种枯寂不变和以往的没有丝毫困难的轻易相比，在最初的时候，便很容易让人绝望，让人有无数负面的情绪，然而随着漫长的时间过去，这种绝望和烦躁，却尽数变成无奈和无聊。

黄芽境、命宫境、如意境那些修行者视为珍宝的灵药，对于他们这种修行者而言已经见效甚威，尤其许多种灵药内蕴的药气都很近似，服用得多了，甚至会出现抗药性的问题，灵气吸纳不佳，凝不了多少真元。

绝大多数他们这种级别的修行者，就自然会将这些能够到手的灵药，来换取更有价值的东西，比如说换取一些朝堂上的利益，赐给一些修行者，换取他们的感激和效忠，或者交给一些弟子，让这些弟子在将来有更多的可能，给他们带来更大的价值。

但所有这些举动，却纯粹是广撒网，哪口网能补到大鱼，粹便是天意，而且大多数时候希望很渺茫。

那最后便是日复一日的无聊和无奈，每日里吸纳着那些对于自己而言十分稀薄的灵气，凝聚着水滴般的真元落入大海，想着可能还要数十年的时光，自己才能从神念境突破到入圣境。

而到了入圣境之后呢，那或许是等到自己寿元的耗尽和终结，只能看着自己生命的余烬而已。

越是想到整个南方王朝，在过往数十年间也只有那三人最终突破到入圣境之后的境界，连绝望都变成奢望的情绪之后，剩下的便只是空虚。

太过空虚，总要做些事情。

低阶修行者很难领会这种心情。

低阶修行者的眼前有着很多的诱惑，但那些已经拥有了所有的诱惑，看着那传说中云雾缭绕，高到自己至少要花数十年的时间，都未必能够爬上山峰，他们的心情，他们的所作所为，便自然不是低阶修行者所能理解的。

红衣道人作为南广王的供奉，南广王能够给予他的一切，也只是诸多可能中的一种，也不可能瞬间给他造成实质性的改变，南广王也只是要他帮忙做些事情，并不会去和他解释心情和内心真正的想法。

但南广王这样的人，修行也和他一样变得枯寂无趣，每日只是在登那座看不到峰顶的山峰的道路上，缓缓往上一步，而在朝堂之中，他都已经封了王侯，往上也已经没有他的任何位置。朝堂中那些更为香甜的果实，已经被诸如萧宏等人吃到口中，他原本又不是那种再敢掀起大浪的枭雄人物，那他接下来的余生，还能做些什么？

突变的天气无法影响他这种人的情绪，但是真正能够说得上话和他是同一世界的人的交谈，却是可以让他心有戚戚。

这名红衣道人还在心有戚戚焉，其余马车之中的修行者和军士，心中的弦却已经绷得越来越紧。

除了这名红衣道人所在的马车和最前方那两名锦衣供奉，其余马车上所有的军士和修行者，全部已经下车，一共二十余人，如临大敌地站立在马车周遭。

大约是为了避免照耀，所有这些军士和修行者都并未穿甲衣，只是身穿寻常布衣，但此时大雨之中，他们全身湿透，却有一种铁血的气息散发出来。

有数名箭师手指扣着弓弦，手指在雨中也是一丝的颤动都没有。

雨声里，有脚步声响起。

四道身影冒雨而来，不紧不慢地出现在他们的视线里，就像在雨水之中透出来。

这四人高矮不一，都戴着很寻常的竹笠，他们的脸上，还戴着黑色的玄铁面具。

“什么人，报明来意！”

一声厉喝响起。

一名身穿青色布衣的修行者往前跨出一步，手持一柄斩马长刀，倏然伸入雨帘，杀意十足地指向四人。

听着这声厉喝，林意转头看了一眼身边的魏观星，意思是你来回应，还是我来回答？

第254章 何以破之

魏观星回望了他一眼，使了个眼色，意思是这种事情我做多了，早就没有了新鲜感，更不需要练习，而且你是一军主将，自然由你来。

他身体的另一侧，容意却有些紧张。

他紧紧握住自己其中一柄剑，心中想着的是……这样做真的好吗？

尤其看着前方马车里还坐着两名不动的修行者，再看着那些军士之中也有修行者存在，他便更加紧张，不知道此行会不会出什么问题。

因为紧张，他手上和剑身上的水汽便被他身体里自然震荡而出的气息激得往外喷涌。

他的右手和这柄剑的外围，形成了一团很大的气雾，而且这团气雾越来越细碎，像一团云要将他的整个身体都包裹住。

林意此时还没有来得及开口。

最前方的马车上，两名锦衣供奉之中那名气度温雅，手上也看不出有任何兵器的修行者却是已经从这样的画面感觉到了容意的紧张。

“是敌人。”

所以他迅速地轻声说了这三个字。

“放！”

没有任何迟疑，那名手持长刀斜指林意等人的青衫修行者一声厉喝。

“哧！哧！”

车列中五名箭师以惊人的速度各射两箭，动作的频率也是惊人的一致，前后两批射出的各五支羽箭竟是只局促地发出两声刺耳的声音。

这十支箭的箭头都是蓝汪汪的，而且箭身上也有独特凹槽，此时破开雨幕飞行，在空中竟是如同游蛇一般扭曲飞行，十分诡异。

林意一滞。并不是因为这些箭矢的速度和箭道，而是他没有想到对方竟然如此决断，没等他开口，就已经直接动手。

“不地道，交给我。”

他很不满地嘟囔了一声，在出声的刹那，拔出了剑。

在修行者的世界里，并非先下手为强就真的一定占优。

一道剑光亮起。

只是一剑，呼啸而至的十支箭全部被斩断，很凄惨地在雨中飞旋。

这些箭师的箭技当然精湛，只是对于他而言，这些箭却是太慢。

太慢，任何的变化就成了多余。

雨幕里，五名心志极为坚忍的箭师脸色都瞬间苍白起来。

他们和很多修行者战斗过，但是从未见到有人能够直接用一剑便斩掉他们的这些箭。

马车里，沈鲲的眼睛骤然发亮，“妙！”

红衣道人的眉头微微皱起，只是也依旧中肯地轻声赞叹：“好剑法。”

五名箭师没有再射箭。

他们身周的军士，包括那名手持长刀、威风凛凛的青衫修行者也没有任何的动作，在接下来的一刹那，他们的面色虽然各有变化，但是他们的身形却是如同石雕一般，一动不动。

林意总觉得要说些什么。

在他的潜意识里，即便是两军交战，若是列阵相峙，双方的将领之间似乎也免不了问个名号。譬如，我乃南朝大将谁谁谁，我剑下不斩无名鼠辈，对面那蛮子报上名来。

只是依旧没有人想和他说什么。

那些被他斩断的箭矢还在雨帘之中飞旋，不断卷起大小不一的水花，那名一直在抚弄着白玉笛的修行者倏然抬眉。

在他的眉毛往上挑起之时，他左手衣袖便以恐怖的频率震动起来，“咻”的一声，一道银色流影便已飞出，撕碎雨帘，直上邈远的高空。

剑意和破空声从高空落下，这一柄飞剑并不想太过隐匿自己的存在，只是它在飞行之时，依旧不断地藏匿在笔直下坠的不同雨滴之后，而是借助这些沾染了剑气加速的雨滴，便很容易迷惑修行者的感知。

此时萧素心的感知里便是如此。

她感觉到天空里有很多道飞剑在笔直地坠落，一时竟无法真正确定这柄剑到底飞在何处。

只是这柄剑隐瞒不过林意的感知。

他可以轻易地锁定这柄剑的剑路，反而让林意此时有些微的不解。

这柄飞剑，似乎比刚刚开始练习飞剑的容意的飞剑还要弱一些。

这是一种很危险的感觉。

林意抬起头，眯着眼睛，他相信这一剑必有后招……和一般的修行者不同，他是那种越是觉得危险，便越能逼迫出自身潜力的修行者，否则他也不会拼着不断负伤的危险，和容意直接以战斗来修行。

他手中的剑往上挥了出去。

剑光在不断坠落的雨珠中穿行，竟是“轰”的一声巨响，被击碎的雨珠随着他的剑光被狂风卷起，竟是犹如一条水龙被林意提起，随着他的剑往上冲出。

当剑势成型的刹那，林意脚下的泥水骤然变形，然后以恐怖的速度溅射开来。

林意往上跳了起来。

只是凭借肉身的力量，他的身形便如同投石车投出的巨石一般，瞬间迸发出可怕的速度。

剑光带着水龙直接迎上了那柄直落下来的飞剑。

这一跳，林意争的只是那一分时光。

他要在这柄飞剑有变化之前，便将这柄飞剑击落。

“砰！”

空气里一声闷震。

无数雨珠破碎成粉，如梦幻泡影。

那柄飞剑如同失去生命的蜻蜓一般，在雾气里首先飞射出来，它被林意直接一剑斩中，震碎了剑身上蕴含的所有真元，然而看着这柄飞剑，那名衣袖还兀自震颤不已的锦衣供奉，眼中却是没有丝毫震惊的情绪。

他的身体，也并未因为自己的飞剑被毁而产生剧烈的共振。

一股强劲的真元已经从他的双手指尖冲出，落在他手中的白玉笛上。

有呜咽的笛声瞬间响起。

谁能想到，他这根笛不是用来吹的。

随着如泣如诉的呜咽笛声响起，一股股看不见的力量在空中震荡。

他和林意之间的空间里，骤然出现了很多个平面。

就像是一柄柄无形的刀切过雨帘，形成片片平直的影迹。

独特的声音带着独特的真元力量冲入林意的身体，与此同时，另外那名文雅的锦衣供奉目光微动，林意身前不远处的一片泥泞之中，一道剑影毫无声息地随着一片飞起的泥浆水一起飞出。

这道剑影是灰色的，像一片泥水。

“原来这柄飞剑只是幌子，你真正的手段并不是飞剑，而是这音震之法。”

林意心中响起这样的声音，原来那变化不在于这柄飞剑。

随着笛声涌入他身体的力量在他的经络之中穿行，寻觅着他的真元，想引起他真元的震动和湍动，将他的真元禁锢或者击碎。

然而林意体内的经脉之中空空如也。

他的体内原本就不存在任何真元，又如何以破真元之法破之？

所以当那道不知何时起悄然隐匿到他身前那片泥泞之中的飞剑悄然飞起时，他的脑海之中甚至想起了一本看过的杂书笔记上记载的笑话。

那本笔记上的笑话说，“有个魔王无人能敌，谁去和他为敌都会很快被吃掉脑子，但是有个村上的傻子却敢和那个魔王为敌，而且最终还将那个魔王战败了。

后来所有人都奇怪一个傻子怎么能打赢那个魔王，结果那个傻子说，因为大家都说我从小就没有脑子，他吃不到我的脑子，我当然不怕他，后来就打赢了。”

这是一个很冷的笑话。

但当时那本笔记上还有更多的阐述，这个笑话其实内里蕴含着更多值得深思的东西，比如勇气。

第255章 神念之战

容意和萧素心的感知无法跟上那一道泥浆中飞出的灰色剑影的速度，而魏观星可以，但是他不觉得林意阻挡不住这一剑，此时他也感觉不到林意有真正的慌乱，所以他也只是静静地看着。

灰色的剑影在地上只是跃起一寸，悄然袭向林意的足底。

林意正想到好笑的笑话，再加上这一剑又是刺向他的脚底心的，他便真的忍不住笑了起来。

“你们这些剑师，就真的这么喜欢偷袭人的脚底心吗？”

他的笑声在雨声和笛声之中响起。

没有人回应。

在他的笑声响起之时，那名持笛的锦衣供奉的双手已经开始颤抖，笛声已经无法成型，那名气质沉静、很文雅的银衣供奉却是面色也变得苍白起来，他的身体猛然一震，所在的马车车轮同时往泥中砸去。

是砸而不是陷。

因为他身体的猛烈震荡，就如同一柄巨锤砸在他身下。

四轮发出令人心悸的裂响，泥水飞溅甚至带起了“嗞嗞”的破空声。

他身体的巨震源自他的飞剑。

林意笑声一起，他手中的剑便落在了那道灰色的剑影上，紧接着，他狠狠地一脚直接踏了下去，将这道还在挣扎的飞剑狠狠地踏在地上，踏入泥土之中。

“怎么可能！”

持笛的锦衣供奉失声叫了出来。

他颤抖的声音混杂着破碎的笛声穿梭在雨帘之中，显得极为怪异。

他身旁的灰色飞剑主人毕竟比他镇定，此时失去修炼多年的飞剑，也只是呼吸声变得沉重了些，面色更为苍白了些。

这名文雅的锦衣供奉此时在心中想着，他的飞剑一击被破，除了这名修行者竟然完全不受音震真元之法所限，还在于他的感知竟能够跟得上自己偷袭的这一剑。

然而最大的问题，还在于他方才心存侥幸，在被对方剑斩中的刹那，他还想强行控制这柄飞剑来刺伤对方的脚底，可对方穿着的鞋子，却是飞剑难入之物。

他抬着头，很用力地看着发笑的林意，此时他有些难以理解，这人明明是一名很强大的修行者，剑术也是他前所未见的精妙绝伦，但为何似乎分外地害怕飞剑？

虽然只是一刹那的交手，便让他有一种微妙的直觉。

只是这种直觉往往很准。

看着身前的林意，容意的心中尽是羞愧，而另一侧的萧素心，却是彻底地放下了心。

看来林意的实力远比她想象中的还要强。

“妙极！”

沈鲲也是愣住。

即便是以他的修为，之前之所以迅速不敌这名红衣道人而被擒，也是因为受了那名修行者笛声的影响，而另一名锦衣供奉的飞剑的确是阴险无比，也是临近身前才能有所感知，也给他造成了很大困扰。

然而这两名供奉联手，竟然如此轻松地就败了？

“你觉不觉得这很有趣？”他心情实在大好，忍不住转头看身边的红衣道人。

红衣道人没有回应他的这句话，或许只是觉得沈鲲此时太过得意忘形，所以红衣道人站了起来。

在他站起来的同时，这马车的车厢就炸了开来。

车厢四壁整齐碎裂成巴掌大小的方块，在四周散落一地，冰冷的雨水落在沈鲲的脸上，淋得他的笑容僵住。

“你是不是有病？”

沈鲲愣愣地看着这红衣道人，“这马车不是钱？”

红衣道人没有看他。

没有一滴雨滴落在红衣道人的身上。

他身上的红色道袍上散发着一种晶莹的光泽，将所有袭向他的风雨往外推开。

“果然是神念境……”

林意很小心地退后了一步，他和萧素心、容意靠近了一些。

此时红衣道人的目光却落在了一直很低调的魏观星身上。

“你我一战。”

这名天心观出身的红衣道人遥遥地看着魏观星，平静地说道：“你胜了我，我就让你带他离开，你若败在我手中，你们便不要再强求。”

魏观星微微沉吟。

“不行！”林意却是斩钉截铁。

沈鲲更加愕然，他虽然不知道林意是谁，也没看到林意的面目，但觉得林意很有个性。

红衣道人微微皱眉，看了一眼林意。

他需要林意给一个不行的理由。

“你就算能胜他，也未必胜得轻松，但至于你们其余的这些人，想必不是我们的对手。”林意终于得到和对方好好谈一谈的机会，顿时面具下有些眉飞色舞，意气风发地说道，“他若是缠住你，我们解决战斗之后便能围攻你，我们胜算更是大增，所以你说你们两人战斗便决定胜负，这条件明显不公。”

“哪里不公？”

红衣道人的涵养极好，淡淡一笑，傲然道：“你们要的是活的沈鲲，我们却未必，现在他在我手中，若是不能保证生擒他回去，若是我觉得你们能够劫走他，那要杀死他轻而易举。你们不可能带着活着的沈鲲离开，更何况你们之中也不知道有人会不会遭受不测。难道你觉得我的提议不佳？你们的来意我不管，但押着沈鲲的这些人只不过是命令在身，替人做事，一定要分个生死？”

林意愣了片刻，讪笑起来，“好像你说得很对，很有道理。”

魏观星很无奈，道：“本来就很有道理，只是你对我没有信心而已。”

林意轻声道：“那你有没有信心？”

“没有。”魏观星很干脆，“试了再说。”

林意顿时忍不住翻了翻白眼。

“面对天心观的神念境修行者，谁能有必胜的信心？更何况他修行的时间明显比我长。”魏观星平静地轻声道，“只是若讲胜算，我觉得我还是会多一些。”

“请。”

让人过多的等待是不礼貌的，更何况这名红衣道人的应对也的确很有礼和有理，魏观星没有让这名红衣道人多等，他朝着官道外的荒田里走去。

红衣道人点了点头。

然后神念之间的战斗便开始。

林意心中一动，在他感知到一股真元在红衣道人的体内涌动的同时，魏观星才刚刚走到官道的边缘。他身边的雨珠还在坠落，只是突然亮了一些，雨珠的边缘，却是不再光滑，变得异常锋利。

第256章 分毫之变

神念境之间的战斗依旧无法脱出真元的限制，只是这心念动间，真元便如同春风润物无声般到达想去的彼岸，这种感觉对现在的林意而言，就像是从很远的地方看到一个人拔剑，但是刚看到，剑便已经搁在了他的脖子上。

瞬间临身，便是神念的速度。

林意的面色肃然。

先前那些箭师射出的箭对于他来说太慢，但神念调用真元的速度，对于他而言却是太快。

这样的速度，自己恐怕真是到了临身之时才能有所反应。

所以以此时的修为和神念境的修行者战斗，便只可能陷于被动，也就是说，自己可能不会很快地被杀死，能够给神念境的修行者造成一些麻烦，但依靠自己一人，恐怕真是无法对神念境的修行者造成实质性的威胁，除非这名神念境的修行者身受重伤无法全力出手，或者真元耗尽。

“怪不得叫作半圣。”

林意之前在眉山虽然见过神念境修行者的死去，却也是第一次身临其境地见识神念境修行者之间的战斗，这种清晰的差距感，让他心生敬畏。

只是他刚产生这样的感觉，而他身旁的容意和萧素心，却根本来不及。

在他们反应过来之前，魏观星身外的那些变得明亮、边缘变得异常锋利的雨珠，已经朝着魏观星的身上割去。

锋锐的杀意不断落在魏观星的衣衫上，然后溅落在地。

泥泞的地上瞬间发出无数“哧哧”的切割声，一些笔直的剑痕深深地没入地下，又迅速被泥水覆盖。

然而魏观星的身上没有任何的变化。

他身上的衣衫也没有出现任何的裂口。

甚至连他的面色也没有什么变化。

红衣道人的眉头微微蹙起。

对于他和魏观星这样的修行者而言，这样对于低阶修行者而言已经如同神迹一般的画面只不过是两人的试探。

红衣道人自幼便在天心观修行，他的年纪比魏观星大出不少，修行的时间也自然比魏观星要久。他的修行道路在神念境之前都是一帆风顺，到了神念境之后，才陷入那种神念境修行者都会拥有的无聊和寂寞的境地，他停留在神念境已很多年，只是眼下这名对手，却似乎也已经很早踏足神念境的领域，在真元力量方面，根本不逊色于他。

离开官道，这只是意味着对方不愿误伤，不愿破坏这官道本身。

红衣道人却不愿意浪费时间，当林意再感知到他体内真元的疯狂流动时，红衣道人的身影已经从没有四壁的马车上消失。

没有人能够看清他的身影。

雨帘里直接破开了一条巨大的空洞，狂风从这辆马车上往上涌起，似乎一直吹到了高空，破开了云层。

明亮的天光从这条往上的空洞里透了下来，令这条官道都变得亮了一些。

在所有人不自觉抬头，目光牢牢地被这一道空洞吸引时，下一刻又一道空洞已经在魏观星前方的荒地上方出现。

红衣道人的身影在那道空洞中落下。

此时的天空里，才传来隆隆的声音。

红衣道人将自己变成了抛在空中的石头，然后又如同陨石般砸了下来。

他的手中出现了一柄剑。

这柄剑只有两尺长，然而和他身上的衣袍一样是鲜艳的血红色，此时随着他体内真元的剧烈贯注，剑身的光焰剧烈地扭动着，真像流星一般燃烧了起来。

林意的呼吸微顿。

他身旁的容意和萧素心以及车队中沈鲲之外的所有人，也都是呼吸彻底地停滞。

对于他们这些修行者而言，很难用言语来形容这一剑的气势和力量。

魏观星抬起头来。

他身上的衣衫微微颤动起来，他的双瞳映着这道剑光，也如同燃烧了起来。

只是他的面容依旧异常平静。

一道银色的剑光拔地而起。

因为太快，所以在林意感知到这柄飞剑时，这道银色的剑光已经带起了无数道湍急的剑气。

在一刹那，这道银色的飞剑便和红衣道人手中的剑撞击了不下百次。

沉闷而急促得令人心悸的轰鸣声里，澎湃的劲气像飓风般朝着四周的天空席卷而出，令这一方天地的雨珠都彻底散乱，四下横飞出去，雨都似乎停了。

红衣道人一声闷哼。

连续的冲击，让他身体的经络瞬间就出现了些损伤。

他是如此，对手也自然如此。

只是看着依旧平静如初的魏观星，这名红衣道人便从对方铁血强悍的气息里知道了比自己经历过更多残酷的绞杀，这样轻微的伤势，对于对方而言根本微不足道，甚至无法让对方心中产生任何涟漪。

这便是他和对方的差距所在。

然而修行者之间的战斗，绝对不是以己之短去攻其所长。

他是天心观的真传弟子，天心观是整个南方历史悠久的修行地，无数代祖师的修行经验，使得天心观的独特手段远比一般的修行地多得多。

在他的身体反而被强横的力量击得往上飞起的刹那，他的左手从衣袖之中探了出来。

五根细细的红线从他的左手之中疾速地游出，甚至比魏观星的飞剑还要快。

五根极细的红线落在了魏观星的身上，顷刻刺入他的衣物，接触魏观星的肌肤，接着就要刺入魏观星的经络，然后瞬间阻断魏观星的真元运行。

善使飞剑的修行者最危险的时刻便是在飞剑而不在身侧。

然而魏观星的飞剑在此时都没有飞回。

他依旧平静地看着这名红衣道人，他的飞剑却在这一刹那恐怖地加速。

银色的飞剑上所有的符文亮得刺眼，这一道飞剑就如同抽引了无数的星光，直击红衣道人的面门。

红衣道人索性闭上了眼睛，横剑拦在自己的面前。

生死之间只差分毫。

在他看来，自己当然比魏观星更快一些。

哪怕是同归于尽的手段，魏观星也不可能成功。

然而飞剑落向他面目，一股真实的力量却是倏然脱离了剑身，折向他的左臂。

“砰”的一声，他左臂上亮起一片散乱的红光。

衣袖碎裂，如无数红色蝴蝶在空中飞飞舞。

只见他的左臂光洁如白玉，散发着一层晶光，没有任何的伤痕，但是他左手紧握着的那枚红色剑丸却是黯然失色，那五根红色的剑丝骤然失去了力量，在空中颓然散落。

红衣道人的心中瞬间充满不可思议的情绪，然而他的动作没有丝毫的停留，随着一声轻声厉喝，他体内一股真元强横无比地冲入他右手中握着的道剑。

一道如烈焰般的剑光追向那柄银色的飞剑。

对方虽然不知从哪里学来的这种折光掠影般的剑气分离手段，但以如同方法破他的天心剑丝丸，此时依旧留给了他足够多的机会来击溃这柄飞剑。

强大的真元力量托着他的身体强行在空中横掠出去，他手中的这柄红色小剑一震，也飞了出去。

神念境的修行者，几乎不可能不会飞剑。

他身体的飞掠，加上这柄飞剑的飞掠，便更加缩短了那柄银色飞剑所能反应的时间。

红衣道人可以确定，魏观星不可能来得及赋予这柄银色飞剑更多的力量。

然而就在此时，让他和所有人没有想到，魏观星淡淡地笑了笑。

他伸出了手。

他的手中多了一具白色的长弓。

第257章 欠一命

行军背囊、布袋等这些东西，几乎每个修行者都会有。

除了那些只用飞剑和精巧武器的修行者将之藏在袖间，其余的修行者一般都会将自己的一些武器用行囊隐匿起来，有些粗犷的修行者直接会用布将武器包裹成长条，然后背在身上。

简单、实用，而且可以避免被对方一眼看穿自己的师门和战斗习惯。

只是谁也想不到，魏观星会从随身的行军布囊中抽出这样一柄弓。

这柄弓真的很大，一端放在地上，另外端都估计可以抵到下颌。

当这柄弓出现在林意的视线中时，林意第一时间脑海中出现的想法便是，那背囊又不大，怎么装得下这样一柄弓？

所以这应该不是一柄寻常的弓。

它至少能够折叠，或者平时是另一种形态，经过魏观星此时的取用，才会骤然成弓。

林意的关注点有些奇怪。

因为此时所有人在看到这具长弓的时候，脑海之中第一时间出现的想法，便是这人竟然用弓？

“刺啦”一声。

在这样的情绪刚刚浮现在所有人心头的刹那，一支箭矢已经摧枯拉朽般冲破所有阻挡的气息，出现在红衣道人的身前。

红衣道人的眉头深深地皱起。

他的双瞳之中第一次猛烈地燃起震惊的情绪。

在修行者的世界里，箭不如剑似乎是共识，箭射出之后，轨迹自然不可能有飞剑的剑路灵动，也不可能变化多端。

而且飞剑随着修行者真元的不断灌输，还能不断加速，不断地增强力量，但箭矢随着空气的阻力，却只会越来越慢，越来越力竭。

只是此时，红衣道人却清醒地意识到有一点始终被绝大多数的修行者忽略了。

在某一段直线距离里，真元的迸发再加上弓弦本身的威力，会使得箭矢在这段局促的距离里，比飞剑还要快！

这支箭矢，便比他所有见过最快的飞剑还要快。

没有任何选择的余地。

他强行收剑。

体内喷涌而出的真元将他的这柄红色小剑带成了一片耀眼的霞光，堪堪横在这一箭之前。

箭矢爆了开来。

这支箭并非木质，但很脆。

“砰”的一声，无数金属的碎屑在红衣道人的周身飞过，有些尖锐的碎屑弹到了他的身上，虽然没有能够刺穿他的肌肤，却让他的身上充满了痛感。

他的鼻中嗅到了一丝浓厚的铅汞味道。

这支箭的箭身加入了大量的铅，所以才会如此脆。

只是铅很重，所以这支箭本身也很沉重。

能让这样沉重的箭拥有这样的速度，那柄白色的长弓也很不寻常。

只是他并没有时间去仔细感知那柄长弓，他的目光也被前方的铅尘和雨雾遮掩，只能依稀看见一具白色的虚影。

他的身体遭受着强大力量的冲击，体内的真元虽然控住，但是如同激流撞击着河岸，震荡不已。

更为重要的是，那种摧枯拉朽般的气息，已经接连而来！

“刺啦！”

数声并为一响。

数支同样快的箭矢，已经来到红衣道人的身前。

“砰砰！砰砰！”

红衣道人的身影在空中往后颓然落去。

数支铅箭被他尽数斩碎，只是浓厚的铅尘在影响了他的呼吸的同时，让他发觉了一件更为心悸的事情。

这些铅尘之中混杂着重汞等物，竟然能够隔绝感知！

他的感知宛如陷入泥沼，被这些铅尘形成干得浓雾所困！

没有任何的迟疑，他往后全力退去！

他的身影快得如同闪电，根本看不见影迹！

这些箭矢能够在百步之内比飞剑更快，但是距离只要拉得更远，这种箭矢陷于各种阻力，便会越来越慢，力量也会衰竭。而且拉开了距离，他便也能够赢得更多的反应时间。

然而也就在此时，一点凉意出现在了他的背后。

这名红衣道人的身影往后疾速地穿梭，当他感知到那点凉意之时，已经来不及了。

那柄银色的飞剑，在他感知受到这些铅尘影响的刹那，便已经悄然到了他身后的退路上，如同死寂不动的毒蛇，等着他的到来。

他自己便收势不住，会撞上这道飞剑，而他的前方还会有箭矢射来。

那一点寒意迅速扩大，就如同一片冰湖，瞬间将他浑身淹没。

“怎么可能？”

他此时脑海里尽是不可置信的情绪，一个人怎么可能既是强大的剑师，又是强大的箭师？

修行者的世界里，几乎未听过有人能同时具备这两种身份。

不只是技巧不同，而是一种追求灵动多变，一种却需要静气凝神的追求精准，绝大多数剑师的性格和优秀的箭师的性格是截然不同的。

然而虽然看不清对方的长弓，但是对方那一瞬提弓施射的姿态，那种行云流水的连射，让他感到一种异常的流畅感和美感。

这人在弓箭上，也不知下过多少年的苦功。

弓身铮的一声轻响。

听着有些刺耳，让很多人的心脏为之一缩，然而没有新的箭矢出现。

就连长弓都被魏观星以惊人的速度收起。

那点落在红衣道人背后的凉意，只是贴着红衣道人的腰腹衣衫飘了出去，飞向魏观星。

魏观星深吸了一口气。

他对着那名红衣道人颔首为礼。

他可以杀死这名红衣道人，然而虽然传说中他是一念就溺杀了三千余马贼的好杀煞星，但他并不好杀。

这名红衣道人一开始的观点便只是做人供奉，替人办事而已。

红衣道人双脚落地。

在落地之前，他已经有时间调整好体内的真元流转。

所以连丝毫泥水都没有溅起。

那些战斗之中落在他身上的雨水和泥泞，也被一种柔和的力量，尽数从他的身上震出。

“我败了，沈鲲你们带走。”

红衣道人收剑，静静颔首为礼，说得异常平静，没有丝毫的废话。

“谢谢！”

魏观星认真致谢，道：“其实这种战斗，我还是略微占了些优，并不见得绝对公平。”

林意转头，用看着怪物的目光看着魏观星。

魏观星的力量强大得让他此时心中还有些发麻，只是对方都已经说放人了，为何还说这种废话，而且哪里占优了？

红衣道人眼中也是惊异的目光一闪，道：“何出此言？”

“因为我一开始便看出了你是天心观的修行者，我知道你的身份，知道天心观的一些手段，但你不知道我是谁。”魏观星道。

“说得的些道理，但不掩饰是我的问题，不是你的问题。”

红衣道人毫不掩饰地摇了摇头，然后看着魏观星道：“今日你胜而不杀，不管你是谁，今后我便不会再和你动手。”

“这还差不多。”

林意在心中评判了一句，看这红衣道人，也觉得越来越顺眼。

这红衣道人这一句，明显是大恩不言谢的意思。

沈鲲这时却少有的沉默。

他先前对这红衣道人颇有微词，但是现在却也觉得红衣道人不错，而方才的战斗，他也隐约猜出了救自己的是何人。

第258章 何仇?

两名南广王府的锦衣供奉不出一言。

他们并没有觉得红衣道人独断专行擅自做主，事实上两个人心中都有隐隐的庆幸和感激。

若非红衣道人不惜真元约战对方那名神念境的强者，若是他一心要在南广王的身前邀功，令所有人死战，那最终的结果可能是他们这些人都要死在这里。

无论是这名身兼剑师和箭师身份的神念境修行者，还是方才破了他们联手合击的那名年轻修行者，对于他们而言都太过古怪。

此时，雨真的小了些。

在红衣道人返回车列之前，数丝真元已经随着雨水落在沈鲲的身上，接着悄无声息地冲开了困锁他经络的一些禁制。

一股鲜活的气息从沈鲲的身上散发出来。

随着这股气息的震荡，沈鲲身上的衣衫尽干。

林意肃然起敬。

他轻易地感知到了那种承天境之上的如狱如海的味道，这名混迹马帮的修行者，，按魏观星所说，果然已经到了神念境。

“走吧。”

魏观星已经走回林意的身边，他很干脆地转身，这句异常简单的话也只是对着林意等人所说，并非对着沈鲲所说。

虽然救了沈鲲，但他并不想左右沈鲲的人生。

若非有着一定要做完的事情，他也不会选择困于束手束脚的军队，而会选择海阔天空的江湖。

“这么多年不见，冒着这么大的风险救了我，就不准备和我说些什么？”

沈鲲跟了上来，他在魏观星身后的泥泞地上吐了口痰，“只有做贼被发现才会一声不吭就走。”

魏观星微微一笑，“你自便，我又不用你谢。”

“生怕我一时心中不忍，也上了你的贼船？”沈鲲看着头也不回的魏观星，有些感慨地摇了摇头，“看来你最近也过得不怎么如意。”

“你这人想和我聊天，但和以前一样，还是不怎么会聊天，很容易把天聊死。”魏观星淡淡地说道。

“你这人也是和以前一样，不想把别人拖进你的麻烦里。”沈鲲反唇相讥了一句，道，“可是现在神念境修行者本来就不多，一个不算什么，两个加在一起似乎也不算弱了。”

“你这什么意思？”

听到这句话，林意等人都是心中一动，林意瞬间眯着眼睛笑，若非有面具遮住他的脸，否则他笑得绝对像个狐狸，“难道你要跟着我们一起？”

沈鲲一时没有回答，只是看着魏观星的背影，意味深长。

魏观星一时也没有回应，他一直沿着官道走到一条野河边，走到停在那里的船前。

“船很小，容意翻。”

他转过身来，摘下面具，对着沈鲲说道。

“再小也是船，反正我也无处可去。”沈鲲看着魏观星，说这句话时还有些嬉笑，但旋即脸上却是一副莫名感慨的表情，“我朋友本身就不多，被萧谨喻这么一闹，谁还敢和我做那些营生？”

“魏将军，落花有意，流水安能无情？”林意顿时击掌，“就如此定了，船小灵活，未必会翻，哪怕翻了，也可以渡水。”

他此时心中得意的简直无法用言语形容。

他父亲林望北当年权势最重时，掌管数十万大军，但能够调用的神念境修行者也不会超过十人，而完全听从林望北的军中神念境供奉，算是当时林家的人，也不过两三人而已。

现在魏观星原本就是神念境修行者，再加上沈鲲若是跟随铁策军，再加上齐珠玑带来那名供奉，那数千人的铁策军，便有三名神念境修行者……这说出去，恐怕没有人会信。

更何况沈鲲常年跟随马帮行走，对于党项、吐谷浑和北魏那些边地应该熟悉，依靠他恐怕能够进一步得知当年大俱罗行军口粮的信息。

“你是？”

林意此时嫌弃闷气，也已经将面具摘下，沈鲲看着得意非凡的他，却是一愣。

他没有想到林意竟然如此年轻。

先前他只以为林意是声音显得年轻，但那么轻松第对付两名南广王府的供奉，应该也是魏观星请来助拳的高手，应该也和魏观星是同辈中人。

“我是他上阶将领。”

林意正色道：“若先生能到军中，必定待若上宾。”

“他不是在开玩笑？”

沈鲲愣愣地转过头去看着魏观星，看着魏观星没有丝毫反驳的神色，他顿时苦笑摇头，“看来你的确太不如意，居然沦落到了这种地步。”

林意顿时无语，“什么叫沦落到这种地步。”

“这人惹的人可比南广王厉害得多。”魏观星看着沈鲲，道，“你真要上这船？”

沈鲲顿时对林意刮目相看，“我收回我刚刚说过的话，看来他不算沦落。”

林意张开了嘴，有种口水就要流下来的感觉，“无妨，无妨。”

魏观星不再多言，一步上船。

等到所有人包括沈鲲也走上这船时，容意和萧素心有种兀自难以相信的感觉。

一名神念境的修行者、一名半圣，就这样加入了铁策军？

“你们到底是什么军？”

沈鲲比较多话，事实上马帮在行走时，往往数月的时间都行走在荒无人烟的地方，让马帮中人消遣的，往往便是没话找话和讲些粗犷的荤段子。

“铁策军。”林意确定那些王府的修行者没有跟来，他轻声地回道。

“没有听过。”

林意还有些自豪，但沈鲲的一句话却让他差点儿噎住。

“不过有如此多的修行者，应该也是精锐大军？”沈鲲看着林意，他倒是没有取笑之意，他这种常年在边疆漂泊的散修对于南朝的军队原本就了解不多。

“当然是。”林意厚着脸皮点头，“而且今后必定威震天下。”

沈鲲看着林意，觉得林意说这些话的时候面色似乎有点儿古怪，“方才魏观星说你惹的人比南广王厉害得多，你到底惹的谁？”

林意尴尬地一笑，还未回答，魏观星却是已经一笑，道：“都姓萧，只是那人是临川王，而且据我所知，很快就会授北讨大元帅。”

“临川王萧宏？”

沈鲲丝毫没有建康城中那些城府极深、极重仪容的强大修行者的做派，他吃惊得舌头都吐了出来，“授北讨大元帅，这意思是说北部边军都归萧宏统御？”

“除了他，皇帝没有更加信任的人。”魏观星微讽地笑了笑。

“那北魏兵权最重的便是他了。”沈鲲不可置信地看着林意，他原本便知道萧宏是所有王侯中最有权势，最深得皇帝器重的，“你怎么和他结仇的？”

“他差点儿睡了人家女儿。”魏观星认真地说道。

“厉害！”沈鲲愣住，旋即忍不住哈哈大笑起来，无比佩服地看着林意，“妙极，妙极！”

林意目瞪口呆地看着魏观星，“你这……”

魏观星笑笑，“若不是旧朝换了新朝，你敢说你到现在未睡？还是你不想？”

林意无奈到了极点。

这句话不无道理，他无法反驳。

第 259 章 破剑法

“你的弓箭能不能给我看看？”

林意一息之前还无语噎住的模样，一个呼吸之后，却是认真地看着魏观星问道。

这跳跃有些大。

魏观星看着林意，确定林意是认真的请求，而并非故意转开话题。

“不能。”

他很认真，但很干脆地看着林意说道。

“为什么？”林意惊讶地看着魏观星，“你居然这么小气？”

“这弓需要真元才能用，对你又无用。”魏观星不受林意的激将法，一副看穿他的眼色，“更何况这和小气无关，有些器物有些特殊的意义，不能拿出来给人观赏。”

林意也终于确定魏观星的确是认真的，“那说说到底是什么样的弓总可以？”

“事关有些隐秘，也不行。”魏观星依旧摇头。

“那教她箭术总可以？”

林意退而求其次，点了点萧素心，看着魏观星说道。

“你要修箭术？”魏观星这倒是有些意外。

不等萧素心回答，林意道：“她恰好有碧蛟筋在手。”

“碧蛟筋？”魏观星心中一动，看着萧素心的神色，便明白萧素心有这极为罕见的弓弦材料是不假，只是要学箭术，恐怕也不是她自己的主意，而是林意所想。

虽然和萧素心接触甚短，但这名少女是什么样的人，他也已经了然于心，此时他也知道这自然是林意的好意，只是越是如此，他的心中便是一痛，他的面色不自觉地便沉了下来。

“不行。”

“这都不行？”

林意这下是真没有料到，他忍不住皱起了眉头，道：“哪怕是师门不传之秘，那就算是拜师亦可。”

“和师门无关。”

魏观星转过头去，看着雨珠纷洒的河面，道：“只是我没有这种心情。”

沈鲲也瞪着牛眼看着魏观星。

此时魏观星的神色在他看来也是古怪得很，他当然比任何人都清楚魏观星绝不是小气之人。

不愿意便是不愿意，这世间只有人逼良为娼，没有人逼人教射箭的。

沈鲲心中如是想。

但就在此时，林意却是无奈地转头看向他，道：“你也是神念境，你有没有什么可教的？”

“你这也太……”沈鲲呆了半晌，一时不知该用什么贴切的话语来形容林意。

“提携后辈不是分内之事？”林意却是不以为耻，一脸殷切地看着沈鲲。

“铁策军真的不养闲人？”沈鲲叹了口气。

林意点了点头，“当然不养闲人。”

“我擅长用剑。”沈鲲有些犹豫。

他的师父是有名的剑师，像他师父那样淡泊名利的人还有一定的名声，便说明在剑道上的确有很独特的领悟，只是想着之前林意使用的那些剑招，此时他有些底气不足。

那些剑招，似乎比他所会的要精妙得多。

“没有些特别独到的运用真元的手段吗？”林意果然有些失望。

或许是现在他没有那么畏惧飞剑，所以他总觉得像罗烈侑和方才那名持笛的锦衣供奉的那种直接针对对方真元的功法，比飞剑更有用。

“这？”

沈鲲倒是松了一口气，他思索了一下，道：“破剑法应该也算。”

“什么是破剑法？”林意觉得这个词很新鲜，至少他先前未听说过。

“任何剑都有薄弱处，剑胎如此，飞剑也如此。”沈鲲看着林意等人，道，“以飞剑为例，任何完美的符文，任何强大的真元灌输，再怎么强大的飞剑，飞剑剑身的力量都不可能完全平均，完全一致。它的身上自然有最为薄弱处，将之找出，然后击之，击溃起来便能省力一些。”

“你倒是不藏私。”魏观星此时淡淡地插了句嘴。

林意等人并不清楚，但他却很清楚，当年刘雀儿出名，便是因为同等境界的修行者在用飞剑和刘雀儿战斗时，往往很吃力，往往需要消耗更多的真元。即便如此，在战斗之中被刘雀儿击落飞剑的不在少数。

同等境界的修行者的飞剑力量都是大致相同，即便剑招不同，飞剑不够灵动迅捷和多变，大多也只可能自身受伤，而飞剑不太可能被直接击落。

而真正的原因，便是因为沈鲲此时所说的这种独门破剑法。

“真元在符文之中急剧穿行，整柄飞剑便如一个最小型的法阵，因为小，而且真元的流速快得惊人，所以即便这法阵有缺陷，必定也有薄弱处，但要将之找出，却实在太难了。”一直最为沉默的容意却在此时忍不住出声，他对符文和阵法最有研究，所以也最为震惊和难以理解，“这是何法？”

“不用深究道理。”

看着这名年轻修行者求知若渴的目光，沈鲲这才有了些半圣的风范，沉静地摇了摇头，道：“要吃鸡蛋不用研究明白母鸡如何下蛋，要找出最为薄弱处，便不用去研究符文和法阵，只需能够感知清楚这剑上震荡时产生的气息波动，感知清楚气息之中的薄弱处便可以了。”

“只是这……”容意几乎下意识地驳斥，这如何学？这似乎完全是感知层面的事情，那感知要何等的强大，才能在飞剑急剧的穿行之中还能感知清楚剑身上微妙的气息震荡中传递的信息。

“你的想法已经走入了死胡同。”沈鲲看着容意的样子，便知道他想得不对，他摇了摇头，道，“气息太过微妙，便设法让它变得强烈。”

“你的意思是，你的飞剑上带着……”容意身体微微一震，他如同梦中猛然惊醒。

“不错，只要你的剑气能够增强这种气息波动，若是那种信息如同微弱的火星，你设法吹些气，让它变成燃烧的火焰，你便自然可以清楚地看到。”沈鲲莫名地有些感慨，“这样简单的道理，我那个笨师兄也不知道用了多久的时间才想明白了。”

“当年这破剑法没有传给南広王？”林意瞬间明白，他说的笨师兄，当然便是指南広王。

“其实该传的都已经传了，只是有几句话点醒的关窍未说……若是他后来还花心思在本门的功夫上，多花些时间，总也推敲得出来。”沈鲲道。

“那你师父到底是不是南広王令人杀的？”林意忍不住问道。

“不知道。”

沈鲲沉默了片刻，摇了摇头，道：“这恐怕只有他心里清楚。”

第260章 死无对证

“没有人能死无对证，再查，死无对证的背后本身就有问题！”

当这艘易翻的小船在河水中顺流而下，返回洛水城时，在遥远的北魏皇宫里，盛装的北魏长公主元燕声音微寒地说道。

在眉山时，寻常打扮的她看上去并不出众，和普通的南朝小姑娘似乎没有区别，然而现在穿着最华贵的衣衫，她的光辉却是亮得有些刺眼。

她手托着下颌，显得有些疲惫，只是她漠然的神态，却让人觉得威严和强大。

她的下首，站着一名结着长辫的男子。

这名男子在眉山之中，也是最靠近她围坐的那一群人之中的一个，面对元燕这种冷漠而威严的姿态，他已经习以为常。

听着元燕的这句命令，他躬身行了一礼，却并未就此退出，只是摇了摇头，道：“不能再继续了。”

元燕的面色没有丝毫改变，只是沉默地看着他。

“死无对证的确有问题，只是再查下去，我可能没了。”这名男子歉然地轻声道，“我便会变得死无对证。”

元燕的眉头微蹙，只是依旧没有出声。

“抱歉。”这名男子轻声地叹息了一声，“今后恐无法再为长公主殿下效力。”

“他这是什么意思？”

等到这名男子的身影消失在这殿里许久，一名和元燕面容极为相似的宫女出现在殿间，她看着这名男子离开的方向，声音微寒地说道：“只是因为惧怕魔宗大人，便不再为您效力？他难道忘记这些年您替他做的事情了吗？”

“他是魔宗的人。”元燕并没有丝毫的愤怒，只是冷漠地轻声说了一句。

“什么？”这名和她面容极为相似的宫女不可置信地睁大了眼睛，怀疑自己是否听错。

“他是什么人？他是白蜡湖畔的猎头者白骨枯，虽然进洛阳五年，但什么时候见他怕过，当年他的那些敌人，对于当年的他而言，也和魔宗大人差不多，像他这样的人，怎么可能因为纯粹地害怕魔宗大人的实力，而不敢再听命继续追查？”元燕微讽地说道，“只有一个可能，那就是他是魔宗的人。魔宗大人可以用他离开我身边的方式给我施压，而我若是想明白这层，便自然知道他发觉了我在查他。”

宫女的面色变得惨白起来。

元燕做事一向极有效率，在短短时日之内，她便已经发现有一些悬而未决的要案隐隐和魔宗有关，然而许多这样的事情，和药谷圣手黄秋棠的遭遇一样，许多能够带来线索的人，若非死无对证，便似乎从来没有在世间出现过。

这样的抹灭，更是让元燕确定魔宗并非像绝大多数魏人以为的那般谦和仁爱，而是比绝大多数权贵更为冷酷和残暴。

只是若是按元燕所说，这白骨枯一开始便是魔宗的人，魔宗大人已经知道元燕在背后所做的一切，那该会如何？

“总有些上进的年轻修行者觉得人生是可以用命赌一赌的事情，还有要找到些天生拥有强烈正义感的，勇于揭露魔宗的真面目的年轻人，也并不算太难。”元燕的声音在此时响起，传入这名宫女的耳郭。

此时元燕的声音依旧很平稳、冷静，或者说显得有些冷酷。

“这样做……真的好吗？”宫女迟疑了片刻，发出了声音。

她并不同情想用命赌一赌前程的那种人，要说同情，她最同情那些天生拥有正义感的热血年轻人，只是在她看来，那样的热血也并没有太大的意义。

因为权贵之间的阴谋总是层出不穷，即便你揭露了某个权贵在某些事情上采取的非人手段，将那名权贵从北魏扳倒，但那些新上去的权贵，依旧会做出很多的阴谋。

她只是担心元燕并不收敛，反而彻底表明态度的方法，会引来很可怕的后果。

“皇帝和太后不会喜欢我敷衍，至于魔宗大人，不会因为我敷衍而对我消除敌意，更何况他对我们可能原本就有想法。魔宗大人也不可能冒着彻底触怒皇帝和太后的风险杀了我，若他敢杀我，皇帝和太后便知道自己也没有退路，也必定会展开疯狂的反击。事关他们自己的生死，他们甚至会觉得这件事比和南朝的战争更为重要。所以我首先不能让皇帝和太后不喜欢。至于魔宗大人如何想……他若是真想和我谈一谈，我做得越是过火，越是对他造成了真正的威胁，他想要我停手，便自然会给我更多的好处。”元燕缓缓地说道。

她说得很清晰。

这名宫女也听得很仔细，她对她的敬畏油然而生。

元燕这样的人，的确太过清楚自己的位置，也很清楚自己所要的是什么。

“你也不要再留在洛阳。”

元燕的声音再次响起，“魔宗大人无论采取什么样的手段，只要无法杀我，只要我依旧是唯一的北魏长公主，有着皇帝和太后的默许，我便始终有着对他产生威胁的力量，只是他不敢杀我，却敢杀那些对我而言真正重要的人物。虽然没有人觉得一名长公主和一名影子之间有真正的友谊，但是像他这样的人物，终究会查得出来，所以你接下来不能为我做什么事情，不能留在洛阳。”

这名宫女身体猛然一震，她震惊地看着元燕，“那我去哪里？”

元燕看着这名恐怕是身边唯一能够信任的人，她轻声道：“也不能留在北魏。”

“去南朝？”这名宫女完全愣住。

“我自然会有安排。”

“我会先安排你假死，然后安排你去南朝。”

元燕垂下了眼睑。

她的身前案上，在她此时的手边便有一些来自南边的军情回报。

这里面没有那名南朝小贼的死讯，反而有提及，在眉山之役之后，南朝有了一些需要留意的年轻修行者和将领，其中便有这名被破格提升成铁策军右旗将军的南朝小贼。

她现在不知道该以何种心情和想法去面对这名南朝小贼。

但她至少十分确定，这名南朝小贼不想自己死。

至少魔宗对于南朝而言，也是最大的敌人之一。

虽然她也不知道林意此时如何看待自己，但既然有着共同的敌人，将来或许便有联手的可能。

或许这种可能很渺茫，但在开始追查魔宗之后，她便越来越觉得孤独，这种孤独，让她对这种可能报以希望。

第 261 章 自在

洛阳没有下雨，天气很晴朗。

她用了足足半天的时间才看完陆续送来的文书之后，当她走出自己的书房之后，仰首看着显得有些刺眼的天空时，她发现连流云都很少。

天气对于普通的修行者而言便只是天气，然而对于她和许多权贵而言，便意味着更多不同寻常的事情。

那些官员在年初的推测开始被逐一印证。

南方的灵荒比北方严重得多。

但是今年北方的雨水严重不足，很多地方会有大旱。

有大旱，哪怕依旧能够保证军粮，但地方上一定会有问题出现。

可能会饿死很多人。

一只黑色的鹰隼出现在天际，出现在她的视线之内。

那是一只很瘦的野鹰，看着飞行得无拘无束，但是她很清楚，军队现在对传递消息的鹰隼的需求越来越大，这只野鹰在这里出现，也应该很快沦为军方的猎物，最终应该死在奔波的战场上。

这世间只有在不经世事的时候才会觉得自由自在。

这个时候，她觉得自己和那个南朝小贼似乎没有分别。

她也尚且不能完全靠自己活着，而那个南朝小贼，也随时会因为某些大人物的意思而陷于真正的危险之中。

她此时也开始明白，为什么越是在眉山之中行走，她心中对林意的态度就越来越不同。

不光林意对她真的很好，还有林意可以不要命地去救他认为的朋友。

更是因为林意和她一样，不肯困于命运，不肯服输。

他很多方面，似乎都和她很相像。

所以她和林意之间，才有那么多奇妙的默契。

洛阳和洛水虽只差一字，却天南地北，隔着万重山。

她在洛阳城里如此想着时，洛水城里的齐珠玑脸色阴沉得几乎要滴出水来。

天启军范白鹭派人送来东西的速度比林意料得还要快。

现在南朝的所有边军共分勇武、壮威、宣威、明威、定远五部，这五部边军的元帅，便都是此时南朝兵权最重的存在。

天启军范白鹭深受宣威元帅许乐年赏识，天启军原本也是宣威之中的精锐军队之一，虽然是调库，送来的都是隶属于宣威军的库藏，但林意对于范白鹭的威胁的确起到了作用，范白鹭送来的东西对于此时的铁策军而言的确很有用。

他送来的都是弩箭。

南朝的绝大多数弩器都可以在战斗发生之前上好机栝，比一般箭师施箭的速度要快，而且弩箭的射程相对较近，一般都用于接近近身时使用，如此一来，不需要大量的训练，很多军士都可以做到精准。

无论是弩箭和弓箭，只要同时激发的数量一多，便会对敌军和修行者造成很大的威胁。

天启军范白鹭送来的弩箭之中，有七百具是可以连发五箭的连击臂弩，甚至还有五具鸟翼刃车，这种刃车，最先是用于攻城的大型军械。

长达一丈有余的重刃被重型弩车击飞到城墙上，将会对城墙上守军造成巨大的杀伤。

只是工坊里匠师的想象是一回事，等送到战场上，实际运用却又是一回事。

几乎所有的将领在试用过这种鸟翼刃车之后，都会不约而同地直接破坏了鸟翼刃车的弹刃角度，原本往高空抛射的重刃，被根本没有学过炼器的寻常军士改得平直抛出。

虽然射程抛不到百步，然而巨大的刃身在切过敌军密集处时造成的巨大杀伤，带起的一条残肢血路，却很容易对对方的士气造成巨大的影响。

这种鸟翼刃车因为其中机栝的玄钢比较特殊，所以造价也是不菲。

以林意此时这支三千余人建制的铁策军，拥有五部这种刃车，简直是奢侈到了极点。

这五部刃车哪怕只能齐齐激发一次，也足以挡住敌军一次重骑的冲击。

一支哪怕是纯粹以步军为主的军队，拥有这样五部刃车，便有着和重骑军硬碰硬的可能，否则哪怕是据守，都不可能守得住。

不同建制规模的军队，便自然承担不同的任务。

在齐珠玑看来，三千余名铁策军，自然有打大仗的可能。

铁策军并不擅长打这种大规模的阵地战，哪怕有着魏观星的调教，先天的不足依旧不可改变，但若是按照林意的想法，这样数量的铁策军依旧按照之前的战斗方式一样战斗，乱而取胜，那这大量的连击弩和这种鸟刃翼车，的确可以起到改变这支军队属性的作用。

虽然城中其余铁策军都不知道林意是如何做到让天启军雪中送炭一般送这样的大礼过来，但当这些东西送来时，所有的铁策军军士都比过年还要开心。

然而接下来的事情，却让所有的铁策军军士都很不开心。

卸库还没完成，数骑已然冲进了铁策军军营。

这数骑都是重骑，除了为首得一名将领，其余都是披挂着战时的重铠。

为首的将领身穿的是便服，只是他身下的马比身后的所有战马都要高大。

这匹马是红色，身上的毛发一丝杂色都没有，如同赤霞。

这名将领四十余岁，面相威严，他的右手拇指上系着两件东西，一件金色的将印，一件兵符。

“不用搬进去了，将它们送到我们营区库房。”

这名将领的战马在五辆鸟翼刃车之前停下，然后伸出手来，让所有人都看清他手上的那件将印和兵符。他没有看在场的任何铁策军军士，他的目光有些贪婪地长时间停留在这些刃车上，就如同看着自己心爱的女人一般。

“你什么意思？”

铁策军之中大多数人通过这枚将印便清楚这人是普慈郡的郡守高云麟，只是听着这样的话，大多数铁策军军士还是聒噪了起来。

“军务所需，调用而已。”

这名将领冷笑了一声，“有人想要违抗军令。”

“林将军呢？”

有不少人叫出了声来。

此时韩征北不在，先前这些天启军入营之时，便有人去通报韩征北，只是却听说韩征北正巧被林意派了出去，既然韩征北不在，那这库房的事情自然也是林意管……只是这些普慈军的人莫名其妙来拿东西，到了此时，怎么林意还不露面？

“调用还是明抢？”

一声冷笑响了起来，“手脚倒是快，嗅着味道就已经来了。”

场间瞬间安静。

所有铁策军军士齐刷刷地转过头去，心想是什么人这么带种，敢如此不客气地和普慈郡郡守如此说话。

高云麟霍然抬首，他凶厉的目光瞬间锁定了齐珠玑，毫不停留地喝道：“你算什么东西，敢如此和我说话？”

第262章 人争

齐珠玑的眼眸骤冷。

“你又算什么东西，敢在铁策军之中这样说话？”

然而就在此时，一个熟悉的声音在城墙上响起。

所有人为之一滞，所有铁策军军士转头看去，发现林意不知何时已经在墙头站着，虽然心中明知林意的这句话简直是大胆至极，但看清林意的瞬间，不知何种情绪使然，许多铁策军军士还是齐齐地喝了声彩。

高云麟眼瞳微缩，他看着墙头上一脸无所谓的林意，厉声道：“你……”

他当然是想呵斥林意，然而他只是出口了一个字，便被一声轰然闷响打断。

林意直接从城墙上跳了下来。

寻常修行者跳下来的姿态有很多种，但应该都会借助真元，绝不会像此时的林意一样，就如同重石狠狠砸地。

一圈尘浪从林意的双脚下溅射开来。

林意的双膝微弯，然后又缓缓地挺直身体。

这种缓慢的姿态和在他身外扩散的烟尘，给人一种无比强悍的感受。

所有人的脚都不自觉地微微动了动，似乎从墙上跳下来的是自己。

“你不知道我是谁？”

高云麟狠厉地看着林意，他很难忍受对方这种咄咄逼人的姿态，再次缓缓伸出自己的手。

他手指上系着的金色将印和兵符在阳光下闪闪发光。

“哪里来的贼子，敢偷普慈军的将印和兵符？”让所有人没有想到的是，林意伸手一挥，直接喝道，“将这些人速速拿下，严刑审问！”

“什么？”高云麟一愣。

场间所有铁策军军士也是一愣，这高云麟虽然和他们不熟，但在场的大多数铁策军军士都认识，听着林意的声音，这些人此时都不知道该如何做。

“大胆！这是普慈郡守高将军，你安敢如此说话！”

高云麟身后的几名重骑惊愕之中也是齐齐地叫出了声来，他们可是担心周围的铁策军真的不分青红皂白就上来一顿乱打。

“等等。”

林意摆了摆手，狐疑地看着高云麟，“你真是普慈郡守？”

高云麟回过神来，眉头深深皱起，他觉得此时林意的神色很有问题，一时也不说话，点了点头。

“林将军，他的确是普慈郡守。”此时接近林意的数名铁策军小校轻声说道。

“不可能！”

但是林意突然大声起来，这声音骤然爆发，让这几名铁策军小校都是吓了一跳。

“绝对都不可能！”

林意挥了挥拳，“若是真的普慈郡守，怎么可能不知道军法和规矩？”

有清亮的笑声响起。

是齐珠玑在发笑。

当很多人的目光落在齐珠玑身上时，齐珠玑也并未强忍住笑意，他笑得很自然，很坦荡。

是真的很好笑啊。

并不是林意说话的内容好笑，而是林意演的真的……很夸张。

林意很清楚齐珠玑在笑什么，他有些不好意思。

清亮的笑声不断地在变得寂静下来的场间回荡，盘旋在高云麟的耳畔，高云麟的眼睛微微眯起，心中却有些冷。

“什么军法和规矩？”

他看着林意，缓缓地说道。

“即便你是普慈郡守，你也只能去管你的普慈军，铁策军不在你辖下，你如何能动我铁策军？”林意被齐珠玑一笑，也失去了装腔作势的兴趣，也缓缓地说道。

“是我不懂军规还是你不懂？”

高云麟讥讽地笑了起来，“我是几班将领，你是几班将领？我难道无权调用城中的库藏？”

“城中的库藏？我说充公了吗？”

林意冲着身边的一名铁策军老军问道：“韩征北在哪里？韩征北难道将我的私产入库充公了，我的私产就变成城中的库藏了？”

这名铁策军老军是韩征北的部下。

听到林意这么一说，这名老军瞬间就反应了过来，连连摇头，“将军您的私产，我们怎么敢动，更何况今日韩将军也不在城里啊，我们要想将您的私产入库，也办不了入库。”

当这名老军的声音响起，周遭所有的铁策军军士便都明白了，瞬间哄笑声有之，厉喝声有之，故意取笑声有之。

“林将军的私产也敢动？不想活了吧？”

“难道想豪夺？”

在一片喧嚣声中，林意只是平静地看着高云麟。

高云麟的脸色瞬时变得难看起来。

“这可是我的私产啊，高将军。”看着沉默不语的高云麟，林意淡淡地说道，“你直接带着骑军过来，光天化日之下公然抢夺我的私产，高将军，你是普慈郡守，还是普慈的马贼？”

他说这些话的声音很平淡，但是落在周围所有人的耳中，却是字字生寒。

说人是马贼，这是很严重的事情。

因为在萧衍登基后的天监初年至天监三年间，各地马贼为乱，许多马贼都是前朝难以掌控的军队落草为寇，而在平寇的过程之中，也出现过数桩大事，都和平寇的军队暗中伪装成马贼劫掠有关。

这在前朝，其实是心照不宣的打秋风，许多军队将领都会凭借这样的手段吞掉需要上交国库的战利品，更有甚者，便会直接劫掠富庶的城镇。

但那是前朝，在新朝，最终的结果便是龙颜大怒，所有被牵扯其中的将领全部被处斩。

所以军中尤忌抓贼的做贼，之前林意等人去劫沈鲲，众人最为关心的，也便是沈鲲算不算是朝廷重犯。

但这高云麟转变倒也快。

他深吸了一口气，马上换了副脸色，微笑道，“那便是有误会，既然这批是林将军的私产，那必定是弄错了，应该是入了库的其余东西，我说的也不是要这些，而是先前入库的许多轻铠。”

当他的这句话响起，这片铁策军的库房前气温骤冷，所有的声音骤然消失。

因为林意突然变了脸色。

林意之前的脸色若非戏谑，便是平静温和，然而此时，他的脸色却陡然变得比冬天里的寒风还要冷。

这样的陡然变化，让高云麟和他身后数名骑军都是一滞。

“你太不知进退。”

林意冰冷地看着这名地方军将领，道：“我已给你台阶下，你竟还想要我库房里的东西？边军遇到这种事情，是会直接用刀砍的，你只带了这几个人，难道觉得我们砍不过你？”

“你不要忘记，你是地方镇戍军，要进我铁策军军营也是要通报，得我允许之后才能进入，更何况你们披甲说来取库藏，更是要我文书允许，你们这些环节都不对，对于我铁策军而言，你们便是披甲袭营！我现在杀了你又能如何？”

林意看着面容骤然苍白的高云麟，冷笑道：“你说我现在敢不敢下令？”

高云麟的额头上冷汗滴滴滑落。

事实上同一城中将领互相走访，很少会特意通报，都是认识，自然是进了军营再说，没有人会在意，然而按照规矩，却是要这样。

为了显示威风，他身后的这几名重骑都是全副武装，不通报而如此入营，更不合规矩。

哪怕林意诬陷他们是要袭杀铁策军中将领，恐怕也说得过去。

这种争端，玩的便是手段，他只是没有想到，林意如此年纪，这样的手段竟然玩得比他还要通透。

第 263 章 试探

一些不厚道的笑声也响了起来。

这些笑声里带的张狂没有让此时的高云麟感到愤怒，只是让他感到更加的心寒。

能在这种情形下还能笑得出来，这些笑得出来的人，的确敢抽刀子砍。

不厚道地笑着的人群里，便有魏观星和沈鲲。

“你教他的？”

城墙上的某处阴影里，沈鲲看着身旁的魏观星问道。

魏观星摇了摇头，道：“敲诈勒索、争气斗嘴这些事，好像他比我还擅长。”

沈鲲愣了愣，旋即反应过来，“他是林望北的儿子，从小摸滚打爬都是和那些边军中的老油精在一起，从小耳闻目染。”

“抱歉。”

高云麟沉默了片刻，当他背后的衣衫都彻底被汗水浸润，他便知道今日在这里绝对讨不到任何好处，他微微颔首对着林意行了一礼，然后转身。

“就这样走了？”

林意冷漠的声音在他身后响起，使准备上马的他骤然僵住。

齐珠玑似乎很能明白林意的心意，此时他便站在高云麟和那几名重骑的身后路上。

场间瞬间又安静了下来。

唯有沉重的呼吸声。

许多聚拢上来的铁策军军士沉重的呼吸声里，夹杂着兴奋，就如同饿狼围住了绵羊。

“难道这还不够？”高云麟深吸了一口气，他竭力让自己平静下来。这些铁策军的反应，完全颠覆了他之前对这些铁策军的认知。

以前这些铁策军，即便在他的眼中，也都只是军中的苦力，至少在林意成为这支军队的将领之前，这支铁策军面对别军的一些欺压，似乎也只敢忍气吞声。

即便是狼，这些狼在以往也不敢将牙齿露出来。

然而现在，这些狼却已经尽露狰狞。

真的只是因为换了一名将领的缘故？

“当然不是。”

林意看着转回身来的他，很确定地摇了摇头，“之前你若是这样离开，便够了，只是我已经说过了你不知进退，你这样离开便不够。任何人都要为自己的所作所为付出代价，否则我以后铁策军的军营，岂不是想进就进，想出就出？”

“你此时统军不过三千，我军阶和所辖军队数量都在你之上，难道日后真的不想再见了？”高云麟缓缓地呼吸着，看着林意的眼睛慢慢说道。

“我铁策军做的一直都是擦屁股的事情，大多时候可都是我们铁策军帮人，没有别人帮我们铁策军的。日后战场上如何相见，恐怕还得你自己想清楚。”林意淡淡地一笑，“只是今日事今日毕，就看你如何给我交代。”

“那你想如何？”高云麟脸色变了数变，他在心中方才那短短数息内，已经仔细地考虑了一下林意这人……他觉得林意的确真有可能做得出这种不计后果的事情。

“想我五具鸟翼刃车，至少也得拿出相应对等的东西。”

林意看着他，道：“我要的不算多，其余的弩箭便不算。”

听着这句话，场间一片静寂，没有人敢插嘴。

许多铁策军军士都张大了嘴，心中都觉得林意的说法很荒谬。

对方的确是想图谋这些弩车，只是对方没有真正得手，只是想要……现在对方就要拿同等价值的东西过来，给一个交代？

城墙上的魏观星笑了起来。

他觉得事情变得越来越有趣。

沈鲲看着林意的目光里，也充满了更多的赞赏。

他随着很多支不同的马帮去过不同的地方，很多地方的野蛮不是现在的南朝人所能想象，他见过的各色各样的交易对象自然也不是寻常人所能想象。

在谈判方面，他有着寻常人难以企及的经验。

所以他此时很想知道如何才能让高云麟下决定。

他帮林意添了把料。

他释放出了一道真元，落向高云麟和那数名重骑军士。

这道真元对于他而言很轻微，然而落在高云麟和数名重骑的感知里，却有一种可怕的杀意，一种赤裸裸的威胁。

高云麟甚至觉得周围的空气都黏稠了起来，他的眼中甚至也出现了错觉，地上似乎有红色的血气在升腾起来。

他缓缓地垂下了头颅，“我会令人送三十匹玄武重骑过来，连带铠具。”

一片抑制不住的低声欢呼声响起。

铁策军大多都是步军，骑军极少，重骑更是没有。

只是谁都很清楚重骑的价值。

重骑关键的是马，能够披挂重甲狂奔的马，都是整个南朝静心挑选出来的上等的马匹，单独放在民间，都必定是千金难求的名马。

相应的铠具虽然也造价不菲，但比起这种战马，却根本算不了什么。

玄武重骑是南朝四大重骑之一，玄武铠不是最轻便的，有些不太灵活，但是防御和冲击力却是第一。

铁策军骑军虽然不多，但要挑选三十名能够穿着这重铠的骑军，却是不难。

三十名重骑，在战场上的价值，的确不亚于那五具鸟翼刃车，只要运用得好，在某些关键时刻突然冲阵，便很可能彻底决定这场战斗的走势。

“你先让人送来，查检无误后，我让你们走。”林意微微一笑，“调库手续要齐全。”

“林将军，交给我来办。”

一名铁策军老军惊喜交加地凑上前来，这人正是韩征北那名管库的部下，他对林意躬身行礼，然后在林意耳畔轻声说道，“我一定帮将军办得妥帖，手续上我会帮将军做得……只要送来了铁策军入库，他们官阶再高，也没有办法再调走的那种。”

“就交由你办。”林意微微一笑。

“其实你不算亏。”

看着听了高云麟的命令离开去办事的那一名重骑骑军，林意却如同老熟人一样走到高云麟的身侧，“你难得遇到明白人。你今日送来这三十玄武重骑，我会记得你给的好处，日后战场上若要支援，我会让铁策军卖力。现在此件事了了，各自实惠。大家不如偷偷谈一谈，高将军，你应该明知魏观星都在我军中，你此行明明不可能占到些便宜，你却还来，那到底是谁让你来的？”

高云麟霍然转头，他看着林意，无法掩饰自己震惊的情绪。

林意的神情却是很平静，“应该也只是有什么大人物想要试探一下，来看看我的反应，既然都是明白人，能想通这层，相信你也只是受人所迫，我自然也不会对你记仇，若是方便的话，你也可以偷偷告诉我，是谁让你来的，陈家还是萧家？”

第264章 蛟龙归海

“你为什么会这么想？”

“能做到普慈郡守……要是真这么蠢，早被人替掉了。一郡之主，想要占便宜的时候自然会想想能不能占到便宜，尤其魏观星在这里又不是什么秘密。”

听着这样的回答，高云麟终于明白眼前这名看似稚嫩的年轻人其实和建康城里那些平时隐于马车里或是深宅大院中，很难见到的权贵没有什么区别。

“我很难理解。”

他深深地看着林意，道：“你还年轻，又未在朝中做官，为何会如此老成世故？”

看着对方认真，林意便也认真起来，他看着这名不解的郡守，道：“天监初年至现在，我在建康城里，你觉得我想的最多的是什么？”

高云麟并不算特别聪明的人，但是他绝对不蠢，听到“天监初年”四字，他心中一动，便反应过来，“你父亲？”

“功名利禄和所谓的风光我不是没有见过，来去如烟，又怎能比得上家人团聚？”林意抬起头来，缓慢而轻声地说道，“在建康的这么多年里，我大多数昔日的同窗都在想着怎么往上爬，但是有不少同窗却和我一样，想着如何收拾残局且如何苟且偷生。我父母获罪被软禁边军马场，不通书信，我知道他们做不了什么，所以这些年我在建康，真以为我什么都没有做？我当然想过了一切可以用的办法，只可惜像我这样的年轻人，又能有什么办法？”

“但至少我想过很多办法，和很多人打过交道，所以不要以为我什么都不懂。”林意微讽地笑了起来，“只是我实在没有做成什么事情而已。”

不知为何，听着林意的这些话语，高云麟的心中又生出凛冽的寒意。

他开始觉得先前从外界听到的有关这名年轻修行者的传言都是错的。

莽撞、冲动、幼稚……除了这些表象，这名年轻修行者深藏的许多东西，外面人却并未注意。

之前这名年轻修行者在建康居于陋巷，因为是罪臣之后，所以连军户的资格都没有，不可能从军，更不可能获得功名，便已经被按死了。

然而现在，即便他只是统领着三千余人的铁策军右旗将军，但对于此时的高云麟而言，他仿佛看到了一条原本在河滩上已经将近干死的蛟龙，被放回了大江大海。

“装笨和无知不是很好吗？”高云麟微微皱眉，看着这名说不出喜欢还是不喜欢的年轻人，在对方如此盛气凌人的反而从他手中勒索了如此多的好处之后，这种情绪应该算是很赏识对方了。

“太累，而且没有什么用处。”

林意很自然地笑了笑，“你的敌人并不会因为你老实便会对你好，该是什么样的人，便显现出什么样，至少可以分清敌我。”

林意看起来并不像是很高傲的人。

然而看着此时的林意，高云麟却看到了他眼睛里难言的傲意。

他真正明白，这个年轻人不是用那种威逼或者利诱所能屈服的人。

“当然是有人授意，这种事情你既然猜得出来，我否认也没有什么意思，只是我不能告诉你是谁。”高云麟看着林意，说道。

林意看着他的目光，有些明白，“没关系，我自己会查。”

“查了又有什么用，我劝你不要浪费时间。”高云麟微讽地笑了笑。

林意看了他一眼，“我很记仇。”

高云麟眉头再次皱起，但不再回应什么。

“既然你不肯告诉我，我看你的马也不错。”林意的目光却是停留在他身后的那匹骏马身上，“应该是可以负重铠的极品……我正好有辆很好的马车，这匹马勉强可以配得上了。”

高云麟啼笑皆非，到了此时，竟然还想勒索他这匹马？

“我军中有三名神念境修行者，你想想我先前所说的话，把你这马送给我，你应该不亏。”林意却是丝毫没有觉得荒谬，而是十分认真地看着他，道，“而且这匹马在我手里，应该比在你手里有用。”

高云麟沉默了片刻，“这算是一个承诺？”

“如果你相信我说到做到，这当然是承诺。”林意点了点头。

一片欢呼声在铁策军军营里响起。

高云麟等人离开了。

这些铁策军军士的欢呼声让送来的那些重骑军马有些不安。

“你是怎么做到的？”

齐珠玑看着高云麟留下的那匹战马，“这是追霞驹，如此纯种的马在建康也少见了，你和他说了什么？”

“我说我知道他有个女儿，并且我告诉他你是齐珠玑，如果他不答应我，我就劳烦你把他女儿给娶到建康去，到时候她女儿……”林意转头笑眯眯地看着齐珠玑说道。

齐珠玑目瞪口呆，旋即大怒，“林意你！”

“齐珠玑。”萧素心在一旁忍不住笑了起来，“林意他当然是开玩笑，他怎么可能知道高将军恰好有个女儿。”

“你就不能认真一些？”齐珠玑发觉自己又上了林意的当，咬牙道。

“那便认真一些，我托你送的信？”林意赔笑道。

齐珠玑现在明白越是想和林意斗嘴，自己便越是气得不轻，所以他只是狠狠地瞪了林意一眼，道：“应该已经送达。”

“你看怎么样？”城墙上，沈鲲赞叹着问身旁的魏观星。

魏观星简单道：“比我强。”

沈鲲笑了笑，说：“真话假话。”

“当然是真话。”魏观星也笑了笑，“他比我脸皮更厚，更无耻一些，但最比我强的地方在于他有种能够让人相信，化敌为友的特别能力。”

沈鲲认真地想了想，道：“那是因为他迄今为止，名声比你好。”

“不只是名声。”魏观星淡淡地说道，“若是换了我，我在眉山之中，也不会因为一个虚无缥缈的可能而以身犯险，不断冒险去通知陈家的修行者。我做事比较讲究成功概率，救你也是一样，但他有些不一样。”

“很有意思。”

沈鲲看着营区里许多铁策军军士簇拥之中的林意，认真道：“像他这样的人，若非早死，若是能不死，应该会比你强。”

第265章 好处

又一场大雨倾盆而下。

外出采办的韩征北回来了。

虽然军中也会随着军饷配给一些药物，但在战时是远远不够的，按照各军的惯例，都会在平时的粮饷里面硬挤出一些钱财来，通过一些商行再去购买一些。

前面宁州军送来的轻铠给韩征北吃了一颗定心丸，所以此次采办药物，他也确实是按照林意的军令，按照边军精锐军队的标准来采买。

还未回营时，他就听说了天启军送来的弩箭等物，接着普慈郡守豪夺不成，反而吃了个大亏送了三十重骑过来，连自己的追霞驹都给了林意。

这让这名忠厚的老军又喜又忧。

喜的是无论是鸟翼弩车还是这重骑，可的确是大派用场的东西，忧的是不知道后面会迎来什么打击报复。

跟随着韩征北回来的还有一名神情拘谨的年轻修行者。

“他是我在城外道上返回时见到的，见我是铁策军便上来问询，他说是你的旧识，特意来找你的。”带着这名年轻修行者来见林意时，韩征北说道。

这是一名身穿旧布衣的年轻修行者，虽然雨水洗净了他衣衫上的许多污垢，但袖口和领口还是透露出长途跋涉和风尘仆仆的味道。

这名年轻修行者的头发很长，应该很久没有梳理过，直至遮住了半张脸。

等到这名年轻修行者抬起头来，拂开覆在额头前的乱发时，正准备前去和沈鲲深谈一次的林意才惊讶地瞪大了眼睛，他到此时才认出了这人是谁。

“厉末笑？”

他吃惊地叫出了声来。

这名明显远道而来的年轻修行者，竟然是厉末笑。

只是当时的厉末笑可以说是他以往见过的所有年轻修行者中最为高傲和嚣张的人，和现在谦和平静的厉末笑截然不同。

而在眉山之役之后，齐珠玑带来许多眉山之中修为突破的年轻修行者的消息，但其中却并未有厉末笑的消息。

似乎当时败在他手中之后，他便彻底销声匿迹。

让此时的林意有些不好意思的是，这段时间修行和处理铁策军的事情太忙，他甚至都忘记了这一回事。

“我仔细想过了。”

厉末笑看着满脸震惊和歉然的林意，安静地说道：“那日原本是我的情绪出现了问题。”

“你这……什么意思？”林意完全愣住了。

这厉末笑完全判若两人，此时显得太过平静谦和，开口便是这样一句，这次特意来见自己，在他看来，总不会是来特意认错的。

“那日其实我在山坡上等陈宝菀，家中安排了我和她会面，但我没有等到她，却等到了你。”

厉末笑看着发愣的林意，却是接着又安静地说了下去，“我先前也知道你进南天院便是得了她的保荐书。在那时，我也得知你特意赶来想要通知她有危险，我虽然并不清楚你和她关系到底如何，但下意识地觉得，她不来见我，很大程度上便是因为你的问题。”

韩征北也听得有些发愣。

他反应过来这两名年轻修行者之间似乎有许多他不适合在场的话要说，于是这名忠厚的老军便悄然告退。

“其实都是家中的安排，我和陈宝菀之间，自然还无情愫可言，她不见我便让我觉得有些羞辱，这有可能有些你的原因，再加上你又出现在我面前，一脸无辜地喊我师兄，我便忍不住生气，便想出手教训你，所以这终究是我的问题，是我太过高傲。”

“你该不会真是来认错的？”林意因为惊讶而张大的嘴渐渐合上，他更加不好意思地说道：“若是如此，何必特意过来。”

厉末笑沉默了片刻，道：“我以前觉得我在同辈的修行者之中无敌，或者早晚都会无敌，但现在我知道不是这样，那是因为我太过狂妄自大。”

林意更加不明白他为什么突然冒出来这样的话，蹙眉道：“一山更有一山高，除非真正到了‘南天三圣’那种公认的境界，否则这么想的确没有什么意义。”

“所以你让我清醒了，也让我学到了一些东西。若非败在你手中，我恐怕不会这么想。”

厉末笑看着林意，认真地慢慢说道：“这些时日，我自认我已经足够反省，已经清晰地认识到自己的不足，但我还是有些不服气……而且我总是觉得和你交手，会学到一些东西。”

“这……”林意怔了怔，终于反应了过来，“你特意到这里找到我，是想再和我打一架？”

厉末笑抿了抿嘴唇。

他觉得林意这“打一架”的说法显得有些粗俗，但又想着，似乎的确就是这么一回事。

只是当他再抬头时，他却是又摇了摇头，道：“若是我再输，可能就不只打一架，今后应该会打很多架。”

林意顿时苦了脸，“你的意思是，若是你输了，就一直找我再打，打到赢了为止？”

厉末笑点了点头。

林意无语道：“这麻不麻烦？”

厉末笑道：“不麻烦。”

林意想了想，道：“那我这样便相当于陪你修行，我又有什么好处？”

“好处？”

厉末笑愣住，他想得极为简单，两者若是棋逢对手，互相切磋，自然都有好处，更何况他一直有小武圣之名，他对于拳脚剑招的运用，对方应该也可以学习到不少东西。此外，还要什么好处？

“修行自然需要不服输的锐气，但输的是你，又不是我，我很忙，我现在是铁策军的右旗将军。”林意正气凛然，“我需要考虑铁策军的生死存亡和他们的好处。”

“林狐狸，你太无耻了，这都要敲诈勒索？”一声咬牙切齿的声音透过薄薄的木板传来。

林意尴尬地笑笑，但依旧义正词严，冲着声音传来处喝道：“齐珠玑，你偷听人对话，无耻不无耻！”

一脸阴沉的齐珠玑重重地推开门走了进来，“这铁策军营区的门板如此薄，你说这话这么大声，还怪我听到？”

林意讪笑道：“铁策军便是这条件，和地方镇戊军相比都是太穷。”

厉末笑直到此时也才真正明白了林意的意思。

他有些失笑，“原来是这样的好处。”

第 266 章 天赋所在

“如果那时我恰好没有战胜你的实力，那会如何？”林意认真了起来，反问了厉末笑这样一句。

齐珠玑先前听清楚了林意和厉末笑的对话，他听着林意的这句话，对林意的不满突然瞬间消失，相反，他突然觉得是自己的情绪不对，他觉得林意这样的做法其实很公平。

现在是厉末笑觉得当时自己太过狂妄自傲而来认错，但若是当时林意不敌厉末笑，那结果自然便是林意被厉末笑教训一顿。然后呢？

厉末笑还会赶来对林意道歉吗？

只是道歉，便一定会获得原谅吗？

现在林意不和厉末笑计较，对厉末笑的态度已经极好，然而林意似乎没有什么义务要陪厉末笑战斗。

而且林意和厉末笑并不熟，谁知道厉末笑是不是想故意用这样的姿态来狠揍林意一顿？

所以这的确很公平。

“你说得不错。”厉末笑的声音响了起来。

他点了点头，平静地看着林意，道：“是这个道理，若是我求你做事，自然需要这样。”

“你现在或者说铁策军现在，最需要什么？”他认真地看着林意，问道。

齐珠玑的眼睛亮了起来。

他现在开始觉得林意的说法无比的高明，甚至开始佩服林意。

厉家虽然无法和陈家和萧家相比，但不可否认，现在的厉家甚至比他们齐家还要强那么一些。

不只是手中所握的财富和权势，还有和皇帝的关系。

齐家虽然是最开始就投靠和支持萧衍起兵的旧皇族，但和萧衍最开始谋划起兵时的那些真正的生死之交自然不同。

火上浇油的人，绝对比不上一开始就点火、拥立萧衍的那些人。

从某种意义上而言，厉家便能够得到齐家所无法拥有的东西。

林意没有马上回答，他认真地思索了起来。

当然和边军的精锐军队相比，无论是南朝还是北魏，铁策军都相差甚远。

只是既然厉末笑如此开口，他便必须考虑一下，从厉末笑的身上能够得到那些用寻常手段根本得不到的东西。

"修行者能让铁策军更少死伤的东西。"只是他生怕厉末笑改变主意，所以只是数个呼吸之后，他先行说了这一句。

厉末笑的面色没有任何的改变，修行者，自然容意理解，在过往任何朝代，修行者都是战场上最重要的武器，从某种意义上而言，一支军队的修行者数量越多，这支军队自然便更强大。

只是让铁策军更少死伤的东西，这是何意？

"你不想着让铁策军杀敌起来更强，只想着让他们保命？"他看着林意，有些奇怪地问道，"你这样统军，铁策军不会有问题？"

按照正常人的理解也是如此，齐珠玑也有些不解，这和他熟悉的林意的战斗风格也完全不像，只是他知道林意这么说必然有理由，所以他只是看着林意如何解释。

"我当然不是舍不得让他们冲杀，只是我想尽可能地让他们多些保命的手段。"林意方才认真思索时，莫名出现在他脑海之中的却是他和薛九那一支铁策军在眉山之中的许多画面，以及那名被他提前派回去报信的军士。他先前和高云麟交谈时说过，在建康城中，他想得最多的便是和家人团聚，亲友平安。哪怕是现在问他，在这样的两朝交战的乱世之中，他想要的都不是功名利禄，也依旧是如此。

他是如此，那些铁策军的寻常军士更是如此。

因为那些连修行者，或者说连厉害武者都不算的寻常军士，他们都自知不太可能获得惊人的功名，那能够活着，能够给予亲人足够安定的生活，当然最为重要。

林意抬起头来，认真地看着厉末笑，他不想解释太多，只是说道："先前我在眉山战斗之中，见过不少独特的军械，甚至有奇特的火器，连真元重铠都不能幸免，所以我想寻常的轻铠和重铠哪怕再多，或许对于铁策军而言也不算太过保命的东西。"

"按你这么说，没有什么特别厉害的奇兵可以让这么多人拥有保命的手段。"厉末笑看着林意，也不深究，只是平和地道，"那对于我而言，最多便是让些医师和阵师过来。至于修行者，我便是修行者。"

"医师和阵师？"

林意深吸了一口气，他甚至忍不住想赞叹一声厉末笑的大气。

即便拥有一些不错的药物，在没有优秀的医师随军的情况下，一些受伤沉重的铁策军军士恐怕也只能听天由命，至于阵师，在阵地战中，更是可以利用地形和当地的风水云气，发挥出甚至比修行者更强的作用。

医师和阵师，本身便是比修行者更稀缺之物。

"你难道也想随军，跟着铁策军？"齐珠玑也深吸了一口气，他终于忍不住也问了一句。

"若是这次交手我都战胜不了林意，我当然还会跟在铁策军学习，等着下一次我觉得有机会战胜他时再交手。"厉末笑点了点头。

齐珠玑很是无语。

他忍不住转过头去看着林意，在林意耳畔轻声道："林意，我觉得你真正的天赋就在获得利益和权衡利弊方面。不管你是与生俱来，还是在建康城里那些年想破脑袋而形成的天赋，但眼下在我看来，倪云珊、厉末笑他们的修行天赋远超于你，但是你在这些上面的天赋，却是远超所有人。”

林意并不这么认为，他想当然地看着齐珠玑，道：“我在修行方面的天赋哪里不好？即使先天不够好，但我也能想办法啊，我看得书多，想的办法也自然会多。”

齐珠玑这次没有生气。

他觉得这种争辩没有意义。

既然厉末笑答应了林意的条件，而且厉末笑将自己都押上了，那接下来两人就会打一场。

至于林意自己说的这句话有没有道理，那便只看这场战斗的胜负。

“挑间地方大的库房关起门来打，还是外面去打？”林意此时认真地问厉末笑。

厉末笑眉头微皱，“有什么区别？”

“区别在于，你在不在意怕别人看见。”林意解释道。

“我不在意。你呢？”厉末笑认真地回道。

林意摇了摇头，“我当然不在意，而且我觉得让这些军士多看一些修行者之间的战斗，对他们也会有用。”

第 267 章 飞剑对飞矛

“我都输过一次，原本来这里也只是抱着即便再输也只是学习的想法，若是你不怕在军中那么多人面前输，那自然可以。”厉末笑笑了笑。

“走，那我们便去城外野地，他们在城墙上也看得清楚。”林意看着厉末笑，道，“在战场上可是没有怕输的说法。”

厉末笑道：“看来你真的已经接受了铁策军右旗将军这个角色。”

“你们可以随时脱身，想的可以是修行，但我有选择吗？”林意淡淡地笑了笑，“不只是在战场上要活下来，哪怕一场仗大败，恐怕也会被治罪，所以打架怎么输都没关系，关键是打仗不能输。”

“齐狐狸，我有时怀疑你真的不像看起来这么善良。”齐珠玑跟在林意的身侧走出营区，同时轻声说道。

“我看起来很善良吗？你不是一直说我招人恨。”林意忍不住笑了笑。

“你最招人恨，便是我和你认真说话，你便喜欢和我说些不着边际的话。”齐珠玑没有和林意开玩笑的心情，“你有把握胜得了他？”

“他在眉山之中就已经比我厉害，此时再来，当然比眉山之中还要厉害，我哪里有必胜的把握。”林意很老实地摇了摇头。

“所以你还是幼稚，并非深思熟虑地想要在军中借此更加建立威信。”齐珠玑道，“所以你并不是那种阴险狡诈的老狐狸。”

“还是天赋。”

齐珠玑断定道：“你总是能够在很短的时间，便想到对自己最有利的方式。”

“是吗？”

林意自己也认真地想了想，摇了摇头，道：“或许我反而总是想到对别人有好处的做法，所以才会做得让你都觉得漂亮。通常不是纯粹站在自己的立场上，才会做出正确的选择。”

齐珠玑之前很少赞同林意的话，但是林意的这句话，却让齐珠玑认真想了很久。

“我听说南天院给你送来了九根矛。”这时厉末笑突然插嘴说了一句。

林意顿时一愣，脚步微顿，他转过身看着跟在身后的厉末笑，无比认真道：“真的要这么认真？那九根矛……威力真的很大。”

厉末笑也无比认真，道：“既然是战斗，当然要手段尽出……我花那么长时间反省，花这么多力气特意赶过来，还答应你的条件，难道还不够认真？”

听说林意来了一名南天院的师兄，这师兄还是建康城里数一数二的天才，而且这次来是之前败在林意手中一次，特意来找林意再战一场的，整个铁策军营区顿时轰动了。

建康城里数一数二，那在南朝便是数一数二。

尤其听说林意不避讳这场战斗，可以任凭旁观，就连薛九都瞬间下了军令，几乎所有铁策军军士都停止了手头一切事情，全部朝着靠河的这侧城墙蜂拥而来。

“你小心些。”

容意凝重地将背囊递给林意。

两柄名剑此时林意是随身带着，除非休憩时放下，否则平时便一柄如刀般挂在腰侧，一柄便斜背在身后。此时这背囊里装着的便是那南天院送来的九根短矛，这些短矛平时都放在那辆马车之中的铁箱之中，而且之前林意真是觉得投掷出去之后便威力不可控，所以便未想着要和厉末笑在比试切磋之中用。

现在既然厉末笑特意提起，那林意这九根矛对厉末笑有威胁，而在容意等人看来，厉末笑自然也会手段尽出，那林意也会有很大的危险。

容意之前以厉末笑为挑战目标，后来知道厉末笑其实并未将自己看成真正对手，而且之前他和厉末笑交过手，自然知道厉末笑是何等可怕的存在。

林意却是无所谓。

战场上谁都没有挑选敌方将领的权利，谁都不知道会突然撞上何等可怕的对手。

可以肯定的是，将来必定会遇到比厉末笑更强大的对手。

而且他脚伤近乎痊愈，这段时间修行下来，他也需要一名对手来试试自己到底进步了多少，唯有这种接近真实的战斗，才能让他对自己有真正的了解。

“相距多少步？”

站立于林意平常修行的荒野草地之中，看似身无一物的厉末笑认真地问背着一堆东西的林意。

林意明白他这句话的意思，道：“战场上战斗，往往也就是相距数十步便开始出手，那便五十步？”

“好。”

厉末笑也不劳动林意，自行朝着前方走去，在距离林意五十步之处，他站定，转身。

城墙上喧嚣的声音消失。

城墙脚下喧嚣的声音也消失了——一些在城墙上无法占据到好位置的铁策军军士都出了城墙，只是一些铁策军将领担心修行者之间的战斗误伤，才严令不准靠近。

“请！”

厉末笑也不废话，对着林意颔首为礼。

“请！”

林意也颔首为礼。

两人都不愿乘机抢先，但两人的感知都极为强大，当感知到厉末笑体内的真元开始流动时，林意的手开始朝着身后的背囊落去。

所有铁策军军士呼吸停顿，他们都在心中猜测林意第一时间出手的会是一根什么样的矛。

只是林意的手才落在身后背囊上，一声好听的清鸣已经在厉末笑的衣袖之中响起。

一道清亮的流光，就如一条碧水，骤然出现在空中。

一片潮水般的惊呼声响起。

飞剑。

这便是寻常军士最恐惧的事物。

只是站在一起的齐珠玑和容意、萧素心三人，却是没有一个感到意外。

果然是飞剑。

而且这飞剑出现的一刹那，那种惊艳而流畅的流光以及悦耳的剑鸣声，都让三人中飞剑掌握得最好的容意，都顿时觉得自己的飞剑和这柄飞剑一比，显得无比生疏和幼稚。

修行者飞剑飞出的速度，自然是快到极点，在眼中瞬间变为流光，根本看不清真实的剑身，然而同样令人震惊的是，林意的飞矛，也是同样的快到极点，甚至更快！

一道青铜色的流光亮起，和那柄飞剑在途中交错而过，互不干扰。

青铜色的流光没有任何的变化，只是一味地快，笔直地刺向厉末笑的身前，而厉末笑的飞剑却是陡然洒开数十道碧光，如一片粼粼的碧波，罩向林意的头顶。

很多人都认出了林意投出的这根矛。

这是一根甚至能够欺骗魏观星感知的飞矛，真实的矛身远在感知所见之前。

甚至许多铁策军军士闲得无事时，已经给这根飞矛取了“浮光”这样的名字。

第 268 章 意想不到

在流光掠影到来之前，厉末笑感到了身前的风声和那种金属特有的森冷。

他略微有些惊讶，却并未因为这根飞矛比他感知里更快的到来而慌乱。

他的脚步一滑，身影便在空气里虚化。

“噗”的一声闷响，那根被许多铁策军军士取名为“浮光”的飞矛穿过他留下的残影，深深扎入后方的泥土之中。

“鬼影步！”

铁策军中有人骇然地叫出声来。

修行者的世界里，几乎不太可能有人仅用身形步法便闪避得了近身的飞剑，或是此时林意飞矛这种不亚于飞剑速度的器物。

尤其此时厉末笑依旧在控制着飞剑，那兜向林意的剑光依旧没有丝毫的散乱。

所以这只有可能是北魏鬼王宗的鬼影步。

一种需要千锤百炼，让身体习惯成自然，近乎身体血肉直觉反应，且极少需要体内真元的步法。

这些叫出声来的铁策军士曾经在战场上见过这种步法，那种虚化般的影迹里，如同鬼影森森的气息，是他们很多噩梦中都会出现的熟悉味道。

只是鬼王宗的修行者在北魏的军中也都是隐匿极深的刺客，能够完美掌握这种鬼影步的修行者更是罕见，这厉末笑又是如何能够掌握北魏这种诡异宗门的不传之秘？

没有人能够解答这些铁策军军士的疑问。

在他们的声音响起之前，厉末笑的目光便落在了林意的身上。

此时他已经避开了林意的一击，而且他依旧能够完美地控制自己的飞剑，那接下来便是看林意能否挡住自己的这一剑。

目光落，剑光便落。

只是也就在这一刹那，他的感知里出现了一道剑光。

一道很狂暴的剑光准确无误地斩在他的飞剑上。

“当”的一声爆鸣。

他的飞剑“刺啦”一声裂响，倒飞向空中。

厉末笑的身体剧烈地一震，眼中闪现出一些不可置信的神色。

并不是他狂傲，对于南天院的那些教习而言，在过往的修行道路上，也从未见过比厉末笑更容易掌握各种精妙招法的修行者。

许多精妙的拳法剑招，厉末笑练了数遍就会了。

即便是这种鬼王宗的修行者需要花很多年才能熟练运用的鬼影步，厉末笑也只是花了数十日的时光，便和那些鬼王宗花了很多年时光修行的人一样。

相比眉山，他的修为更加精进，掌握的这种很实用的精妙武技更多，然而这一个照面之间的交锋，却还是他吃了些亏。

并不是他不够自省，进步不大，而是对方的进步实在太大。

他并未马上去强行控制这柄被击飞的飞剑。

他需要一些时间来平复体内震荡的真元，最为关键的是，他敏锐地感知出了林意的动向。

和他猜测的一样，之所以林意需要飞矛，只是因为林意根本没有修行飞剑，他必须近身而战。

林意已然发力。

他的脚下有烟尘震起，然而与此同时，他又投出了一根飞矛。

“铮”的一声。

清脆的金铁震鸣声比破空声更快地响起。

这根飞矛的前半部分朝着厉末笑飞了过去。

来得太快，厉末笑来不及思索，他的身影又如同鬼魅般避开了破空而来的飞矛，接着他看到林意的身体以一种似乎很不合理的姿态飘飞而来。

厉末笑此时已经平复体内震荡的真元，即便林意来得很快，五十步的距离依旧给了他足够的时间，而且他并不认为，林意近身之后会更加占优。

随着他的心意而动，那柄一息之前还在空中显得有些凄惶的飞剑划出一道美妙的弧线，落向林意的后背。

在林意的感知里，这道飞剑即便是在此时都比容意的那些剑更为灵动，更难对付。

他的眼睛微微地眯了起来，等待着那柄飞剑的临近，然后手中的剑再次斩了出去。

然而他这一剑落空了。

因为这柄飞剑从一开始便并未想真正接近他的身体。

在他出剑之时，这柄飞剑便骤然往上飘飞出去，高高地越过他的身体，飞向厉末笑的手中。

厉末笑握住了这柄短短的青色小剑。

他已经做好了一切准备，将自己的身体和真元调整到了很完美的状态。

“哧”的一声。

他的脚下响起真元喷薄的声音。

既然他不需要再集中心神去控制飞剑，他的步法自然能够更快。

一连串的残影在空中流淌。

即便是在明媚的阳光之下，都很像鬼影。

林意想都未想，一剑便朝着感知里厉末笑的所在刺去。

他这一剑依旧落空。

厉末笑的这种步法太过精妙，他的这一剑只落在一道残影之中。

只是他的面色没有丝毫改变。

因为他原本就不期望这一剑能够对厉末笑造成威胁。

他还有一柄剑。

他的左手很顺畅地握住了腰间的剑柄，然后斩了出去。

剑走刀势，而且很冷，快且刁钻，让人有些意想不到。

厉末笑的眼中再次出现惊愕的神色。

他手中的剑递了出去，挡在了这柄剑前，体内的真元疯狂朝着手中的小剑涌去。

两剑的剑身之中响起一声轰鸣，如同两块巨石相撞。

在两剑相交的瞬间，厉末笑惊觉自己原来并未抢占到任何先机。

然后在那一刹那，他感觉到了掌心的刺痛。

一股震惊的情绪在他的脑海之中迅速地涌起。

他的掌心刺痛，手臂震得有些发麻。

林意的力量比起在眉山之中强大了太多，甚至有些超出他的想象。

然而更令他想象不到的事情发生了。

任何的修行者在这种硬碰硬的真元力量对撞之下，体内真元多少会有些震荡，即便能够强行控制，依旧能够保持很好的输出，但这种强行控制之下的真元喷薄，不可能和平时状态最佳时一样完美。

所以这刹那间接下来的一击，力量必定比起之前的一击有些不如。

然而林意却并非如此。

空气里响起一声爆鸣。

林意右手中的那柄剑狂暴地抡了下来，虽然是剑势，但是暴戾得如同一根铁棍。

他可以清晰地感知出来，这一剑的力量，甚至比林意之前左手那一剑的力量还要强大。

他唯有退。

他的身影如鬼魅般往一侧掠了出去。

林意直接投出了左手握着的剑。

一道剑光落在厉末笑身体残影之中的同时，林意握住了第三根矛。

第 269 章 新的人

这是一根银色的短矛。

所有人都觉得林意会投出这根矛。

少数来得及思索的人甚至猜测出了这根矛的用法。

然而所有人都猜错了。

包括魏观星和容意等人在内，包括厉末笑。

在此之前，厉末笑从林意精准锁定自己飞剑的剑招，便已经确定林意的感知属于那种非正常的怪物，在这样有限的空间里，他确定林意投出的短矛会比飞剑还要快。

所以在感知里，感觉到林意的手握住了这根矛，并开始发力时，他体内的真元也更加剧烈地朝着脚下而行。

然而“啪”的一声炸响，这根短矛没有脱手飞出，反而在林意的手中炸了开来。

这根银色的短矛裂了开来，变成了很多细软的银色筷子一样的细索，这些细索朝着厉末笑身体化出的所有残影落了下去。

一片惊呼声响起。

那些已经见过这根银色短矛会炸开成许多细长银索的铁策军军士完全没有想到这根短矛还有如此用法。

在他们的眼睛里，这根短矛在林意的手中变成了一张网。

然而对于网中的厉末笑而言，却更甚于此。

因为这不只是一张网。

林意震开这根矛，将散开的这些细索挥洒而来时，走的依旧是刀势！

唯有真正面对这根散开的矛的修行者，才会知道这是何等可怕的一件事情。

没有真元的加持，这些细索在散开的刹那似乎有些柔弱，然而下一瞬间，他感知到林意的血肉之间，涌出一股可怕的力量，这些看似柔弱的细索，顿时变了模样。

就如漆黑的夜晚，海上远处的波浪看似毫不可怕，但到了面前却尽是惊涛。

林意酣畅淋漓。

他力发得很完全。

这可以说是他离开眉山之后，力发得最酣畅淋漓的时刻。

先前和容意，甚至是和那两名南广王府的供奉战斗时，因为始终需要提防飞剑的变化，所以他即便展现出可怕的力量，但其实始终悬着一线，不敢毫无保留地发力。

而且不是厉末笑这种对手也逼迫不出他体内所有的潜力。

此时，他已经确定厉末笑无法闪避自己的这一“刀”，分出胜负的关键只在于绝对力量的对冲，他自然毫无保留。

厉末笑的眼睛变得一片血红。

并不是因为愤怒，而是他体内的真元流动的太过剧烈，带动的气血超越了平时流动的极限。

一声厉喝从厉末笑的口中炸响。

接着便是无数声密集的金铁撞击声。

一团团气劲不断地在厉末笑的身体周围炸开，他手中的短剑在极为局促的空间里击开了每一根朝他袭去的细索，将这些细索全部斩开！

炸开的气劲伴随着真元的碎片，如片片晶莹的微黄色羽毛在他周身飞舞，显得美丽至极。

厉末笑的掌指之间尽是鲜血，剧烈的痛楚如钢针袭刺在他的识海，只是他在发出那声厉喝之后，却紧紧地咬着牙齿，拼命忽略这种痛苦，将所有的感知集中向林意握着这根矛的手和林意的身体。

林意的虎口也裂了。

可他的左手依旧很稳，身体也如此。

厉末笑甚至感觉到了林意此时身体里涌动的欢呼雀跃的味道，感觉到了一股更为恐怖的新力在生成，如同浪潮般从血肉经络之间涌出。

这样的力量对撞，对林意根本没有造成太大的影响。

林意依旧能够很完美地发力，再斩出一剑，或者一刀。

既然如此，那他便已经败了。

“我败了。”

他很干脆，不再强握手中的剑，他任凭手中的剑掉落在地，同时开口说道。

他也不再强行收敛体内震荡不堪的真元，任凭那些真元如同散乱的潮水一般，沿着他的经络散往他身体各处。

林意身体里那种酣畅淋漓的快意无法抒发，他并没有马上停手，右手中的长剑依旧斩了出去，但是却未斩向厉末笑，只是斩向一侧空处。

“轰”的一声。

只是一柄斩向空气的剑，却发出了一柄大锤锤击巨木般的狂暴声音。

当这一剑的去势停止，林意缓缓收剑时，才有些歉然地看着唇角沁出些血丝的厉末向他笑着点了点头。

他知道厉末笑应该能够明白他这种收不住的感受。

厉末笑颔首为礼，他轻轻地咳嗽起来，咳出些血沫，然后一股清风绕上他掉在地上的那柄小剑，那柄小剑悄然飞起，消失在他的袖间。

“我真是没有想到。”

厉末笑很平和地看着林意，道：“但你现在的确比我强。”

他先前已经认过输，此时再说出这样一句，是阐述自己输得没有任何不满。只是对于他这样的天才修行者而言，能够做到这样真的很难。

看着这样的厉末笑，齐珠玑的嘴角不自觉地牵动了一下。

齐珠玑也是很骄傲的年轻才俊，只是面对这样的厉末笑，他还是感觉到了差距。

一片喝彩声和鼓掌声突然从城墙上下爆发。

厉末笑现在所说的这两句话并不响亮，城墙上下的许多铁策军军士都并未听清楚，但是对于这些喝彩的铁策军军士而言，他们看到了一场精彩绝伦的对决。

无论是获胜的林意，还是输掉这场对决的厉末笑，在这场战斗里所表现出来的冷静和力量，都令他们好生敬佩。

这样的喝彩声和鼓掌声对此时的厉末笑有着很不同寻常的意义。

他看着那些铁策军军士，清晰地察觉这些人对于落败的他并无任何嘲弄和取笑之意，反而都是敬佩和赞叹。他的人生中第一次感觉到原来失败还可以这样的光彩。

他若有所思地凝立在这些铁策军军士的目光里，心中涌起很奇妙的感受，他开始思索所谓胜败的意义。

“我想我的选择是对的。”

他慢慢地微笑了起来，对着林意说道：“和你的每一次战斗，虽然充满了想象，但对于我而言，却都像是修行途中一次天赐的全新契机，总是让我觉得我变成了一名新的修行者。”

“有这么夸张吗？”

林意看了一眼厉末笑，心中狐疑地暗中说道。

第270章 骄傲和炫耀

飞得越高，跌得更惨。

林意没有过厉末笑那种名声，当然不知道眉山之中的那一次战败对于厉末笑而言意味着什么。

在当时的厉末笑看来，他虽然和倪云珊齐名，但彻底超越倪云珊也只是时间上的问题。

因为随着灵荒的加剧，倪云珊在真元修行等方面突出的天赋，自然会被不断削弱，然而他的长处在于技巧，几乎看几遍就会了。

在真元修为差不多的情形之下，自然是各种精妙招数掌握得越多便越强。

至少他在眉山败在林意手中之前时，便是这样认为。

所以他当然觉得自己是南朝年轻一代修行者之中的第一人。

然而他飘得太高时，却败在了自己根本不放在眼里的师弟手中。

所以那一战，几乎击溃了他之前的所有人生。

所以林意并不知道，当时厉末笑在眉山之中漫无目的地行走，甚至是想到了死，希望有一名北魏修行者路过，便正好将他一剑杀了。

然而天意并不如此安排。

没有一名北魏修行者正巧和他撞到。

所以他有了足够的时间麻木，足够的时间清醒和思考。

他仔细地回想了很多遍林意和自己战斗的每一个画面，然后他发现决定战斗胜负本身的，除了纯粹的力量和技巧，还有很多其他的东西。

比如心态、勇气，甚至不怕痛，不怕败给对手。

然后他发现自己竟然学会了反省。

他似乎变成了一个和以前截然不同的一个人。

他竟然没有以前那种狂妄的骄傲，变得谦虚和学习别人身上的长处。

厉末笑没有怨恨林意。

相反，他觉得林意让他强大了许多，只是他当然不服气，他觉得自己已经能够战胜林意。

修行需要锐气。

所以他来找林意。

只是他再次和林意交手，再次失败，心中依旧响起原来还可以这样战斗的声音。

只是这次改变他最多的，却是那些为他喝彩，连修行者都不是的铁策军军士。

从知晓事理开始，他便是属于修行者的天才。

他人生的轨迹和那些寻常人，哪怕是建康城里的寻常人都没有多少交集。

寻常人的世界，对于他而言是很遥远的世界。

他认为自己的荣辱，自然是在于修行者的看法。

然而今日里那些赞叹和欢呼，却改变了他的看法。

无论是修行者的世界还是寻常人的世界，都没有太过永恒不变的东西。

即便是“南天三圣”那样的强者，也终有暗淡落幕时。

既然一切终有尽头，那自然便是看留下的痕迹够不够精彩，能不能让别人觉得精彩。

听说厉末笑也要留下来，整个营区的铁策军军士顿时又是接连发出了欢呼声。

这些铁策军军士最讲究实用。

先前铁策军加起来也没有几名修行者，至于如意境以上的修行者，除了那几名将军，其余偶尔有也是借调过来，一名像厉末笑这样厉害的修行者，对于他们而言比那五具鸟翼弩车还要重要。

“怎么样？”

林意看着被那些兴高采烈的铁策军迎去住所的厉末笑，又转眼看了一眼齐珠玑，有些得意地说道。

齐珠玑皱了皱眉头，“什么怎么样？”

林意笑眯眯道：“我说了我修行天赋也不错，你偏不信。”

齐珠玑很罕见地并没有生气，只是皱着眉头道：“你便不能不要骄傲？不能虚心一些？”

“我哪里有骄傲，骄傲和炫耀根本是两回事情。”林意呵呵笑道。

“爱炫耀也不是什么好事情。”齐珠玑道，“徒招人厌。”

“我好像比较爱在你面前炫耀。”林意笑道，“因为你老是不相信我，哪怕我是认真说话，你似乎总不以为然。”

齐珠玑怔了怔。

这次他真的没有生气，这在他和林意斗嘴的历程里很少出现。

“说得似乎有道理。”他想了想，轻声说道。

“当然有道理。”

林意看着齐珠玑道：“因为你也没有明白你的问题在哪里……譬如这次，我便说我很有信心战胜厉末笑，但你却不认真问我原因，却就是很干脆的不信。你总是纯粹以你的判断来看问题，比如说你觉得我是林狐狸，觉得我修行天赋不如厉末笑，但这些都是只是你觉得，有时候你觉得的事情未必准确，你也不够虚心，而且没有耐心去仔细看你已经认定的事情。没有耐心，你的判断就不会更改，就很容易犯错。”

齐珠玑的眉头深深地皱了起来。

他很长时间地沉默不语，然后才开口说道：“你说得应该很对。”

“那是当然，一般人我懒得和他这么多话。”林意笑道。

齐珠玑挑了挑眉，认真道：“那你到底为何一开始就很有信心战胜厉末笑？”

“因为我战胜过他一次。”林意道，“我了解他可怕在哪里，而且我告诉过你我最擅长的是能想办法，在动手之前，我就想好了怎么用这些矛，而且他应该主要用的就是飞剑，而我这些天已经不太怕飞剑……他在我面前，自然就没有优势可言了。”

齐珠玑面上很平静，但是心中却很震惊。

他觉得自己在很多方面的确都小看了林意，或者是自己根本不愿意将林意想得太厉害。

“那厉末笑下次要再和你交手，你觉得你的胜机在哪里？”齐珠玑第一次没有抱着和林意斗嘴的态度，而是很认真探究的心态，问道。

“力量和防御。”林意根本没有花太多时间考虑，“若是有合适的重铠，若是在战场上遇到，他应该根本不可能破得了我的重铠，那我自然立于不败之地，当然若是这种比试，我直接穿戴重铠便显得太欺负人，但我那时应该更不怕飞剑，不管他飞剑再诡异，我便只是防守，让他近身来攻，我依旧有机会，而且头疼的应该是他，他要想着对付我这几根矛，别的地方恐怕反而会露破绽。”

齐珠玑前所未有地认真听着。

可怕的是，他依旧觉得特别有道理。

“林意，你不去做教习真的很可惜。”齐珠玑看着林意，由衷地轻声说道。

第 271 章 不明的卷宗

“是吗？”

林意居然真的很认真地想了想。

只是他不是想自己真的有无去南天院那种地方去教习的可能，他想的是自己为什么会有这样的能力，值得齐珠玑这样评价。

他突然觉得这倒的确像是与生俱来的天赋。

虽然他出身将门，但似乎天性就不带多少攻击性，除了那些主动挑衅他的人之外，他似乎很少会主动产生敌意，即便是一些不喜欢的人，也只是看清楚了便不再多言。

其实每个人都有缺点与优点，他很懂得发现和欣赏别人的优点。

比如说当年的林玄鱼，现在的萧素心。

当年的石憧、陈宝菀和萧淑霏，其实除了家世的原因，他们也并不讨人喜欢。

石憧太过容易惹事，他稍微有看不惯的便容易去直接招惹是非，太过爱管闲事也很容易让人讨厌或者敬而远之。

陈宝菀虽然性格随和，但看人太清，很容易让许多心机深沉的人在她面前显得浅薄而粗鄙，而且还会被别人察觉。

萧淑霏则太清高和冷，事事都不合群，拒人于千里之外的态度。

然而这些个性迥异的人，却都成了他最好的朋友。

那便是因为他真的很擅长发现别人的优点。

懂得发现别人所具有的优点，便会去琢磨，所以看人也往往会更准一些。

在洛阳城中一处河畔，有一片环境异常优雅的园林，园林之中结着一个草庐。

有一名中年男子身穿黑色布衣，正在审阅着一捆捆堆积如小山的文书。

这名中年男子身上的黑色布衣用的是最寻常的粗布布料，然而这种最寻常不过的粗布上，却是用黑线绣着层层叠叠的繁花，透出某种奇异的美感。

这名中年男子在案牍中缓缓抬起头来。

他安静的眉眼带着从容不迫的神态，但又带着某种说不出的自信、强大和威严之感。

他是王平央见过的魔宗大人。

也是此时元燕在北魏最忌惮的对手。

毫无疑问，除了修为和那些不知从何而来的强大炼器手段，魔宗大人是北魏公认的最会看人而且最会发现对手的弱点和长处所在的人。

只是除了这些为人熟知的强大之处，这名恐怕是当世最年富力强的圣者，还很擅长从浩如烟海的信息之中挑选出一些很有意思的东西。

比如此时的林意。

林意虽然已经是铁策军的右旗将军，只是这样的官阶和他所需要关注的事情当然相差甚远。

甚至原本连铁策军这样的军队，都根本无法落入他的眼帘。

他当然也不知道林意和元燕在眉山之中相处的那一段时光。

然而从这些堆积如山的卷宗里，他却敏锐地发现到了这一次的破格提拔，接着他发现了很多有趣的迹象。

随着他的轻敲桌面发出的一声轻响，草庐外出现了一名黑衫修行者。

这名修行者对着他躬身行礼，便恭谨无比地等待着他的命令。

“令人关注一下这名叫作林意的年轻人，我想知道到底是因为什么原因，陈家和萧家对他有截然不同的态度，还有，到底是什么原因，魏观星会去辅佐他。”

魔宗面色温和地看着这名黑衫修行者，吩咐的同时，有关林意的卷宗便飘到了对方的身前。

“遵命。”这名黑衫修行者接住卷宗没有多余的话语。

“还有。”

魔宗抬手，一个卷宗飘到了这名黑衫修行者的身前，“帮我再仔细查一下这名叫作王显瑞的修行者。”

“遵命。”

黑衫修行者没有马上离开，只是直接打开这两个卷宗，他不急不慢地看完，然后将两个卷宗归还到魔宗身前案上，他才再次躬身行礼告退。

能够被魔宗大人重用的心腹，自然也有着非凡的修为和智慧。

只是这名修行者在离开时，心中却有着深深的不解。

他明白魔宗为什么要关注林意。

能够让陈家和萧家同时得以关注，而且都暗中使力的年轻将领，绝对有不同寻常的地方。

只是他不太明白魔宗大人为什么要查那名叫作王显瑞的修行者，而且还特意关照要仔细查一下。

在那卷卷宗上，那名叫作王显瑞的修行者显得太过平凡。

甚至哪怕魔宗大人在那所有卷宗里抽出十卷，然后将这卷卷宗混杂在里面，告诉他其中有一卷案卷恐怕有问题，他也绝对不会选择有关此人的卷宗。

这不但一名七班的官员，而且是文官，官阶比那名叫作林意的年轻人还要低。

而且按照卷宗上的记录，这名四十余岁的中年微胖官员一直很碌碌无为，甚至他之所以能够拥有现在的官位，只不过是因为他恰好是梁州籍。

萧衍登基之后的新旧更替也并未轮到他。

他当时只不过是天门郡的一名管理旧书籍修复的三班官员，后来能有提迁，也只不过是因为他正好有几名同乡是梁州军中的将领。

在过往的五年里，他从三班升到六班，虽然官阶提升了三阶，但都是那种没有实权的闲职，属于南朝官场上所谓的“清汤”，意思是连油水都见不到几星。

此次有关这王显瑞的卷宗，只是记录了一次六班到七班的升迁，王显瑞只是从治学调到了御医处，简单而言，便是从管一些学院杂事的官员，变成了管理一些医师的官员，而且他上面还有大把的官员压在顶上。

这卷卷宗上，似乎也没有指出王显瑞的修行者身份。

这名修行者很清楚魔宗大人其余部属，也就是他同僚的办事作风，没有特意指出，便意味着他们同样认为这人不值得关注，还有这人在以往或许并未表现出是修行者，或者是修为低微，可以不用提起的那种修行者。

不过既然魔宗大人特意吩咐下来，这些不明之处，便是他的职责。

而且只要是魔宗大人这样的态度，他便可以断定，这名在南朝都显得默默无闻和十分中庸的文官，肯定有很大的问题。

第272章 非正常军队

“你找我？”

洛水城的城墙上，看似无聊地晒着太阳都快要睡着的沈鲲睁开了眼，看着出现在自己面前的林意，然后笑了笑。

林意很干脆地在沈鲲对面坐了下来，说：“我们需要谈一谈。”

这短短数日间，沈鲲已经充分见识了林意连铁公鸡身上都可以拔下一层毛的手段，听着林意这句话，他忍不住笑了起来。

“铁策军当然不够强。”

林意认真地看着沈鲲，道：“就以北魏的精锐军队金燕为例，每一名北魏金燕军军士都配备一对机栝臂弩，这种机栝臂弩就算你用刀用剑时也可以激发，机栝的引绳就用一个铜环套在小手指上。此外，重铠的比例是一层，每十名金燕军军士之中就有一名重铠军士，其余则全部都是金燕轻铠。还有每十名金燕军军士之中就有三名强弓手，每一名金燕军军士用的都是天淬刀，一般的玄铁刀剑经不住这种刀砍……而金燕军也只能算是北魏边军精锐军队中一般的，至于那顶尖的十余支，几乎每一名军士身上所带的各种武器和军械都让他们可以拥有单独和黄芽境的修士战斗的能力。”

沈鲲认真地听着，这些时日林意除了自己修行，所有想的和做的，都是为了提升铁策军的战力，此时这些话语当然不令他意外。

“关键在于，你到底怎么想。”

沈鲲收敛了笑意，也认真地看着林意问道：“关键在于，你想让铁策军变成一支什么样的军队？”

都是聪明人，便很容易开门见山。

“三千人太少，按照边军的经验，一比五以上的战斗，便根本不用打了。”林意沉吟道，“北魏的边军主力，一般都是五六万人行走……哪怕是数十万大军压阵，局部的战役也都是数万到十余万的交锋，所以我想铁策军的规模要到一万五千人左右。若是能到一万五千人左右，便能有和北魏边军大部硬抗的可能。”

沈鲲之前从未随军，但他毕竟和很多军队打过交道，尤其是那些真正能够代表王朝战力的边军。

所以他很能理解林意所说的这些。

当军队的人数差异太过悬殊，便是再厉害的精锐军队都没有用处，因为数千人的军队所能拥有的军械和大刑军械的数量，根本无法和数万人的军队相比。

那种军械数量上的压制，哪怕是最简单的投矛、射箭，便很无解。

更不用说数万人建制的边军自然是真元重铠、重骑、大型军械等配备极为合理。

“一万五千人，哪怕达到你说的北魏金燕军水准，恐怕到北魏和我朝的战争结束，你都养不出来。”沈鲲看着林意，摇了摇头，“光是甲衣、箭矢等消耗，便是一个宁州都养不起。”

“马帮和马贼是怎么养的？”林意问道。

沈鲲愣了愣。

很多时候，马帮和马贼的确没有太大区别，在许多边境穿梭的马帮，从某种意义上而言，便是收敛一些的马贼。这些年北魏和南朝都很强盛，军队对于各州县都有约束力，许多大股的马贼都被杀干净了，而没杀干净的，要么被地方上的门阀收编为私军，要么就是再也不敢引起军队的注意，不敢劫掠，而是改行运送暴利的货物，摇身一变成了马帮。

在前朝末年，有些马帮和马贼的数量甚至多达数万，那些知道收敛的马贼头子俨然便是边境线上的王。

“马贼当然是靠抢，以战养战，这法子没法用在铁策军，你的铁策军首先不强，接下来若是所料不差，去支援边军，遭遇的也都是北魏的边军，恐怕一两场大战就被打完了，不可能越打越多。”沈鲲摇了摇头，先说了这几句。

林意点头，“除非每战都是大胜，最好全歼对手，那对方的军械便全部收为囊中，越打越强，但大马贼吃小马贼还有可能，边军之间，不太可能。”

“而且马贼完全来去自如，但你的铁策军又不是你一个人说了算，你还必须听上方军令，你又不能想让铁策军去哪里就去哪里，光挑软鸡蛋捏。”沈鲲淡淡地笑了笑，说道，“至于马帮养人，靠的当然是通贸，比如，你们建康城里人根本连喝都不要喝的茶叶梗子，混杂点粗制滥造的粗茶，运送到党项，却是极受欢迎。价格比建康城里的精茶还要高，这几乎是一本万利。这些你应该都清楚，但其中有些获利最大的你可能并不清楚，获利最大的，其实往往都是犯禁的东西，比如我南朝出产的一些灵药、出产的一些炼制的玄铁精钢，这些不属于通贸之列，按我南朝律法，是任何人不能外运，更不能卖给北魏的。这些有违律法的，马帮能做，因为马帮大多时也都行走在我朝边境之外，但我南朝的门阀和军队不能做。”

林意明白沈鲲这些话的意思。

纸包不住火，这种事情连一些门阀都不敢做，便是因为总有走漏消息让人发觉的可能，一被发觉，一道圣旨下来，便是吃不了兜着走。

只是林意想的原本就不是这些。

而且马帮赚的钱都在路上，即便运送那些犯禁的东西，每趟都能获取惊人的利益，但来得太慢，而且大多都消耗在了路上和这些马帮中人身上。

“马帮和马贼其实都是以战养战，而且关键的是不需要像铁策军一样听上峰的调度，可以极为自由地想去哪儿就去哪儿，在铁策军无法自由行走，无法自由选择自己的对手，想打哪个就打哪个的前提下，我的设想是不可能完成的，能将这三千铁策军实力提升一些都很难，更不要说一万五千左右的铁策军可以堪比最精锐的边军。”林意想了想，道，“所以关键在于，我必须先帮我这支铁策军赢得这样的权力。”

沈鲲呆了片刻，由衷道：“你真敢想。”

“能想出办法才有实现的可能。”林意看着沈鲲，道，“其次，我想到了党项的火器，我在战场上见过党项的赤罗丸。”

沈鲲的神情微凝，此次他没有发愣，他隐约猜出了林意的意思。

“若是按正常军队的配备来走，那我想你说的没错，就算我是一州刺史，也不可能养得出我想要的那种铁策军，而且即便都是重骑、重铠，强大的箭军和足够数量的修行者……对上那种同等的精锐军队，也是胜负难料，而且我南朝和北魏的那种精锐军队，都是皇帝养着的，打完了还有，但我们没有。”

林意看着沈鲲，接着轻声道“所以就和有些修行者出奇一样，我便想着不要用正常的手段，来让铁策军像正常的军队。你之前对党项和吐谷浑，甚至更远的地方都很熟悉，我便想着你有没有可能，能够给我弄来一些无论是南朝还是北魏都不熟悉的独特军械。”

第273章 大约在冬季

“你说的这些我都明白，但还是觉得不太可能。”

沈鲲专心地听完了林意的那些话，然后依旧摇了摇头，“数量还是太大……你说的那些特殊军械，无论是南朝还是北魏不熟的、有可能出奇制胜的，若是接下来南広王不再找我麻烦，我的确能够给你弄来一些，但也只是一些。哪怕只是三千铁策军正常战斗消耗，这种消耗实在太大，而且这些东西在党项和吐谷浑也不是正常手段能够得到的。若是这种东西在南朝和北魏交战的战场上大量出现，党项和吐谷浑的那些王侯也不可能假装看不到。这甚至不是钱财的问题，那些有能力从党项和吐谷浑的特别工坊掏出这些东西的权贵，也会考虑自己有没有命来赚这种钱财，这终究是见不得光的生意，就如我南朝有些真元重铠会被偷运到北魏一样，那种数量毕竟极少。”

“所以这种想法还是不太能行得通，除非能够直接获得党项或是吐谷浑王族的首肯。”林意深深地皱起了眉头，“取悦党项或是吐谷浑王族，获取他们的默许，有可能吗？”

“那只有两种可能，一种就是你给出他们难以拒绝的利益，还有一种就是要么你救过他们的命。”沈鲲哑然失笑，“党项和吐谷浑的人比较粗蛮直接，只是哪怕边境上的所有马帮都听我统御，我也给不了他们难以拒绝的利益，除非运气太好，他们突然落难，我又正好救了他们的命。所以对于你的这种想法，我只能做个纯粹的中间人，有这样的机会出现，我能让你和他们谈一谈。”

“这些太遥远。”林意深吸了一口气，道，“看来只能先设法让铁策军变成那种可以不用听从上峰调度的军队。”

“这种难度和获得党项和吐谷浑王族的支持也差不多吧？”

沈鲲忍不住笑了起来，“皇帝老子出粮饷不是用来养你的私军，你想指挥军队去哪儿就去哪儿、想打谁打谁，哪里有这样的先例，更何况兵部也需要铁策军这样帮人擦屁股的军队。”

“难是难一些，但未必完全没有办法。”林意却似乎并不这样觉得。

“那你便可以试试看。”

沈鲲并不和林意争辩，朝堂上的事情并不是他所长，而且他知道自己只需给林意提供一些建议，他接下来认真地想了想，道：“不过你觉得那都不算难，那两条路都可以试着走一走，要想在箭矢或是奇特火器等大规模消耗性的军械上入手不太可能，那我便觉得，有时候战力并非纯粹取决于这些杀伤性的军械。”

“什么意思？”林意微微一怔。

“前朝早年有一支马贼是北魏的流民组成，专在边境山林地带活动，曾是党项的大患，那支马贼叫作甲马军，其实他们根本不太擅长战斗，只有两项特长，一是他们跑得快，打不过就跑，很难有军队可以堵住他们。还有一项是他们里面有个军师其实是以前南朝的一个道人，那个道人是个很稀松平常的修行者，南朝边境上一个破落小道观出身，加入那批马贼之前只是帮人练些丹药为生，后来那批马贼其实也将大部分劫掠到的钱财都换了银、铅、汞。那道人用银、铅、汞炼制的金汤丹，其实也就是现在北魏和我们都有的重汞丹，估计现在北魏和我朝的丹方还有改进，用不了多少银。”

林意听得很认真，而且他各种杂记也看得多，听到此处，他心中一动，忍不住插嘴道：“所以其实那批马贼是消耗了大量钱财，花在了这种重汞丹上，若是遇到厉害修行者追击，他们就大量使用这种重汞丹，这样修行者也奈何不了他们。”

“不错。”沈鲲笑了笑，“那批马贼遇到打不过的就逃，遇到厉害的修行者，他们就大量用这种重汞丹，重汞丹的丹粉能够阻止真元的穿透，能够大量消耗修行者的真元。在到处都是这样丹粉的地方，修行者很难持续战斗。军队和修行者都奈何不了他们，这批马贼当年才横行了几十年，让党项一直极其头疼，直到后来这批马贼自己分赃不均内变才消失。至于他们打不过就跑，跑又跑得特别快，其实是他们的腿上都安了一种叫作‘神行甲马’的东西，名字玄乎，但实际上只是一种弹钢所制的弹力翘，能够让他们跑得快，又省力。他们在党项的山区行走，骑军又无法在山区追击他们，寻常的军队自然追赶不上。”

“这东西说来也不难，现在很多重铠，尤其是很多真元重铠的足铠便应该比他们的这种神行甲马更为精巧。”林意沉吟道，“所以你的意思，是不需要任何地方都比别人强，只要有一两处特别之处，使用得当，便或许能够制胜了。”

沈鲲笑道：“说起来的确不难，只是就如现在，哪怕南朝有些将领觉得这种神行甲马有可取之处，但要让有能力炼制的工坊大规模帮你炼制，或许工坊又不愿意干，而且上方官员也不一定会让你这么做。”

林意点了点头，“按照朝中那些官员的做派，向马贼学，学着用马贼的手段去打马贼……许多官员便会觉得折了自己的威风，便会觉得正规的边军连这样的马贼都对付不了，领着那么多粮饷、装备那么多精良的军械是干什么吃的，还要特别去开一处工坊再学马贼的东西？而且很多官员的想法也不能说是浅薄，他们会想，我这些精锐边军又不是专门对付那批马贼的，主要的敌人还是北方的边军，那些花了大力气做出来的东西，到时对付北魏军队又没有用了，那不是浪费？而且说不定把这支边军弄得四不像。”

“这些官员的心理你揣摩得透彻，比我了解。”沈鲲修炼了笑意，认真道，“按你的预计，你统御的这支铁策军要是被调到北边，大致在什么时候？”

林意此时还不知道沈鲲这句话的真正用意，他认真地想了想。

按齐珠玑所说，似乎兵部最近暂时把这支铁策军遗忘了一般，上面十分平静，所以如此来看，应该便是他给陈宝菀写的信起到了作用。那便很有可能赢得了数月的时间。

“若是没有多少意外，可能会到冬季。”他看着沈鲲说道。

沈鲲若有所思地道：“北边那些州郡比建康和这里冷太多，会下很大的雪。”

第 274 章 圣血米

林意心中顿时一动，道："党项境内许多高山都是冰雪覆盖，而且北魏大多数地方冬季也都是极寒，会下很大雪。"

"在此以前，我们南朝和北方王朝都是小打小闹，很多边军将领可能还不明白，到了冬天，仗会更加难打。"沈鲲看着林意，道，"北魏和党项的很多军队原本就在寒冷地带活动，要对付他们，很多马帮都有些独特的方法，但当然不是和他们正面对抗。"

"一个冬季能够做很多事情。"林意没有回应沈鲲的这些话，只是道，"最怕就是根本撑不过这个冬季，打了一仗就光了。"

"饱暖、保持旺盛的体力，若是能让铁策军在北边的冬季都保持和春夏一样的战斗力，相应于别军的战斗力便很强了。"

"这些你不需要和我解释太多，你只需要和我说你想办成什么样的事情，要我帮你做什么，比如准备多少钱财？"

"你很干脆。"

看着林意的眼神，沈鲲笑了起来，然后他也变得异常干脆。

"三千条雪隐披风，马帮特有，某种兽类皮毛混杂雪禽羽毛制成，哪怕裹着往雪地里一钻睡个数个时辰也不会被冻僵。

"三千双雪芒鞋，党项边地的一处无名地出产，只有当地十余名妇女会编制，保暖，而且在雪地上行走不滑，不累，甚至留下的痕迹也很淡，很容易消失。

"行动不受妨碍，能躲、能突然偷袭，目前就应该很有用了。"

沈鲲看着林意道，"目前我想我所能帮你的就这些，至于这两样东西给了你之后，你怎么用，还需要什么军械配合，那便是看你和魏观星如何做了。"

林意的眼睛有些亮了，只是他并未马上回话，他想了许多种可能，然后道："需要准备多少钱财？"

"宁州黄家这次所有送来的钱粮全部给我，估计差不多了。"沈鲲略微算了算，道。

林意却是一愣，"这么少？"

沈鲲忍不住笑了起来，"宁州黄家的自然不够，但加上我的家产差不多够了。我做了三十年马帮头子，家产不少。"

"你的家产？"林意不可置信地看着沈鲲，"这么大气？"

沈鲲无奈地看着林意，道："我那不知道发了什么疯的师兄如此对我，若是我不能在这里安身，家产再多也没有什么用处。"

林意点头，"如此算来倒也是。"

"听你这么说，我怎么反而有种反正也是闲置无用，你用了反而是我需要谢你的意思？"沈鲲看着林意故意道。

“那当然不是，有借有还。”林意不好意思地笑笑，“算我欠你的。”

“还有什么？”沈鲲看着林意似乎还不想结束这次谈话的样子，便有些好奇地问道。

“行军口粮的问题。”

林意终于将最想问的一个问题小心翼翼地问出了口，“我听说马帮的口粮和寻常军队所用的口粮完全不同，有些口粮只要一口两口，便能保证一两日不饿，而且我听说北魏北部靠近柔然边境上的有些马帮的口粮尤为特殊，是用一种血干黍所制，能够令人体力旺盛。”

“血干黍，那便是圣血米。”沈鲲随口便说，一副你倒是所知不少的神色。

“圣血米？”

林意心中却是轩然大波，他先前推断出来大俱罗便是借此修行，但这是他第一次遇到如此熟悉这种食粮的人物。

“那是柔然独有的一种黍米，形似高粱，但其实是一种旱地上的灌木果实，那种黍米微酸，只是蕴含独特元气，相传久服可以让人力大无穷，据说还成就过一名武圣。”

沈鲲笑笑，道：“只是马帮中也有人弄过不少，并无那种神效，你说的令人体力旺盛倒是有，北魏北边的一些马帮会加入青稞，还有一种叫棠豆的甘薯，一起磨粉，那种口粮的确两口下去就能一日不饥，只是柔然边地上因为一些独特传说，将那些东西看得极为宝贝，价格便特别高昂，至少我所知最近几十年没有哪些马帮奢侈的可以一直将那种口粮当成寻常米面来用。”

听着沈鲲的这些话，林意真想对着沈鲲大叫，那真的不是虚无缥缈的传说，你说的那名武圣真的不是只在传说中存在，而应该就是那些笔记里记载的曾经无敌一时的大俱罗。那种口粮里面或许应该就有很独特的元气，只是不合真元之道，所以在你们寻常修行者看来自然是没有任何性价比可言。

“能不能帮我弄来一些？”

林意听沈鲲说这些，便知道他对大俱罗应该一无所知，事实上现在修行者世界里，恐怕也很少有人会与他和“南天三圣”中的沈约一样，去注意那些冷僻杂记之中的某些记载。

他注意到大俱罗这样的记载，也只不过在建康病急乱投医，挖空心思寻找灵荒到来的修行之道，事实上绝大多数确切记载大俱罗的东西，可能都被沈约收集在了那座旧书楼里，这世间其他的修行者也很难看得到。

只是有过吴姑织的特别关照，林意自然也不敢将这种事随口说出来。

任何牵扯到“南天三圣”的东西，便不会被人认为是虚无缥缈。

“越多越好，我食量大。”

他尽可能保持平静地看着林意，道：“而且说不定传言不虚。”

沈鲲很自然地便认为这和林意所修的炼体术和独特体质有关，他也懒得去想，那种口粮虽然昂贵和稀缺，但相比他许诺提供的那些东西而言，便根本不算什么。

“送过来需要些时间，毕竟柔然太远。”所以他只是很干脆地点了点头，说了这一句。

“有借有还，先欠账，欠账！”

林意欢喜得几乎忍不住要跳起来，但面上却还是强自镇定，古井无波。

“那可是你说的。”

沈鲲粗豪地一笑，伸手拍了拍林意的肩膀，“等我想到有什么要你帮忙的，便让你还账。”

“这……”

林意被他拍得有点蒙，他陡然觉得自己好像也中了某种计。

第275章 承认

“你会不会觉得太过分？”

因为洛水城中铁策军的营区的确有些寒酸，那些年久失修的库房里原本就有些霉腐的味道，再加上住了那么多的军士，那气味对于齐珠玑而言和马栏和猪圈里的味道也差不多，再加上林意一开始便喜欢待着的这段城墙上至少还有些风景可看，所以他不只是平时也和林意等人一样，经常喜欢在城墙上待着，他直接就在这城墙上放了顶行军营帐，便当成平时的居所。在他看来，先前林意写信让陈宝菀帮忙给他一些停留在这里整顿铁策军的时间便有些过分，此时见林意过来，听他竟然说要想让陈宝菀帮忙，想让铁策军游离在兵部之外，他便觉得难以置信。

“不会。”

林意心中算计着这些大事，并未和齐珠玑斗嘴，“我和她都是一样，若是觉得一件事情以自己所能太过麻烦，有可能还会弄巧成拙，那便会直接告知，不会去做，这件事情听上去虽然荒谬，但在我看来并非全无可能，若是能够做到归附在某个高阶将领的统辖之下，只听那名高阶将领的调令，但那名将领实际上又不管我们，我们便相当于有了很大自由。”

齐珠玑微蹙着眉头想了想。

他觉得这些话有道理，但还是摇了摇头，轻声道：“只是不听从兵部统一调派，你自然也很容易陷入孤立无援的境地。兵部自然不会给你特意规划援军，不会给你特别安排送粮的军队，你不归它统筹，它想不到你。”

林意看着齐珠玑道：“若不能做到以战养战，我这种想法便没有意义。”

齐珠玑又认真地想了想，道：“太过冒险。”

“这不是我们几个人的游戏。”

他知道林意并不是和学院里平时交谈一样开玩笑，而且经过上次的谈话之后，他的心境也有了些微妙的改变，此时他便不急着反驳林意，而是基于林意的这个想法仔细地去权衡利弊。

他将自己放在了军师的角度，真正将林意视为这支军队的主帅。

“若是我们几个人这样冒险，战死了也就战死了，但你必须为这几千铁策军负责。”他微蹙着眉头看着林意，认真道，“我怕你忽略了这点，我最担心的可能，是万一我们没有战死，但这几千铁策军因为你的决策而损失惨重，到时能不能保住你是一回事，你自己恐怕都会承受不住这样的打击。”

“我父亲很早之前便和我说过，领军打仗，便不能瞻前顾后，思考这种问题，若是一开始觉得这是正确的，这是为这支军队有着更多活路考虑，那你便要觉得任何后果都是正确的。”

林意深吸了一口气，很罕见地肃然道，“而且你说的这种情形应该很少有机会发生，因为按我的战斗方式，我应该是冲锋在最前，所以若是惨败，我应该活不下来。”

齐珠玑听到他说这种情形应该很少会有机会发生时，正想开口说话，然而听着他这后面一句，他却不自觉地紧抿了嘴唇。

“那便是一次都不能败？”他沉默了许久，说道。

“你们能败，我不能。”林意坚定地点了点头，轻声道，“你们有退路，但我没有什么退路。”

听着林意的这句话，齐珠玑沉默了更久的时间。

同人不同命。他想清楚了林意是如何进的南天院，在进入眉山时，又是如何和他们不同，独自去了铁策军。

他缓缓地点了点头：“萧家若是要对付你，哪怕是谨小慎微地败一次，哪怕损失不大，恐怕也和别的将领大败一次差不多。我承认我被你说服，我可以帮你试一试。”

林意笑了起来，他半是玩笑，半是认真地问：“会不会觉得后悔？”

齐珠玑原本已经转过头去看着远处的风景，听到这句，他转过头来，不解地问道：“后悔什么？”

林意道：“后悔绑上了这样一条贼船？”齐珠玑自然已经不想故意和林意斗嘴，只是此时他还是忍不住冷笑了一声，道：“林意，你也太小看我了，我只问你一句，若是你父亲官职不被削，依旧是南朝大将，那你便只会和你昔日的那些同窗一样在建康安生待着？你便不敢做些男子汉大丈夫所做的事情？”

“我应该会。”林意看着齐珠玑，道，“只是原先我认为你不会，毕竟若是不改换新朝，你也是皇族子弟……”

“你这算什么话。”

林意的话还未说完便被齐珠玑打断，齐珠玑鄙夷地看了林意一眼，翻出好大个眼白，“即便是皇帝，也有昏庸的，也有励精图治，也有身先士卒的，这些都是因人而定，因自己的抱负而定。南朝危亡，难道你觉得我这样的人会甘心在建康等着看戏，然后万一南朝战败，我就等死？”

林意嘴唇动了动，没有说话。

齐珠玑骤然有些生气，“原先你便是觉得我是那种？”

林意抓了抓头，有些不好意思地笑了笑，心中心虚，但是嘴上却是嘴硬，“哪里，我可没说。”

“若不是灵荒，我可是也心怀日月，想与圣者比肩，想纵马放歌在洛阳。”齐珠玑不和林意置气，只是有些骄傲地抬起头来，他的脸上在阳光下闪耀着淡淡的光辉，“今日我既然想明白了，既然是赌，我便也会做得更为彻底一些，这件事，我会设法让齐家和陈家一起出力。方才我也仔细想过了，只要能够做到不受兵部统调，但接连报上的战功，比铁策军其余部都多，那便自然会水到渠成。”

“原来如此大志！”林意顿时挑起大拇指，一脸赞叹。

他的模样太过造作，语气太过夸张，顿时又引来齐珠玑一个白眼。

“只是能不能成，恐怕还是要看皇帝的意思。若是萧家有人阻挠，这件事便不可能无声无息地办成。”齐珠玑微嘲地轻声说道，“现在的皇帝并不昏庸，但是他的心意却谁知道一时会如何，他现在对一些门阀管得太松，但是对旧朝的一些重臣，却顾忌太重。”

“至少我已经拥有了你的助力，而且你甚至会先斩后奏，反逼着家中帮你办事。”林意深吸了一口气，轻声而认真地说道，“这便和之前有很大不同，至少我已经做成了一步。”

齐珠玑沉默着没有评论。

只是他在心中已经越发觉得，林意的确比自己更加拥有作为主将的天赋。

他敢不顾家中的意思做些事情，便是因为对林意的评价日益不同。

欲知后事如何，敬请阅读《平天策4铁策雄风》